D1858316

HEYNE SCIENCE FICTION MAGAZIN

HEYNE SCIENCE FICTION MAGAZIN

INHALT

HEYNE SCIENCE FICTION MAGAZIN 10

Herausgeber
WOLFGANG JESCHKE

FACT

INTERVIEW

THEATER

HEYNE SCIENCE FICTION MAGAZIN

INHALT

HEYNE SCIENCE FICTION MAGAZIN 10

Herausgeber
WOLFGANG JESCHKE

HEYNE-BUCH Nr. 06/4085
im Wilhelm Heyne Verlag GmbH & Co. KG, München

Redaktion: Wolfgang Jeschke

Printed in Germany 1983
(Einzelrechte, Originaltitel, Übersetzer, Bildnachweise und Illustratoren sind jeweils am Schluß der Beiträge verzeichnet)
Umschlagbild: »The Tourist«, Gemälde von Mathias Waske
Umschlaggestaltung: Atelier Heinrichs & Schütz, München
Satz: Schaber, Wels/Österreich
Druck und Bindung: Presse-Druck, Augsburg

ISBN 3-453-31048-9

EDITORIAL

Lieber Leser,

vielleicht haben Sie's gar nicht gemerkt, aber wenn Sie auf der Rückseite von HSFM 9 nachsehen, wird's Ihnen sicher diesmal auffallen. Der dort angeführte Titel des spekulativen Aufsatzes von Sir Winston Churchill ist natürlich falsch. Er muß korrekt lauten: »Wenn Lee die Schlacht von Gettysburg nicht gewonnen hätte«. Ein Mitarbeiter – wahrscheinlich ein wohlmeinender Setzer oder Korrektor, der es längst aufgegeben hat, der Genauigkeit eines Autors, eines Lektors oder Redakteurs zu trauen, und mitzudenken/nach-zudenken gewohnt ist, man freut sich ja darüber – ist da irgendwo auf der Strecke geblieben. Der Lee hat doch die Schlacht nicht gewonnen, dachte er, sondern verloren, also muß es doch heißen »wenn er sie gewonnen hätte« und nicht »wenn er sie nicht gewonnen hätte« –

und flugs war das vermeintliche überflüssige nicht gestrichen. Daß der alte Fuchs Sir Winston die Geschichte des ausgehenden neunzehnten und beginnenden zwanzigsten Jahrhunderts sozusagen durch zwei Spiegel (nicht – nicht) betrachtete, also vorgab, sich über unsere wirkliche Geschichte aus der Sicht des Historikers in einer Parallelwelt (in der die amerikanischen Südstaaten gesiegt haben) seine Gedanken zu machen (und zu den entsprechend falschen Schlüsseln zu gelangen, um so zu dokumentieren, auf welch schwankendem Boden derartige historische Spekulationen sich bewegen), hat unser wohlmeinender Kollege offenbar nicht für möglich gehalten. Sich im Spiegelbild eines Spiegelbilds zu rasieren, ist sicher ein riskantes Unterfangen, stellt aber – das sei auch nicht verschwiegen – die Seitenrichtigkeit wieder her.

Großes Lob wurde HSFM 9 zuteil: Die ARBEITERZEITUNG, Wien, wählte es in der Ausgabe vom 25. Februar 1984 zum TASCHENBUCH DER WOCHE, eine Ehrung, über die ich mich sehr gefreut habe und die mir bestätigt, daß ich auf dem richtigen Weg bin, eine Leserschaft anzusprechen, die über den engeren Kreis der SF-Begeisterten hinausgeht, eine Leserschaft, die für Science Fiction zu interessieren ist, sich aber eher für das Spiel der Gedanken, der Palette der Möglichkeiten, das Phänomen selbst und die Akteure interessiert als für schlichtes Lesefutter.

Ein bißchen Aufregung hat mein letztes Editorial verursacht, da und dort sogar ein bißchen Lamento, der deutschen SF und ihren Autoren einen Bärendienst erwiesen zu haben. Ein gewohntermaßen etwas kurioser Rezensent verstieg sich sogar zu der Behauptung von der »verbrannten Erde«. Dabei ging es mir nach dem SFCD-Con in Hannover und dem Festival der Phantastik in Bergisch Gladbach eher wie jenem im Cartoon auf Seite 68, der diese Art von Selbstdarstellung etwas übertrieben findet. Lesen Sie die »Science Fiction Times«! Dort wird die Diskussion inzwischen so munter fortgesetzt, daß die Fetzen fliegen. So ein Prozeß ist reinigend – in jeder Hinsicht!

HSFM 10 ist fast zur Sondernummer für Carl Amery geraten, dessen Roman »Königsprojekt« dieser Tage als Band 35 in der BIBLIOTHEK DER SCIENCE FICTION LITERATUR (wieder) er-

scheint (HEYNE-BUCH Nr. 06/35), ein Leckerbissen deutscher Science Fiction (na, also!), den sich keiner entgehen lassen sollte. Auf das Projekt weiterer Werke von Johann Wolfgang von Goethe weist nicht nur das Umschlagbild von Mathias Waske hin, sondern auch Kai Riedemann in seinem höchst interessanten Beitrag.

Im Mittelpunkt der Sachartikel steht die Suche nach extraterrestrischer Intelligenz – ein Gebiet der Forschung, auf dem es in den letzten Jahren sehr ruhig geworden, auf dem in wachsendem Maße Pessimismus eingezogen ist. Aber so ohne weiteres lassen wir uns unseren E. T. nicht nehmen!

Herzlichst
Ihr

Joe Haldeman *Copyright © Foto by Wolfgang Jeschke*

Kein zukunftsträchtiges Geschäft

von Joe Haldeman

Es ist nicht leicht, genau drei Millimeter Bart ins Gesicht zu bekommen. Für einen Schriftsteller ist es eine schützende Farbgebung. Mit Anzug und Krawatte siehst du aus wie ein Gentleman, dessen Absicht es ist, sich einen Bart wachsen zu lassen. In zerknitterten alten Heilsarmeekleidern siehst du aus wie ein heruntergekommener Säufer. Es hängt von der Klasse der Menschen ab, denen zu zuhören, die du studieren willst.

Ich befand mich in diesem heruntergekommenen Zustand, als ich Bill Caddis traf und seine unglaubliche Geschichte hörte. Zuerst dachte ich, Bill befände sich in dem gleichen Zustand wie ich; er redete zu gut, um in schlechte Geschäfte verwickelt zu sein. Er war für das Wahre.

Da gibt es diese wunderschöne schäbige Bar in der Unterstadt von Tampa. Kein Name, nur eine Anzahl von Biersymbolen im Fenster. Das für Pearl hatte einen vergrößerten Laser, der stroboskopähnlich aufblinkte. Deshalb mag man nicht so gern neben dem Fenster sitzen. Die Bar eignet sich gut für private Unterhaltungen, denn sie befindet sich gerade unter der Zwölfspurigen, die von der Bucht wegführt, und da ist ein dauerndes Gebrüll vom Verkehr, den ganzen Tag und die ganze Nacht. Ein feiner grauer Belag von Gipsstaub liegt überall, und es ist nicht zu hell. Dem Barkeeper fehlt ein Auge und zehn Vorderzähne, trotzdem lächelt er andauernd. Das Gebräu ist billig; das meiste Geld machen sie oben und mögen es deshalb, viele Kunden in der Bar zu haben, als Tarnung sozusagen.

Ich setzte mich an die Bar, der Barkeeper polierte Gläser, während eine der Huren, ein hübscher Transi, heranschlenderte und auf Freiersuche war. Als ich mit Nein antwortete, verteidigte er sich mechanisch, sagte, daß er für ein echtes Paar Titten und die Operation spare. Ich zögerte – ich schreibe manchmal für den Schlechte-Nachrichten-Kabelservice, und die mögen Triviales mit Sex – aber schließlich wandte ich mich doch ab. Schlechte-Nachrichten bezahlen nicht sehr gut.

Als er ging, kam der Barkeeper, und ich bestellte ein Meyers und einen Korn, eine wahrlich mittelschwere Kombination. Ich hatte vorher schon zwei Flammenwerfer getrunken, bevor ich hierherkam, daher konnte ich ein Dutzend oder so hiervon trinken, ohne nennenswerten Effekt. Bis zum nächsten Morgen.

»Ist es dafür nicht ein bißchen zu früh am Tag, oder nicht?« Der Mann neben mir kicherte verhalten. »Ich will dich nicht kritisieren.« Er nuckelte an einem doppelten Bourbon oder Scotch, wirklich nett.

»Staubig«, antwortete ich. Der Mann war etwas sauberer gekleidet als ich, nämlich in abgewetzten Arbeitsklamotten. Er sah für einen Arbeiter zu alt aus, weiße Haare mit gelblichen Spitzen. Aber er besaß die tiefe Sonnenbräune und den permanent scheelen Blick von einem, der mehrere Wochen unter der Sonne Floridas verbracht hat. Ich warf das Rumglas hinter mich und trank mein Bier. »Kommst du oft hierher?«

»Sehr oft«, antwortete er. »Wenn mein Scheck kommt, setze ich ein paar Mäuse. Andererseits ...« Er hob die Schultern. »Billiger Whiskey und schöne Frauen. Zum Ansehen.«

»Wie viele, glaubst du, sind von denen Frauen?«

»Dem Aussehen nach, wer weiß?« Er schielte noch mehr, während er mich musterte. »Darf ich mir deine Handflächen anschauen?«

Du lieber Himmel, dachte ich, ein Handleser. Das könnte eine Story geben, wenn er wirklich daran glaubt. Ich streckte meine Hände vor.

Er blickte darauf und starrte in mein Gesicht. »He, ich kann es dir von den Augen ablesen«, sagte er leise. »Du bist nicht so alt wie du aussiehst, nicht wahr? Bulle?«

»Nein. Ich schimpfe mich Lehrer.« Das stimmte. »Ab und zu bewege ich mich auf diesen Pfaden.«

Er nickte langsam. »Ich habe mich auch so genannt. Bis '83. Dann habe ich zwanzig Jahre auf den Schwammbooten gearbeitet.« Als er sein Glas hob, zeigte seine Hand das gewöhnliche, langsame Zittern eines eingefleischten *Clochards.* »Das war eine gute Arbeit.«

Ich langte in meine Tasche und holte den Kassettenrecorder heraus. »Was hat dich veranlaßt, mit dem Lehramt aufzuhören? Der Alkohol?«

»Nein. Wer soff schon in den Achtzigern?« Ich habe es nicht getan, aber ich war auch noch zu jung dafür. »Das ist ein interessantes Thema. Willst du eine Geschichte hören?«

»Sicher.« Ich signalisierte dem Barkeeper, zwei neue Drinks zu bringen.

»Nein, du brauchst mir nichts zu spendieren. Du glaubst meine Geschichte ja sowieso nicht.«

»Stell mich auf die Probe!«

»Bist du ein Sozialhelfer? Ein verkleideter Sozialhelfer?« Er lächelte verzerrt.

»Gibt's denn sowas?«

»Müßte. Ich weiß – du bist ein Schriftsteller.«

»Wenn ich Arbeit habe, schon, ja. Woher weißt du das, Sherlock?«

»Du hast zwei Bleistifte in der Tasche, und du willst eine Geschichte hören.« Er lächelte. »Eine Geschichte stehlen, vielleicht. Aber du wirst sie nie veröffentlichen. Sie ist zu phantastisch.«

»Aber wahr.«

»Sie ist wahr, richtig. Ich bedanke mich.« Er rührte seinen neuen Drink, um zu sehen, ob er auch wirklich da stand, dann leerte er seinen alten mit einem Schluck und seufzte.

»Mein Name ist Bill Caddis; besser gesagt: Doktor William Caddis.«

»Arzt?«

»Ich höre einen Tadel heraus. Als hätte kein Mediziner je ... –

nun, nein, ich war Akademiker, neu im Amt im Staate Florida. Abteilung Geschichte. Moderne amerikanische Geschichte.«

»War es damals genauso schwer wie heute, eine Stelle zu finden?«

»Ungefähr. Ich war ein wahrer Springinsfeld.«

»Aber du bist anno '83 gefeuert worden.«

»Ja, richtig. Und es ist nicht leicht, einen frischgebackenen Professor zu feuern.«

»Und warum? Hast du die kleinen Mädchen ... ah ... gepiesackt?«

Das war das erstemal an dem Tag, daß er lachte, eine Art Schnaufen. »Studenten sind zum Piesacken richtig geschaffen. Nein, ich wurde aus Gründen geistiger Instabilität entlassen; durch die Hilfe meiner Frau, meiner damaligen Frau, hatten sie mich fast institutionalisiert.«

»Dicker Hund.«

»Dick.« Er starrte auf seinen Drink und schwenkte ihn. »Ich habe noch nie gewußt, wie ich damit anfangen soll. Ich habe es schon Dutzenden von Leuten erzählt, aber sie dachten alle, ich sei verrückt, noch bevor ich mit der Hälfte fertig war. Du wirst wahrscheinlich auch denken, daß ich verrückt bin.«

»Raus mit der Sprache! Wie du erraten hast, bin ich Schriftsteller. Ich kann, noch vor meinem ersten Drink morgens, an sechs unmögliche Dinge glauben.«

»Gut. Ich bin nicht von ... hier.«

Ein Irrer, dachte ich; dahin der Preis eines Doppelten. »Von einem anderen Planeten«, antwortete ich ernst.

»Hab' ich's nicht gesagt? Jetzt willst du von mir etwas über UFOs hören und wie ich das Geheimnis des immerwährenden Friedens der Menschheit nahebringen werde.« Er erhob sein Glas in meine Richtung. »Danke für den Drink.«

Ich hielt ihn am Arm, bevor er den Drink hinunterstürzen konnte. »Warte! Es tut mir leid. Sprich weiter!«

»Habe ich unrecht?«

»Du hast recht, erzähl weiter! Du *handelst* nicht verrückt.«

Er setzte den Drink ab. »Der Fehler eines Laien. Einige der vernünftigsten Menschen, auf die man trifft, sind strikte Traumtänzer.«

»Wenn du nicht von ›hier‹ bist, woher kommst du dann?«

»Miami.« Er lächelte und nahm einen Schluck. »Ich bin ein Zeitreisender. Ich komme aus einer Zukunft.«

Ich nickte nur.

»Das bedarf einiger Erklärungen. Es gibt nicht *die* Zukunft. Es gibt Myriaden von Zukünften, die aus jedem Augenblick entstehen. Wenn ich dieses Glas auf den Boden fallenlasse und es zerbricht, würden wir uns in eine Zukunft bewegen, in der diese Bar ein Glas weniger besitzt.«

»Und die Zukünfte, wo dieses Glas *nicht* zerbrochen ist ...«

»Sie würden sein. Und wir würden in ihnen sein, wir sind es jetzt ja auch.«

»Ist es nicht irgendwie überfüllt da oben? Millionen neuer Zukünfte jede Sekunde?«

»Du kannst die Unendlichkeit nicht überfüllen.«

Ich versuchte, mir davon ein Bild zu machen, eine Eselsbrükke zu bauen. »Wie funktioniert diese Zeitreise?«

»Woher, zum Teufel, soll ich das wissen? Ich bin nur ein Tourist. Es hat etwas mit Chrononen zu tun. Zeitlich ungewisse Prinzipien. Erhaltung der Koinzidenz. Ich bin kein Ingenieur.«

»Gibt es viele Touristen?«

»Wahrscheinlich nicht hier und jetzt. Eine große Menge versammelt sich um historisch bedeutende Ereignisse. Du kannst sie natürlich nicht sehen.«

Er zuckte die Achseln. »Irgendwas ist falsch gelaufen. Ein Stromausfall oder sowas; jemand stolperte über ein Kabel. Dann passiert's.«

»Sie haben nicht versucht, zurückzukommen und dich zu retten?«

»Wie könnten sie das? Es gibt viele Zukünfte, aber nur eine Vergangenheit. Einmal hier materialisiert, bin ich nicht mehr in meiner eigenen Vergangenheit. Kapiert?«

»Dann kannst du deinen eigenen Großvater töten«, sagte ich.

»Warum sollte ich das tun? Er ist ein netter alter Vogel.«

»Nein, ich meine, ist da kein Paradoxon mitverwickelt? Wenn du ihn töten würdest, bevor du geboren wärst, würdest du dann nicht aufhören zu existieren?«

»Natürlich nicht. Ich müßte dort sein, um ihn zu töten.« Er

nippte. »Tatsächlich könnte ich zurückgehen und mich selbst als Knabe töten. Wenn ich es fertigbrächte. Die Reise wird immer teurer, je näher du an die Gegenwart kommst. Wie das Zusammendrücken einer unendlichen Sprungfeder.«

»Halt!« Jetzt hatte ich ihn. »Ich spendiere eine neue Runde, wenn du mir sagen kannst, wie du aus dieser Zeit verschwinden kannst. Die Erde bewegt sich andauernd, dreht sich um die eigene Achse, umkreist die Sonne; die Sonne rotiert im Weltraum. Wie, zum Teufel, *zielst* du mit dieser Zeitmaschine?«

Er sah mich trübe an. »Haben sie dir nichts über Relativität beigebracht? Schau, wenn du aus der Bar rausgehst, zur Toilette rüber und in ein paar Minuten zurückkommst, hat sich die Bar Tausende von Meilen bewegt. Aber sie ist immer noch da. Du bist auf der gleichen Spur, das ist alles.«

»Aber ich spreche von der Zeit, und du sprichst vom *Raum*!«

»Gibt es da einen Unterschied?« Er leerte sein Glas und schob es mir mit einem Finger zu.

Ich sagte mir, daß ich lange genug geblieben war, um das Für und Wider herauszubekommen. Es reichte vielleicht für eine Spalte in einem Verbrechermagazin. Ich bestellte ihm einen neuen Doppelten. »Ihr Leute aus der Zukunft könnt aber ganz schön einen heben.«

»Mehrere Jahrhunderte der Medizin«, sagte er. »Ich bin zweiundneunzig Jahre alt.« Er sah ungefähr wie siebzig aus.

Es sah so aus, als müßte ich ihn etwas auf die Schippe nehmen. »Es scheint mir, daß du ein Millionär sein könntest. Wenn du weißt, wo du investieren ...«

»Das ist nicht so leicht. Ich habe es versucht. Hätte ich genausogut bleiben lassen können.« Sein Drink kam, er steckte eine Fingerspitze hinein und schnippte einen Tropfen weg. »Ich bin eine Art Moslem«, erklärte er. »Eigentlich sollte ich keinen Tropfen Alkohol trinken.

Die Menschen haben es immer versucht; dagegen gibt es kein Gesetz. Aber versetz dich mal in diese Lage: Du überlegst, dich selbst zweihundert Jahre in die Vergangenheit stranden zu lassen. Was tust du für dein Kapital? Altes Geld von Sammlern kaufen?«

»Man könnte Gold und Diamanten nehmen.«

»Sicher. Aber wenn du dir das leisten kannst – und Zeitreise ist auch nicht gerade billig –, warum investierst du es nicht in deine eigene Gegenwart? Erinnere dich, wenn du dich materialisiert hast, bist du nicht mehr in deiner eigenen Vergangenheit. Du kannst nie sagen, was sich geändert haben könnte. Die Menschen versuchen es. Gewöhnlich nehmen sie Hilfsmittel.«

»Funktioniert das?«

»Wer weiß? Sie können nicht zurückkommen und es berichten.«

»Können Sie nicht ihre eigene Zeitmaschine konstruieren und in die Zukunft zurückkehren?«

»Hast du mir nicht zugehört? Es gibt so etwas wie *die* Zukunft nicht. Sogar wenn du weiterreist, gibt es keinen Weg, den richtigen Weg zu finden.«

Irgend jemand kam in die Bar; ich wartete, bis die Tür sich geschlossen hatte und den Verkehrslärm dämpfte. »Was ist dann mit dir passiert? Hast du ein paar schlechte Investitionen gemacht?«

»Teilweise. Sah wie eine sichere Sache aus. Laß es mich erklären. Da wo ich herkomme, lebte fast niemand auf der Erde, nur Wächter und Zeitreisende. Sie ist fast nur ein großer Park, ein großes Museum. Die meisten von uns leben in Niederlassungen im Orbit, einige auf anderen Planeten.

Ich war Geschichtsprofessor, spezialisiert auf Geschichte und Technologie. Ich sparte mein Geld, um zurückzugehen und den ersten Flug zum Mond zu sehen.«

»Das war anno '70?«

»Nein. '69. Es war während des Abhebens, als der Unfall sich ereignete. Niemand sah mich materialisieren; ich habe es auch nicht bemerkt, bis ich hinterher versuchte, durch jemanden hindurchzugehen.

Glücklicherweise war das die Zeit, in der sich jeder so kleidete, wie es ihm gefiel, und meine Kleidung nicht besonders auffiel. Ich schlug mich bis nach Homestead durch und nahm eine Arbeit als Tomatensortierer an, etwas in der Art. Sparte genug, um gefälschte ID's zu bekommen, ging schließlich wieder in die Schule und fuhr mit dem Lehren fort. Heiratete dann auch.«

»Die, die versuchte, dich in die Klapsmühle zu bringen.«

»Das ist richtig. Was weiter geschah. Wenn es eine sichere Sache gab, in die man investieren konnte, so war das der Weltraum. Meine Frau stimmte mir nicht zu, aber es gab keinen Weg, wie ich ihr begreiflich machen konnte, warum ich so sicher war.

Ich ging also her und investierte riesige Summen in die Raumfahrtindustrien – wirklich riesige Summen, ich kaufte Aktien, schob, handelte –, aber meine Frau dachte, alles würde einer konservativen Städtebaugesellschaft zufließen. Ich habe sogar ein paar Formulare von unserem Buchhalter geklaut und jährliche Berichte gefälscht, die ich ihr vor die Nase hielt.«

»Ich glaube, ich weiß, was jetzt kommt.« Doch keine so schlechte Story.

»Ja. Der sowjetisch-amerikanische Vertrag über Nichtproliferation des Orbits, das gottverdammte Proxmire-Gesetz ...«

»Nun, Killer-Satelliten ...«

»Das ist der springende Punkt. Das ist wahrhaftig der springende Punkt. In der Vergangenheit *meiner* Zukunft waren es die Killer-Satelliten, die die Möglichkeit eines Atomkrieges für immer beendeten! Letztendlich schafften sie die Raketen ab und schrien sich nur noch über den Tisch hinweg an.«

»Nun, du darfst nicht glauben, daß uns in irgendeiner Weise ein Atomkrieg bedroht. Das ist nicht wahrscheinlich.«

»Ja. Ich mochte trotzdem unsere Art lieber. Wie auch immer, der Bart war ab, ich mußte meiner Frau sagen, daß wir arm waren und Schulden hatten; ich mußte ihr alles sagen. Und ich dachte, ich würde sie kennen. Ich dachte, sie würde mir glauben. Der Rest ist offensichtlich.«

»Schwammboote.«

»Richtig.« Er nahm einen tiefen Schluck und starrte verdrossen in den staubigen Spiegel hinter der Bar.

»Ist das alles? Kein Schwindel?«

»Das ist alles. Schreib es auf! Du wirst es doch nicht verkaufen.«

Ich sah auf die Uhr. Ich konnte den 1.35 Uhr nach Atlanta noch erreichen und einen halben Tag an der Schreibmaschine sitzen. »Nun, ich gehe jetzt. Danke für die Story, Bill.«

Ich stand auf und legte meine Hand auf seine Schulter. »Und sprich dem Gesöff nicht mehr so zu, okay? Du bist kein Springinsfeld mehr.«

»Sicher.« Er sah mich nicht mehr an.

Auf dem Weg zur Haltestelle der Untergrundbahn kam ich auf die Idee, daß ich die Geschichte nicht als Human interest-Story verkaufen sollte. Nur zur Fiction umschreiben, und ich konnte sie an *Planet Stories* oder sonst einem Schrott-Magazin verkaufen.

Der Fahrkartenautomat belästigte mich mit einem Streitgespräch über das Wechseln eines Hundertrubelscheines, und ich mußte nach einem Schaffner suchen. Dann waren noch Reparaturen im Gange, und es dauerte noch zwanzig Minuten, bis wir in Atlanta waren; ich mußte hetzen, um meinen Anschluß nach Seattle noch zu erwischen.

Raumniederlassungen. Zeitreise. Kein Mensch würde einem 1924 diesen Quatsch abkaufen.

Originaltitel: »No Future in It«

Aus dem Amerikanischen übersetzt von Hannelore Hoffmann
Illustriert von Klaus D. Schiemann

Neue SF-Filme 1983

Ein Rückblick (2. Teil)

von Peter Gaschler

Im 2. Halbjahr 83 bot das SF/Fantasy-Kino ein fast noch bunteres Bild als im ersten. ANDROID, THE DAY AFTER, KRULL, THE LAST UNICORN oder RETURN OF THE JEDI waren dafür recht unterschiedliche Beispiele. Die wenigen guten oder nützlichen Filme können jedoch nicht darüber hinwegtäuschen, daß der Markt für märchenhafte Leinwand-SF heute nach Regeln funktioniert, die auch in Zukunft für weniger Ergiebiges sorgen dürften: Am bequemsten und risikoärmsten sind natürlich Fortsetzungen, denn hier kann man mit bereits vorhandener Kundschaft rechnen (RETURN OF THE JEDI, SUPERMAN III, RAIDERS OF THE LOST ARK II, STAR TREK III, MAD MAX III, CONAN II), bei »Literaturverfilmungen« ist es zumindest die existierende Leserschaft (THE LAST UNICORN, SOMETHING WICKED THIS WAY COMES, DIE UNENDLICHE GESCHICHTE, DUNE), am besten ist natürlich gleich beides (2010: ODYSSEY TWO). Dann in weiteren bereits abgedrehten oder in verschiedenen Produktionsphasen sich befindenden Neuauflagen/Remakes bekannter Stoffe wie GODZILLA, RETURN TO OZ, Hoopers geplanter INVADERS FROM MARS, die schon angelaufene TWILIGHT ZONE oder 3D als zusätzlicher Anreiz: METALSTORM, SPACEHUNTER, ESCAPE FROM BEYOND u. a.

Bei diesem zuschauerträchtigen Angebot aus der Reihe zu tanzen, kann gefährlich sein, aber auch solche Versuche, die sich durch Knappkalkulation ein Mitschwimmen auf der Welle versprechen, gibt es: Roger Corman ist neben zahlreichen anderen Billigproduzenten wieder zur Stelle (KAIN OF DARK PLANET, SPACE RAIDERS, DEATH STAR, WIZARD WARS), weniger teure Filme sind angekündigt von so interessanten Regisseuren wie Aaron Lipstadt (CITY LIMITS) und David Lynch (RONNY ROCKET).

Was immer man von diesem Massenausstoß, in welchem die künstlerische Qualität unterzugehen droht, halten mag, Momente unkonventioneller Überraschungen gibt es, auch wenn sie hierzulande nur selten zu sehen sind. ENDANGERED SPECIES des Robert Altman-Schülers Alan Rudolph gehörte letztes Jahr ebenso dazu wie Cronenbergs SF-Schocker VIDEODROME oder Robert Fivesons THE CLONUS HORROR (in deutschen Landen nur auf dem ›10. Festival des Phantastischen Films‹ in München zu sehen), einer mit einfachen Mitteln gestalteten beängstigenden Zukunftsvision einer USA, die nach Ansicht ihrer Machthaber aus sportlich attraktiven, geistigen Doppelgängern bestehen soll. Mehr noch aber als jeder andere Film schien mir Piotr Kamlers CHRONOPOLIS die dem Genre wie keinem anderen immanente, in der Realität jedoch nur in Form kommerzieller Verwertbarkeit Verwendung findende Wahrheit zu bestätigen: der SF-Film hat, auch wenn sie ihm fehlen, alle Möglichkeiten.

Lehrzeit eines Roboters:
ANDROID von Aaron Lipstadt

ANDROID war der beste SF-Film des Jahres und sicherlich die größte Überraschung auf seinem Gebiet seit Carpenters DARK STAR. Am erstaunlichsten ist aber, daß dieser Film aus Roger Cormans ›New World Productions‹ stammt, einer Firma, die, gerade auch wenn man sich mit SF befaßte, auf äußerst schnell und billig produzierten, an Hits wie STAR WARS oder ALIEN orientiertem Schund spezialisiert war (BATTLE BEYOND THE STARS, GALAXY OF TERROR, MUTANT/FORBIDDEN WORLD). Nichts von der Neurosen fördernden Hektik Corman'scher Drehbedingungen, keine schnell zusammengereimte Story oder gerade billig erhältliche, willkürlich zusammengestellte Bauten, weder Sex, Monster noch übertriebenes Blutgespritze, keinerlei Anzeichen eines allzu typischen exploitation movie ist in ANDROID, einem von Newcomer Aaron Lipstadt mit ökonomisch-künstlerischem Sachverstand und cineastischem Einfühlungsvermögen wunderbar orchestrierten kleinen B-Picture und einem der schönsten und unaufdringlichsten SF-Filme, die es gibt.

Auf einer abgelegenen Raumstation arbeitet Dr. Daniel (Klaus Kinski) an der Konstruktion eines perfekten weiblichen Androiden, Cassandra (Kendra Kirchner), der später einmal den bisherigen, Max 404 (Don Opper), ersetzen soll. Dieser Max, der sich durch alle möglichen Videoprogramme bildet und ein unbändiges Interesse für Menschen und eine Sehnsucht nach der Erde entwickelt, wird eines Tages zufällig Zeuge einer Bandaufnahme, in welcher Daniel seine kurz bevorstehende Abschaltung ankündigt. Zusätzliche Irritation schaffen auch drei aus einem irdischen Gefängnis entwichene Sträflinge, Maggie (Brie Howard), Mendes (Crofton Hardester) und Keller (Norbert Weisser), die mit einem gekaperten Polizeischiff in der Station Zuflucht suchen, von deren Besuch sich Max jedoch eine Möglichkeit erhofft, seinem Schicksal zu entgehen ...

Es ist vor allem die schauspielerisch brillante Darstellung des Co-Autors Don Opper als Max 404, der »vielleicht erste wirklich glaubhafte Android der Leinwand« (Tom Milne im renommierten britischen ›Monthly Film Bulletin‹[1]), worin sich menschliches Verhalten und Fehlverhalten in interessanter Weise spiegeln und gleichzeitig ad absurdum geführt werden. Max liebt die Menschen, aber ihr widersprüchliches Verhalten führt bei ihm zu Mißverständnissen, wodurch er entflohene Mörder schützt und ein Polizeischiff samt Besatzung zerstrahlt, weil er an das Gute im Menschen glaubt und eigentlich nur anerkannt werden will. Das Dilemma menschlicher Existenz, ohne böse Absichten dennoch schuldig werden zu können, zeigt Lipstadt in geradezu logischer Ausführung und mit einer psychologischen Glaubwürdigkeit, die unsere eventuellen moralischen Bedenken nicht weniger witzig (und hilflos) erscheinen ließen als Max' Aktionen. Eine ebenso heitere wie absurde Grundstimmung prägt diesen Film, und wenn man James Stewarts stümperhaften Versuch gesehen hat, über das Gartentor zu seiner Freundin Donna Reed vorzudringen (in einem Ausschnitt aus Capras IT'S A WONDERFUL LIFE), wird deutlich, wo die Wurzel allen Übels bei Menschen und Robotern liegt: Sie können einfach nichts dafür.

Lipstadt wollte eine Geschichte erzählen, in welcher jeder glaubt, den anderen kontrollieren zu können, in Wirklichkeit aber niemand Kontrolle ausüben kann. Maggies sexuelle Ausstrahlung, mit welcher sie die Männer glaubt manipulieren zu können, entpuppt sich ebenso als tödlicher Irrtum wie Mendes' rein körperliche Überlegenheit oder Kellers Hoffnung auf den Sieg der Vernunft, da doch alle im gleichen Boot sitzen. Auch Daniel, der glaubt, die Station trotz allem unter Kontrolle zu haben, verliert seinen Kopf, nachdem er Max zum Killer umprogrammiert und Mendes, der in seiner beschränkten Kurzsichtigkeit Maggie (wegen eines Rendezvous mit einem Roboter, der nur wissen wollte, ob sie schon einmal in Chicago gewesen ist) und Keller (der ihm daraufhin den Schädel einschlagen wollte) getötet hatte, umbringen läßt. Erst die Aktivierung Cassandras bringt für Max die Rettung, sie geben sich als Dr. Daniel und dessen Assistentin aus und fliegen am Schluß mit einem Polizeiboot zur Erde: Du hast keine Chance, aber nutze sie.

Es fällt bei ANDROID nicht leicht, was man an diesem Film zuerst würdigen sollte, sicherlich die alle Elemente superb zusammenklingen lassende Regie, aber auch die spannende und überraschungsreiche Handlung mit ihren interessanten Charakteren, und das bei der klassischen Corman-Länge von 80 Minuten Spieldauer. Bauten und Spezialeffekte sind einfach, aber funktional und mit Verstand eingesetzt, so daß sie kein Übergewicht erlangen und von der Handlung ablenken, ein im amerikanischen SF-Weltraumfilm, der ohne die Technik kaum auszukommen glaubt, nicht gerade alltägliches Stilmittel. Auch die Inneneinrichtung der Station läßt kaum ahnen, daß es sich hier überwiegend um bemaltes Holz handelt – die von Mendes auf Max geschleudert und von diesem abgelenkte Waffe vibriert nicht zufällig in der Wand aus Metall.

Ein solcher Film konnte nur von jemandem gedreht werden, der mit den Tücken und Eigenarten von New Worlds absolut vertraut war, der praktische Erfahrung besaß von allen bei der Herstellung mitspielenden Faktoren, sonst wäre er sehr schnell das Opfer einer Situation geworden, die künstlerische Freiheiten alles andere als begünstigt. Um von den kommerziellen Zwängen unabhängiger zu sein, wurde ANDROID nur zur Hälfte von Corman und ›New Worlds‹ finanziert, den Rest besorgten Lipstadt & Co (auch ›Android Productions‹ genannt) privat. Als Produktionsleiter, Produzent und Regisseur von 2nd Unit-Szenen nebst einer All-Round-Ausbildung war Lipstadt ein geeigneter Regie-Debütant, dem Corman nicht nur deshalb vertrauen konnte, weil er in dieses Projekt sehr wenig eigenes Geld gesteckt hatte (ANDROID kostete nur 1 Million Dollar, bei BATTLE BEYOND THE STARS sollen es 5 gewesen sein). Wie Lipstadt und sein Team durch Charme, Witz, Können, Liebe und viel Enthusiasmus mit den dennoch zuhauf aufgetretenen Low-Budget-Problemen fertig wurden und Will Reigle als Inspiration so nebenbei noch die halbe SF-Filmgeschichte mehr oder weniger bewußt, aber stets intelligent, zitiert[2], ist eine stille Kino-Sensation: ein kleiner Sieg über die unmenschlichen Gesetze der Industrie und deren vermeintliche Unumgänglichkeit.

›Herkules‹ als Science Fiction:
HERCULES von Luigi Cozzi

Man mag seine Filme mit Recht für wenig ergiebigen Kitsch nach amerikanischen Vorbildern und Paradebeispiele abschreckenden Kommerz-Kinos halten, aber Luigi Cozzi, dessen notgedrungenes Pseudonym Lewis Coates heißt, ist ein wirkliches Kind des phantastischen Films – und insbesondere der Science Fiction. Wer seine Geschichte kennt, beginnt seine Arbeiten in einem ganz anderen Zusammenhang zu sehen. Wenn er in seinen Filmen auch nie richtig machen konnte, was er wollte, so verraten die darin en masse auftauchenden Zitate (häufig nur Insidern verständlich) doch immer, was er bewundert und was er selber gerne machen würde oder gemacht hätte.

Cozzi, 1947 in Busto Arsizio geboren, sollte eigentlich in die Fußstapfen seines Vaters treten, der im Baumwollgeschäft tätig war. Als die Familie nach Mailand umzog, kam es zum handfesten Krach im Elternhaus, weil er die begonnenen Studien, welche ihn überhaupt nicht interessierten, abbrach, um fortan als »Schriftsteller« für Magazine aller möglicher Couleurs (darunter die SF-Fanzines ›Futura Fantasia‹, ›Galassia‹, ›Urania‹ und ›Robot‹) neben oft wechselnden Jobs sein Leben zu fristen.

Bekannt wurde Cozzi zuerst durch das zusammen mit seinem Freund Giovanni Mongini (mit welchem er auch eine ›Enciclopedia del cinema fantastico‹ herausgibt) und unter dem Patronat Ugo Malagutis inszenierte ›Grande Rassegna del Planetario‹ von 1975, einem gigantischen, 2 Monate dauernden Festival des SF-Films, dessen zahllose italienische Erst- bzw. Wiederaufführungen bewährter Klassiker wie DESTINATION MOON, GOJIRA oder FORBIDDEN PLANET mehr als 150000 Besucher anlockten – ein phänomenales Ereignis, das Cozzi Mut machte, die wichtigen Filme selbst zu sammeln und zusammen mit einem anderen Bewunderer, Renato Barbieri, einen eigenen Verleih zu gründen.

Bereits 76 spielte Cozzi mit dem Gedanken, einen eigenen SF-Film zu drehen, aber der technische Aufwand eines solchen Unternehmens würde jeden Produzenten – besonders in Italien, wo ein derartiges Interesse überhaupt nicht besteht – abschrecken. Zudem bedurfte es erst einmal jemandem, der sich in Tricks und Spezialeffekten auskannte. Als Cozzi sein ›Planetario‹ im gleichen Jahr in Turin wiederholte, fand er ihn in einem gewissen Armando Valcauda, der an allen möglichen Tricks für TV-Werbespots arbeitete, darunter auch der Dynamation. Valcauda war durch einen Artikel über Ray Harryhausen in Cozzis Fanzine ›La Laterna Magica‹ (das dieser im Alleingang unter verschiedenen Pseudonymen absolvierte) neugierig geworden und wollte selbst ins Spielfilm-Geschäft überwechseln. Bis zum März 77 erstellten sie einen 7minütigen Trailer unter dem Titel ›La Conquista del Sistema Solare‹, verpackten diesen mit einem Drehbuch Cozzis und Produktionsentwürfen des bekannten SF-Zeichners Giuseppe Festino, aber die Produzenten in Rom winkten erneut ab.

Aber nicht mehr lange. Als STAR WARS wie eine Bombe im internationalen Filmgeschäft detonierte, griff der französische Produzent Nat Wachsberger, der von Cozzis Bemühungen in Cannes über einen kleinen italienischen Produzenten Wind bekommen hatte, blitzschnell zu. Wachsberger stand mit der amerikanischen Firma ›American International Pictures‹ in Verbindung, mit der sogleich ein Vertrag über STAR CRASH (bei uns ›Star Crash – Sterne im Duell‹) so der Titel des Projekts, ausgehandelt wurde. Damit begann Cozzis bis heute andauernde Zusammenarbeit mit Leuten, die an SF selbst alles andere als interessiert sind.

Cozzi benutzt seine Projekte, die er kaum nach eigenen Vorstellungen realisieren kann, in erster Linie dazu, an die Tradition von SF und Fantasy in Literatur, Film und Malerei anzuknüpfen und darzustellen, was ihm Spaß macht oder etwas bedeutet, auch wenn ihm dies nicht immer in idealtypischer Form gelingen kann. Seine Heldin Stella Star ist z. B. eine weibliche Ausgabe von Leigh Brackets Eric John Stark aus ›The Secret of Sinharat‹, ein Raumschiff trägt den Namen Murray Leinster, die aus dem Schnee sich erhebende schwarze Hand des Roboters ist durch ein Bild Karel Tholes (zu einem Buch von Sheckley) inspiriert, ebenso Zarth Arns Jagdschiffe (zu Hamilton). Die filmischen Reverenzen reichen von Harryhausen-Werken wie FIRST MEN IN THE MOON (die Grotte der Mutanten erinnert an die Höhle der Seleniten), JASON AND THE ARGONAUTS (Skelette oder ein an Thalos erinnernder Riese, zu Robotern umfunktioniert) oder THE GOLDEN VOYAGE OF SINBAD (die goldene Maske) über FORBIDDEN PLANET (die vertikalen Schächte der Raumstation lassen an das Laboratorium der Krels denken) und CLOSE ENCOUNTERS (das an eine fliegende Stadt gemahnende Mutterschiff) zu, wie Cozzi meint[3], FLASH GORDON, INVADERS FROM MARS, WAR OF THE WORLDS, THE TIME MACHINE, PLANET OF THE APES, IT CAME FROM OUTER SPACE, SILENT RUNNING u. a.

Den STAR WARS-gefärbten Abenteuern von Stella Star folgte 1980 eine nicht minder billige ALIEN-Kopie, CONTAMINA-

ZIONE (»Astaron – Brut des Schreckens«), bei der wiederum das Spiel mit bekannten Versatzstücken des Genres am besten war: THE ANDROMEDA STRAIN (die Laboruntersuchung des fremden Eindringlings), INVASION OF THE BODY SNATCHERS (das Gewächshaus, von dem aus die Welt erobert werden soll), CRAZIES (Schutzanzüge und Gasmasken), PSYCHO (Dusch-Szene mit einem außerirdischen Ei anstelle von Norman Bates), Val Lewton/Mark Robsons GHOST SHIP (die nächtliche Inspizierung des Schiffes am Anfang), IT'S ALIVE (das Überleben der vermeintlich beseitigten Gefahr in der Schlußpointe), ja selbst STAR CRAHS (die Heldin wird einmal Stella genannt), sorgten leider nur bei Kennern für eine einigermaßen wohlwollende Aufnahme, die jedoch kaum über den ramschigen Rest hinwegtäuschen konnte.

Was aber tun, wenn einem nichts anderes übrigbleibt?

»Wenn man in Italien einem Produzenten ein Drehbuch anbietet, ist die erste Frage, die er stellt, nicht ›Wie sieht ihr Film aus?‹, sondern ›Welchem Film gleicht der Ihre?‹. So steht es in Italien, wir können nur ZOMBIE II machen, niemals ZOMBIE I. In Wirklichkeit ist es überall so in der gesamten Filmindustrie. Als ich nach dem Erfolg von STAR CRASH einige amerikanische Produzenten ansprach und ihnen mehrere Projekte anbot, waren sie nur an STAR CRASH II interessiert. Der Produzent von CONTAMINAZIONE wollte nicht nur eine ALIEN-Imitation – in Wahrheit haßt er Science Fiction und hatte ALIEN nicht einmal gesehen –, er verlangte von mir, daß ich ihn wie einen James Bond-Film drehen sollte! Ich mußte es tun!«[4]

Auch bei seinem dritten Opus mußte Cozzi unter den Augen der ›Eis am Stiel‹-Produzenten Yoram Globus und Menahem Golan mit dem Kitsch leben. Schlimmer noch als alles Vorherige ist HERCULES ein wüstes Konglomerat aller möglicher Einflüsse, von CONAN (Herkules am Mühlrad), EXCALIBUR (das magische Schwert im Stein), CLASH OF THE TITANS (s. w. u.) und zahlreichen anderen Querverbindungen, Verweisen und Zitaten (und einigen Direktausschnitten vom Brand Roms aus QUO VADIS am Ende des Films, wie schon George Pal bei seinem ATLANTIS THE LOST CONTINENT-Finale verfahren war[5]), ein ganz in ekelhaft-kommerziellen Veräußerlichungen schwelgender Streifen, der eher einer abgefilmten Zirkus-Show gleicht als einem Spielfilm mit Handlung.

Wie bereits in STAR CRASH scheint es Cozzi und Valcauda wiederum Harryhausen angetan zu haben, besonders dessen JASON AND THE ARGONAUTS: Herkules drückt Meeresfelsen auseinander wie Neptun und kämpft mit der Hydra (von der zunächst nur die Augen zu sehen sind wie bei Dioskylos in CLASH OF THE TITANS, an den auch ein verwester Charon als Chauffeur über den Styx erinnert), während die Hafeneinfahrt in Kreta von einem Talos-artigen Gebirge bewacht wird. Als »Harryhausen-Hommage« gibt es ferner so etwas wie die Riesenbiene aus MYSTERIOUS ISLAND und den Zentaur aus der GOLDEN VOYAGE OF SINBAD, die aussehen, als hätte man den das Drahtskelett umschließenden Gummianzug vergessen. Da hilft es auch wenig, wenn Cozzi seinen Film als SF verstanden haben will, wir es hier mit mechanischen Ungetümen aus dem All zu tun haben sollen.

Magere Budgets, katastrophale Produktionsbedingungen und ignorante Geldgeber haben Cozzi offenbar ganz zum Zyniker reifen lassen. »Diese Leute sind sehr gut, wenn es darum geht, Sie einen Monat lang arbeiten zu lassen, ohne am Ende etwas zu zahlen. Ich könnte nicht leben von dem, was ich als Regisseur verdiene.«[6]

Gespielte Apokalypse:
WARGAMES von John Badham

Im Gegensatz zu seinen früheren Filmen ist John Badhams WARGAMES ein Film mit Botschaft, welche der WOPR-Computer des Combined Operations Center in Cheyenne nach einer durchgespielten Nuklear-Auseinandersetzung zwischen Ost und West in großen Lettern ausspuckt: ›A strange game. The only winning move ist not to play‹.

Daß bei einem derartigen Konflikt niemand gewinnen kann, weil es nichts zu gewinnen gibt, die Absurdität der Situation aufgezeigt wird, ist offensichtlich, aber seine Anti-War-Messa-

ge kann über die fragwürdige Strategie des Films selbst nicht hinwegtäuschen. WARGAMES ist ein auf jugendliche Computer-Fans zugeschnittener Film, und ausschließlich als solcher geht er sein brisantes Thema an. Die Waffen, über die WOPR verfügt, werden niemals in Frage gestellt (als sei ihre Existenz etwas Selbstverständliches), es gibt nicht den geringsten Hinweis auf irrsinnig verlaufende Krisenstäbe wie in DR. STRANGELOVE oder die furchtbaren Folgen, wie sie Peter Watkins' WAR GAME beängstigend real vorgeführt hat. Der Computer, welchen die Kamera mehrmals liebevoll umkreist, und seine auf den buten Riesenbildschirmen des War Room sichtbaren Aktionen werden als Objekte der Faszination und interessantes Spektakel dargeboten, während die ganz auf ihre Funktion hin reduzierten Figuren allenfalls Comic Strip-Charakter besitzen und ganz sicher auch besitzen sollen. Die unglaubliche Ironie von WARGAMES besteht aber vielleicht darin, daß er im Vergleich mit den luftigen Aktionen von BLUE THUNDER weitaus mobiler inszeniert ist – ein Umstand, wie ihn wohl nur ein Regisseur wie Badham zustandebringen kann.

Daß das Problem der atomaren Apokalypse auch ein menschliches und nicht nur technisches ist, hakt Badham bereits in der Anfangssequenz noch vor Ablauf der Credits ab, in welcher ein Armee-Captain sich trotz tödlicher Bedrohung weigert, den Gegenschlag auszulösen. Indem sich diese Handlung als bloßer Trick herausstellt (die Idee stammt wohl aus Lems Kurzgeschichte ›Test‹ und wurde auch von Nicholas Meyer zu Beginn von STAR TREK II verwendet), macht Badham deutlich, daß es ihm nicht um eine ernsthafte Auseinandersetzung des Stoffes geht und daß auch der folgende Film lediglich die spielerische Variante einer möglichen Realität darstellen soll. Aber selbst wenn man diese für den Film nicht unbedingt negative Interpretation zugrunde legt, bleibt immer noch die außergewöhnliche Naivität zurück, mit welcher das wichtigste Thema unserer Zeit hier seine Behandlung erfährt.

Naive Literaturverfilmung: THE LAST UNICORN von Arthur Rankin jr. und Jules Bass

Nun hat auch Peter S. Beagles sensibles Fantasy-Märchen ›The Last Unicorn‹ (1968) den Sprung ins alles nivellierende Fantasy-Kino der 80er Jahre geschafft. Arthur Rankin jr. und Jules Bass, der bereits Tolkiens ›Hobbit‹ TV-gerecht umgesetzt hatte, haben ihn in dieser japanisch-amerikanischen Co-Produktion als Comic Strip in Disney-Version auf die Leinwand gebracht. Derartige Bestseller-Adaptionen sind bereits im Vorhinein ein sicheres Geschäft (weil sie sich unabhängig vom Resultat selbst verkaufen, man kennt es von LORD OF THE RINGS her), warum sich also den Kopf zerbrechen über eine detaillierte Übertragung des Werks oder dessen respektvolle Umsetzung?

Vielleicht weil Beagle selbst hier seine eigene Vorlage als Drehbuchautor auf das Wesentliche zusammengestrichen hat, trifft THE LAST UNICORN der Vorwurf, er vereinfache und verniedliche seine Vorlage in unverantwortlicher Weise, nicht ganz. Aber selbst die aus dem Roman übriggebliebenen Stationen der Suche des letzten Einhorns nach seinen Artgenossen wirken nicht nur gekürzt und trivalisiert, sie erfassen den Gehalt ihres literarischen Gegenübers oft nur unzureichend, er ergibt sich vielfach erst aus der Kenntnis der Vorlage (besonders deutlich bei der Episode mit Captain Cully und seinen Männern, die im Roman äußerst witzig und entlarvend ist, in ihrer filmischen Darstellung jedoch nur plattes Puppentheater abgibt). Der Film konzentriert sich mehr auf die das Einhorn unmittelbar betreffenden Passagen, wodurch die Geschichte eher eindimensional und die menschlichen Figuren etwas zweitrangig oder nebensächlich erscheinen, was nicht der Absicht des Romans entspricht (vor allem Lírs Schicksal und das der Bewohner von Hagsgate bleiben dem Filmbesucher unbekannt).

Dennoch wäre es nicht ganz richtig zu behaupten, Beagle habe gegen eine derartige Umgestaltung seines Werks nichts unternommen. Mommy Fortunas Bemerkung im Film, heutzutage bedürfe es eines billigen Jahrmarkttricks, damit die Leute ein echtes Einhorn erkennen[7], ist – bewußt oder unbewußt – mehr als nur handlungsinterner Klatsch und trifft Kern und Problem des Films genau, ein hinterlistiger, böser Kommentar auch zur Fantasy-Welle und deren Trivialisierungs- und Vermarktungstendenzen. Vielleicht sogar noch dies: Eine der Qualitäten des Buchs besteht ja darin, daß es das Einhorn durch Sprache entstehen läßt, die über ihre Funktion als Hilfsmittel der Beschreibung nicht hinausgehen soll, der Film entkleidet es aber seiner Aura, seines Geheimnisses, durch die Visualisierung, was dem Roman im Grunde genommen widerspricht.

Um so betrüblicher wirken angesichts der Kürzungen und auch die Charaktere nicht verschonenden Entstellungen (die Mimik der Figuren, die wie stereoype Marionetten agieren, scheint besonders hilflos und statisch) die Augenblicke wirklicher Zeichentrick-Magie: die flammende Erscheinung des Roten Stiers, Haggards fetter Küchenkater (mit Augenklappe, Holzfuß und auch in der deutschen Fassung brillanter Synchronisation), schließlich die Befreiung Hunderter von Einhörnern aus den Schaumkronen des Meeres. Den den Roman mehrfach unterbrechenden Versen und Liedern versucht der Film durch seine Musik und Songs zu begegnen, aber diese harmonieren nicht immer mit Handlung und Thematik wie in der von Mia Farrows ›Now That I'm a Woman‹ begleiteten, wundervoll kitschigen, das Geschehen transzendierenden Liebesgeschichte zwischen

Prinz Lír und der Lady Amalthea. Die Popgruppe America ist dabei ebenso wie Christopher Lee (der in der deutschen Fassung seine eigene Sprechrolle synchronisiert hat) oder Lord Grade (welcher THE DARK CRYSTAL mitfinanzierte) sicherlich kein unwesentlicher Faktor bei der personellen Besetzung des Films, einer Verpackungspolitik, die den eigentlichen Stoff hinter einer nach geschickten Verkaufsprinzipien arrangierten Namenskulisse verschwinden läßt. THE LAST UNICORN bleibt trotz seiner unbestreitbaren visuellen Qualitäten eine eher schwache Umsetzung der Vorlage auf nettem, unterhaltsamem Bilderbuch-Niveau, auch wenn dies nicht die Fragen des Publikums, für das er in erster Linie gedacht ist, sind oder sein sollen.

Mittelalterliche Fantasy:
KRULL von Peter Yates

KRULL war neben THE DARK CRYSTAL das große Fantasy-Kino-Ereignis des Jahres. Vom Einbruch des Mystischen in Form der ›Schwarzen Festung‹ bis zu deren Auflösung nach dem Sieg des Guten am Ende des Films ist KRULL bis auf ein paar unglückliche Trick-Kombinationen bei der Flammenrösser-Sequenz und die eher enttäuschende finale Konfrontation mit dem unbeschreiblichen Ungeheuer ein klarer Höhepunkt seines Genres, mit beeindruckenden, gigantomanen Bauten, einer Reihe unterschiedlichster Charaktere und einer mit Action und Humor aufgelockerten, von James Horners köstlicher Themenmusik lustvoll untermalter Geschichte. Wollte man giftig sein, wäre es leicht, in diesem Film nichts anderes als ein Sammelsurium kommerziell bewährter und nur schwerfällig variierter Versatzstücke einer in letzter Zeit den Markt beherrschenden Filmgattung zu sehen (vor allem STAR WARS, ALIEN und EXCALIBUR schimmern durch), aber KRULLs Spezialeffekte und Fantasy-Welt bilden eher Gefahren-Form und Kulisse seiner Handlung, die – in ihrem Genre – nicht nur von Technik und Magie, sondern Menschen handelt.

Innerhalb eines von STAR WARS vorgezeichneten 30 Millionen Dollar-Epos ist es sicherlich nicht leicht, menschlichen Charakteren und Schicksalen eine übergeordnete Bedeutung

zukommen zu lassen, aber bestimmt ist Peter Yates mit seiner den Prinzen Colwyn (von Ken Marshall sympathisch verkörpert) bei der Befreiung der Prinzessin aus den Krallen des Bösen unterstützenden illustren, publikumswirksamen Truppe aus einem Verwandlungskomiker, einem Weisen, einem Seher, einem lieben Zyklop, einem Kind, einer Handvoll Banditen und ein paar wirklichen Schauspielern (Freddie Jones, der Besitzer des ELEPHANT MAN, als Alec Guiness-Vaterersatz und Francesca Annis, Polanskis Lady MACBETH, als dessen verdorrte Gattin) in den Bereich des menschlich Machbaren in seinem von Special Effects dirigierten Metier gestoßen. Zwischen all den unterschiedlichen, nicht immer leicht zu handhabenden Bestandteilen, aus denen sich eine derartige Großproduktion zusammensetzt, ist Yates (der dieses Projekt erst nach einer »Aussprache« mit seiner Frau übernommen haben soll) einen Mittelweg gegangen, der nicht unbedingt der schlechteste ist. Das Problem von KRULL besteht vielmehr darin, daß Yates hier ein Projekt übernahm, das nicht sein eigenes war, und zum ersten Mal unter den Bedingungen einer Mammutproduktion arbeiten mußte (gleichzeitiges Drehen auf mehreren Bühnen, Abhängigkeit vom Markt, Scriptänderungen etc.).

Was KRULL von anderen Filmen seiner Gattung rein äußerlich unterscheidet, ist die kaum differenzierte, nackte Welt seiner immensen Studiokonstruktionen, Modellburgen und transalpinen Außenlandschaften. Produzent Ron Silverman (BRUBAKER), Drehbuchautor Stanford Sherman (ANY WHICH WAY YOU CAN) und ihr Regisseur Peter Yates (BULLITT, THE DEEP, BREAKING AWAY), Produktions-Designer Stephen Grimes (ROOTS OF HEAVEN, THREE DAYS OF THE CONDOR, ON GOLDEN POND) und Special Effects-Maestro Derek Meddings (SUPERMAN I und II, Bond-Reihe) sind weder Fantasy-Spezialisten noch große Erfinder bei der Ausgestaltung ihres Universums. Die ›Schwarze‹, eine Art biomechanisches Raumschiff, wirkt manchmal wie ihr Gegenstück, die ›Weiße Festung‹, als habe man die Dekoration vergessen, als hätte man für die erstere Rüdi Giger bestellt, der dann doch nicht erschienen ist. Ursprünglich war KRULL ein deutlicher mittelalterlich gefärbtes Fantasy-Abenteuer mit echten Schlössern als Drehorte,

aber der Mißerfolg von Paramounts DRAGONSLAYER hatte die Aufnahme zusätzlicher SF-Elemente und die Aufgabe der meisten Außenschauplätze zugunsten großflächiger Studiokonstruktionen zur Folge (haben Sie bemerkt, daß das Waldlager, in welchem Colwyn und seine Männer auf Freddie Jones' Rückkehr von der ›Witwe im Netz‹ warten, *kein* natürlicher Ort ist?). In dieser kalten grauen Welt, die Grausamkeit ausstrahlen (KRULL ist eine Abwandlung des Wortes cruel) und die Figuren identifizieren und zusammenbringen soll, ist nur der Tod in Gestalt einer überdimensionalen Kristallspinne (von Stephen Archer, einem von Harryhausens Assistenten bei CLASH OF THE TITANS, wunderbar animiert), Treibsand und Steinschlag (beides gefährlicher als das Monster, darin der ironische Touch von KRULL), den Todesstrahlen der Slayers, der verlängerten Krallenhand des Bösen und den Fallen der ›Schwarzen Festung‹ lebendig.

Zu den interessanteren Bestandteilen des kommerziellen Fantasy-Großkinos gehört, sich beim intergalaktischen Schwarzweißspiel bewährter Kinotraditionen oder einzelner Meisterstücke zu entsinnen, die sich spielerisch in jedes Projekt einbauen lassen. Yates selbst bezeichnet KRULL als ›fantasy-filmmaking by way of Kurosawa‹, aber während CONAN noch äußerst intelligent Eisenstein und Fritz Lang seine Reverenz erwies[8], müssen hier THE THIEF OF BAGDAD (offensichtlich in den fliegenden Pferden, auch im Innenbau der ›Schwarzen Festung‹ mit ihren glatten Wänden, der schmalen Brücke und dem ›alles sehenden Auge‹, die aus Menzies' ›Tempel der Königin des Lichts‹ geborgt sind), ROBIN HOOD (Colwyn als neuzeitlicher Douglas Fairbanks mit seiner Bande der Geächteten) und John Ford herhalten (die Szene, in welcher die Flammenrösser eingefangen und zugeritten werden, ist eindeutig von derjenigen in FORT APACHE mit ihren unglaublichen Kavallerie-Kadetten inspiriert).

Daß KRULL an keinen seiner prominenten Vorgänger heranreicht, kann uns bei einem Film, dessen Abenteuer in 70 mm und 6-Kanal-Stereoton stattfindet, Genüge sein.

Die Rätsel der Zeit: CHRONOPOLIS von Piotr Kamler

Dieser 70 Minuten-Trickfilm des Polen Piotr Kamler, den man während einer französischen Filmwoche in München sehen konnte, gehört wie LE DERNIER COMBAT vielleicht nicht in unsere Besprechung der laufenden bundesdeutschen Kino-Ereignisse, da es sich aber um den außergewöhnlichsten Film des Jahres handelt (›Cinefantastique‹ berichtete darüber[9]), sei er hier vorgestellt.

Chronopolis ist eine Stadt irgendwo im Raum, deren Bewohner, die Chronosser, sich mit der Herstellung von Zeit beschäftigen, deren Essenz sie in Kugeln eingeben, welche über ein Netz von Pipelines überall ins Universum gelangen. Eine dieser Zeitkugeln beginnt außerhalb ihrer Bahn zu wandern und wird von einem abgestürzten Bergsteiger gefunden, der sich in sie verliebt und ihr zurück in die Stadt folgt. Beeindruckt von diesem Schauspiel, scheinen sich die Chronosser selbst der Zeit hinzugeben, Chronopolis zerfällt.

Mein kläglicher Versuch einer Inhaltsangabe steht nicht im Widerspruch zu diesem hochkomplizierten, erfrischend originellen und äußerst unkonventionellen Film, vor dem unsere Sprache kapitulieren muß. Auch der von der französischen Dichterin Gabrielle Althen poetisch verschönte und von Michael Lonsdale gesprochene Einleitungsmonolog um einen seltsamen Manuskriptfund hilft durch seine ebenso nachdenklich stimmenden wie nichts Konkretes aussagenden Worte nicht weiter. Es gibt wohl kein anderes Beispiel aus dem Bereich des SF-Kinos – vorausgesetzt, man rechnet ihn dazu –, das sich so sehr einem Verstehen entzieht wie dieser Film, dessen verbale Konstruktionen sich am ehesten noch mit Lem oder Borges vergleichen lassen. Auf dem Gebiet des populären surrealistischen Films haben höchstens noch Lynchs ERASERHEAD oder Kumels MALPERTUIS (oder LES MAITRES DU TEMPS von Laloux und Moebius, den ich nicht kenne) ähnliches geschaffen, aber das Ergebnis ist noch ungewöhnlicher und unzugänglicher, obwohl es greifbarer und näher erscheint.

Der Betrachter sieht sich in eine Vision jenseits menschlicher

Erfahrungswelten versetzt, er kann sich seine eigene Interpretation zurechtlegen, aber die Logik des Films ist nicht die seine. Mit zittrigen, ständig die Perspektive wechselnden Fahrten nähert sich die Kamera nach einem Sturz durch Raum und Zeit in halluzinatorischen Bildern der Stadt, als sei sie sich deren Existenz nicht sicher, als gelte es, die richtige oder dem Zuschauer verständliche erst herauszufinden. Die Bewohner sind stumme Puppen, die altägyptischen Pharaonenstatuen oder steinernen Figuren aus Inka-Kalendern ähneln oder entfernt an die metaphysischen Geschöpfe De Chiricos denken lassen: anthropomorphe Darstellungen des Nicht-Darstellbaren, Spieler und Manipulanten hinter der Bühne des Alls. CHRONOPOLIS hat, wie das Universum selbst, keine Erklärung.

Das Unmögliche erreicht der ehemalige Kunststudent Kamler durch eine variationsreiche Stop Motion-Technik in Verbindung mit Zeichentrick, Modellbauten aus allen möglichen Teilen und verschwimmenden Hintergrundflächen, die nicht immer erklärbar oder klar zu trennen sind und zusammen mit dem geheimnisvollen Design völlig einzigartige Bilder ergeben. Nicht weniger phantastisch war auch deren Entstehung: einen Storyboard gab es nicht, die Geschichte entwickelte sich während einer Drehzeit von 5 Jahren (bei oft 14 Stunden am Tag) rein intuitiv, der anfängliche Monolog ist erst im Nachhinein festgelegt worden. CHRONOPOLIS ist der einzige Film, den ich kenne, dessen Drehbuch erst n a c h Beendigung der Dreharbeiten geschrieben wurde, so unwahrscheinlich und widersprüchlich das auch klingen mag.

Kamler hofft mit seinem in Cannes letzten Jahres außerhalb des Wettbewerbs gezeigten Werk einen Verleiher zu finden, der im Zeitalter der Kino-Phantasie den Mut zum Künstlerisch-Intellektuellen aufbringt. Aber dieser Film wird keine Chance haben, sich zwischen RETURN OF THE JEDI und SPACEHUNTER zu plazieren, das wäre das gleiche, als würde man Leuten, die Lutscher bestellt haben, Kaviar vorsetzen. Wenn wir Glück haben, landet er einmal im Fernsehen oder auf Kassette. Also dort, wo er nicht hingehört.

Unheimliche Begegnung der realen Art: THE DAY AFTER von Nicholas Meyer

Filme, die sich um die Bombe drehen, sind seit ROCKETSHIP XM (1950) ein fester Bestandteil des Genres und haben gerade in letzter Zeit wieder zugenommen, handelte es sich dabei um kommerzielles Endzeit-Kino (VIRUS, MAD MAX II), Literaturverfilmungen (MALEVIL), Außenseiter-Produktionen (LE DERNIER COMBAT), Computerspiele (WARGAMES) oder Dokumentarversuche (THE ATOMIC CAFE). THE DAY AFTER, eine im Dezember in unseren Kinos gestartete TV-Produktion, war der wichtigste Film des Jahres.

Nicht als entlarvende Satire wie DR. STRANGELOVE, nicht als fiktive Dokumentation wie THE WAR GAME und auch nicht als naiver Hollywood-Grusel mit Happy End wie Badhams WARGAMES geht THE DAY AFTER die Angst vor dem atomaren Holocaust an, sondern als übliche TV-Ware. Nicholas Meyer (TIME AFTER TIME, STAR TREK II: THE WRATH OF KHAN) hat einen bewußt einfachen, nichts beschönigenden oder überzeichnenden Stil gewählt, es ist die gewöhnliche Darstellung des Unfaßbaren, welche beim Zuschauer Beunruhigung auslöst. Der Wahnsinn wird hier nicht in Bildern der Betroffenheit oder Empörung vorgeführt, sondern als etwas direkt unter der Schwelle unseres öffentlichen Bewußtseins vorhandenes, dessen Weckung die außerordentliche Wirkung dieses Films hervorruft. Indem Meyer in einem populären Rahmen den Überlebenskampf nicht nur von Individuen oder einer Gruppe, sondern einer ganzen Nation schildert (auch wenn sich das Geschehen auf Kansas City und Umgebung beschränkt), erreicht er eine viel größere Verbreitung, als dies bei Filmen mit ähnlicher Thematik der Fall ist, welche von der breiten Öffentlichkeit eher gemieden werden, weil sie keine gängige Unterhaltungsware darstellen oder unbequeme Themen behandeln.

In die sich auf mehrere Orte und Personen verteilende Spielhandlung sind neben Trickaufnahmen farbige Dokumentarszenen einmontiert, als seien sie ein Teil des Plots. Durch geschickte Emotionalisierung und Montage gelingt es Meyer, ihnen als Teil des Geschehens denselben »Realitätscharakter« der gestellten Szenen zu vermitteln, wodurch der Unterschied zwischen banalem Alltag und tatsächlich existierender tödlicher Bedrohung, die ja beide Teil derselben Wirklichkeit sind, geradezu spürbar wird. Hier wird erscheckend deutlich, worüber sonst nur geredet wird und wie leichtsinnig sich der Mensch Waffensystemen zu seinem »Schutz« untergeordnet hat, denen er nun hilflos ausgeliefert ist. Dabei begnügt sich der Film längst nicht mit dieser alleinigen schockierenden Bewußtwerdung, sondern führt seinen Horror in mehreren Etappen vor: zuerst, daß Aggression und Borniertheit in uns allen steckt, dann die Detonationen, hinterher die Erkenntnis, daß auch die Überlebenden keine Chance haben, schließlich die Rede des Präsidenten und der Hinweis am Schluß, daß es in der Realität weitaus dicker kommen würde.

Na schön, aber was geht mich das an, wenn die Knöpfe gedrückt werden, ist sowieso alles aus, oder? Aber hier enttäuscht der Film sein Publikum: THE DAY AFTER zeigt, daß dies nur der Anfang vom Ende wäre.

Es waren nicht die Raketen, die das Unheil brachten, nicht wahr? Es waren Gleichgültigkeit und Egoismus einer Mehrheit, zu der wir uns alle um Himmels willen ja nicht zählen wollen.

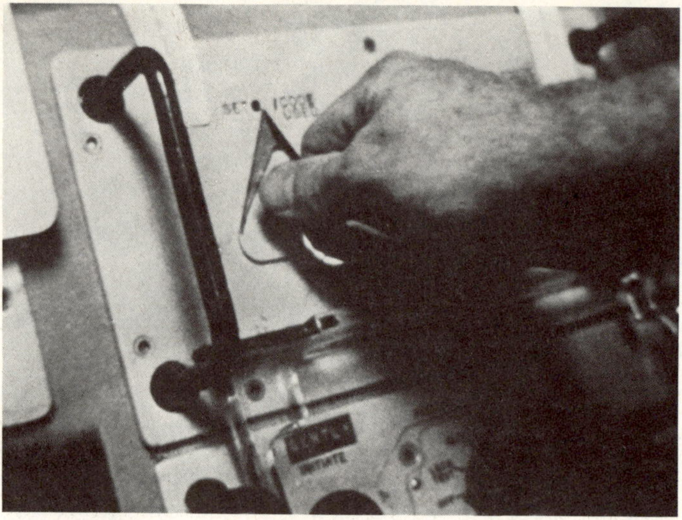

THE DAY AFTER nimmt die Apokalypse in den zwischenmenschlichen Beziehungen vorweg, in einem Verhalten, welches den atomaren Konflikt gar nicht so sehr als Überraschungseffekt oder unvorstellbare Katastrophe erscheinen läßt. Wie will man sich auch über etwas beklagen, an dessen Verhinderung niemand wirklich interessiert war? Die großen politischen Entscheidungen scheinen eher ein lästiger, unerhörter Spiegel zu sein, in welchem uns unsere eigene Dummheit und Unfähigkeit in vergrößertem Maßstab gegenübertritt.

Auch als Genrefilm leistet THE DAY AFTER Ungewöhnliches. Die Gottesdienst-Szenerie hat mich an jene andere, klassische in WAR OF THE WORLDS erinnert, einen Film, der nicht zufällig einmal direkt genannt wird. Aber Gott bzw. »die kleinsten Lebewesen, die er in seiner Weisheit auf die Erde setzte« (auch deren Vertreter sind hier, aber ihre Gegenwart ist nur noch Spott und Hohn) sind keine Hilfe mehr. Andere, kurz angeschnittene Szenen klären noch deutlicher diese Entmystifikation des Genres: wenn der Farmer zum Sternenhimmel blickt, aus dem später keine Marsianer, sondern russische Atomrake-

ten kommen, wenn ein Captain in den Kampfcockpit seines Bombers stürzt wie Luke Skywalker im Rasenden Falken. Meyer scheint hier bewußt mit vertrauten Bildern zu arbeiten, um sie besser in die Realität zurückführen zu können. THE DAY AFTER ist der »illegale« Bruder von STAR WARS und CLOSE ENCOUNTERS, er dokumentiert auf eindrucksvolle Weise auch die – freilich nur momentane – Befreiung des Genres aus Klischees, die ihm oft mit Recht als Verschleierung oder Flucht vorgehalten werden. Mehr noch: indem er allem genre-typischen Balast entsagt, stößt er bedrohlich nahe in einen Bereich vor, wo das Genre nur noch vom Nachvollzug durch die Realität übertroffen werden kann.

Man hat diesem Film vorgeworfen, er zeige die atomare Katastrophe nicht drastisch, nicht real genug, um wirklich etwas zu bewirken. Mag sein, aber das hieße auch, seine Bedingungen, Chancen und Möglichkeiten mißzuverstehen. Indem Meyer am Tag danach beispielsweise einen hellen anstelle eines dunklen Himmels zeigt, arbeitet er nicht mit der Realität, sondern mit der Psyche des Zuschauers zusammen, welcher sich hinterher nur um so deutlicher von seinen irrationalen Hoffnungen getäuscht sieht. Die Kunst darf sich der Lüge bedienen, wenn sie dem Menschen dadurch bei seiner Selbsterkenntnis behilflich ist, ohne das Geheimnis ihres Funktionierens preiszugeben. Der SF-Film kann die Zukunft nicht vorwegnehmen, aber er kann ein Gefühl von ihr entwickeln, indem er die heutigen Verhältnisse in vernünftiger Form hochrechnet. Meyer interessiert nicht die Ursachen oder Erklärungen der Katastrophe, sondern ihr sinnliches, jedermann verständliches Erleben. Ich kenne keinen anderen SF-Film, der die Zukunft derart in Beziehung zur Gegenwart gesetzt und eine ähnliche Reaktion ausgelöst hat. Als faßbar gemachter, kollektiver Alptraum gebührt ihm größte weltweite Verbreitung und Aufmerksamkeit.

Industrie, Langeweile und Magie:
RETURN OF THE JEDI von Richard Marquand

RETURN OF THE JEDI, George Lucas' dritter STAR WARS-Film, VI. Episode und Abschluß der mittleren Trilogie, war das große SF-Spektakel des Jahres, der Film, mit dem das SF-Kino in der breiten Öffentlichkeit identifiziert wurde wie kein anderer, aber es war ein äußerst zwiespältiges Vergnügen. Wer mehr erwartete als die bloße Aufwärmung der Saga (was JEDI viel mehr ist als eine wirkliche Fortsetzung), wurde mit frischlackierten Bildern und simplen Antworten abgespeist. Angesichts der Möglichkeiten, die sich Lucas durch den Erfolg der ersten beiden Filme herausgearbeitet hatte, welche ihm eine Unabhängigkeit garantierten, von der er früher nur träumen konnte, ist das Ergebnis einfach beschämend. JEDI ist der teuerste, komplexeste – und kraftloseste Film der Reihe.

Eine »Handlung« scheint nur insofern vorhanden zu sein, als sie die losen Enden aus den beiden vorherigen Episoden zusammenfügt: Han Solo wird befreit, sein mit Luke und Leia geteiltes Dreiecksverhältnis dadurch beendet, daß sich die letztere als Lukes Schwester herausstellt, das Imperium wird vernichtet, dem Happy End steht nichts mehr im Wege. Und Darth Vader?

Hier haben sich Lucas und Kasdan die dümmste aller Lösungen ausgedacht, indem sie den märchenhaften Kampf Gut-Böse zu einem simplen Vater-Sohn-Konflikt herunterkommen lassen. In STAR WARS und EMPIRE war Vader die Personifikation des Bösen und die interessanteste Figur der Reihe, seine Demaskierung in JEDI verschenkt und trivialisiert die Möglichkeiten der Saga in einem Maße, das selbst Fans, die eine naive Handlungsentwicklung in Kauf nahmen, überrascht haben dürfte. Die Szene ist die spannendste und wichtigste der gesamten Trilogie, ihre Auflösung die banalste, die man sich vorstellen kann!

Derartige Vorab-Rezepte passen jedoch in das Bild, das man sich von einem Erfolgsfilmemacher macht, der die Geister, die er rief, mehr schlecht als recht loswerden möchte. Selbst die Spezialeffekte, der einzige Anziehungspunkt, sind nicht hundertprozentig gelungen, wie man das hätte erwarten können. Mehr Effekt-Szenen (942 im Vergleich zu 545 bei STAR WARS), z. B. solche mit fast 60 einzelnen Bildelementen während der finalen Raumschlacht, sind nicht besser, wenn sie im fertigen Film nur 2 Sekunden dauern. Die Attacke auf den Todesstern ist technisch vollkommener, aber auch kürzer und weniger spannend als in STAR WARS. In EMPIRE gab es zwei länger ausgespielte Höhepunkte – die Schlacht mit den Walkern des Imperiums um den Rebellenstützpunkt auf Hoth und die Verfolgungsjagd im Asteroidenfeld –, hier werden lediglich Ausschnitte aus Kampfhandlungen, dafür in komprimierter Form, vorgeführt, was ein Nachteil gegenüber dem Vorherigen ist und eher den Eindruck falsch verstandener Meisterschaft aufkommen läßt. In der zweiten Hälfte von JEDI wechseln Lucas/Kasdan ständig zwischen drei gleichzeitig ablaufenden Handlungen (die Zerstörung des Schutzschirms, Lukes Treffen mit Vader und dem Imperator, der Angriff der Rebellenflotte), die sich wohl gegenseitig forcieren sollen, das Ergebnis ist aber nicht ein Maximum an Spannung und Action, sondern zusätzliche Irritation, da der Handlungsbogen stets unterbrochen wird.

Bei den Wüstenschiffen auf Tatooine sind Rückprojektionen und Ergebnisse der ›Matte‹-Technik zu bewundern, die klar unter dem Niveau von ILM liegen. Die Speederbike-Sequenzen laufen so schnell ab, daß selbst in einem Fantasy-Kontext das Manövrieren dieser Maschinen unglaubwürdig erscheint, auch wenn es nur die Funktion spannender Action einnehmen sollte. Makelloser ist der Einsatz der AT-ST-Kampfläufer durch die bereits bei DRAGONSLAYER und EMPIRE verwendete Go Motion-Technik (die flüssigen Bewegungen entstehen hier durch am Modell angeschlossene und durch das Blue Backing-Verfahren später wieder verschwindende verlängerte, auf bestimmte Abläufe programmierte »Computerarme«) und deren Hintergrund bzw. Umgebung durch eine echte wie künstliche Waldkulisse, die kaum voneinander zu trennen sind. Brillant sind größtenteils auch die ›Matte‹-Gemälde von Chris Evans und Mike Pangrazio, die kostspielige Bauten ersetzen (Jabbas Palast von außen, das Baumdorf der Ewoks, vor allem der Hangar auf einem Großschiff der Rebellen, in dessen Hintergrund Schiffe vorbeifliegen).

Die Befürchtung, die Technik übernähme hier noch mehr die Handlung als zuvor, ist aber durchaus berechtigt. Die Komplexität der Effekte, die Schnelligkeit der Action-Sequenzen, die vielen Figuren und Eindrücke, die wechselnden Schauplätze: JEDI ist in der Tat eine tour de force, aber eine, die aus den Fugen geraten ist. Zuviel ist in diesen Film unüberlegt hineingepackt worden, nichts wird richtig behandelt oder dargestellt, er zerfällt in seine Bestandteile anstelle eine klare Linie zu verfolgen.

Und doch muß man Lucas' Ökonomie und Raffinesse, aus immer wieder denselben Bestandteilen bzw. deren geringfügiger Modifikation neue Folgen zusammenzusetzen, bewundern, so bequem und einfallslos dieses Vorgehen auch sein mag. Wer will sich schon gerne neue Schwierigkeiten aufhalsen, wenn das mühsam Erprobte immer noch genügend Anziehungskraft ausübt!

In EMPIRE gab es erneut die Flucht in den Hyperspace, das Laserschwert-Duell, die Lehrmeister-Episode (Yoda statt Kenobi), Han Solo wurde wie Leia vorher gefoltert, Vader nahm widerspenstigen Offizieren einfach die Luft weg oder das unsichtbare Monster im Sumpf von Dagobah, das R2D2 unter Wasser zog und wieder ausspuckte wie sein Verwandter Luke in der Müllhalde des Todessterns. In JEDI gibt es neben einigen bereits in der vorhergegangenen Episode wiederholten Bravourstückchen einen zweiten Todesstern, den Hof Jabba the Huts als Zweitausgabe der Kneipe von Mos Eisley, wieder Yoda im Sumpf oder den erneuten Einsatz von Kampfläufern, am wichtigsten aber das abermalige Entkommen des Bösen wie am Ende von STAR WARS, das auch hier die Fortsetzung sichert: der Imperator, welcher nun als Inkarnation der dunklen Seite der Macht Vader abgelöst hat, stürzt in einen tiefen Schacht, aus dem er im nächsten Teil eben so schnell wieder hervorkommen könnte.

Was JEDI belanglos macht, ist mehr als dieser scheinbare Wiederholungszwang. In E. T. spielte Elliott in seinem Kinderzimmer mit STAR WARS-Figuren, hier sagt Yoda zu Luke »Ich werde immer bei Dir sein«, bevor er sich genau wie der sterbende Mystiker in DARK CRYSTAL in Luft auflöst: die Filme zitieren sich gegenseitig, sie machen kein Geheimnis aus ihrer Verwandtschaft, sie verstecken ihre kindliche Einfalt keineswegs (Jedi dürfte mit seiner Selbst-Zelebration im Happy End da am weitesten gehen). Ebenso deutlich wird dies beim erneuten Anflug auf die schwache Stelle des Todessterns: es ist nicht nur der erste STAR WARS-Film, an den man erinnert wird, sondern Kinji Fukasakus UCHU KARA NO MESSEJI, die damalige japanische Antwort auf Lucas' Erfolgsmärchen, die nun rückplagiiert wird. Wenn man nichts Originelles zustandebringen kann, bleibt eben nur noch die Variation oder das Zuendebringen des Bekannten, und genau davon handelt RETURN OF THE JEDI.

Dabei sollte man jedoch nicht übersehen, daß diese Filme in erster Linie für angehende Jugendliche bestimmt sind, die sich kaum fragen, ob das bisherige abgeändert wurde oder nicht, ob die Handlung nun einigermaßen logisch ist oder die Figuren Entwicklungen durchlaufen. Entscheidend ist das Wiedererkennen, der farbige Wechsel der Schauplätze, das neue Spielzeug, die unglaublichen visuellen Höhepunkte und die Action-Szenen. Lucas hat mit seiner STAR WARS-Trilogie bewiesen, daß SF im Kino eine Realität ist, unter seiner Ägide konnten sich die technischen Möglichkeiten derart vervollkommnen, daß heutzutage alles im Film glaubhaft darstellbar ist – zwei nicht zu unterschätzende Faktoren in der Entwicklung eines Genres, für das er vielleicht mehr getan hat als irgendein anderer Filmemacher, wenn auch nicht sie es sind, die der SF-Film in erster Linie braucht.

ANMERKUNGEN

1 Tom Milne: Android. In ›Monthly Film Bulletin‹ Volume 50 Number 590, March 1983, S. 64.

2 Kinski spielt einen modernen FRANKENSTEIN (und Cassandra seine BRIDE, wenn man so will) oder Rotwang aus METROPOLIS (Direktausschnitte), Max' Lauschaktion läßt an diejenige von HAL 9000 in 2001, Daniels Enthauptung an die von Ash in ALIEN denken. Der Sender an Bord des Polizeischiffes verrät den Aufenthaltsort der Entkommenen, wie er es in STAR WARS (an Solos Schiff) mit dem Rebellenstützpunkt macht, das Aufenthaltsverbot von Androiden auf der Erde erinnert wie die vom Computer durchgegebenen Personal-Diagramme an BLADE RUNNER, der Garten auf der Station an SILENT RUNNING, um nur ein paar Reverenzen zu nennen.

3 Eine Menge derartiger Hintergrundinformationen zu STAR CRASH verrät Cozzi in dem sehr ausführlichen Interview mit ›L'Ecran Fantastique‹, Numero 8, 1979, S. 10–24.

4 Cozzi zitiert nach Frederic Albert Levy: Contamination. In ›Cinefantastique‹ Volume 11 Number 3, September 1981, S. 8.

5 Diese Parallele scheint kaum zufällig zu sein: George Pal (1908–1980) hatte bis zuletzt mit dem Unverständnis der Produzenten zu kämpfen, in Hollywood konnte er – im Bestfall – nur jedes sechste seiner Projekte verwirklichen.

6 Zitiert nach Levy, a. a. O., S. 8.

7 Die Formulierung ist hier tatsächlich interessant, denn im Buch heißt es an dieser Stelle handlungsbezogener: »Heutzutage bedarf es einer armen alten Jahrmarktshexe, um den Leuten klarzumachen, daß da ein echtes Einhorn vor ihnen steht!« (Klett-Cotta-Ausgabe, 3. Auflage, 1983, S. 48).

8 CONAN spielt nicht nur auf SHICHININ NO SAMURAI (beim Gemetzel auf dem mit Fallen versehenen Hügel), Kobayashis KWAIDAN (Conans mit Schriftzeichen bemaltes Gesicht z. B.) oder APOCALYPSE NOW (vor allem am Schluß) an, sondern auch Eisensteins IVAN GROSNI (wenn sich die Pilger Thulsa Dooms Tempel in Schlangenlinien nähern wie das russische Volk dem Landsitz des verbannten Zaren), ALEXANDER NEWSKI (Conan trägt denselben pelzumrandeten Helm) und Langs KRIEMHILDS RACHE (in einigen der Helme, dem Bild des qualmenden Festsaals und Dooms Küche).

9 Frederic Albert Levy: Chronopolis. In ›Cinefantastique‹ Volume 13, Number 5, 1983, S. 15.

FILMOGRAFIE

Der Android
Android
USA 1982

Produktion: New World Productions / Android Productions
Produzent: Mary Ann Fisher
Ausführender Produzent: Rupert Harvey, in Verbindung mit Barry Opper
Regie: Aaron Lipstadt
Drehbuch: James Reigle, Don Opper, nach einer Idee von Will Reigle
Kamera: Tim Suhrstedt
Schnitt: Andy Horvitch
Art Direction: K. C. Scheibel, Wayne Springfield
Grafik-Design: Sarah Burdick
Musik: Don Preston
Songs: »Searchin' for My Love« von Robert Moore, gespielt von Bobby Moore und den ›Rhythm Aces‹; »It's a Man's, Man's, Man's World« von und gesungen von James Brown; »Heavy Artillery« gespielt von Django Reinhardt
Kostüme: Merril Greene, Audrey Kaboff
Make-up: Sue Dolph, John Buechler
Spezialeffekte: New World Effects
Darsteller: Klaus Kinski (Dr. Daniel), Don Opper (Max 404), Brie Howard (Maggie), Norbert Weisser (Keller), Crofton Hardester (Mendes), Kendra Kirchner (Cassandra) sowie Mary Ann Fisher, Gary Corarito, Darrell Larson und Ian Scheibel (Terrapol: Neptune), Wayne Springfield und Julia Gibson (Terrapol: Minos), Randy Connor, Roger Kelton, Rachel Talalay und Johanne Todd (Terrapol-Landetrupp)
80 Minuten, Farbe von De Luxe
Filmausschnitte: METROPOLIS (Deutschland 1926, Regie: Fritz Lang), IT'S A WONDERFUL LIFE (USA 1946, Regie: Frank Capra)
Verleih: Warner Columbia
Deutscher Start: 22. 7. 83

Herkules
Hercules
Italien/USA 1983

Produktion: Cannon Films
Produzenten: Menahem Golan, Yoram Globus
Regie und Buch: Lewis Coates (= Luigi Cozzi)
Kamera: Alberto Spagnoli
Schnitt: Sergio Montanari
Dekor: Antonello Geleng
Optische Effekte: Armando Valcauda
Musik: Pino Donaggio

Darsteller: Lou Ferrigno (Herkules), Sybill Danning (Arianna), William Berger (Minos), Brad Harris (Augias), Ingrid Anderson (Cassiopea), Mirella D'Angelo (Circe), Rossana Podesta, Claudio Cassinelli, Delia Boccardo u. a.
Farbe, Dolby Stereo, Länge: 99 Minuten
Verleih: Warner Columbia
Deutscher Start: 12. 8. 83

Wargames – Kriegsspiele
Wargames
USA 1983

Produktion: MGM/UA Entertainment, in Verbindung mit Sherwood Productions
Produzent: Harold Schneider
Ausführender Produzent: Leonard Goldberg
Regie: John Badham
Drehbuch: Lawrence Lasker, Walter F. Parkes*
Kamera: William A. Fraker, A. S. C.
Schnitt: Tom Rolf
Produktions-Design: Angelo P. Graham
Visuelle Effekte: Mike Fink
Spezialeffekte: Joe Digaetano
Spezielle elektronische Effekte: Robert M. Cole
Computer-Grafik: Colin Cantwell
Musik: Arthur B. Rubinstein
Song: »Video Fever« von Arthur B. Rubinstein und Cynthia Morrow, gespielt von ›The Beepers‹
Darsteller: Matthew Broderick (David Lightman), Ally Sheedy (Jennifer Mack), Dabney Coleman (John McKittrick), John Wood (Professor Falken), Barry Corbin (General Beringer), Juanin Clay (Pat Healy), Dennis Lipscomb (Lyle Watson), Kent Williams (Arthur Cabot), Joe Dorsey (Colonel Conley), Irving Metzman (Richter), William Bogert (Herr Lightman), Susan Davis (Frau Lightman), James Tolkan (Wigan), Drew Snyder (Ayers), Duncan Wilmore (Major Lem), John Spencer (Jerry) u. a.
113 Minuten, Metrocolor, Panavision, Dolby Stereo
Verleih: UIP
Deutscher Start: 7. 10. 83

* Das Buch zum Film: David Bischoff, »War Games – Kriegsspiele« (HEYNE-BUCH Nr. 01/6199)

Das letzte Einhorn
The last Unicorn
USA/GB/JAPAN 1982

Produktion: Rankin/Bass Productions, in Verbindung mit ITC
Produzenten und Regie: Arthur Rankin jr., Jules Bass
Ausführender Produzent: Martin Starger
Drehbuch: Peter S. Beagle, nach seinem Roman
Kamera: Hiroyasu Omoto
Schnitt: Tomoko Kida
Produktions-Design: Arthur Rankin jr.
Storyboard/Animation – Regie: Katsuhisa Yamada
Animations-Koordination: Toru Hara
Hauptanimation: Kazuyuki Kobayashi, Hidemi Kubo, Tadakatsu Yoshida
Charakter-Design: Lester Arams
Hintergründe: Minoru Nishida
Musik: Jimmy Webb
Songs: America; »That's All I've Got to Say« gesungen von Jeff Bridges, »Now that I'm a Woman« gesungen von Mia Farrow
Stimmen der deutschen Fassung / des Originals: Traudel Haas / Mia Farrow (Das letzte Einhorn – Lady Amalthea), Barbara Ratthey / Tammy Grimes (Molly Grue), Tilly Lauenstein / Angela Lansbury (Mommy Fortuna), Thorsten Sense / Alan Arkin (Schmendrick), Joachim Tennstedt / Jeff Bridges (Prinz Lír), Frank Zander / Robert Klein (Schmetterling), Wolfgang Spier / Rene Auberjonois (Skelett), Arnold Marquis / Paul Frees (Kater), Evelyn Künnecke / ? (Baum), Christopher Lee / Chr. Lee (König Haggard).
Synchronregisseur der dt. Fassung: Joachim Kunzendorf
85 Minuten (Originallänge: 93 Min.), Farbe, Panavision, Dolby Stereo
Verleih: Filmwelt
Deutscher Start: 21. 10. 83

Krull
Krull
GB/USA 1983

Produktion: Columbia Pictures
Produzent: Ron Silverman
Ausführender Produzent: Ted Mann
Regie: Peter Yates
Drehbuch: Stanford Sherman*
Kamera: Peter Suschitzky
Schnitt: Ray Lovejoy
Produktions-Design: Stephen Grimes
Kostüme: Anthony Mendleson
Visuelle Effekte: Derek Meddings

* Das Buch zum Film: Alan Dean Foster, »Krull« (HEYNE-BUCH Nr. 01/6286)

Spezialmasken: Nick Maley
Animation: Stephen Archer
Darsteller: Ken Marshall (Prinz Colwyn), Lysette Anthony (Lyssa), Freddie Jones (Ynyr), Francesca Annis (Witwe im Netz), David Battley (Ergo), Alun Armstrong (Torquil), Bernard Bresslaw (Rell), John Welsh (Seher), Liam Neeson (Kegan), Tony Church (König Turold), Bernard Archard (König Eirig), Graham McGrath (Titch), Todd Carty (Oswin), Robbie Coltrane (Rhun), Bill Weston (Menno), Andy Bradford (Darro), Dicken Ashworth (Bardolph), Bronco McLoughlin (Nemog), Gerard Naprous (Quain), Belinda Mayne (Vella), Clare McIntyre (Merith) u. a.
121 Minuten, Farbe, Metrocolor, Dolby Stereo
Verleih: Warner Columbia
Deutscher Start: 28. 10. 83

Chronopolis
Frankreich 1982

Produktion: I.N.A. / A.A.A. / Productions du Cirque
Produzent: Marcelle Ponti
Regie und Drehbuch, Bauten, Animation, Kamera: Piotr Kamler
Text: Gabrielle Althen, Piotr Kamler
Erzähler: Michael Lonsdale
Schnitt: Michèle Péju
Kostüme: Krystyna Kamler
Entwürfe: Diane Chretien, Maria Tatarczuk, Babette Vimenet
Technische Assistenz: Jean Mouselle, Jean-Claude Birjus
Musik: Luc Ferrari
70 Minuten, Eastmancolor
Deutsche Erstaufführung: 20. 11. 83 anläßlich der Französischen Filmwoche ›Perspectives‹ in der ›Lupe 2‹, München

The Day After
The day after
USA 1983

Produktion: ABC Motion Pictures
Produzent: Robert Papazian
Regie: Nicholas Meyer
Buch: Edward Hume
Kamera: Gayne Rescher, A.S.C.
Schnitt: William Paul Dornisch, Robert Florio
Ausstattung: Peter Wooley
Spezialeffekte: Robert Blalak, Praxis Filmworks Inc.
Musik: David Raksin (Musik aus »The River« von Virgil Thomson)
Darsteller: Jason Robards (Dr. Russel Oakes), Jobeth Williams (Nancy Bauer), Steven Guttenberg (Stephen Klein), John Cullum (Jim Dahlberg), John Lithgow (Joe Huxley), Bibi Besch (Eve Dahlberg), Lori Lethin (Denise Dahlberg), Ami Madigan (Alison Ransom),

Jeff East (Bruce Gallatin), Georgann Johnson (Helen Oakes), William Allen Young (Airman McCoy), Calvin Jung (Dr. Sam Hachiya) u. a.

125 Minuten, Farbe
Verleih: Tobis
Deutscher Start: 2. 12. 83

Die Rückkehr der Jedi-Ritter
Return of the Jedi
USA 1983
Produktion: Lucasfilm
Produzent: Howard Kazanjian
Ausführender Produzent: George Lucas
Regie: Richard Marquand
Drehbuch: Lawrence Kasdan, George Lucas
Story: George Lucas
Kamera: Alan Hume, B.S.C.
Schnitt: Sean Barton, Marcia Lucas, Duwayne Dunham
Visuelle Effekte: Richard Edlund, Dennis Muren, Ken Ralston
Spezialeffekte: Roy Arbogast
Mechanische Effekte: Kit West
Produktions-Design: Norman Reynolds
Creature-Design: Phil Tippett, Stuart Freeborn
Make-up: Graham Freeman, Tom Smith
Kostüme: Aggie Guerard Rodgers, Nilo Rodis-Jamero, Mary Elizabeth Still
Ton: Ben Burtt
Musik: John Williams
Darsteller: Mark Hamill (Luke Skywalker), Harrison Ford (Han Solo), Carrie Fisher (Leia), Billy Dee Williams (Lando Calrissian), Anthony Daniels (C3PO), Peter Mayhew (Chewbacca), Sebastian Shaw (Anakin Skywalker), Ian McDiarmid (Imperator Palpatine), Frank Oz (Yoda), David Prowse (Darth Vader), Alec Guinness (Obi-Wan Kenobi), Kenny Baker (R2D2), Jeremy Bulloch (Boba Fett), Michael Pennington (Moff Jerjerrod), Kenneth Colley (Admiral Piett), Michael Carter (Bib Fortuna), Tim Rose (Admiral Ackbar), Dermot Crowley (General Madine), Caroline Blakiston (Mon Mothma) u. a.

132 Minuten, Farbe von De Luxe, Dolby Stereo
Verleih: 20th Century-Fox
Deutscher Start: 9. 12. 83

Vorschau auf 1984:

Ein Blick auf die Liste unserer nächsten Kandidaten läßt zumindest bei BRAIN-STORM und DUNE nicht nur in technischer Hinsicht Ungewöhnlicheres erwarten. Es bleibt jedoch abzuwarten, welche der folgenden Projekte/Filme realisiert werden und tatsächlich auch in unsere Kinos gelangen. Die ersteren dürften bereits angelaufen sein.

- TWILIGHT ZONE: THE MOVIE von Steven Spielberg, John Landis, Joe Dante und George Miller
- BRAINSTORM von Douglas Trumbull*
- SOMETHING WICKED THIS WAY COMES von Jack Clayton
- CHRISTINE von John Carpenter
- SUPERMAN III von Richard Lester
- DIE UNENDLICHE GESCHICHTE von Wolfgang Petersen
- SPACEHUNTER: ADVENTURES IN THE FORBIDDEN ZONE von Lamont Johnson
- STRANGE INVADERS von Michael Laughlin
- RAIDERS OF THE LOST ARK II: INDIANA JONES AND TEMPLE OF DOOM von Steven Spielberg
- THE RIGHT STUFF von Philip Kaufman
- DUNE von David Lynch
- STAR TREK III: THE SEARCH FOR SPOCK von Leonard Nimoy
- WAVELENGTH von Mike Gray
- 2010: ODYSSEY TWO von Peter Hyams
- LEGENDS von Ridley Scott
- THE GRID von Matthew Robbins
- METALSTORM von Charles Band
- GODZILLA, KING OF THE MONSTERS von Steve Miner
- ESCAPE FROM BEYOND von Tony Anthony
- THE BLACK CAULDRON von Art Stevens, Ted Berman und Rick Rich
- RETURN TO OZ von Walter Murch
- SPACE VAMPIRES von Tobe Hooper
- KAIN OF DARK PLANET von John Broderick
- SKY PIRATES von John Lamond
- CITY LIMITS von Aaron Lipstadt
- STAR MAN von John Carpenter
- INVADERS FROM MARS von Tobe Hooper
- COCOON von Robert Zemeckis
- CONAN II / CONAN THE DESTROYER

* Siehe die Besprechung von Peter C. Wiesmeier in dieser Nummer, S. 231 ff.

Ein neuer Goethe?

Sensationelles Forschungsprojekt an der Universität Hamburg

Ein Exklusiv-Bericht von Kai Riedemann

GOETHE, Johann Wolfgang von. Geboren am 28. 08 1749. Gestorben am 22. 03. 1832.

So jedenfalls steht es in den gängigen Nachschlagewerken, und bislang gab es auch wenig Grund, an der Endgültigkeit dieser Lexikon-Eintragung zu zweifeln.

Das jedoch kann sich schon bald ändern. Denn bereits seit mehreren Jahren arbeitet am Interdisziplinären Forschungszentrum für Künstliche Kreativität (IFKK) in Hamburg eine Gruppe ehrgeiziger Wissenschaftler an einem wahrhaft revolutionären Projekt: der Schaffung eines sogenannten »Goethe-Computers«. Unter der Leitung von Professor Dr. Kim Barkmann werden Forschungsergebnisse aus den unterschiedlichsten Fachrichtungen zusammengetragen, um letztendlich einen sprach- bzw. dicht-begabten Computer in die Literatur-Szene einführen zu können.

»Unser Ziel ist es«, so Professor Dr. Kim Barkmann in einem Exklusiv-Interview für diesen Bericht, »ein Elektronengehirn zu schaffen, das genauso denkt und schreibt wie einstmals Johann Wolfgang von Goethe. Gewissermaßen die Auferstehung eines verlorengeglaubten Talents, die erneute Blüte einer klassischen Dicht-Epoche.«

Hinter derartig theatralischen Worten verbirgt sich jahrelange aufopferungsvolle Arbeit in nüchterner wissenschaftlich-

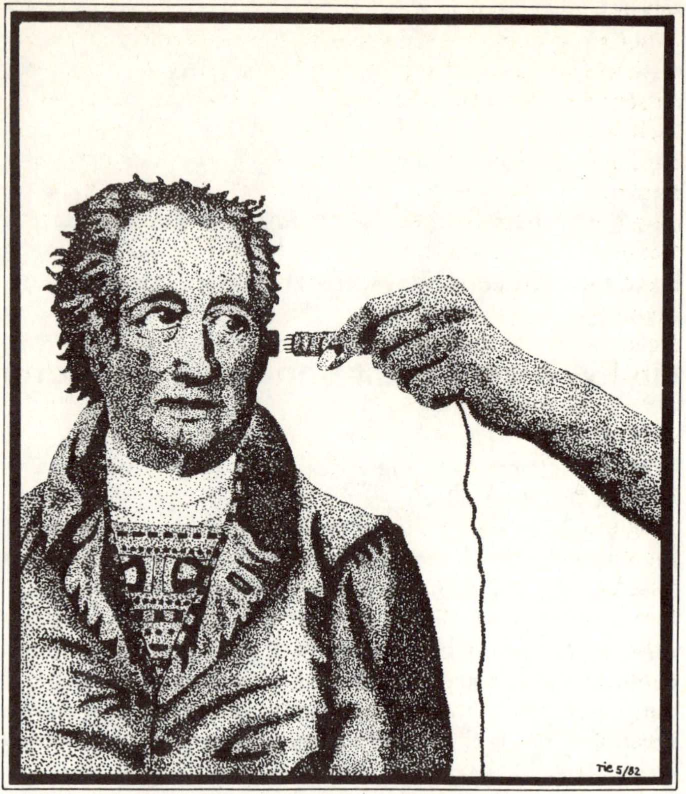

technischer Atmosphäre: die kahlen grauen Räume des IFKK lassen wenig von der kreativitätsfördernden Gemütlichkeit alter Dichterschreibstuben erahnen. Aber man darf sich nicht von Äußerlichkeiten leiten lassen; möglicherweise wird die Arbeit an diesem Institut die deutsche Literatur stärker beeinflussen als Johannes Mario Simmel und Heinz G. Konsalik zusammen.

»Wir versuchen in erster Linie«, erklärte Professor Dr. Kim Barkmann, »die bereits vorliegenden Erkenntnisse der Forschung auf dem Gebiet der Künstlichen Intelligenz mit den Arbeiten am Goethe-Wörterbuch zu koordinieren. Wie Sie vielleicht wissen, wird seit Jahrzehnten von seiten der Literaturwissenschaftler daran gearbeitet, die Werke Goethes systematisch statistisch auszuwerten. Wortschatz, Stilempfinden, Satzbau, Inhalte, Entwicklungen, schematische und syntaktische Strukturen – das alles wird berücksichtigt und nun von uns in einen Computerspeicher eingegeben. Zusätzlich sämtliche Daten über Goethes Leben und Lieben und alles, was über den klassischen Dichter sonst noch bekannt ist. In Verbindung mit dem völlig neuartigen Computersystem, über das ich an dieser Stelle jedoch noch Stillschweigen bewahren muß, ergibt sich jetzt die Möglichkeit, neue Gedichte, Dramen und Romane aus der Feder von Johann Wolfgang von Goethe herzustellen – gewissermaßen auf synthetisch-sprachkreativem Wege.«

Ursprünglich hatte man beabsichtigt, den Computer mit den Sprach- und Lebensdaten Karl Mays zu füttern, da die Absatzprognosen für »Winnetou 5. Teil« vielversprechender waren als für diverse »Faust-Fortsetzungen«, aber diese Planung scheiterte angesichts der mangelnden Auswertungsvorarbeiten der Karl-May-Gesellschaft. Deshalb also jetzt Goethe.

Ist Goethe aber überhaupt noch zeitgemäß? Dazu Kim Barkmann: »Selbstverständlich. Zum einen erhoffen wir uns durch neue klassische Werke ein Wiedererwachen der schulischen Begeisterung für *richtige* Literatur. Nicht immer nur den abgegriffenen und ausinterpretierten Faust im Unterricht, sondern überraschende Neuerscheinungen könnten die Kinder wegführen von Science Fiction, Horror und dergleichen. Außerdem lassen sich auf der Grundlage des goethischen Sprach- und Gedankenpotentials durchaus aktuelle Themen behandeln. Denken Sie nur an ›Sah ein Knab ein Röslein stehn‹ zur Zerstörung der Heideflora, ›Wer reitet so spät durch Nacht und Wind?‹ zur Kindesentführung oder ›Der Zauberlehrling‹ anläßlich von Überschwemmungskatastrophen!« Startbahn West und Kernenergie fallen dennoch als Themen aus, bedauert Kim Barkmann, da beide Wörter nicht im Sprachspeicher enthalten sind.

Die Wissenschaftsöffentlichkeit ist übrigens bezüglich des

IFKK-Projekts unterschiedlicher Meinung. So kommentierte Professor Karl Robert Mandelbaum, angesehener Goethe-Experte, die Forschungsarbeit mit den Worten: »Goethe war gut« – und wollte sich aber dann nicht weiter dazu äußern.

Frederike Froh, selbst Dichterin und aktive Textentwicklungshelferin, meinte sogar: »Texte müssen zurück ins Leben; in den Alltag, aus dem sie gekommen sind. Kommt ein Text aus dem Computer, kann er also am besten gleich da drin bleiben.«

Ein weiteres Problem zeigt sich in der finanziellen Situation des Instituts. Der offizielle Forschungsetat, so Professor Dr. Kim Barkmann, reicht nicht einmal für die Stromrechnungen. Auch das Bundesministerium für Forschung und Technologie hat bislang keinen Zuschuß bewilligt, so daß die Wissenschaftler weitgehend auf Spenden von Literatur-Sponsoren angewiesen sind, die verständlicherweise ungenannt bleiben möchten.

Es geht jedoch das Gerücht um, daß bereits Taschenbuchrechte, Film-, Fernseh- und Comicrechte sowie Theaterlizenzen im voraus verkauft worden sein sollen. Das Verlags- und Buchhandelswesen hofft, durch die Wiedergeburt einer literarischen Goethe-Klassik eine Überwindung der immer noch zäh anhaltenden Rezession zu erreichen. Insbesondere eine Umstrukturierung des Marktes zugunsten anspruchsvollerer, wenn auch synthetischer Dichtung könnte als Endziel der Buch-Produzenten stehen.

Der Plan jedoch, bereits zur Frankfurter Buchmesse 1984 mit einem neuen Goethe-Werk die Dichtwelt aus den Angeln zu heben, dürfte zumindest vorläufig gescheitert sein. Denn auf die Frage, ob bereits konkrete Ergebnisse künstlicher Sprachkreativität vorliegen, wird Professor Kim Barkmann leicht verlegen:

»Der erste inoffizielle Probelauf des Computers hat zwar gezeigt, daß unsere Hypothesen stimmen, daß der Computer genauso denkt wie Goethe selbst es getan hätte. Aber ein winziger Fehler in den Überlegungen hat leider zu einem Kurzschluß in der Versuchsanordnung geführt. Sehen Sie, gerade weil der Computer genauso denkt wie Goethe, hat er vermutlich unseren Planungen eher skeptisch gegenübergestanden. Derartige Produktionsbedingungen und die Tatsache, daß wir dem Programm leider eine demoskopisch ermittelte Komponente über den Literaturbedarf der potentiellen Konsumenten hinzufügen mußten, dürfte zu einer Entscheidung seinerseits geführt haben, die sich in Form eines Kurzschlusses geäußert hat.«

Ein wahrhaft imponierendes Ergebnis; die Überlegungen der IFKK-Mitarbeiter wurden sogar noch mehr als bestätigt: so kann nur ein großer Dichter handeln, der seine literarische Freiheit bedroht sieht. Aber auch dieses letzte Problem dürfte für die Forschungsgruppe kein ernsthaftes Hindernis mehr sein. Schon jetzt arbeiten anerkannte Kapazitäten des Fachbereichs Psychologie sowie praktisch in der Therapie tätige Psychiater an der Lösung dieses eher programminternen Konflikts. Wir werden selbstverständlich weiter über die Fortschritte des Projekts berichten, und da ernsthafte Verhandlungen zwischen dem IFKK und dem Wilhelm Heyne Verlag in München stattfinden, ist es nicht ausgeschlossen, daß irgendwann auch mal eine SF-Story von Johann Wolfgang von Goethe präsentiert werden kann. Warten wir es ab!

Wer sich näher über das Gesamtprojekt informieren möchte, kann das anhand folgender im Fachhandel erhältlicher Bücher tun:

BARKMANN, Kim (Hrsg.), *Deutschland braucht Goethe. Vorüberlegungen zu einer Wiedergeburt der literarischen Klassik.* Hamburg 1983.

JUNGE, Sigrid, *Der programmierte Dichter. Goethe und die künstliche Intelligenz.* Hamburg, The Hague 1982.

MÜLLER, Peter, *Goethe bringt den Aufschwung!* in: »Konjunkturjournal für die deutsche Buchwirtschaft«. Heft 13. Gütersloh 1983.

FACT

Computer Versus Kabbala

von Kurt Bracharz

In J. G. Ballards Erzählung »Studio 5« dichten die Poeten der Künstlerkolonie Vermilion Sands mit IBM-Computern, den Vers-Transkriptoren. Die VT-Geräte variieren klassische Texte, nachdem man Versfuß, Reim und Assonanz eingestellt hat. Sie leisten auch Schwierigeres: der Ich-Erzähler läßt seine Maschine an einer Transliteration von Joyces »Ulysses« arbeiten, die einen Vergleich des Buches mit der »Odyssee« erleichtern soll.[1]

Während in der Story die Dichtcomputer bald zertrümmert und durch herkömmliche Kopfarbeit ersetzt werden, entwikkeln die SF-Schreiber unserer Tage ein Nahverhältnis zum Computer: »Dieses Buch wurde auf einem Archives-II-Mikrocomputer mit Wordstar-Programm geschrieben und auf einer 5-inch-Diskette von Colombo nach New York geschickt. Korrekturen in letzter Minute wurden über die Padukka-Erdstation und Intelsat I Indischer Ozean übermittelt.«[2] Dabei handelt es sich um »2010 – Odyssee 2« von Arthur C. Clarke, der Fortsetzung von »2001 – Odyssee im Weltraum«, aber dem Inhalt des Textes ist nichts von seiner Technologie anzumerken – er hätte auch in einem Spitzwegpoeten-Dachkämmerchen entstanden sein können. Was Großverdiener Clarke (der mit Thomas Pynchnon als Konkurrenz (!) den »Nebula« wieder einmal gewonnen hat) sich leisten konnte, mußte der deutsche SF-

Autor Robert Brenner (»Signale vom Jupitermond«, »Der schwarze Planet«, »Es lebe Marsilia«) bei IBM ausborgen, nämlich ein 34 000 Mark teures Schreibsystem.

Im SPIEGEL 3/82 behauptet er von diesem Gerät, es würde ihm 10 % der Zeit und 70 % des Papiers bei seiner Arbeit sparen können. »Nach zwei Monaten damit setzte er sich an seinen Computer und pries sich beidhändig als einen Mann, der in Zukunft ›keine gute Formulierung, keine tiefempfundene Wendung mehr verschwenden‹ wollte.«

Im Leitartikel des Computersonderheftes des »P. M.-Magazins« (München, Oktober 1982) schwärmte Brenner weiter: »Als Fische hatten wir nur das Stammhirn, später dann, als Reptilien, kam das Kleinhirn dazu; als wir Säugetiere wurden, begann uns das Großhirn richtig zu wachsen – und jetzt, als Menschen, legen wir uns das Hirn Nummer vier zu, den Computer.«

Am Hirn Nummer vier war vor einiger Zeit in der Presse auch der amerikanische Ex-Präsident Jimmy Carter zu sehen. Er schrieb an einer schlafzimmerschrankgroßen Textverarbeitungsanlage seine Memoiren. Die Bildunterschrift paßte zu seinem Image: er hatte einige bereits korrigierte und in Endfassung gebrachte Seiten versehentlich wieder gelöscht.

Dieses Bild – das ich lange vor der Lektüre Clarkes und Brenners sah – löste bei mir den Eindruck aus, das – also am Monitor und mit einem Computer als Background – sei die wahre zeitgenössische Art des Schreibens.

Ein Vorteil der Schriftstellerei gegenüber den anderen Kulturtätigkeiten mit Ausnahme von Singen und Tanzen ist, daß man so gut wie keine Materialien braucht: Papier und Bleistift genügen, manchmal auch nur ein gutes Gedächtnis.

Woher also meine Faszination durch eine verhältnismäßig riesige und unhandliche Apparatur?

In jener unumgänglichen Lektüre des Trivialautors unserer Tage, dem »Scientific American« und seinen Abkömmlingen, blätternd, lese ich Nachrichten wie diese:

Der an der Hamburger Universität stehende Computer HAM-RPM versteht Umgangssprache, die über Tasten eingegeben wird; amerikanische Prototypen begreifen fließende Rede, wenn kleiner Wortschatz, bescheidene Syntax und sorgfältige Artikulation gegeben sind; SAM kann Zeitungsmeldungen verdichten, also Zusammenfassungen machen, EPISTLE soll dasselbe mit Geschäftskorrespondenz tun. AURA aus Illinois liefert mathematische Beweise (der Beweis des Vierfarbensatzes der Topologie wurde wesentlich durch Computer ermöglicht). Man erwartet Maschinen, die zum aktiven Erlernen einer Sprache programmiert werden können. Die in einem dicken Wörterbuch enthaltenen Informationen lassen sich auf einer einzigen Magnetplatte speichern; die optischen Speichersysteme der nahen Zukunft werden diese Kapazität bei weitem übertreffen. Supercomputer wie Cray-1 von der Cray Research Corporation oder Cyber 205 der Control Data Corporation können hundert Millionen arithmetische Operationen pro Sekunde ausführen; die Nutzbarmachung des Josephson-Effekts wird die Zeiten noch verkürzen; den Computern wird neben Hören und Sprechen auch das Sehen beigebracht. Von den lernenden elektronischen »Mäusen«, die jährlich in einem Wettbewerb im Labyrinth gegeneinander antreten, bis zur künstlichen Intelligenz, die diesen Namen verdient, führt ein weiter, aber gangbarer Weg. Das heißt: in der Information kommen Möglichkeiten auf uns zu, gegen die sich Arno Schmidts Zettelkästen oder Gore Vidals Karteischrankraum ausnehmen wie das Steinbeil gegenüber der Cruise missile.

»Was wird er damit machen?« – der Schriftsteller nämlich. Wird bald als Analphabet gelten, wer Sprachen wie LISP, ALGOL oder deren Töchter nicht versteht?

Vor mir liegt das erste von einem Computer geschriebene Buch, das als Belletristik verkauft wird, das »Volksbuch«, programmiert von Heidulf Gerngross, Wien 1978. Natürlich hat es schon früher Computertexte gegeben, so etwa die im Rechenzentrum der Technischen Hochschule Stuttgart von Theo Lutz realisierten und in der Zeitschrift »Augenblick« 1/1959 abgedruckten. Sie klangen so: »Nicht jeder Blick ist nah. Kein Dorf ist spät. / Ein Schloß ist frei und jeder Bauer ist fern. / Jeder Fremde ist fern. Ein Tag ist spät. / Jedes Haus ist dunkel. Ein Auge ist tief. / Nicht jedes Schloß ist alt. Jeder Tag ist alt ...«[3] Für Vermilion Sands hätte das ebensowenig gereicht wie G. Stickels

Produktion von 10000 »Autopoemen« pro Stunde auf einer IBM 7090 einige Jahre später.

Gerngross hat seinem Buch dadurch Gewicht verliehen, daß es 1300 Seiten stark ist; ein Brocken dieses Formats kann nicht so leicht zu den dünnen Produktionen der Schublade »Avantgarde« abgelegt werden.

1300 Seiten lang also begegnet der Betrachter (»Leser« wäre zuviel gesagt) einem scheinbaren Chaos von Zeichen aus verschiedenen Systemen, gewöhnlichen Buchstaben ebenso wie Gerngross' aus Winkeln bestehendem »Raumalphabet«, außerdem Figuren und Zeichen (etwa einem verfremdeten Herzen für das Wort »Liebe«).

Als Ausgangsmaterial dienten Textstellen aus Heimat-Romanen, Science Fiction, Tageszeitungen und TV-Programmen. Der Computer war programmiert, diese Texte zu verändern: er ersetzte Buchstaben durch andere, tauschte Wörter gegen Zeichen aus, ließ manches weg und streute, durch einen Zufallsgenerator gesteuert, anderes darüber.

Das Ergebnis ist ein hermetisches Buch. Gerngross: »Man überfliegt ein Buch und glaubt, das Wichtige mit einem Blick erkannt und verstanden zu haben. Bei meinem Buch gelingt einem das sicher nicht so leicht.«[4]

Gewiß nicht, es gelingt auch nicht auf den zweiten Blick. Der ideale Leser des »Volksbuchs« ist ein Computer, der, entsprechend programmiert, in der Lage wäre, die verdrehten Fäden wieder aufzudröseln. Das Ergebnis dieser Dechiffrierarbeit wären freilich nur Heimatroman, Science Fiction, Tageszeitung oder TV-Stories plus Gerngross' Programm ...

»Das ist nicht die Zukunft der Literatur!« rief ein Schriftsteller spontan aus, als ich ihm das »Volksbuch« zeigte. Nein, Bücher, die von Maschinen für Maschinen geschrieben werden, sind das sicher nicht. Was aber könnte der Computer für die Literatur leisten?

Der Schriftsteller Otto Nebel veröffentlichte 1957 im Werner Claassen Verlag, Zürich und Stuttgart, als Ergebnis 27jähriger Bemühungen sein »Das Rad der Titanen. 12-Runen-Fuge.« Der Text besteht ausschließlich aus den Buchstaben

A E I O
D F N R
S T V W

Der Beginn etwa lautet: »Das was den Wanderer narrt: – das niedere Wort, / das ist verstört / das rastet in der Wesen Weite nie; / das irrt, das irrt.«

Ein Computer hätte diesen Text zwar nie geschrieben, wohl aber zu seiner Entstehung eine Hilfestellung leisten können, die die Arbeitszeit wesentlich verkürzt hätte, etwa durch das Ausdrucken von Permutationen, aus denen man nur die sinnvollen Wörter hätte heraussuchen müssen, und ähnliche mechanische Tätigkeiten. Er könnte Listen von Homonymen, Anagrammen, Palindromen und all den anderen Späßen der enigmatischen Literatur mit einer Schnelligkeit entwerfen, die jedes Nachdenken des gewandtesten Sprachspielers überflüssig macht; es bliebe einem die Auswahl des Brauchbaren überlassen. Natürlich könnte sich auch der Leser Zitate, Akrostichen etc. ausdrucken lassen. Unternehmen von der Größe des Arno-Schmidt-Dechiffriersyndikates ließen sich auf Tischrechnergröße reduzieren.

Dies bedeutete freilich das Ende der enigmatischen Literatur dieser Art, oder sie würde zum ausschließlichen Tummelplatz der Rater vom Kreuzworträtseltypus, über die Oswald Wiener in »Wir möchten auch vom Arno-Schmidt-Jahr profitieren« schrieb: »ja das eine was ihnen spaß macht is das ostereierfinden (pause) wird einmal einer noch eine geschichte mit anspielungen schreiben wenn man die zitate alle findet geben die fehlenden wörter die lösung«.[5]

Natürlich haben Rätselwerke ihren eigenen Reiz, man sah es zuletzt am Millionenerfolg von Kit William's »Masquerade«, das prächtige und interessante Fehldeutungen hervorgerufen hat, bis es vor kurzem gelöst wurde. Aber man wird zum Verschlüsseln jene Methode verwenden müssen, bei der man den Chiffrierschlüssel bekanntgeben kann, ohne damit den Dechiffrierschlüssel zu verraten.[6] Das ändert aber nichts daran, daß diese Art von Komplexität in Texten immer banaler wird. Der Computer erledigt die Kabbala.

ANMERKUNGEN

1 J. G. Ballard: zuletzt als »Die Tausend Träume von Stella Vista und andere Vermilion-Sands-Stories.« Frankfurt am Main 1982, S. 168, 172, 175 und 188.

2 PLAYBOY Deutschland 12/82, München, November 1982. Im amerikanischen PLAYBOY vom September 1982 hieß es, leicht abweichend: »Archie (Archives III, five megabytes, Winchester disc, Wordstar program).«

3 Zitiert nach: Max Bense: »Einführung in die informationstheoretische Ästhetik«, Reinbek 1969, S. 111.

4 »Zeitschrift des Kulturservice«, Nr. 3, Wien 1981.

5 a. a. O., München 1979, S. 59.

6 siehe den Bericht des Erfinders im »Scientific American« 8/79.

SZENE

Wiener Autorenprojekt zur Science Fiction

Eine Veranstaltungsreihe im literarischen Quartier »Alte Schmiede«

von Günther Luxbacher

Das Leben ist hart, aber modern.
– Italienisches Sprichwort

»Den selbstgestellten Anspruch, neben einer Literatur von der Zukunft auch die künstlerisch wegweisende Literatur der Zukunft zu sein, erfüllt die Science Fiction, wenn überhaupt, nur in raren Spitzenleistungen.«
– Hans Langsteiner im ORF-Mittagsjournal, 28. 11. 83

SF erfährt zunehmend Rezeption. Ein Genre, das bislang im Getto feststeckte, findet, nicht zuletzt durch Autoren wie Stanisław Lem, Philip K. Dick oder John Brunner begrenzten Zugang zur Literaturkritik und den Medien.

Dies war mit ein Grund für den Schriftsteller Herbert J. Wimmer, das »Autorenprojekt Science Fiction« zu planen und vom 21. 11.–2. 12. 83 im Wiener Literaturzufluchtsort Nummer eins, der »Alten Schmiede«, zu präsentieren. Geladene prominente Gäste, die zum Themenkreis in Literatur und Film sprachen, waren unter anderen: Franz Schuh, »Wespennest«-Redakteur, Helmut Eisendle, Autor, Veröffentlichungen hauptsächlich bei Residenz, Salzburg, Herbert W. Franke und Wolfgang Jeschke, beide Autoren und Herausgeber, sowie Franz Rottensteiner, Berater der phantastischen Bibliothek bei Suhrkamp, nicht nur in Sachen Lem.

Montags, am ersten Tag der Veranstaltung, eröffnete Peter Schattschneider, (»Zeitstop« bei Suhrkamp) Physiker an der TU-Wien, den Reigen. Sein Referat »Bemerkungen zur Quantentheorie der SF« baute auf die getrennt bewerteten Begriffe ›Science‹ und ›Fiction‹ auf. Es entstand der Eindruck einer Annäherung an eine Literaturgattung mittels dieser Begriffsanalyse. Später, erst beim persönlichen Gespräch stellte sich heraus, daß er eine idealistische Sichtweise gewählt hatte, daß er für die Naturwissenschaften als Ausgangspunkt für das Erzählte *plädierte*, wie dies etwa in Nivens »Neutron Star« (Bastei-Lübbe) gelungen sei. Nur scheint mir der Theorieaufbau, was SF eigentlich sein sollte, ziemlich nebensächlich, da es diese Gattung bereits gibt und sie deutliche Merkmale trägt. Jeder andere Ausgangspunkt geht an den Tatsachen zumeist vorbei (z. B. seriöse Beschäftigung mit den Naturwissenschaften) und wäre in diesem Sinne kaum mehr in der großen gedachten Schublade SF unterzubringen. Schattschneider ist jedoch Naturwissenschaftler und beschäftigt sich mit der Science in seiner Fiction. Beispielsweise wurden sämtliche notwendigen Daten (Zeitdilatation, etc.) in seinem ersten Erzählband genau berechnet.

Franz Schuh trat noch am selben Abend mit den Worten an, daß er bloß eine *»laienhafte Erzählung«* der SF habe und nicht nur über Trivialliteratur (ursprüngliches Thema: »Über Trivialliteratur«), sondern vor allem über die Zukunft sprechen werde: *»Ich glaube, daß die Zukunft eine Neurose ist, und zwar eine Neurose der Gegenwart.«* Er sprach von der kommenden Künstlichkeit des Menschen und seiner Umwelt, von welcher er sich nur noch als ein Teil begreifen wird können. *»Das heißt, er kennt kein Geheimnis und kein Abenteuer. Alles ist ihm gleichgültig, aber nichts ist ihm langweilig. Die Künstlichkeit wird ständig beseelt.«* Im Pastorenton zitierte Schuh noch aus

Bradburys »Marschroniken«: »*Sie wohnten in einem Haus aus Kristallsäulen am Ufer eines leeren Sees auf dem Planeten Mars, und jeden Morgen konnte man Frau K sehen, wie sie die goldenen Früchte erntete, die an den kristallenen Wänden wuchsen, oder wie sie das Haus mit magnetischem Staub putzte, den sie mit den Händen ausstreute und der dann vom heißen Wind davongetragen wurde und den Schmutz mitnahm.*« Und schließlich definiert Schuh den Menschen der Zukunft: »*Es gibt alle möglichen Bilder, in denen er sich getroffen vorkommen kann ... Er wollte aber nur so aussehen, wie man ihn ansah.*«

22. 11. 83
Helmut Eisendle verlagerte den Schwerpunkt seines Beitrages im Neuen Institutsgebäude der Universität Wien ganz auf die sprachliche Ebene. Mit verschmitztem Grinsen zitierte er Lehrsätze aus der Chemie, Physik und Mathematik und versuchte damit, das Gebiet »Science« abzustecken. Nach wenigen Minuten schon verließen die ersten Hörer den Saal, da es sich zumeist um Studenten handelte. Also auch hier Annäherung an den Begriff, an das Schlagwort, an den diffusen Gattungsbegriff »Science Fiction« durch Zerstückeln von Science Fiction. Es folgten Beispiele aus der Sprache der »Fiction«. Aber hier schien Eisendle ein Fehler unterlaufen zu sein, denn er zitierte nicht wie erwartet aus Romanen und Erzählungen der »Hohen Literatur«, sondern faßte den Terminus als naturwissenschaftliche Theoriebildung auf. Ein äußerst unterhaltsamer Beitrag, denn nach zwanzig Minuten Lehrsatzzitaten aus den exakten Wissenschaften kicherte jeder vor sich hin. Etwas platt jedoch landete dann der von mir als Autor sehr geschätzte Eisendle mit dem Satz »*Ihr Träumer – bleibt auf der Erde*« (gleichzeitig Motto des Vortrages) im untersten Stockwerk, nämlich im moralisierenden Imperativ, nachdem er als Beispiel für eine mißlungene Synthese aus beiden Begriffen aus Besters »Demolition« vorgelesen hatte.

23. 11. 83
»*Die Wissenschaftsfeindlichkeit vieler Jugendbewegungen der sechziger Jahre hängt mit dem Autoritätsanspruch der Wissenschaft zusammen.*«

Der Werbekaufmann Wolfgang Szaal, seit Anfang der sechziger Jahre im Fandom, brachte, im Gegensatz etwa zu Franz Schuh, eine weitere wichtige Voraussetzung für ein fundiertes Urteil über die Tendenzen und den Themenkatalog der SF mit: Zwei Jahrzehnte lang kritische und intensive Beschäftigung mit der Thematik. Er berichtete über die »New Wave in der SF«. Sein Vortrag gehörte zu den übersichtlicheren und sachlich informativsten Beiträgen der Veranstaltung und scheint mir von diesem Blickwinkel betrachtet unbedingt erwähnenswert. Szaal bezog sich auf das in England seit den fünfziger Jahren erscheinende Magazin »New Worlds«, das seit Ende der Sechziger Sprachexperimente, Surrealismus und Sexualität gegen die schal gewordenen »Space Operas« stellte, und auf lange Sicht scheiterte, scheitern mußte. Als Wende nannte Szaal die Publikation von »Flesh« (dt: »Der Sonnenheld«) von Farmer, da hier erstmals der Themenkreis Sexualität in eine bislang recht verklemmte, vorwiegend für Jugendliche gedachte Literatur eingebracht wurde. *»Dem Puritanismus wurde eine freie Sexualität gegenübergestellt, der autoritären Erziehung eine anti-autoritäre und im speziellen SF-Bereich dem »Outer Space« der »Inner Space«.*

Szaal hält sich in der Folge an die Entstehungsgeschichte von »New Worlds«, das mit der Nummer 143 (und im Jahre 1964) vom Fantasy-Autor Michael Moorcock mit dem Leitartikel »A New Literature of the Space Age« relativ enthusiastisch übernommen wurde. Moorcock investierte später auch privates Geld in sein Projekt. Das englische Autorendreigestirn Moorcock, Aldiss, Ballard veröffentlichte ab nun in »New Worlds«, *»ansonsten sollten sich neue, junge Autoren bewähren«*. Das klingt, als ob man an der Front stünde und eine Schlacht zu schlagen hat, die im Grunde eigentlich bereits verloren ist. Denn Surrealismus und Experimentelles war schon lange zuvor in einer ersten breiten Welle durch die Literatur gegangen (z. B. in den Zwanzigern) und erlebte nun in den Subgenres eine Renaissance, die teilweise von Manierismus zerfressen war. (Ausnahme: Ballard).

26. 11. 83
Um 16 Uhr sollte Fassbinders »Welt am Draht« gezeigt werden, und es herrschte reges Interesse daran, da der Film bislang hierzulande noch nie zu sehen war. Nach einem zeitweise streikenden Video-Recorder konnte dann doch begonnen werden. Bis sich herausstellte, daß das deutsche Fernsehen bloß zwei von den vier Kassetten geschickt hatte. Dies war ärgerlich und böse, zynische Spaßvögel meinten, daß Kohl wohl seine Gründe dafür gehabt hätte.

28. 11. 83
»Ich meine, daß wir erst am Anfang einer sehr primitiven Technik sind«, war das Schlußstatement von Herbert W. Franke zu seinem diaunterstützten Vortrag *»Science Fiction, Computer und neue Medien«*. Franke versuchte, dem Publikum computergesteuerte »Illusionstechnologie« nahezubringen und verlegte sich dabei hauptsächlich auf den Anwendungsbereich Film. Einen ähnlichen Problemkreis hatte er bereits mit der »Globorama-Kabine« in »Sirius Transit« (bei Suhrkamp) angeschnitten.

Gleichzeitig eröffnete Franke auch den »Profiabend« in der »Alten Schmiede«.

Wolfgang Jeschke präsentierte sein Thema *»Science Fiction im Taschenbuch«* historisch, mit einem leisen Anflug von Melancholie. Ausgangspunkt seiner SF-Annäherung waren die »amerikanischen Märchen«, die in der BRD erstmals im Rauch-Verlag als Übersetzungen erschienen. Von der Geschichte des Taschenbuchs in Deutschland über die ersten Publikationen der SF im Taschenbuch bei Heyne und Goldmann machte sich Jeschke an die Beschreibung von Buchmarktmechanismen im allgemeinen und speziellen.

Die Situation von heute umriß er treffend mit dem Ausspruch, daß es vielen Verlagen im Billiggeschäft nur noch darum gehe, Massenproduktionen *»auf die Wühltische der Kaufhäuser zu kippen«*, und beklagte, daß junge Autoren durch das derzeitige Vertriebssystem stark benachteiligt seien. Doch vermutlich kommt der Produktionsausstoßvorsprung der

Science Fiction gegenüber dem Krimi auch durch solche Massenproduktionen zustande.

Franz Rottensteiner, unter anderem Mitarbeiter bei »SF-Studies«, ließ auf seine beiläufige Art gleich mehrere Bomben platzen. Eines seiner einleitenden Statements: *»Nichts ist so konservativ wie die Zukunft in der SF.«* Er beschuldigte die angloamerikanische SF, daß es für sie keinen Erkenntniswert mehr gäbe, und sieht man sich die neuesten Produktionen an, kann man dem nur beipflichten, wenn man nicht sogar sagen muß, daß sie diesem mit äußerster Konsequenz aus dem Wege geht. Auch hier aber Ausnahmen: etwa Ballard. Rottensteiner informierte ein teilweise erstauntes Publikum darüber, daß dessen letzte Bücher in den Vereinigten Staaten lange Zeit keinen Verleger gefunden haben. Dies müßte wohl dem letzten Optimisten zu denken geben.

Weiterer Knalleffekt Rottensteiners: *»... Es gibt auch schlechte Bücher von Lem.«*

2. 12. 83

Fünf Autoren waren geladen, drei erschienen. Der letzte Veranstaltungsabend sollte der literarische werden und es versteht sich von selbst, daß das Publikum vor allem auf Reinhard Tramontana (»Profil«) und Andreas Okopenko wartete. Und genau die beiden waren es auch, die nicht erschienen. Der Veranstalter Herbert Wimmer rettete jedoch den Abschluß des Symposions, indem er eine Hommage an Phil Dick zum Besten gab.

Wie zu erwarten gewesen war, ließ sich während der Veranstaltung ein grundlegender Auffassungsunterschied zur Thematik im Publikum erkennen. Einerseits die Betrachtung jener, die von innen her über SF sprachen (Schattschneider, Szaal), andererseits jener, die, ob mit dem Pauschalurteil »trivial« oder nicht, einen weiter draußen gelegenen Blickwinkel haben, d. h. von der Literatur-Literatur, allgemeinen Literatur, Mainstream, etc. ausgehen (Schuh, Eisendle).

Ein Genre, das bislang im Getto feststeckte, findet, wenn auch begrenzt, Zugang zur Literaturkritik und den Medien. Oder in den Worten von Langsteiner: *»Daß sich eine so ehrwürdige und verdiente Institution wie das literarische Quartier zwei Wochen* *lang intensiv mit der SF auseinandersetzt, ist symptomatisch. Aus den einst bespöttelten Weltraumromanen ist ein nicht nur beliebter, sondern auch beachteter Literaturzweig geworden, der von Anglisten … analysiert wird.«* (Mittagsjournal)

Oder in den harten Worten Stanisław Lems, der zur Zeit in Wien lebt, bezogen auf seine drei jüngst erschienenen Essays: *»Ich wollte mich damit beschäftigen, was wahrscheinlich scheint für das nächste Jahrhundert, und nicht, was im Jahre 40000 passieren wird. Das ist meine größte Enttäuschung von der SF-Literatur. Ich kann das praktisch nicht mehr lesen. Das interessiert mich ebensowenig wie Kochbücher.«* (»Falter«-Interview, Nr. 20/83)

Ein Band mit den Abdrucken aller Vorträge erscheint nächstes Frühjahr bei der Wiener Literaturzeitschrift »Wespennest«. Bezugsadresse: Johann Strauß Gasse 26/17 A-1040 Wien.

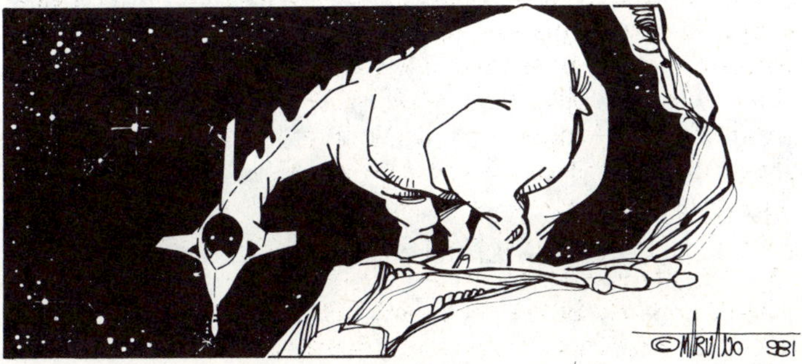

Hermann Oberth

Professor Hermann Oberth zum 90. Geburtstag

Am 25. Juni 1894 wurde Hermann Oberth im heutigen Rumänien als Sohn deutscher Eltern geboren. Er wird – weltweit hochgeehrt – mit Recht »Vater der Raumfahrt« genannt. In seinem vielfach nachgedruckten – auch mit modernen Kommentaren von ihm selbst – und noch heute lesenswerten Hauptwerk »Wege zur Raumschiffahrt« (1929; erste – wesentlich kürzere – Auflage 1923; alle R. Oldenbourg Verlag, München und Berlin) entwickelte er die grundlegende Theorie. Diese einfache Faktenaussage ist jedoch völlig unzureichend gegenüber diesem erstaunlichen Buch, das ich immer wieder mit Ehrfurcht zur Hand nehme: da hat ein Genie fast alle Gedanken vorweggenommen, welche die Raumfahrt von ihren Anfängen bis heute bewegt. Seine Analysen sind jetzt so tragfähig, wie sie es morgen sein werden, und auch heute könnte sein Werk als Grundlage einer modernen Hochschulvorlesung über Raumfahrt dienen. Es gibt wirklich nicht viele Gedanken in unserem Gebiet, die er nicht schon gesehen hat ... In der Tat: manche gegenwärtige Diskussion über Raumfahrtthemen würde fruchtbarer verlaufen, hätte jeder Teilnehmer die »Wege« studiert und verstanden.

Er hat auch später beachtliche Veröffentlichungen über wichtige Einzelthemen verfaßt; dabei besonders herausragend seine Peenemünder Arbeit (7. 1. 1942) zur Optimierung von

Stufenraketen, in der er ein schwieriges Gebiet anpackt – und klärt.

Sein persönlicher, direkter Einfluß auf Mitarbeiter und »Schüler« – wer würde neben ihm nicht Schüler sein! – hat wesentliche Teile der Raumfahrtgeschichte geprägt. In diesem Zusammenhang schreibe ich »Oberth – von Braun – Kennedy« so leicht aufs Papier wie »Ciolkovskij – Korolov – Chruschtschow«.

Der Mensch Oberth – was kann ich über einen Mann sagen, dessen Freund ich sein darf? Wer ihn wirklich kennt, weiß um seine Güte, um seine Freundlichkeit und um seine echte Hilfsbereitschaft in Wort und Tat. Er kann zuhören, argumentieren und seine Meinung vertreten; dabei zählt er nicht zu jenen, die stete Zustimmung erwarten – aber nachgedacht sollten Sie schon haben über Ihre abweichende Ansicht!

Oberth lebt – geistig rüstig und noch immer tätig – in Feucht bei Nürnberg. In der jüngeren Vergangenheit hat er sich anderen, ebenfalls hochaktuellen Themen zugewandt, und wieder sind seine Gedanken kühn und ungewöhnlich.

Dieser Mann zählt zu den wahren Pionieren, die träumen können – und dann ihre Kraft zielstrebig zur Verwirklichung ihres Traumes einsetzen. Er durfte diese Verwirklichung vom kleinen Sproß Raketenflugplatz (Berlin) über Peenemünde und Huntsville (NASA – Marshall Space Flight Center) begleiten und miterleben: Ad multos annos, verehrter Herr Kollege!

Laudatio zum 90. Geburtstag

Hermann Oberth wurde am 25. Juni 1894 in Hermannstadt (Siebenbürgen) als Sohn eines Arztes geboren. Seit 1895 lebte er in Schässburg, wo er später die Elementarschule und das Gymnasium besuchte und 1912 die Reifeprüfung ablegte. Nach einigen Semestern Medizinstudium in München machte er den ersten Weltkrieg in der österreichisch-ungarischen Armee mit, zuerst bei der Infanterie und später – nach seiner Verwundung – bei der Sanität. »Ich muß sagen: Zu meinem Glück«, erklärte

Oberth selbst einmal. »Denn ich merkte dabei, daß ich wahrscheinlich kein guter Arzt geworden wäre. Mindestens hätte mir der Beruf keine Freude gemacht.«

So sattelte der junge *Hermann Oberth* um und studierte von 1919 bis 1923 in Klausenburg, München, Göttingen und Heidelberg Mathematik, Physik und Chemie. Im Juni 1923 bestand er in Klausenburg (Siebenbürgen) die Lehramtsprüfung für Mathematik und Physik und erhielt den Titel »Profesor secundar«, der ungefähr dem deutschen Studienprofessor entspricht. Als physikalische Facharbeit legte er bei dieser Prüfung das Manuskript seines Werkes »Die Rakete zu den Planetenräumen« vor, das im gleichen Jahr in erster Auflage im Verlag R. Oldenbourg, München, herauskam. *Oberth* schickte seiner Arbeit, die zugleich die Entwicklung der Rakete für flüssige Treibstoffe einleitete, folgende Behauptungen voraus:

»1. Beim heutigen Stande der Wissenschaft und der Technik ist der Bau von Maschinen möglich, die höher steigen können, als die Erdatmosphäre reicht.

2. Bei weiterer Vervollkommnung vermögen diese Maschinen derartige Geschwindigkeiten zu erreichen, daß sie – im Ätherraum sich selbst überlassen – nicht auf die Erdoberfläche zurückfallen müssen und sogar imstande sind, den Anziehungsbereich der Erde zu verlassen.

3. Derartige Maschinen können so gebaut werden, daß Menschen (wahrscheinlich ohne gesundheitlichen Nachteil) mit emporfahren können.

4. Unter gewissen wirtschaftlichen Bedingungen kann sich der Bau solcher Maschinen lohnen. Solche Bedingungen können in einigen Jahrzehnten eintreten.

In der vorliegenden Schrift möchte ich diese vier Behauptungen beweisen.«

Diesen Beweis lieferte er auf streng mathematischem Wege und schuf damit zugleich die Grundlage der modernen wissenschaftlichen Raketentheorie. Das Manuskript, das bald darauf *Oberths* Weltruhm begründete, war vorher – als er es als Doktorarbeit einreichen wollte – in Heidelberg abgelehnt worden.

Nach kurzer Tätigkeit als Supplent am Schässburger Gym-

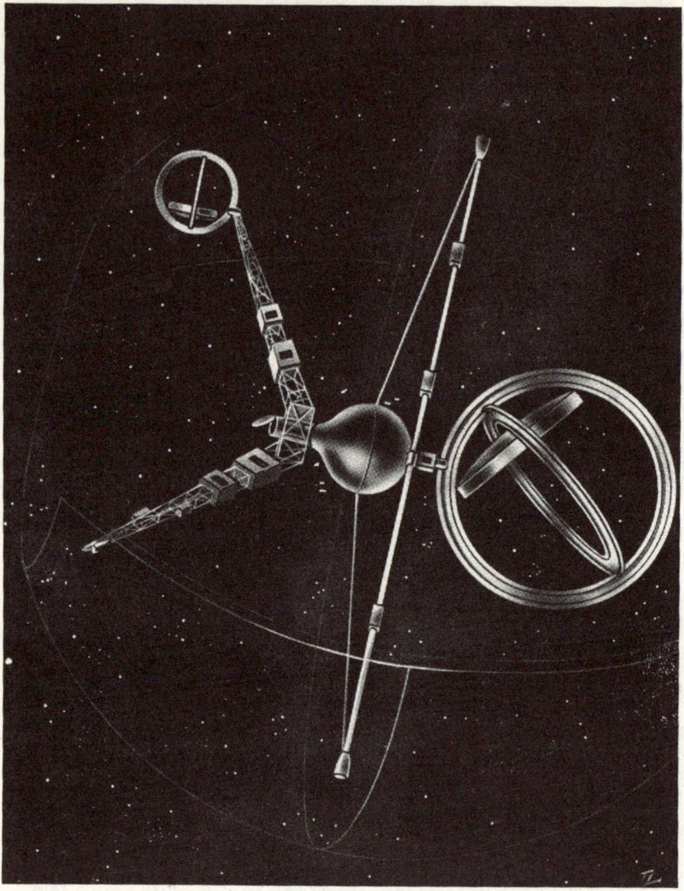

Sprungbrettstation,
etwas schematisch, mit Raumteleskopen und Netz für Wächterbomben

nasium wirkte *Oberth* von 1924 bis 1938 als Professor am Gymnasium zu Mediasch (Siebenbürgen). Es war in den ersten Jahren dieses Lebensabschnittes, als die Weltöffentlichkeit in steigendem Maße auf ihn aufmerksam wurde. *Oberth* wurde 1928 nach Berlin berufen, wo *Fritz Lang* für die UFA den großen Raumfahrtfilm »Frau im Mond« drehte. *Oberth* wirkte als wissenschaftlicher Berater mit, und die UFA wollte seine erste Flüssigkeitsrakete für 50 km Steighöhe finanzieren, von deren Start sie sich eine besondere Propagandawirkung für ihren Film versprach. Doch die Rakete wurde in der knappen Zeit nicht fertig, und die UFA verlor das Interesse daran. *Oberth* arbeitete noch einige Zeit an Flüssigkeitstriebwerken auf dem Raketenflugplatz des »Verein für Raumschiffahrt« mit und kehrte 1930 für dauernd nach Mediasch zurück.

In der Folgezeit versuchte er wiederholt, jedoch stets vergeblich, das deutsche Reichswehrministerium für seine Raketenprojekte zu interessieren. So schlug er z. B. 1935 eine Flugabwehrrakete mit Ammonsalpeter als Sauerstoffträger vor. Endlich wurde er im Jahre 1938 an die Technische Hochschule Wien berufen und erhielt das Recht, den Hochschulprofessorentitel zu führen. In diese Zeit fällt u. a. die Erfindung einer nicht schmelzbaren Raketendüse und die Entdeckung eines Baustoffes für Raketen, der sich durch Initialzündung zur Detonation bringen läßt, so daß sich der ganze Raketenkörper in Gas auflöst. 1940 wurde *Oberth* nach Dresden versetzt. Er leitete an der dortigen Technischen Hochschule eine Abteilung, welche die Treibstoffpumpen für die spätere V 2 entwickeln sollte.

Ein Jahr später erhielt *Oberth* die deutsche Staatsbürgerschaft und wurde an die Heeresanstalt Peenemünde dienstverpflichtet. Einen Aufgabenkreis, der seiner Befähigung angemessen gewesen wäre, fand er jedoch in dem verhältnismäßig festen Programm dieses Entwicklungswerkes nicht. Anfangs war er mit der Sichtung aller für Deutschland erreichbaren Ideen und Patentanmeldungen beauftragt, um sie auf ihre Verwendbarkeit für die Raketentechnik hin zu prüfen. Später verlegte er seine Tätigkeit in den Überschall-Windkanal. Neben einem Bericht über Flugabwehrraketen, datiert aus dieser Zeit, vor allem eine große theoretische Untersuchung über die günstigste Teilung

2. Wir verlegen den Widerstandsmittelpunkt hinter den Schwerpunkt, indem wir am rückwärtigen Ende geeignete leichte Flossen anbringen (vgl. Abb. 77b).
Würden wir den Schwerpunkt des Stabes etwas nach vorwärts verlegen, aber nicht so stark wie hier angegeben, so kann sich der Fall ereignen, daß der Widerstandsmittelpunkt bei der Fahrt in der Achsenrichtung vor dem Schwerpunkt, bei der Fahrt quer dazu hinter dem Schwerpunkt liegt. In diesem Fall wäre es nicht möglich, den Stab von einer Sehne freizuschießen, dagegen würde er, wenn wir ihn fallen ließen, unter einem bestimmten Winkel nach unten zu gleiten, und zwar um so steiler, je weiter der Schwerpunkt nach vorn liegt. In dieser Lage befindet sich ein Aeroplan. Die Grundvoraussetzung für stabilen Flug ist hier also die, daß sein Schwerpunkt vor der Mitte und hinter dem ersten Fünftel der aerodynamischen Unterstützungsfläche liegt.

Hätten wir den Pfeil im luftleeren Raum abgeschossen, so wäre seine Neigung eine ganz zufällige, da hier der Luftwiderstand wegfällt. Er würde einem beim Abschuß erhaltenen Drehimpuls mit konstanter Tourenzahl folgen, hätte er keinen Drehimpuls erhalten, so würde er unabhängig von Form und Gewichtsverteilung seine Achsenrichtung beibehalten.

Hätten wir ihn in einem lufterfüllten, aber schwerefreien Raum abgeschossen, so würde er geradlinig weiterfliegen, und die Richtung seiner Achse würde sich nicht ändern.

Schießen wir dagegen einen Pfeil im luft- und schwereerfüllten Raum ab, so stellt er seine Achse stets in die Flugrichtung, er wird mithin anfangs mit der Spitze nach aufwärts und zuletzt mit der Spitze nach abwärts fliegen.

2. Die Stabilität der Rakete

Bezüglich der *nichtbrennenden* Rakete gilt das über den Pfeil Gesagte. Bei der *brennenden* Rakete ist noch einiges zu beachten. Wenn die Rakete absolut starr wäre, und wenn man sich die Resultante des Rückstoßes in einem und demselben Punkt angreifend denken könnte, so hätten wir unseren Ausführungen über den Pfeil nichts hinzuzufügen. Der Rückstoß würde dann nur die jeweilige Bewegung in der Achsenrichtung verstärken.

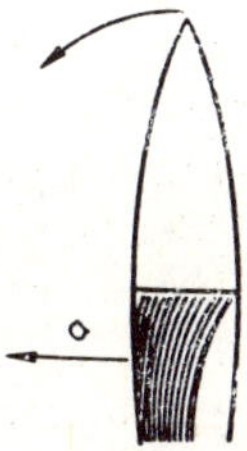

ABB. 78

Nun strömen die Gase aber aus Düsen aus, und wenn sich die Rakete auf Abb. 78 in der Richtung des Pfeiles dreht, so schlägt der Gasstrom bei *a* an und erzeugt einen Druck, der der Drehung entgegenarbeitet. Dieser Druck hört aber natürlich sofort auf, sobald die Drehbewegung aufhört, und wollte man die Rakete aus der neuen Lage in die alte zurückdrehen, so würden hier die Düsen nicht nur nicht helfen, sondern sogar noch hindern, während z. B. Luftflossen die Raketenachse von selbst wieder in die Fahrtrichtung stellen würden.

STEUERUNGSFRAGEN 187

In dieser Hinsicht wirken also die Düsen stabilisierend oder wenigstens drehungerschwerend, und das um so mehr, je länger sie sind. (Am meisten also bei den Modellen A und D, am wenigsten bei den Modellen B und E.) Andernteils wird das Gas in den Düsen niemals ganz gleichmäßig brennen. Es werden also hieraus Drehimpulse entstehen, so daß wir sogar im luftleeren Raum noch Sicherungsvorrichtungen vorsehen müssen, obwohl diese bei theoretisch richtig arbeitenden Düsen natürlich überflüssig wären.

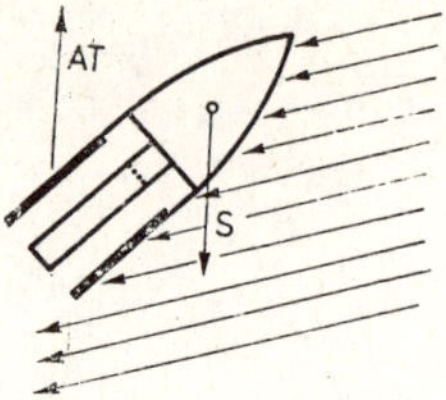

ABB. 79

Trotz dieser Wirkung der Düse ist aber der Unterschied zwischen einer starren Rakete und einem Pfeil nicht *wesentlich*. Ich will daher eine solche Rakete als „*Pfeilrakete*" bezeichnen. Wenn eine solche Pfeilrakete schräg fliegt, so wird sie von der Schwerkraft parallel zu sich selbst abgelenkt und aus ihrer Fahrtrichtung herausgezogen. Abb. 79a gibt als Pfeilstrecken die Kräfte an, die auftreten, wenn die Rakete de facto in horizontaler Richtung *H* fliegt. Die Buchstaben sind am Eingang dieses Kapitels erklärt. Der Gegenwind trifft sie daher nicht mehr in axialer Richtung (vgl. Abb. 79). Nun wird der aerodynamische Auftrieb der Flossen stärker sein als jener der Spitze. Die Spitze wird sich also (ganz wie beim Pfeil) immer weiter nach abwärts kehren, bis die Rakete steil nach unten schießt, d. h. falls sie nicht früher die Erdatmosphäre verlassen hat. Würde diese Rakete plötzlich durch eine andere Kraft nach unten gedreht werden, so würde zwar sofort eine Gegenkraft eintreten, die die Achse wieder in die Fahrtrichtung zu stellen sucht, aber diese Fahrtrichtung selbst wird sich eben mit der Zeit nach unten biegen, und wenn wir dies verhindern wollen, so müssen wir hier besondere Steuerungsmechanismen anbringen, die so auf die Flossen einwirken, daß diese bei einer Neigung der Rakete dieser Neigung entgegen steuern. (Vgl. Abb. 80a—c).

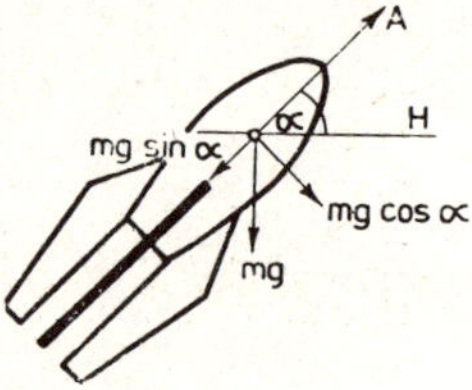

ABB. 79 a

Grundlegend wird nun der Unterschied zwischen Rakete und Pfeil, wenn die Rakete *kein* starres System darstellt und wenn sie bis zur Erschöpfung ihrer Brennstoffe unter *Beschleunigung* fährt. (Was ich jetzt vorzubringen habe, das scheint den Raketenfabrikanten im großen ganzen unbekannt zu sein. Der Grund dafür dürfte darin liegen, daß die gebräuchlichen Raketen meist nur einige Zehntel Sekunden lang unter Beschleunigung aufsteigen. Vgl. hierzu auch „Die Rakete", Jahrgang 1928, S. 3.) Eine solche Rakete wird nämlich auch dann noch senkrecht aufsteigen, wenn wir an das Ende des Führungsstabes *W* eine Kette oder gar ein schweres Gewicht *G* (Abb. 81) anbinden. Wenn nun diese Bindung hinreichend biegsam ist, so gibt einfach das vordere starre Stück die Bahn an, und das rückwärtige Stück wird nachgezogen, ähnlich wie bei einem Wagen, der 1 bis 2 Anhängewagen an der Deichsel mitzieht. Dabei kann das Gewicht *G* schwerer sein als die ganze übrige Rakete. Sobald freilich die Bindung starr wäre, wäre hier ein geradliniger Aufstieg

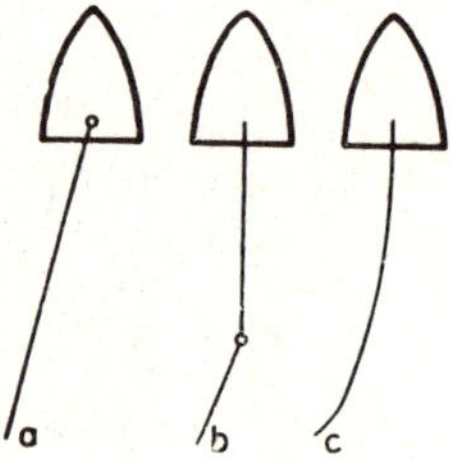

ABB. 80 a—c

aus aerodynamischen Gründen unmöglich, ebenso wie bei einer Schwanzrakete kein pfeilartiger Flug mit der Spitze nach vorne mehr möglich wäre, sobald sie nicht mehr brennt. Wir unterscheiden mithin bei der Schwanzrakete auf Abb. 81 den Kopf *K*, den starren Führungsstab *W*, die biegsame Bindung *B* und das Schwanzgewicht *G*.

ABB. 81

Bei der Schwanzrakete ist nun die Neigung, die Spitze nach unten zu kehren, nicht so ausgeprägt wie bei der Pfeilrakete. Wenn sie einmal schräg fliegt, so daß sie vom Gegenwind nicht mehr in axialer Richtung getroffen wird, und wenn das Gewicht schwerer ist als der Kopf *K*, so entsteht offenbar ein Drehmoment, welches die Rakete senkrecht zu stellen sucht (Abb. 82)[1]. Falls natürlich der obere starre Teil plötzlich aus der Fahrtrichtung herausgedreht wird, so kehrt er wie ein Pfeil in seine vorige Lage zurück; vgl. hierzu Abb. 83.

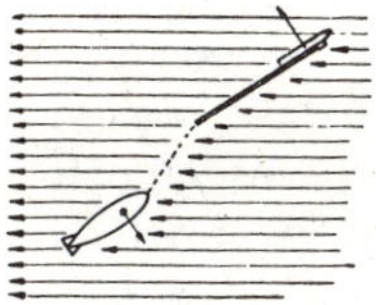

ABB. 82

Ich halte es nach diesem nicht für ausgeschlossen, Schwanzraketen zu bauen, welche auf plötzliche Ablenkungen des vorderen Teiles wie ein Pfeil, auf lange andauernde aber umgekehrt reagieren (besonders wenn der Schwanz selbst ebenfalls pfeilartig konstruiert, aber größer und schwerer als der Kopf und das Führungsstück ist). Ich glaube auch bei einigen selbst angefertigten Pulverraketen, bei denen lange biegsame Weidenruten als Schwanz dienten, diese Erscheinung beobachtet zu haben[2]. Ich möchte aber vor dem Abschluß exakter experimenteller Untersuchungen darüber nichts sagen. Auch theoretisch möchte ich die Sache an dieser Stelle nicht mehr weiter verfolgen, denn die bloße Theorie scheint mir hier etwas grau zu sein. Es handelt sich nämlich darum, eine exakt gegebene und dauernd wirkende Größe einem Durchschnittswert aus verschiedenen momentanen Abweichungen entgegenzustellen. Das ist eine Aufgabe von der Art des Petersburger Problemes, bei welchem die Wahrscheinlichkeitsrechnung noch nicht ihr letztes Wort gesprochen hat.

ABB. 83

Wenn sich diese meine Vermutung bestätigen sollte, so wäre das ein äußerst günstiger Umstand für den Bau meteorologischer Registrierraketen nach Art meines Modells C, weil man dabei auf die gleich zu besprechende und jedenfalls ziemlich kostspielige aktive Kreiselsteuerung verzichten könnte.

3. Die aktive Steuerung (Steuerung durch Kreiselkompaß)

Bei der Pfeilrakete muß nun die Steuerung jedenfalls aktiv sein, wenn dieselbe länger als einige Sekunden lang brennen soll, d. h. die Flossen müssen je nach der Stellung der Achse von selbst zweckmäßige Bewegungen ausführen etwa in der auf 80a—c angedeuteten Weise.

[1]) Ich habe deshalb bei meinem Modell C auch nur ganz kleine Steuerungsflossen vorgesehen.

[2]) Ich bin auch dadurch erst auf diesen Gedanken gekommen.

von Stufenaggregaten. *Oberth* plante den Bau einer dreistufigen Großrakete mit 90 t Startgewicht und Alkohol und Sauerstoff als Treibstoffen, welche die amerikanische Ostküste erreichen sollte.

Im Jahre 1943 wurde *Oberth* zum Werk Reinsdorf der WASAG (= Westfälisch-Anhaltische Sprengstoff-A.G.) abkommandiert, um dort seine Ammoniumnitrat-Rakete zur Flugabwehr vom Boden aus zu entwickeln. Das Gerät selbst kam nicht mehr zum Einsatz, weil nach der Bombardierung der Leuna-Werke im Frühjahr 1944 Ammonsalpeter nicht mehr in genügendem Umfang erhältlich war. Doch wurden im Rahmen der Entwicklung wertvolle Erkenntnisse gewonnen. So könnten auf dieser Treibstoffbasis z. B. auch hochleistungsfähige Starthilfen und mehrstufige Fernraketen unter geringem Kostenaufwand gebaut werden.

Das Kriegsende brachte *Hermann Oberth* mehrmonatige Internierung in einem Camp, das den schönen Namen »Dust-Bin« (= Mülleimer) führte, und anschließend jahrelange Abgeschlossenheit mit seiner Familie in seinem Heim in Feucht bei Nürnberg. Bis 1948 betätigte er sich als Privatlehrer, wissenschaftlicher Autor, Lektor und gelegentlich als wissenschaftlicher Berater. Dann ging er – auf dem Umweg über die Schweiz – nach Italien und konnte von 1950 ab in La Spezia im Auftrag der italienischen Marine seine bei der WASAG begonnenen Entwicklungen fortsetzen. Seit Beendigung dieses Auftrags im Frühjahr 1953 lebt *Oberth* wieder in Feucht.

▷

Der Raumanzug: (1) Einstiegöffnung mit Deckel, (2) Flansch, (3) vorderes Fenster, (4) Seitenfenster, (5) verschiedene Behälter für Preßluft, Sauerstoff, Treibstoff für die Rückstoßpistole, (6) Rückstoßpistole, (7) Schaltkasten, (8) Handschuh und Greifklaue, (9) Gelenke, (10) Haftmagnete, (11) Anhängeklauen mit beweglicher Klinke (Betätigung erfolgt durch die Zehen), (12) Kurzwellen-Antenne, (13) Haken und Schraube zum Aufhängen des Anzugs, zum Anseilen usw., (14) Rückspiegel, (15) Wärmeabstrahler (siehe auch Bild 13) (16) Stecker zum Anschluß von Telefonleitung, (17) Scharniere der Brustklappe, (18) elastisches Luftreservoir (siehe auch Bild 12 bis 17), (19) Verkürzungsstelle für die Glieder, (20) Drehgelenke, (21) Drehstellen für den Abstrahler.

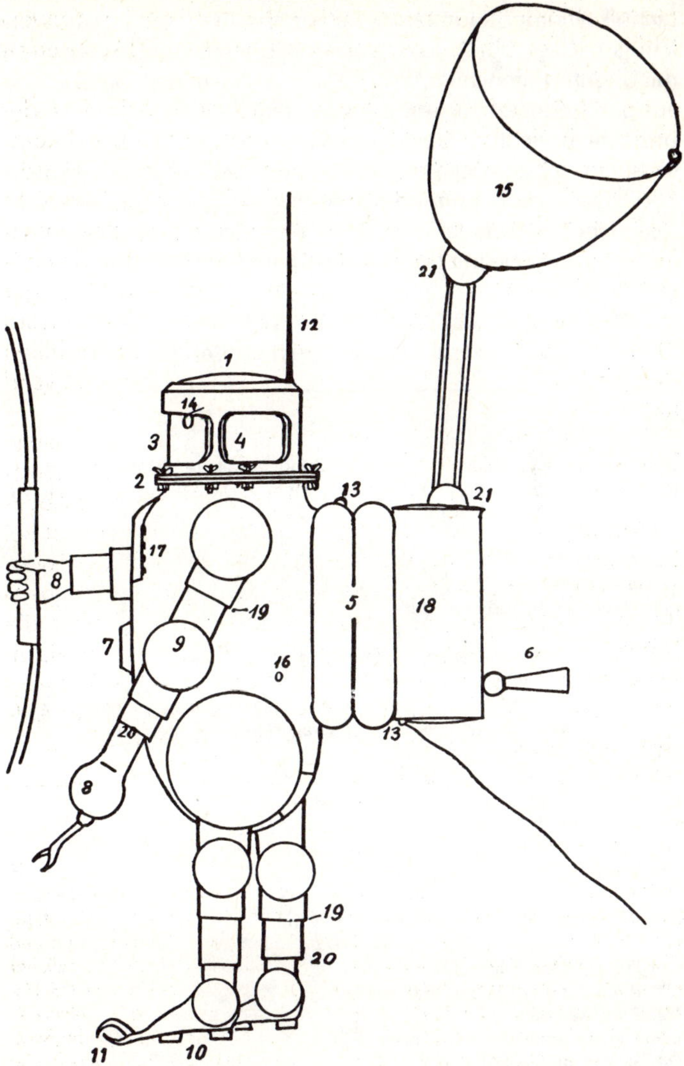
1
2
3
4
5
6
7
8
8
9
10
11
12
13
13
14
15
16
17
18
19
19
20
20
21
21

Das Leben und Werk *Hermann Oberths* war der Raketentechnik und der Raumfahrtidee verschrieben, seit er als zwölfjähriger Junge durch *Jules Vernes* Mondfahrtromane erstmals mit diesen Fragen in Berührung kam. Er hat in der Folgezeit, bis auf den heutigen Tag, einen außergewöhnlichen Erfindergeist und Ideenreichtum bewiesen. Wenn *Oberth* auch beispielsweise an der Entwicklung der V 2, d. h. der ersten Flüssigkeits-Großrakete, nicht unmittelbar beteiligt war, so gehen die heutigen Hochleistungsraketen doch in zahllosen Einzelheiten auf die Ideen zurück, mit denen er der Forschung den Weg gewiesen hat.

Zahlreich sind daher auch die Ehrungen, die *Hermann Oberth* bisher erwiesen wurden. Sein großes Werk »Wege zur

---

▷

Mutmaßlicher Aufbau einer dreistufigen Zubringerrakete für den Verkehr zwischen der Erdoberfläche und Weltraumstationen. Die Maßzahlen geben Abmessungen in Millimetern an.

(1) Obere Stufe
(2) Mittlere Stufe
(3) Untere Stufe
(4) Drallruder der unteren Stufe
(5) Drallruder der mittleren Stufe
(9) Salpetersäurebehälter der mittleren Stufe
(10) Hydrazinbehälter der mittleren Stufe
(die Treibstoffbehälter sind nicht in die Zelle eingehängt, sondern dienen bei leichtem innerem Überdruck als tragende Bauelemente)
(11) Turbopumpen
(12) Brennkammern der mittleren Stufe
(13) Austrittsöffnungen für das Pumpengas
(14) Fallschirm der mittleren Stufe
(15) Wasser zur Kühlung des Fallschirms
(16) Sender
(17) Kabine
(18) Rückklappbare Graphitruder im Feuerstrahl
(19) Tragflächen der oberen Stufe
(20) Luftruder zur Rückkehr
(21) Raum für Bremsschirm und Nutzlast
(22) Brennkammer
(23) Turbine und Pumpen der oberen Stufe
(24) Sauerstoffbehälter
(25) Wasserstoffbehälter
(26) Kühlwassertank

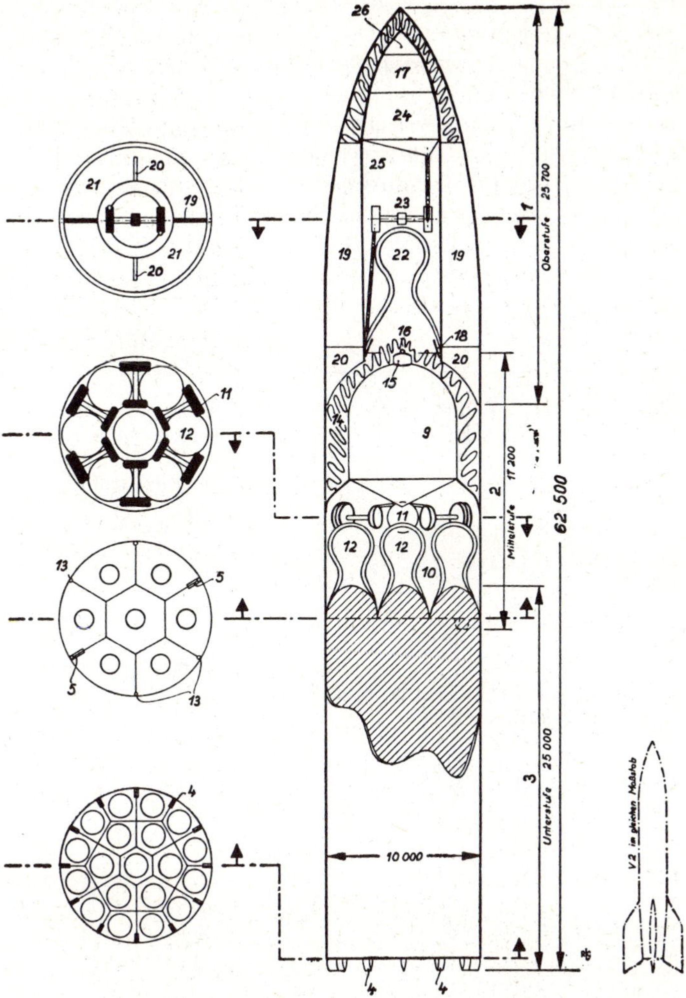
26
17
24
25
23
22
19
19
16
18
20
20
15
14
9
11
12
12
10
21
20
19
21
20
11
12
13
5
5
13
4
4
4
1
Oberstufe 25 700
2
Mittelstufe 17 200
62 500
3
Unterstufe 25 000
10 000
V 2 im gleichen Maßstab

Raumschiffahrt«, die dritte und wesentlich erweiterte Auflage der »Rakete zu den Planetenräumen«, wurde 1929 mit dem REP-Hirsch-Preis der Société Astronomique de France ausgezeichnet, der angesichts der einmaligen Bedeutung dieser Veröffentlichung sogar in doppelter Höhe zur Auszahlung gelangte. 1949 wurde *Oberth* zum Ehrenpräsidenten der Gesellschaft für Weltraumforschung gewählt. Ein Jahr später erfolgte die Stiftung der »Hermann-Oberth-Medaille«, die jährlich für besondere Verdienste um die astronautische Wissenschaft durch die G. f. W. verliehen wird. In der Folgezeit wählten verschiedene astronautische Gesellschaften in Deutschland, England, Dänemark, der Schweiz und den USA den großen Raumfahrtpionier zu ihrem Ehrenmitglied.

Hans K. Kaiser

Die Zeichnungen Seite 80, 81, 87, 89 und 91 sowie die dazugehörigen Legenden sind dem Band »Menschen im Weltraum« von Hermann Oberth, Econ Verlag Düsseldorf 1954, entnommen; die Seiten 83, 84 und 85 sind dem Band »Wege zur Raumschiffahrt«, R. Oldenbourg München und Berlin 1929[3], entnommen.

▷

Das Mondauto: (1) Kabine, (2) Vorratskammer, (4) Fuß, (5) Laufwerk, (6) Kreisel, (7) Kreiselrahmen, (8) beweglicher Kreiselrahmen, (9) Schienen für 7, (10) Schienen für 8, (11, 12) Stellmotor für 7, (13, 14) Stellmotor für 8, (15) Tragring, (16) Plattform, (17) Geländer, (18) Kran, (20) Abstrahler für Kabinenluft, (21) Abstrahler für Motorenwärme, (22) Fahrerfenster, (23) Bodenfenster, (24) Periskop, (25) Mannschaftsfenster, (27) Spiegel für Oberfenster, (31, 32) Träger, (40) Luftschleuse, (47) Außenklappe, (61) Gasschlauch zum Abstrahler, (64) Stromkabel, (135) Notbremse, Anker, (136) Notbremse, Seil, (137) Notbremse, Rolle.

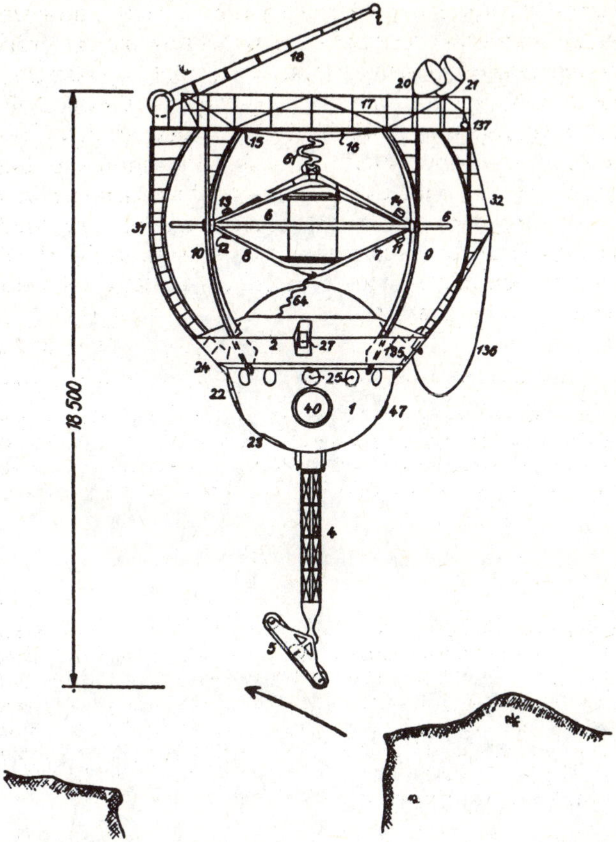
18
20
21
17
137
15
16
61
32
13
14
6
6
31
10
12
8
7
11
9
64
2
27
135
136
24
25
22
40
1
47
23
4
5
18 500

Winfried Petri *Copyright © Foto by Autor*

Das Schweigen des Weltalls

von Winfried Petri

Schon im frühen Altertum wurde die Frage erörtert, ob die Menschen – als vernunftbegabte und ihrer selbst bewußte Spezies – als solche allein auf der Welt sind. Dabei verstand man unter »Welt« zunächst die Erde. Deren Bewohner hatten, soweit bekannt oder prinzipiell erreichbar – die »Oikumene« inne. Gab es aber etwa Antipoden jenseits des lebensfeindlichen Tropengürtels? Diese Frage stellte sich konkret, sobald die Kugelgestalt der Erde erkannt war. Sie spielte eine Rolle auch in der kosmographischen Diskussion der Kirchenväter und Frühscholastik. Hier ist besonders der Armenier Anania Schirakazi im 7. Jahrhundert zu nennen.

Hinsichtlich echter Extraterrestrier herrschte im Altertum überwiegend die Meinung, es müsse sich um höhere Wesen, mindestens aber die Seelen Verstorbener handeln. Diese wurden von den Indern auf den Mond versetzt, wo der Tag einen Monat lang dauerte, während andere mythologische »Götter« und »Nichtgötter« auf den Polen lokalisiert waren, wo der volle Tag (samt Nacht) ein ganzes Jahr währt.

An eine Vielheit beseelter Welten glaubten dann in der Renaissance Nikolaus von Kues, Giordano Bruno und viele andere aufgeklärte Geister. Am bemerkenswertesten sind vielleicht die Gedanken, die Immanuel Kant in seinem Frühwerk »Allgemeine Naturgeschichte und Theorie des Himmels« 1755 geäußert hat. Dessen Dritter Theil enthält »einen Versuch einer auf die Analogien der Natur gegründeten Vergleichung, zwischen den Einwohnern verschiedener Planeten«. Interessanterweise räumt Kant dem Menschengeschlecht – entsprechend der mittleren Stellung der Erde im Planetensystem – nur einen mittleren Rang unter den vermuteten Planetenbewohnern ein. In der Neuzeit ist die Frage »sind wir (das heißt die Menschen) allein im Weltall?« nie mehr zur Ruhe gekommen. Auf eine gewisse Euphorie im 19. Jahrhundert, bei der im Zuge der geologisch-paläontologischen und biologisch-evolutionären Erkenntnisse der Zeit besonders Venus als jüngere und Mars als ältere Erde ernsthaft im Gespräch waren, folgte allerdings eine Ernüchterung, die auf der Suche nach Kontakt mit Extraterrestrischer Intelligenz über das Sonnensystem hinausgreifen mußte.

Hier hat nun in jüngster Zeit eine erhebliche Resignation Platz gegriffen, deren Konsequenzen für das Selbstverständnis der Menschheit jetzt allerhand Blüten zeitigen, an denen auch der Wissenschaftshistoriker (sofern er sein Arbeitsgebiet nicht ausschließlich in der Vergangenheit sieht) nicht mehr vorbei kann.

Um diese Entwicklung im Zusammenhang darzustellen, ist dieser Vortrag in vier Teile gegliedert. Zunächst werden die in der neueren wissenschaftlich-phantastischen Literatur, gewöhnlich als »Science Fiction« bekannt, spekulativ dem Leser zugemuteten Fremdwesen summarisch vorgestellt. Dann folgt ein Referat über die recht optimistischen Theorien unter dem Stichwort CETI (Communication with Extraterrestrial Intelligence), die hauptsächlich in den siebziger Jahren auftraten und heute schon der Geschichte angehören. An dritter Stelle begeben wir uns auf den Boden der Tatsachen, wofür die resignierende Bezeichnung SETI (Search for ETI) offiziell gewählt wurde. Schließlich werden wir sehen, welche ideologischen Konsequenzen sich aus der resultierenden, heute in Mode kommenden, neuen Anthropozentrik abzeichnen, bei der es nur noch um TI (Terrestrische Intelligenz) geht.

Bei den in der Science Fiction vorkommenden fremdartigen Intelligenzen sind wohl alle irgendwie verbal zu definierenden

Sind wir allein im Weltall?
Falls Ja – was dann?

1. Expansive *Phantasie* Science Fiction / »aliens«	**ETI**
2. Euphorische *Theorie* Drake / Bjurakan	**CETI**
3. Resignierende *Empirie* OZMA / Talinn / IAU	**SETI**
4. Subjektivistische *Ideologie* Anthropozentrik / »bootstrap«	**TI**

Extraterrestrische Lebewesen in der Science Fiction

Fremde (aliens)			
menschlich		nichtmenschlich	
höher	niedriger	organisch	anorganisch
ethisch (Laßwitz)	*primitiv* (Verne)	z. B. Pferd (Verne)	*natürlich* z. b. Ozean (Lem)
psychisch (»Esper«)		Delphin (Szilard)	Plasma (Hoyle)
physisch (Heinlein)	*degeneriert,* *mutiert*	Insekt (Kazancev)	
		Chimäre (Farmer)	*technisch* Robot, Kyborg (Asimov, Franke, Lem)

Möglichkeiten erschöpft worden. Zunächst muß zwischen mehr oder weniger menschlichen Wesen und eigentlich nichtmenschlichen »Aliens« unterschieden werden. Die Humanoiden können auf höherer oder tieferer Stufe stehen. Dabei kann sich das Niveau ethisch (Prototyp bei Kurd Laßwitz »Auf zwei Planeten«), psychisch (etwa in Form parapsychologischer Fähigkeiten – Extrasensory Perception, Telekinese usw.) oder physisch manifestieren. Bei niedriger stehenden menschenähnlichen Wesen gibt es die Möglichkeit urtümlicher Primitivität (sehr beliebt auch in der »Fantasy«) oder einer Spätform von Degeneration (sehr beliebt nach atomaren Katastrophen).

Die nichtmenschlichen Fremdwesen können organisch oder nicht organisch sein. Immer wieder tauchen intelligente Tiere auf (Pferde schon bei Jules Verne, Delphine bei Szilard, insektenartige Wesen mit abenteuerlicher Metamorphose etwa bei Kazancev, oder allerhand Mischwesen, für die es Belege in West und Ost gibt.)

Anorganische Aliens können einerseits natürlich sein, wie der beseelte Planet Solaris bei Stanisław Lem oder die Schwarze Wolke des englischen Astrophysikers Fred Hoyle, andererseits technische Gebilde, die allerdings meist letztlich auf menschliche (oder jedenfalls humanoide) Konstrukteure zurückgehen. Da sind natürlich vor allem Roboter jeder Spielart, die sich nach einem von John von Neumann vorgeschlagenen Konzept auch selbst reproduzieren können. Für sie gelten die von Asimov formulierten klassischen Robotergesetze, sofern sie im Dienste von Menschen stehen. Einen Grenzfall bilden die Kybernetischen Organismen (kurz Kyborgs) genannt, denen in der deutschsprachigen Literatur besonders Herbert Franke einige Stories gewidmet hat.

Aus dieser sehr breiten Palette ergibt sich eine interessante Folgerung: Die Phantasie der Autoren, die oft durchaus gebildete Leute sind, reicht eigentlich doch nicht über das Menschliche hinaus. Die Idee einer multiplen Geschlechtlichkeit oder eines auf Silizium und Fluor basierenden Stoffwechsels (anstelle von Kohlenstoff und Sauerstoff) ist nur spielerische Variation und ohne essentiellen Wert. Wenn dieser Terminus nicht schon anderweitig besetzt wäre, könnte man in der wissenschaftlichen Phantastik von einem »kosmischen Humanismus« sprechen.

Zum Abschluß dieses Teils sei ein Beispiel aus der neuesten sowjetischen Literatur angeführt, die sich in ihren anerkannten Vertretern oft durch Scharfsinn und Aktualität auszeichnet, wobei man auch den Verdacht nicht los wird, daß da ein unverbindliches Vorfeld für philosophische Spekulationen geduldet – oder sogar gewünscht – wird, die nicht (oder noch nicht) in die offizielle Systemlehre passen. In der bewußten Geschichte von Michail Puchov sucht ein Physiker einem General klarzumachen, daß ein Schwarzes Loch als Analogon eines Vernunftwesens verstanden werden kann, da es (wie im einzelnen ausgeführt wird) Information ansammelt, in seinem Verhalten nicht voraussehbar ist und über freien Willen verfügt. Tatsächlich gelingt es, diese drei Thesen formal zu erhärten![1]

Jetzt CETI, die theoretischen Diskussionen über Kommunikation mit Fremdwesen. Natürlich kommen dafür von vornherein nur Intelligenzen mit einer menschlichem Verständnis zugänglicher Ratio in Betracht. Darüber hinaus müssen es hochtechnische Zivilisationen sein, da andernfalls keine Kommunikation möglich wäre, wenn eine Art Dialog zustandekommen soll. Über die Möglichkeit, etwa durch einfache Sequenzen elektrischer Impulse eine Verständigung aufzubauen, wurde schon früher diskutiert: Pythagoreische Zahlen, Primzahlenfolgen und dergleichen lassen einen gewissen Intelligenzgrad erkennen und könnten sogar eine »kosmische Sprache« (LINCOS des Holländers Freudenthal) aufbauen helfen.

Nachdem schon 1964 ein allsowjetischer Kongreß stattgefunden hatte, wurde 1971 im armenischen Bjurakan eine internationale, hauptsächlich von Amerikanern und Sowjetforschern beschickte CETI-Konferenz abgehalten. Neben technischen Einzelfragen ging es besonders um die Abschätzung der Wahrscheinlichkeit extraterrestrischen Lebens auf kommunikativer Stufe. Hierzu lieferte die gewöhnlich als Drake-Formel zitierte, in Zusammenarbeit mit Carl Sagan aufgestellte Beziehung die Grundlage:

$$N_{gal} = R_* f_p n_e f_l f_i f_c L.$$

In sie gehen der Reihe nach ein: Die Rate der Sternentstehung in der Galaxis (an extragalaktische war nicht gedacht) und dann der Bruchteil der Sterne mit Planetensystemen, daraus die mittlere Anzahl ökologisch geeigneter Planeten, und weiter jeweils der Bruchteil, auf denen wirklich Leben entstand, welches sich zur Intelligenz entwickelt hat und in einer kommunikativen Phase steht. Es wurde also auch damit gerechnet, daß eine besonders hoch entwickelte Zivilisation überhaupt keinen Wert mehr auf Kontakte legen könnte. Das letzte Glied der Formel bedeutet die mittlere Lebensdauer relevanter Zivilisationen.

Man kann sich vorstellen, daß die Spezifizierung der Drake-Formel eine höchst interdisziplinäre Angelegenheit war, für die Astronomen, Astrophysiker, Radioastronomen, Geophysiker, aber auch Nachrichtenspezialisten, Biologen, Historiker, Soziologen, Linguisten und sogar Philosophen hinzugezogen werden mußten. Dabei kamen allerhand geistvolle Spekulationen heraus, besonders wenn es um die mittlere Lebensdauer der Zivilisationen ging.

Neben den theoretischen Grenzfällen einer Zivilisation, die sich recht früh selbst vernichtet, etwa durch einen totalen Atomkrieg, und einer völlig esoterisch vergeistigten, die sich, eventuell im Zustande persönlicher Unsterblichkeit, von der Umwelt abkapselt, wurden mögliche Formen technisch fortgeschrittener Zivilisationen extrapolatorisch zur Debatte gestellt. Am bekanntesten ist das Modell der drei Stufen, wie es besonders der Russe Kardaschov vertritt. Danach könnte man als Kriterium den Energiebedarf nehmen: Erstens die Ausnutzung der von der jeweiligen Sonne auf den betreffenden Planeten gelieferten Energie. Diesem Zustand könnten wir uns bei konsequenter Ausnutzung terrestrischer Solarenergie nähern. Zweitens die Ausnutzung praktisch der gesamten von der Sonne ausgestrahlten Energie. Hierzu müßte man eine Kugelschale in planetarem Abstand um die Sonne konstruieren, wie sie Dyson entworfen hat. Als Material für eine drei Meter starke Schale würde die Gesamtmasse des Jupiters vielleicht ausreichen. Die

Anzahl technischer Zivilisationen in der Galaxis
mit Kontaktchancen, heute (Drake-Formel)

$$N_{gal} = R_{*} f_p n_e f_1 f_i f_c L$$

$R_{*} = \frac{n}{T}$ = Rate der Sternentstehung in der Galaxis
n = Anzahl der Sterne
T = Alter der Galaxis

f_p = Bruchteil der Sterne mit Planetensystemen

n_e = mittlere Anzahl ökologisch geeigneter Planeten

f_1 = Bruchteil, auf denen wirklich »Leben« entstand

f_i = Bruchteil mit »intelligentem« Leben

f_c = Bruchteil mit »kommunikativer Phase«

L = mittlere Lebensdauer solcher Zivilisationen

Selbstorganisation intelligenten Lebens

nach L. V. Leskov (1983)

1. Forschungen über Genetik, Molekularbiologie, Biochemie, Biophysik, Medizin, Ökologie.
2. Liquidierung der Krankheiten, Lösung des Problems der Nahrungsressourcen, Mobilisierung der Reserven des Gehirns.
3. Kontrolle des genetischen Codes, Symbiose Mensch/Maschine, Erhaltung der Persönlichkeit.
4. höchstes Entwicklungsstadium kosmischer Zivilisationen, Noobiont.

dritte, vorläufig letzte Stufe bestünde im »Verheizen« ganzer Sterne und Sternsysteme ...

Die einzige – wenn man will, praktische – Konsequenz aus diesen Spekulationen ist die, daß sich eine höhere Zivilisation durch ungewöhnliche Infrarotstrahlung bemerkbar machen müßte, auch wenn sie nicht selbst kommunikativ ist. Tatsächlich haben die Astronomen auch schon versprochen, auf solche »kosmischen Wunder« zu achten.

Ein anderes Modell der Selbstorganisation intelligenten Lebens wurde soeben von Leskov vorgestellt. Es enthält alle möglichen (vielleicht auch unmöglichen) Fortschritte, besonders auf biologischem Gebiet, und mündet schließlich in einem »Noobiont« als höchstem Entwicklungsstadium kosmischer Zivilisationen. Der Autor läßt sich darüber nicht näher aus; es ist aber zu vermuten, daß ihm etwas wie eine ins Universum extrapolierte Version der auf Teilhard de Chardin und Vernadskij zurückzuführenden »Noosphäre« als höchster Form der terrestrischen Biosphäre vorschwebt.[2]

Konkret einigte man sich in Bjurakan einigermaßen auf ein $N = 10^6$, also eine Million relevanter Planeten in der Galaxis. Danach könnte etwa jeder hunderttausendste Stern Quelle intelligenten Lebens sein. Das ergäbe eine mittlere Entfernung von einigen hundert Lichtjahren zwischen den einzelnen Zivilisationen.

Zehn Jahre nach der Konferenz von Bjurakan fand in Tallin, dem früheren Reval, wieder eine internationale Konferenz statt, an der außer zweihundert sowjetischen Delegierten auch zwanzig Ausländer (hauptsächlich aus den USA; aber auch Frankreich und Japan waren vertreten) teilnahmen. Miß Tarter verglich die Suche nach Extraterrestrischen Intelligenzen sehr drastisch mit der sprichwörtlichen Suche nach einer Nadel im Heuhaufen und hatte ausgerechnet, daß erst 10^{-17} der Möglichkeiten erfaßt wären. Der Philosoph Ursul, früher ein glühender Vertreter einer »Kosmisation« der menschlichen Kultur, schlug vor, die Menschheit als Informationsmodell für Hypothesen über fremde Zivilisationen zu benutzen. Das war allerdings nicht neu und schon längst praktiziert worden. Der Moskauer Radioastronom Schklovskij, einst eifriger Verfechter eines CETI-Optimismus zusammen mit Carl Sagan, der auch als populärwissenschaftlicher Publizist bekannt geworden ist, meinte jetzt pessimistisch, daß unsere nächsten Nachbarn im Geist wohl mindestens ein Kiloparsec (das sind rund 3300 Lichtjahre) entfernt seien.

Allgemein war man sich in Tallin einig, daß weiter gesucht werden müsse. Tatsächlich hieß das Projekt auch nicht mehr CETI, sondern SETI. Das Emblem des Kongresses zeigte ein menschliches Antlitz in einem Spiegel.

Damit kommen wir zum dritten Teil, der der empirischen Bemühung gelten soll. Inzwischen wurde auf dem Kongreß der Internationalen Astronomischen Union in Patras 1982 offiziell eine neue Kommission 51 gegründet, deren Aufgabe die Koordinierung der Suche nach extraterrestrischem (NB! nicht unbedingt »intelligentem«) Leben sein soll. Was gibt es nun konkret auf diesem Gebiete zu vermelden?

Der Befund hinsichtlich passiver Kontakte ist völlig negativ. Das pseudowissenschaftliche Gefasel von Besuchen Außerirdischer auf der Erde ist bestenfalls Wunschdenken, meist aber nur Geschäftemacherei von Bestsellerautoren. Eine aktive Suche nach materiellen Zeugnissen extraterrestrischen Lebens muß sich – zumindest auf alle absehbare Zeit – für uns auf das Sonnensystem beschränken. Dieses Kapitel darf leider schon heute als negativ abgeschlossen gelten. Die in den letzten Jahren durch interplanetare unbemannte Sonden gelieferten Erkenntnisse – von dem persönlichen Besuch des Erdmondes durch amerikanische Astronauten zu schweigen – haben weder intelligentes noch überhaupt primitives Leben erkennen lassen. Gewiß gibt es noch einen schwachen Hoffnungsschimmer auf »präbiotische« Formen, etwa in der Jupiteratmosphäre; aber Kommunikation ist mit so etwas bestimmt nicht möglich. Tatsächlich rechnet auch niemand mehr ernsthaft mit Fremdwesen in unserer Nähe. Allenfalls könnten manche Himmelskörper, deren Gravitation nicht zu hoch ist, als Siedlungsobjekte in Betracht kommen. Freilich würde damit der Übervölkerung der Erde nicht Einhalt geboten; und bis wir technisch so weit sind, daß wir etwa den Mars oder große Monde von Jupiter oder Saturn »terraformen« könnten (dieser Ausdruck ist in einschlägigen Kreisen durchaus geläufig), müssen unsere irdischen Probleme so oder so schon gelöst sein.

Ganz trübe stehen die Aussichten für physische Kontakte über interstellare Entfernungen. Natürlich sind längst Berechnungen angestellt worden, wie durch Ausnutzung relativistischer Effekte bei Annäherung an die Lichtgeschwindigkeit die Reisezeit verkürzt werden könnte; und mit Tiefschlaf und Raum-Archen wurde viel spekuliert. Das alles nützt uns heute aber gar nichts. Erstens sind wir von der praktischen Realisation solch kühner Projekte noch weit entfernt, und zweitens wäre für die auf der Erde Zurückgebliebenen die Laufzeit so lang, daß keine Rückwirkung effektiv sein könnte. Auch da sind wir Erdenmenschen also ganz auf uns angewiesen.

Immerhin gibt es eine prinzipielle und beim heutigen Stande der Technik schon reale Möglichkeit interstellarer Kontakte. Wir verfügen schon seit rund zwanzig Jahren über Radioteleskope, mit denen Signale gleichstarker Partner in Dutzenden von Lichtjahren Entfernung empfangen werden könnten. Schon 1960 wurde von Frank Drake das Projekt Ozma (nach einem Zauberer der amerikanischen Kinderbücher benannt) gestartet. Als mögliche Sender wurden die relativ nahen Sterne Epsilon Eridani und Tau Ceti angepeilt – in der schwachen Hoffnung, daß es dort Planeten mit empfangswilligen und -fähigen Partnern geben könnte. Der erste aktive Versuch wurde 1974 mit dem Riesenspiegel von Arecibo auf Puertorico unternommen. Sendeziel war der 24 000 Lichtjahre entfernte Sternhaufen M 13. Man war also nicht gerade kleinlich. Aber alles war bisher negativ.

Sogar direkte physische Kontakte sind prinzipiell unsererseits in die Wege geleitet worden. Die unbemannten amerikanischen Sonden *Pioneer 10* und *Voyager* aus den Jahren 1972 und 1981 sind mit einer »Nutzlast« versehen, die etwaigen Findern ihre Herkunft verraten und einiges über unser Sonnensystem mitteilen soll. Na ja – da diese Körper tatsächlich unser Sonnensystem verlassen werden, kann man sich ja den Spaß machen, sie als Botschafter auf Verdacht auszurüsten, auch wenn sie erst in rund hunderttausend Jahren eine Distanz zurücklegen kön-

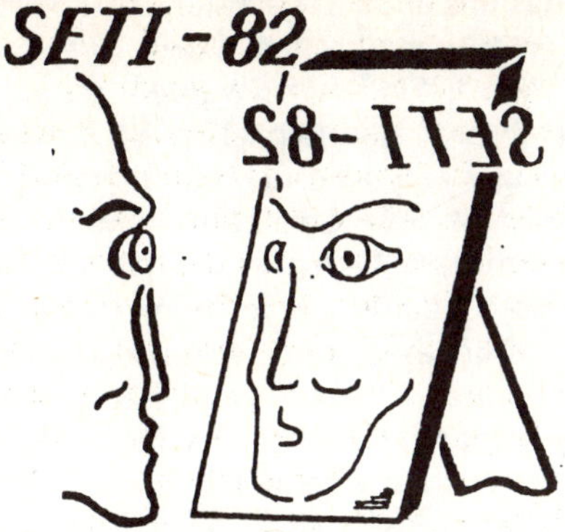

Эмблема одного из симпозиумов по проблеме внеземных цивилизаций

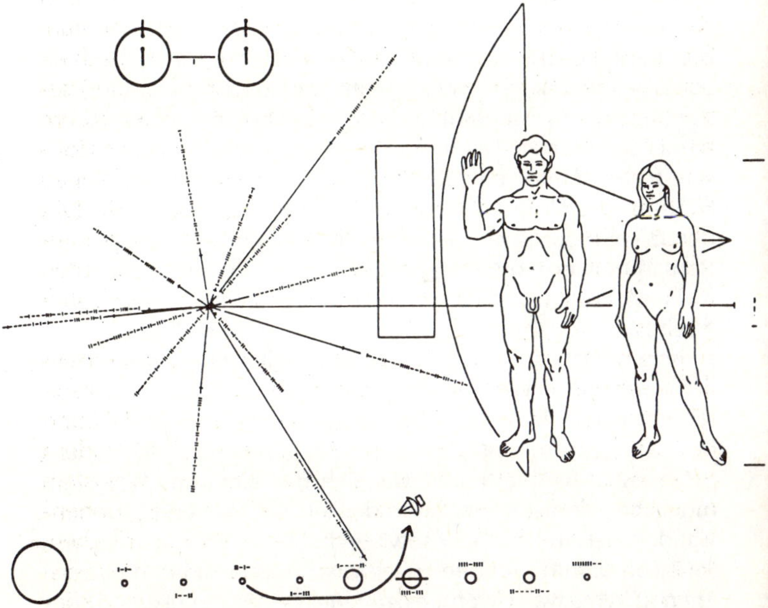

nen, in der das uns am allernächsten befindliche Sternsystem von Alpha Centauri anzutreffen wäre.

Um nicht mißverstanden zu werden, sei allerdings gesagt, daß es nicht absolut auszuschließen ist, schon morgen eine Botschaft oder gar einen Besuch aus interstellaren Weiten zu bekommen. Nur ist diese Chance so minimal, daß es wirklich sinnlos wäre, sich darauf einzustellen. Für romantische Gemüter mag aber der Gedanke reizvoll sein, daß unsere irdische Zivilisation immerhin theoretisch schon einige Dutzend Lichtjahre in den Weltraum hinaus sich geräuspert haben könnte, sofern es dort jemandem gelingen sollte, den seit Anfang unseres Jahrhunderts herrschenden Funkverkehr, von dem ja etwas über die Erdatmosphäre hinausgedrungen sein muß, aufzufangen.

Insgesamt ist festzustellen, daß die Diskussion über Extraterrestrische Intelligenzen durchaus befruchtend und anregend für mancherlei irdische Vorhaben und Projekte gewirkt haben und vor allem zur Selbsterkenntnis der Menschheit beigetragen haben dürfte. Generell ist aber das Resultat festzuhalten: »Zurück zur Erde, zurück zur Menschheit«. Dies zeigt sich auch in der stets aktuellen wissenschaftlichen Phantastik, in der längst nicht mehr Kleine Grüne Männchen vom Mars oder Bug-Eyed Monsters ferner Welten eine Rolle spielen, sondern unsere heutigen Sorgen: Atomkrieg, Ökologie, Informationsschwemme und dergleichen. Ein typisches Beispiel dafür sind die drei großen Romantrilogien von Aleksandr Kazancev. Die erste spielt auf diversen Welten mit einer Fülle exotischer Populationen, die zweite auf drei Planeten (nämlich dem hypothetischen Phaeton zwischen Mars und Jupiter, dem Mars selbst und – hauptsächlich – der Erde), während die dritte einem internationalen Unternehmen zur Beseitigung der Energie- und Nahrungskrise auf der Erde gewidmet ist, ganz ohne extraterrestrische Elemente.[3]

Ein gutes Beispiel dafür, wie sich die Stimmung bezüglich möglicher Kontakte im Laufe der letzten fünfzehn Jahre gewandelt hat, liefern zwei sowjetische Texte. Der erste wurde 1967 von dem führenden Engelsforscher Bonifatij Kedrov zum Thema: »Was wäre, wenn es zu einer Begegnung käme?« verfaßt – und zwar in einem üppigen Bildband über die Zukunftsaussichten der Weltraumfahrt, zu dessen einzelnen Abschnitten jeweils führende sowjetische Wissenschaftler eine Einführung beisteuerten. Kedrov äußert sich zu seinem Thema mit verhaltenem Optimismus und sagt dabei: »Man darf wohl annehmen, daß bei einer Begegnung mit extraterrestrischen ›Menschen‹ die Hand, und nicht das Schwert entgegengestreckt wird.« Man beachte den prinzipiellen Unterschied der Mentalität gegenüber den amerikanischen Space Operas à la »Krieg der Sterne«!

Im Jahre 1982 ist das Akronym SETI längst in der wissenschaftlichen Phantastik etabliert, und die Geschichten setzen meist auch schon das negative Ergebnis der Suche voraus. Der schon früher erwähnte Michail Puchov dreht den Spieß sogar um, indem er schildert, wie Fremdwesen resigniert Neutrinodetektoren in den Tiefen der irdischen Ozeane abbauen (ihr Heimatplanet verfügt nicht über die physikalisch erforderlichen großen Wasserbecken), kurz bevor sie von menschlichen Tiefseeforschern entdeckt werden.[4] Facit: Negativ! Man kann jedenfalls das – wenn auch nur empirisch und im Prinzip jederzeit widerruflich – gesicherte Schweigen des Weltalls auch von zwei Seiten sehen.

Ohne Zweifel ist der Mensch und mit ihm die Erde wieder in den Mittelpunkt des Interesses der Fachwelt und der Öffentlichkeit gerückt. Was die Erde angeht, genügt es, hier auf die praktische Nutzung künstlicher Erdsatelliten hinzuweisen, die nicht nur zur globalen Kommunikation, sondern auch zur Erforschung diverser ökologischer Probleme im Einsatz sind.

Der Mensch selbst hat sich verständlicherweise stets im Mittelpunkt empfunden. Das zeigt sich schon in der Religionsgeschichte. So ist im Hinduismus eine Erlösung (was man darunter auch verstehen mag) immer nur vom Status des Menschen aus möglich. Dasselbe lehrt der Buddhismus, der im übrigen ähnlich dem Christentum auch eine Art Inkarnation kennt (obwohl der Buddha keineswegs als Gottheit gelten wollte). Auch kosmographisch befindet sich der Mensch in der Mitte zwischen über- und unterirdischen Bereichen. Eine Zentralstellung – geradezu im Mittelpunkt des Universums – steckt ebenso in der

Konzeption von Mikro- und Makrokosmos, die auch im islamischen (nicht ganz orthodoxen) Mittelalter und der Kabbala gepflegt wurde. Als Relikt ist sie in der Astrologie bis heute erhalten geblieben.

Das astronomische Weltbild der Neuzeit ist durch eine fortschreitende Entptolemäisierung gekennzeichnet. Während noch für Copernicus die Sonne das Zentrum des Universums darstellte und Kepler ihr auch eine Vorzugsstellung einzuräumen geneigt war – unbeschadet der Sonderstellung der Erde als der Stätte göttlicher Inkarnation und Fürsorge –, wurde die höchst mittelmäßige (aber nicht mittlere) Position unserer kosmischen Heimat in der Folgezeit immer deutlicher. Schließlich ging der Verlust der Mitte so weit, daß jede Mitte zugunsten einer allgemeinen Homogenität und Isotropie des Alls aufgegeben wurde. Damit war jeglicher Anthropozentrismus von der exakt wissenschaftlichen auf eine subjektivistisch ideologische Ebene verlagert worden.

Einen gewissen Humanchauvinismus läßt sogar der sich so sachlich gerierende Dialektische Materialismus erkennen, indem er (nach Engels und Kedrov) den menschlichen Verstand als die höchste (bisher bekannte – immerhin!) »Bewegungsform der Materie« lehrt. Andererseits war es der Evolutionsoptimismus der von Friedrich Engels rudimentär begründeten »Dialektik der Natur«, welcher zu dem Postulat einer Vielfalt und kosmischen Häufigkeit intelligenter Lebensformen geführt hat. Daher war das Schweigen des Weltalls für die sowjetischen Systemführer nur schwer verdaulich. Inzwischen ist man immerhin so weit, daß die empirische Singularität des Menschen in der Welt als einigermaßen – vom SETI-Standpunkt aus – verständlich und besondere Verpflichtung für die Zukunft verstanden wird.

Wie sehr das Evolutionsdenken die Gemüter in der Sowjetunion beschäftigt, zeigen zwei Beispiele, die wiederum nicht der offiziellen Hochschulphilosophie, sondern der neuesten wissenschaftlichen Phantastik entnommen sind. In dem einen Fall werden Mutationssprünge und das Verschwinden ganzer Tiergattungen durch die Strahlung von Supernova-Ausbrüchen erklärt. Dies ist an sich nicht neu, erhält aber eine besondere

Kosmische Zeitskala (Auszug)

Zeit	
Null	– Urknall
1 Min.	– Strahlungsära, Deuterium u. Wasserstoff
10^5 a	– Materie-Ära
1×10^9 a	– erste Galaxien
4	– erste Sterne
10	– Sterne Population 1
...	Aufbau schwerer Elemente im Innern
...	Ausschleuderung durch Supernova-Explosionen
15	Entstehung der Sonne unter Einbau schwerer Elemente aus interstellarem Raum
15,4	Planeten
15,7	ältestes Erdgestein
17	erste Mikroben
18	Sauerstoff in der Erdatmosphäre
20	»heute«

Note durch die Spekulation einer doppelten, auf der Erde Veränderungen auslösenden Welle, mit einer dazwischen liegenden Warnzeit.

Wirklich interessant ist eine Idee von Dmitrij Bilenkin. Unter dem bezeichnenden Titel »Die Schattenseite der Vollkommenheit«[5] äußert er 1982 den Gedanken, daß Evolution stets in zwei Richtungen führt: zu Höherem und zur Entartung. Während aber in der Natur durch das Darwinsche Prinzip die Entartungen gar nicht erst zur Entwicklung kommen, ist es in einer von Menschen ausgelösten »Techno-Evolution« (man beachte den Ausdruck!) möglich, daß auch etwa parasitäre Konsequenzen auftreten. In der vorliegenden Story ist es ein – zunächst als höchst überflüssig empfundener – Philosoph unter der Besatzung, der durch diese Erkenntnis eine bedrohliche Lage rettet, bei der die autarken Reparatureinheiten eine Art Kannibalismus entwickelt hatten und zu dessen Befriedigung »vorsätzlich« Pannen erzeugten.

In jüngster Zeit nun machen zwei Versionen subjektivistischer Ideologie von sich reden, denen wir uns zum Schluß dieser Betrachtung über das Schweigen des Weltalls zuwenden wollen. Die eine Richtung sieht die Position des Menschen diachron, also im zeitlichen Ablauf der Naturgeschichte, welcher sie ein sogenanntes »anthropisches Prinzip« unterschiebt.[6] Die andere hat noch keinen offiziellen Namen. Sie sieht den Menschen synchron im Weltgeschehen universell abhängig und verpflichtet. Ihr Verkünder heißt Fritjof Capra.

Zunächst das anthropische Prinzip. Man kann es etwa so aussprechen: »Erst durch uns, durch den Menschen, erhält der naturgesetzliche Kosmos seinen eigentlichen Sinn.« Oder: »Das Weltall ist so, wie wir es sehen, weil (!) wir darin existieren.« Die erste Formulierung dieser Idee wird dem sowjetischen Astrophysiker Idlis 1958 zugeschrieben. Sie blieb zunächst unbeachtet; denn wer liest im Westen schon die Publikationen eines Instituts aus Kasachstan! Dann folgte ein Beitrag von B. Carter auf einem Copernicus-Symposium der Internationalen Astronomischen Union 1973 in Polen. Voll ins Licht der Fachwelt rückte das anthropische Prinzip 1979 durch einen Aufsatz von B. J. Carr und M. J. Rees in »Nature« unter dem Titel »The anthropic principle and the structure of the physical world«. Eine ausführliche Darstellung des 1981 erreichten Standes der Diskussion gibt der deutsche Astrophysiker und Publizist Reinhard Breuer in einem Buch mit dem Untertitel: »Der Mensch im Fadenkreuz der Naturgesetze«.[7]

Bernard Lovell, der Altmeister der Radioastronomie, hat das anthropische Prinzip etwas bescheidener definiert als »die These, daß das, was wir zu beobachten erwarten dürfen, durch die Bedingungen eingeschränkt sein muß, die für unsere Existenz und unsere Präsenz im Universum als Beobachter notwendig sind.« Allgemein darf man sagen, daß es bisher ganz überwiegend Astronomen waren, die sich mit diesem »Prinzip« beschäftigt haben. Rudolf Kippenhahn meint: »Überall scheint es, als habe die Natur seit eh und je auf uns gezielt, als habe sie auf unser Kommen hingearbeitet«, und fragt dann kritisch: »Unterliegen wir einem Trugschluß oder sind wir einer noch nicht verstandenen neuen Wahrheit auf der Spur?«

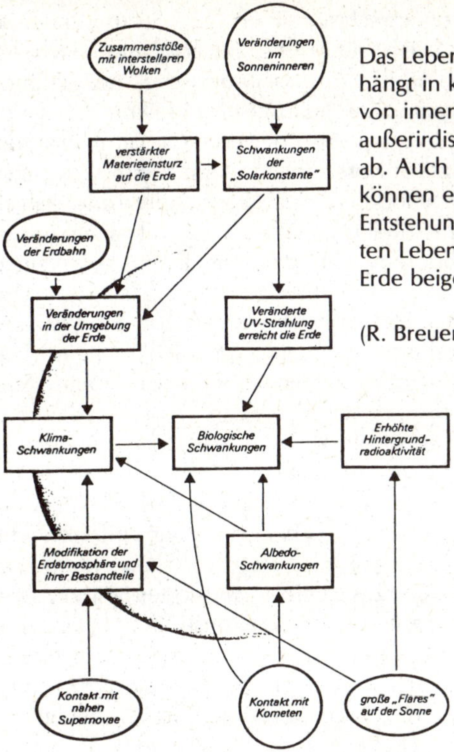

Das Leben auf der Erde hängt in komplexer Weise von innerirdischen wie außerirdischen Einflüssen ab. Auch Katastrophen können entscheidend zur Entstehung der intelligenten Lebensform auf der Erde beigetragen haben.

(R. Breuer 1981)

Die klassischen »kosmischen Zufälle«

Weyl – Eddington – Dirac – Dicke

Radius des Universums = 10^{40} Elektronenradien

Gravitationskonstante = 10^{-40}

Zahl schwerer Teilchen = 10^{80}

Alter des Universums = 10^{40} Elektronenzeiten (10^{-23} s)

Elektr. Anziehung zw. Elektron u. Proton = 10^{40} der Schwerkraft

Es ist gewiß eindrucksvoll, sich die seltsame Mittelstellung des Menschen im Universum schon rein größenordnungsmäßig zu vergegenwärtigen. Die erstaunliche Tatsache, daß zwischen fundamentalen Naturkonstanten numerische Beziehungen von 10^{40} bestehen, hat schon Eddington und Dirac zu denken gegeben und zu Spekulationen über eine säkulare Änderung dieser Größen Anlaß geboten. Damit kam die Zeit ins Spiel. Nach dem heutigen Stand unseres Wissens konnte die Menschheit als »Terrestrische Intelligenz« (TI – wir sind bescheiden geworden) kaum früher auftreten, da es viel früher keine geeigneten Planeten mit entsprechenden Sonnen und schweren Elementen gegeben hat. Hier konnte übrigens die alte CETI-Diskussion nützliche Beiträge über Lebensmöglichkeiten im Weltall geben. Insofern liegt hier wirklich eine fortschreitende Meinungsbildung vor.

Der sowjetische Astronom Novikov hat auf der bereits erwähnten SETI-Konferenz in Tallin ein Referat mit dem Titel »Kosmogonie und das anthropische Prinzip« gehalten, das sich inhaltlich kaum von den »westlichen« Stimmen unterscheidet. Freilich drückt er sich etwas – ich wage zu sagen – deutlicher aus: »Das Weltall als Ganzes ist ein organisiertes System. Diese komplizierte Struktur entsteht auf einer bestimmten Etappe der Evolution der materiellen Welt. Im Weltall hängt alles miteinander zusammen. In diesem Sinne ist auch die Existenz von Leben durch bestimmte Eigenschaften des Weltalls bedingt ...«

Der Philosoph Ursul sagte sogar: »Die soziale Form der Bewegung (deren einziger bekannter Repräsentant ist die irdische Menschheit) gilt offenbar nur für unser Weltall ... Die soziale Bewegungsform ist ebenso singulär wie unser Weltall.«

Beiläufig sei zur Erläuterung vermerkt, daß in der sowjetischen Naturdialektik die Materie als Inbegriff von Substanz (»totem« Stoff), Bewegung (bzw. Energie) und Information (im Sinne der Evolution) gilt, und daß mit »Bewegungsformen der Materie« die ontische Hierarchie des realen Seins gemeint ist. Auf diese Weise läßt sich in den Begriff der Materie alles hineinpacken. Der »Vulgärmaterialismus« westlicher Einzelgänger wird scharf abgelehnt.

Eine hübsche Konsequenz des anthropischen Prinzips hat

Das Netzwerk zur Verarbeitung kosmischer Materie. Der Tod der Sterne – die Supernovae – spielt dabei eine entscheidende Rolle

(R. Breuer 1981)

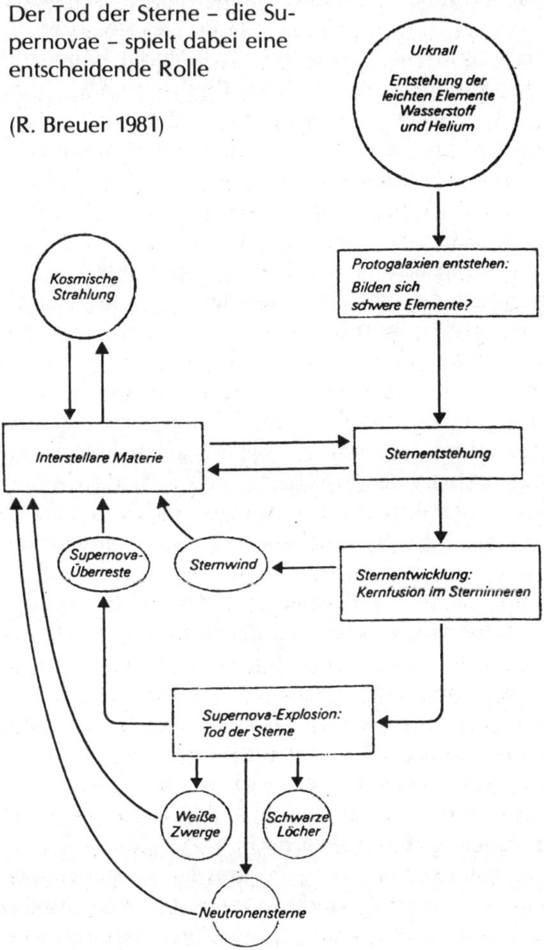

Breuer herausgestellt: »Alle anderen denkbaren Welten wären unbelebt ... Leibniz hat die Welt als die beste aller möglichen Welten ... gepriesen. Wenn sie zudem die einzige aller möglichen Welten sein sollte, dann ist sie natürlich gleichzeitig auch die schlechteste aller möglichen Welten.«

Das möge zum anthropischen Prinzip genügen. Ob und wenn ja, welche metaphysischen Wünsche dahinterstehen, soll uns hier nicht interessieren. Wohl aber müssen wir noch auf die schon von Novikov (und keineswegs nur von ihm) geäußerte Sentenz zurückkommen: »Im Weltall hängt alles mit allem zusammen.« Genau hier nämlich setzt Fritjof Capra[6] mit seiner Doktrin einer »Wendezeit« – das ist der deutsche Teil seines neuesten, 1982 erschienen Buches – ein.

Capra ist ein österreichischer Atomphysiker, der seit vielen Jahren in Berkeley lebt. Als – man darf schon sagen – »Guru« einer rasch wachsenden Schar von Anhängern kämpft er gegen die, wie er sagt, mechanistische, kartesianische Weltanschauung der Einzeldisziplinen und einen trügerischen Determinismus zugunsten eines »Systembild vom Leben«, das dem Umstand Rechnung tragen muß, wonach alle Phänomene – physikalische, biologische, psychische, gesellschaftliche und kulturelle – grundsätzlich miteinander verbunden und voneinander abhängig sind. Zur Veranschaulichung zieht er eine recht esoterische atomphysikalische Theorie heran – die der Stiefelschlaufen (englisch: bootstrap), welche nicht ganz zu Unrecht mit der Münchhauseniade verglichen wird, wie man sich an dem eigenen Zopf aus dem Sumpf zieht. In einem früheren Buch »Der kosmische Reigen« (1977) hatte Capra sich schon für eine tiefe Analogie zwischen den Blasenkammerphotographien subatomarer Prozesse und dem Weltentanz des indischen Gottes Shiva begeistert und eine Brücke von der Quantenphysik zum Taoismus zu schlagen gesucht. Kein Wunder, daß er dabei großen Zulauf hat!

Capra, der nach eigenem Zeugnis früher der Hippie-Bewegung und den »Blumenkindern« nahe stand, ist selbstverständlich auch ein Gegner der Atomenergie und Befürworter des Umweltschutzes, was ihm weitere Anhänger verspricht. Inzwischen hat er einen Kreis von fachmännischen Beratern gewonnen, die seinem zweiten Buch einen geradezu enzyklopädischen Anstrich geben. Man merkt die Absicht, ist aber nicht immer verstimmt! Im übrigen erkennt Capra auch der – zugegebenermaßen mitunter etwas mit Scheuklappen versehenen – »kartesianischen« Einzelforschung eine gewisse Berechtigung zu.

Symptomatisch erscheint in Capras Anliegen ein gewisser – ich möchte sagen – UN-Synkretismus, der durchaus zeitgemäß ist. Im Rahmen der Vereinten Nationen und eines weltweiten Massen- und Rucksacktourismus hat das Christentum – nicht nur wegen der starren Haltung des Papstes in puncto Familienplanung – neben den anderen Weltreligionen und auch prinzipiell atheistischen Lehren seine im Abendland früher unangefochtene Monopolstellung eingebüßt und einer Haltung Platz gemacht, die schon Goethe mit den Worten ausdrückte: »Orient und Okzident sind nicht mehr zu trennen.« Freilich scheint an die Stelle eines Westöstlichen Divans (der überdies nur bis ins neupersische Genießermilieu reichte) mehr eine westöstliche Couch des Psychiaters getreten zu sein – unter Einbeziehung mehr oder weniger verdauter indischer und chinesischer Lebensweisheit.

Der Vergleich des anthropischen Prinzips mit der Botschaft Capras läßt eine gewisse Komplementarität erkennen, die schon vorhin als diachrone und synchrone Betrachtung gekennzeichnet wurde. Für die Fruchtbarkeit dieser Kombination mag als eine Stimme aus allerletzter Zeit das Resümee eines Aufsatzes zitiert werden, den Akbar Tursunov aus Duschanbe, der Hauptstadt Tadschikistans (also, wenn man will, Sowjet-Persiens) im Novemberheft 1983 der »Voprosy Filosofii« veröffentlicht hat. Er schreibt:

»Die objektive Wahrheit, welche die Wissenschaft erstrebt, ist nicht nur prozessual, sondern auch vieldimensional. Mit anderen Worten: Das Objekt der Erkenntnis wird von ihr sowohl in einer diachronen Kette aufeinander folgender Theorien und Modelle erfaßt, welche asymptotisch miteinander verbundenen Niveaus der Beschreibung gelten, sondern auch in einem synchronen Mosaik nicht aufeinander reduzierbarer theoretischer Modelle, welche unterschiedliche, aber einander über-

Der Tanz Shivas –
dargestellt von östlichen Künstlern aus dem 12. Jahrhundert und westlichen Physikern aus dem 20. Jahrhundert.

(F. Capra 1977)

schneidende Aspekte des untersuchten Objekts vergegenwärtigen. Die Vielgestaltigkeit dieser Modelle kann man ansehen als eine gnoseologische Form der Fixierung der aus verschiedenen Richtungen und mit verschiedenen Methoden angestrebten materiellen Einheit der Welt.«

Zusammenfassend noch ein Rückblick auf die Geschichte der Astronomie in Schlagworten. Im Altertum betrachtete man die Welt *um* uns (als erweitertes Domizil in einer Art Ökomorphismus); im Mittelalter die Welt *über* uns (erinnert sei nur an die quinta essentia und die aristotelische Bewegungslehre); in der nüchternen Neuzeit erforschte man die Welt *ohne* uns

(also unabhängig vom Beobachter); jetzt aber kann die Welt nur noch *mit* uns betrachtet werden (seit Einstein und Heisenberg), und sie ist eine Welt *für* uns geworden. Daraus folgt als Motto:
Kosmisch denken, global handeln, human hoffen – und lieben!

ANMERKUNGEN

1 Michail Puchov, »Monopol auf Intelligenz – Drei Geschichten vom Planeten Marion«, in: »Das Gewand der Nessa«, hrsg. von Wolfgang Jeschke, München 1984 (HEYNE-BUCH Nr. 06/4097).
2 L. V. Leskov, »Modelle der Evolution kosmischer Zivilisationen«, siehe S. 219 ff. dieses Magazins, besonders Abbildung S. 228.
3 Aleksandr Kazancev, »Stärker als die Zeit«, München 1979 (HEYNE-BUCH Nr. 06/3630);
ders., »Auf drei Planeten«, München 1983 (HEYNE-BUCH Nr. 06/4010);
ders., »Die Kuppel der Hoffnung«, München 1984 (HEYNE-BUCH Nr. 06/4126).
4 Michail Puchov, »Kontakt? Nein ...«, in: »Heyne Science Fiction Magazin 9«, hrsg. von Wolfgang Jeschke, München 1984 (HEYNE-BUCH Nr. 06/4051), S. 195–203.
5 Dmitrij Bilenkin, »Die Schattenseite der Vollkommenheit«, in: »Science Fiction Story Reader 20« hrsg. von Wolfgang Jeschke, München 1984 (HEYNE-BUCH Nr. 06/3995, S. 56–74.
6 Fritjof Capra, »Der kosmische Reigen«, Otto Wilhelm Barth Verlag, München 1977; erneut als »Das Tao der Physik« in erweiterter und bearbeiteter Neuauflage, Scherz Verlag, Bern-München-Wien 1984.
ders., »Wendezeit«, Scherz Verlag, Bern–München–Wien 1983[4].
7 Reinhard Breuer, »Das anthropische Prinzip«, Meyster Verlag, Wien–München 1981.

Der Vortrag wurde anläßlich eines Kolloquiums am 12. Dezember 1983 im Forschungsinstitut des Deutschen Museums für die Geschichte der Naturwissenschaften und Technik in München gehalten.

Nachbemerkung der Redaktion:
Zu dem gegenteiligen Schluß gelangt Michail Puchov in seinem Aufsatz »Philosophie des Kontaktes« (HSFM 10), in dem er behauptet, das Weltall schweigt nicht, sondern spricht stets zu allen in der universellsten Sprache, der der Naturgesetze. Der Mensch muß die Informationen nur verstehen lernen.

Carl Amery

Interview mit Carl Amery

von Ute Bauer, Olaf Rappold und Thomas Tilsner

»Galopp mit der Raum-Zeit-Maschine, ein schottischer-römischer-bayerischer Superkrimi« lobte Heinrich Böll in der ZEIT, als 1974, 15 Jahre nach seinem letzten Roman, Carl Amerys »Das Königsprojekt«* erschien.

»Science Fiction in der Soutane kannte man bislang nicht«, wunderte sich dann auch der Rezensent der NEUEN ZÜRCHER ZEITUNG. Schon ein Jahr später, 1975, ward dann der bayerische Science Fiction-Roman geboren: Der Heyne-Verlag veröffentlichte als Original-Taschenbuchausgabe »Der Untergang der Stadt Passau«** – after doomsday in Niederbayern.

Dort verbrachte Carl Amery auch einige seiner Jugendjahre an einem humanistischen Gymnasium. 1922 war er als Christian Anton Mayer in München geboren worden.

Nach dem 2. Weltkrieg und den Jahren der Kriegsgefangenschaft in den Vereinigten Staaten von Amerika kehrte Amery nach München zurück, wo er seit 1950 als freier Schriftsteller lebt. 1954 erschien sein erster Roman »Der Wettbewerb«, 1958 »Die große deutsche Tour«. Carl Amery – er trägt dieses Pseudonym auch in der Öffentlichkeit – parodiert in diesen recht

* BIBLIOTHEK DER SCIENCE FICTION LITERATUR, Band 35 (HEYNE-BUCH Nr. 06/35)

** HEYNE-BUCH Nr. 06/3461

phantastischen Romanen die Geschäftstüchtigkeit der Wirtschaftswunderwelt und entlarvt sie als Traumwelt. Schon damals.

Es nimmt deshalb nicht wunder, daß Amery die Ökologie in den siebziger Jahren zu seiner Sache machte. Er muß heute als einer der wichtigsten intellektuellen Wegbereiter der ökologischen Bewegung gelten. In Übereinstimmung mit Werken wie Dennis Meadow »Die Grenzen des Wachstums« entwickelt Amery die Thesen des »ökologischen Materialismus«, der den »inkonsequenten Materialismus des dominum terrae« ablösen soll. Diese Einstellung wird auch in seinem erzählerischen Werk deutlich, das überwiegend als Science Fiction subsumiert wird. Carl Amerys phantastische Konstruktionen sind bis ins Detail liebevoll recherchiert und ausgedacht. Der heute 61jährige schreibt in »präziser und saftiger Sprache« mit viel Sinn für feinsinnigen, bisweilen sarkastischen Humor.

Als erzählerisches Hauptwerk gilt neben »Das Königsprojekt« vor allem »An den Feuern der Leyermark«*; es erzählt die Geschichte eines selbständigen Bayern, das als »Freie Eidgenossenschaft« im Herzen Europas Bestand hat. Nicht Bismarck, sondern die anarchischen Tendenzen siegen 1866: Ein Übersetzungsfehler entscheidet den Bundeskrieg. Denn mit den modernen Gewehren aus dem Sezessionskrieg werden gleich die amerikanischen »Gunmen« mitgeliefert: Eine Königlich-Leyermärkische Fremdenlegion im Kampf mit den Preußen. Mit dabei ist »Sonne-von-Links«, der Sioux, marmorn unter Skalplocke und Adlerfeder, mit nacktem, feuerumspielten Michelangelo-Oberkörper, wild und waagrecht bemalt auf Gesicht und Brust.

Wir besuchten den patriotischen Bayer und Geschichtsschreiber des Königreichs Leyermark.

Dabei entstand das folgende Interview.

F.: Sie sind Bayer und Intellektueller ... Ist dies nicht ein Widerspruch?

A.: Das ist aber eine merkwürdige Frage ... Ich fühle es nicht als solchen. Warum soll sich das denn gegenseitig ausschließen?

---

* HEYNE-BUCH Nr. 06/3835

Wenn Sie in die Geschichte zurückblicken, ist die bayerische Intellektualität eben immer ein Sonderbereich gewesen, ein regionalgeschichtlich bestimmter, der sich von anderen Intellektualitäten, etwa Schwabens oder Norddeutschlands, entsprechend unterscheidet. Wenn ein gewisser Verzögerungseffekt festzustellen ist, dann ist er meiner Meinung nach auf die Gegenreformation zurückzuführen.

F.: Wie haben Sie sich unter den Vorzeichen Ihrer Zeit entwikkelt? Ihre Kindheit fiel schließlich in eine bewegte Zeit, der sich entwickelnde Nationalsozialismus, schließlich die Machtübernahme, der Krieg ...

A.: Ja nun, das ist sonderbar, denn ich bin in einem Milieu aufgewachsen, das von der ganzen Nazi-Geschichte in den schwarzen Kleinstädten verhältnismäßig abgeschirmt war. Mein Vater war in einer Art Naturschutzpark Historiker an katholischen Hochschulen. Infolgedessen habe ich die ganze Härte der Zeit als junger Mensch nur vermittelt bekommen. Ich habe natürlich sehr darunter gelitten, weil mein Vater so darunter gelitten hat. Deshalb hatten wir eine Identifikation, die sonst in Familien ungewöhnlich ist, gerade in diesem Alter zwischen zwölf und siebzehn.

Ich war nicht in der Hitlerjugend und konnte mir das aus obengenannten Gründen leisten. Andere konnten das nicht, ich mache daraus auf jeden Fall keine Widerstandslegende. Ich bin 1941 eingezogen worden und konnte vorher noch ein bißchen studieren. Das Wichtigste war dann die lange Kriegsgefangenschaft in den USA, wo ich eine westliche Welt in ziemlich großen Dimensionen kennengelernt habe, die bis dahin unzugänglich war. Ich war beim Baumwollpflücken eingesetzt – in Landschaften, die man als Europäer kaum kannte.

F.: Wie hat Sie dies beeinflußt?

A.: Die Landschaft habe ich das erste Mal 1979 in »An den Feuern der Leyermark« verwenden können – sie kommt im ersten Kapitel vor.

F.: Abgesehen von der Landschaft, wie sind Sie mit der Kultur zurechtgekommen?

A.: Als Kriegsgefangener hat man da wenig Schwierigkeiten ...

Mein eigentliches Amerika-Erlebnis habe ich erst gehabt, als ich 1948 als Student dorthin zurückgekommen bin.

F.: Kamen Sie damals auch das erste Mal mit der Science Fiction in Berührung?

A.: Ich habe mich eigentlich von meiner Jugend an für das interessiert, was in Deutschland damals »Zukunftsroman« hieß. Aber dann entstand eine längere Pause, und ich möchte sagen, daß mein modernes Interesse im Zuge der McCarthy-Zeit wiedererwacht ist. Damals ist mir die Science Fiction wieder aufgefallen.

F.: Warum gerade in der McCarthy-Ära?

A.: Ich habe mich damals an den Bahnhofskiosken nach amerikanischen Büchern umgeschaut, und ich stellte eine Tendenz fest, die Sozialkritik via Science Fiction zu transportieren. Das hat mir später einer der führenden Autoren, Frederik Pohl, persönlich bestätigt. Er sagte, die kritischen Autoren seien bewußt in dieses Genre gegangen, um einen Freiraum zu haben, den sie in der McCarthy-Zeit in der großen Literatur nicht hatten.

F.: Warum hatten die zeitkritischen Autoren diesen Freiraum in der sogenannten großen Literatur nicht? Was bewirkte dieser Zustrom für die Science Fiction?

A.: Diese neuen Autoren haben der amerikanischen Science Fiction zu einem ungeheuerlichen Qualitätsschub verholfen. In der Literatur hatten sie in der Zeit der Kommunisten- und Intellektuellenhetze nicht die Freiräume, Gesellschaftskritik üben zu können. Die Science Fiction war da die ideale Plattform. Vor allem stilistisch bedeutete dies für die Science Fiction einen gewaltigen Sprung nach vorne. Vorher war das, bei allem menschlichen Respekt vor Leuten der ›Analog‹-Schule und anderen, einfach keine Literatur, wenn Sie mich fragen.

F.: Im Zusammenhang mit der amerikanischen Science Fiction haben Sie einmal vom ›Bible Belt‹ gesprochen. Könnten Sie uns den Zusammenhang erläutern?

A.: In den unmittelbaren Anfängen der Science Fiction, ganz früh nach dem Ersten Weltkrieg, waren große Teile der USA, gerade in den kleinen Städten und Dörfern, noch beherrscht von dem puritanischen Mißtrauen, gegen jede Art von Fiktion, gegen jede Art von Belletristik. Dies wurde als Müßiggang verteufelt. Hinten in den ›Popular Mechanics‹-Heften allerdings konnte man utopische Geschichten unter dem Alibi des wissenschaftlich-technischen Interesses veröffentlichen. Ohne diese Verknüpfung hätte man diese Geschichten im ›Bible Belt‹, also in einer Gegend der USA, in der noch massiv Bibel gelesen wurde, gar nicht verkaufen können. Der Ausdruck ›Science Fiction‹ dürfte dadurch gefestigt worden sein.

F.: Was ist für Sie Science Fiction?

A.: Ich glaube, Science Fiction ist ein schlechter Ausdruck. Er wird hängenbleiben, genauso wie der Ausdruck Roman hängengeblieben ist, der ursprünglich etwas ganz anderes bedeutete, nämlich eine Verserzählung in romanischer Volkssprache. Science Fiction ist heute alles mögliche, nur keine naturwissenschaftliche Fiktion. Der Ausdruck ›spekulative Literatur‹, den Robert A. Heinlein einmal vorgeschlagen hat, scheint mir an sich angemessener.

F.: Aber dem Begriff ›Science‹ wird man doch dadurch gerecht, daß man versucht, ein in sich logisches Gebilde zu konstruieren.

A.: In sich logisch – ja gut, das gelingt aber natürlich nur selten. Ich habe einmal in einem gescheiten Aufsatz über den Krimi gelesen, daß Sherlock Holmes eigentlich keine gute Literatur war, aber er sei doch der Vater des Genres, weil er eine Haltung, eine Attitüde, geschaffen habe. Das würde ich für die Science Fiction auch sagen. Sie ist eine Attitüde, also eine Haltung der Welt und den möglichen Stoffen gegenüber. Das genauer zu definieren, fällt schon wahnsinnig schwer, weil es natürlich einen ungeheuren Grenzverkehr gibt. Es wird viel als Science Fiction subsumiert, das gar nicht dazugehört. Die alten Phantasieromane von Werfel, H. G. Wells, Jules Verne kann man schon als Science Fiction bezeichnen. Aber die frühen romantischen Versuche, so etwas wie E. T. A. Hoffmanns spekulative Geschichten um Olympia, diesem mechanischen Puppenmädchen? – Man könnte sagen, da findet fast schon eine gewisse Überbesetzung des Begriffs statt.

Im übrigen ist das Ganze völlig unproblematisch, wenn ich davon ausgehe, daß es in jeder Branche, ich nehme zum Beispiel den Liebesroman, natürlich Qualitäten vom äußersten

Schund bis zu Anna Karenina und Romeo und Julia gibt. So ist es auch in der Science Fiction. Wir müssen uns nur unter uns Science Fiction-Fans darüber klar sein, daß das meiste Schund ist. Dann tun wir uns vielleicht ein bißchen leichter.

F.: Zur Science Fiction in unseren Bereichen: In öffentlichen Bibliotheken findet man eigentlich recht wenig Science Fiction. Können Sie, da Sie von 1967 bis 1971 Direktor der Städtischen Bibliotheken von München waren, dafür Gründe nennen?

A.: Bei uns war eigentlich diese Aversion nicht so groß, ich habe zum Beispiel in der Zentralbibliothek eine Sammlung gehabt, ein Privatgeschenk, das beim Umzug verschwunden ist. Da hat sich irgendein Umzugsarbeiter bereichert, weil es nicht registriert war ...

Zunächst einmal ist die Science Fiction meistens nicht in bibliotheksfähigen Ausgaben erschienen. Und dann hat natürlich das deutsche Bibliothekswesen in der Anschaffungspolitik diesen elitären Zug angenommen, den es nicht zuletzt deswegen annehmen mußte, weil zuwenig Geld da war. In den USA oder England konnte man eben querbeet anschaffen – jetzt geht das auch nicht mehr. Wir konnten uns das nie leisten. Infolgedessen haben die promovierten Anschaffungsspezialisten die Bibliographien jede Woche durchpopeln müssen. Dadurch ist viel Gebrauchsliteratur, gerade im belletristischen Bereich, einfach nicht angeschafft worden.

F.: Sie überraschten Freund und Feind, als Sie mit »Das Königsprojekt« 1974 einen Science Fiction-Roman veröffentlichten. Was bewog Sie dazu, sich dieser von den sog. Literaturkritikern vielgeschmähten und verachteten Literaturgattung zuzuwenden?

A.: So stimmt das nicht. Mein erster Science Fiction-Roman, den ich als solchen geplant habe, war »Der Untergang der Stadt Passau«. »Das Königsprojekt« wurde hinterher – da haben Sie schon den Prozeß, von dem ich oben sprach – für Science Fiction reklamiert. Und ich habe auch gar nichts dagegen. Es wurde ja nicht als Science Fiction besprochen. Wenn Sie die große Besprechung aus der ZEIT »Galopp mit der Raum-Zeit-Maschine« von Heinrich Böll kennen; er interpretierte »Das

Königsprojekt« als gehobenen, etwas phantastischen bürgerlichen Roman.

F.: Es war also kein Bruch zu Ihrer bisherigen Produktion?

A.: Doch, schon, natürlich. Ich habe fünfzehn Jahre Pause gemacht und keine Romane geschrieben. Der letzte vorher war »Die große deutsche Tour«. Das war, wenn Sie so wollen, auch schon so eine Art Science Fiction, aber eigentlich eine Satire auf die damals aufbrechende naive Wohlstandsgesellschaft. Danach habe ich Schluß gemacht und hauptsächlich non-fiction geschrieben. Es hat mich dann wieder gejuckt, auch weil ich nach »Die große deutsche Tour« entdeckt hatte, daß ich ein in Deutschland nicht gerade häufiges Talent habe, nämlich humoristisch schreiben zu können. Im literarisch anständigen Sinne, nicht im Sinne von ›Humor ist, wenn man trotzdem lacht‹ oder ›Mainz wie es singt und lacht‹ ... Dadurch kam dieser neue Schub ziemlich natürlich zustande, und ich habe dann eben das »Königsprojekt« geschrieben. Als sich dann »Der Untergang der Stadt Passau« zu einem Riesenknüller entwickelte, wurde meine neue Romanproduktion unter dem Gesamtstichwort Science Fiction subsumiert.

F.: »Das Königsprojekt«, das jetzt in der HEYNE BIBLIOTHEK DER SCIENCE FICTION LITERATUR wiederveröffentlicht wird, besticht durch liebevolle Details und Ihren Sinn für Skurrilität und Witz. Vor allem aus der »Science Fiction Ecke« erhielten Sie viel Lob für die geglückte logische Konstruktion. Man sagt von diesem Roman, er sei eine gelungene Verschmelzung der Science Fiction mit der sogenannten gehobenen Literatur. Das heißt, Science Fiction ist keine gehobene Literatur! – Oder doch, Herr Amery?

A.: Ich habe Ihnen ja gesagt, daß ich das für verdammt albern halte. Science Fiction ist eine Genrebeschreibung, und innerhalb eines Genres gibt es in der Regel 90 % Schund, aber auch anderes, besseres, wobei ich keineswegs behaupten will, daß ich schon das Beste bin ...

Ich habe jetzt wieder einen kritischen Aufsatz in die Hand gekriegt, in dem zwischen wahrer Science Fiction gleich schlechter Literatur und unwahrer Science Fiction gleich gute Literatur unterschieden wird. Da fällt die Science Fiction natürlich von vornherein hinten herunter. Aber ich denke nicht in solchen Kategorien. Genauso wie der Krimi verachtet war, bis so hehre Namen wie Chandler, Hammett und Highsmith ertönten. Science Fiction ist bei den Intellektuellen zur Zeit Lem. Was ich wieder typisch finde, denn so verdammt gut ist der Lem ja nun auch wieder nicht. Aber er kann sich in den Mantel einer großen Prätention hüllen, was Science Fiction-Autoren sonst nicht so gut können. Ich sehe in diesen Klassifikationsmustern, diesen Postkasterln, in die der Autor reingeschoben wird, wenig Sinn.

F.: In »Das Königsprojekt« geht es um eine von Leonardo da Vinci erfundene Zeitmaschine, mit deren Hilfe der Vatikan die historischen Ursachen der Glaubensspaltung beseitigen will. Haben Sie hier Ihre scharfe Auseinandersetzung mit den restaurativen Tendenzen des bundesrepublikanischen Katholizismus der sechziger Jahre in einen Roman übertragen?

A.: Nein, überhaupt nicht. Das ist eine neue Entwicklungsphase. Ich betrachte die beschriebene Art von kirchlicher Bürokratie als ein fast schon wieder liebenswürdiges Petrifakt, eine Versteinerung, gewissermaßen ein Archäopterix, der in diesem Roman als Versatzstück verwendet wird. Zum Beispiel also Prälatenfiguren wie dieser kleine bucklige Monsignore. Ich glaube nicht, daß da noch viel echtes Ressentiment im Spiel ist. Auf der anderen Seite gibt es auch liebenswürdige Figuren wie diesen Bischof Brendan, der da verheizt wird. In dieser Hinsicht glaube ich mich also frei von der Notwendigkeit, diesen Strauß fortzusetzen. Wenn überhaupt, habe ich ihn zuletzt 1972 in dem Band »Das Ende der Vorsehung« ausgetragen, und damit war dann diese Problematik abgehakt.

F.: Wie reagierte eigentlich die Kirche auf die doch recht provozierenden Thesen in »Das Ende der Vorsehung«?

A.: Da war nicht viel. Aus der Belletristik halten sie sich ja vorsichtshalber schon raus. Die interessanteste Reaktion war die, daß es nicht ins Polnische übersetzt werden konnte, weil der Vatikan so schlecht wegkommt …

F.: 1975 begründeten Sie mit »Der Untergang der Stadt Passau« ein neues Subgenre: den bayerischen Science Fiction-Roman.

Warum haben Sie ausgerechnet die tiefste bayerische Provinz für die relativ alte ›after-doomsday‹-Thematik gewählt?

A.: Passau ist gar nicht so sehr die tiefste bayerische Provinz ... Provinz ist nichts anderes, als wenn die Leute dort sagen, bei uns ist nichts los. Eine andere Definition gibt es nicht. Ich habe Passau gekannt und verbinde sehr tiefe emotionale Erlebnisse mit der Stadt. Aber die Verhocktheit, dieses spezifisch niederbayerisch-schwarze Syndrom hat mich immer irritiert. Daraus ist die Anregung für den Background des Romans entstanden. Außerdem liegt Passau recht gut für den Plot und bietet von daher mit den Salzgeschichten ein absolut realistisches Szenario für den ›after-doomsday‹-Topos.

F.: Normalerweise werden solche Geschichten in den USA angesiedelt ...

A.: Ja eben, das ist ja das Saudumme! Warum soll es nicht einmal ganz woanders spielen ... Noch dazu erscheinen mir die historischen Bausteine für einen solchen Topos bei uns günstiger als in den USA. Es ist ja ganz rührend, mit welcher Intensität man sich in den USA um einen großen historischen Kontext bemüht. Nehmen Sie etwa »Der große Süden«* von Ward Moore oder »Pavane«**, die Geschichte um die Ermordung Königin Elisabeths I. Dort wird immer ganz undialektisch verfahren. So hat durch den Tod der Elisabeth in »Pavane« der Katholizismus gesiegt. Was passiert? Gar nichts! Die Dialektik der Geschichte hört auf, was vollkommen unsinnig ist. Wenn man europäische Geschichte kennt, weiß man, daß bei einem Sieg Philipps II. sofort ein ungeheurer Konflikt zwischen Rom und Spanien eingesetzt hätte. Nach dem üblichen Prinzip wären da sofort – wie nach dem Ende Hitlers der Kalte Krieg – zwei neue historische Prinzipien auseinandergetreten. Es hätte nie 400 Jahre lang einen monolithischen Katholizismus gegeben. Diese Unsensibilität auch der relativ guten ›alternate timestream‹-Science Fiction für historische Dialektik hat mich herausgefordert, da mal etwas anderes zu versuchen.

---

* HEYNE-BUCH Nr. 06/3760

** Zuletzt in der BIBLIOTHEK DER SCIENCE FICTION LITERATUR, Band 38 (HEYNE-BUCH 06/38)

F.: Eigentlich kann man den »Untergang der Stadt Passau« kaum als Roman bezeichnen. Wollten Sie es bewußt bei diesem Versuch belassen oder kapitulierten Sie vor der Stoffülle und den Möglichkeiten, die sich vor Ihnen auftaten?

A.: Ich habe das von vornherein als Fingerübung bezeichnet. Der Ausdruck Roman geht nicht auf mein Konto, das sind die üblichen Verkaufserwägungen. Ich lasse es so stehen, wie es dasteht. Der Stoff als solcher ist, glaube ich, abgeschlossen, da wäre nichts mehr zu tun.

F.: Haben Sie dem Verlag Ihr Manuskript »Der Untergang der Stadt Passau« als Originalausgabe angeboten, weil Ihre Hausverleger es abgelehnt haben?

A.: Nein, aus irgendwelchen Gründen war das von Anfang an eine Schnapsidee von mir: ich versuch's einmal direkt am Kiosk. Eben nicht über die übliche Buchproduktion, sondern gleich als Taschenbuchausgabe. Das war literaturpolitisch sehr interessant für mich.

F.: Wie reagierten die Kritiker und Ihre bisherigen Leser?

A.: Ja, Gott, die Kritiker sind zuerst einmal gar nicht draufgekommen. Infolgedessen ist es auch nur in den üblichen Taschenbuchspalten erwähnt worden. Aber sonst ist es für sich gelaufen – und sehr erfolgreich, wie Sie wissen …

F.: Die Tradition des bayerischen Science Fiction-Romans setzten Sie 1979 mit »An den Feuern der Leyermark« fort. Ein richtiger Heimatroman voller Stolz und schmunzelnder Ironie. Ist das eigentlich noch Science Fiction?

A.: Wie ich schon andeutete, ist es mir ziemlich gleich, ob es noch Science Fiction ist. Definitorisch ist es das natürlich nach wie vor. Jetzt stelle ich eine paradoxe Behauptung auf: Ich kann mit einem historisch ansetzenden spekulativen Roman wissenschaftlicher sein als mit einem reinen Zukunftsroman. In einem reinen Zukunftsroman kann man als wirklich guter Autor allenfalls vier oder fünf Parameter verlängern, mehr schafft man einfach nicht. Bei einem historischen Stoff dagegen hat man eine Vielzahl mehrdimensionaler Ausgangspunkte und ist sich der Zweit-, Dritt- und Viertfolgen bestimmter Verlängerungen bewußt. Deshalb kann man im Sinne der Historie wissenschaftlicher arbeiten als mit einem Zukunftsroman, der von der Gegenwart ausgehend extrapoliert.

F.: Ihre Spiele mit der Zeit und der Geschichte setzen natürlich bei Autor und Lesern enorme Kenntnisse voraus.

A.: Wieso beim Leser? Er soll seinen Spaß haben, dem kann es doch wurscht sein, ob Jakob der Hartleibige 1724 die Prinzessin Leia heiratete ...

F.: Aber er kann dann doch mehr Freude an dem Roman entwickeln!

A.: Das ja! Die Freude steigt, je mehr man weiß, wo man veräppelt wird und wo nicht. Das ist klar, aber darum geht es nicht. Ich fordere hier die bürgerliche Kritik heraus. Wer erzählt mir, daß die Leseerwartung eines Science Fiction-Fans weniger gescheit und sinnlich vertretbar ist als die eines Sparkassendirektors, der das Buch für 29,80 DM gekauft hat und auf dem Nachttisch liegenläßt.

F.: In »Der Untergang der Stadt Passau« geht es ansatzweise auch um ökologische Themen, um einen neuen Anfang nach der großen Katastrophe. Diese Themen haben Sie auch in »Natur als Politik« behandelt.

A.: Ja, dort habe ich den Begriff »ökologischer Materialismus« erfunden. Im Grunde genommen läuft es darauf hinaus, daß man die objektive Bestandsaufnahme – das besticht ja am ehrlichen Materialismus etwa marxistischer Prägung – ohne Vorurteile irgendwelcher Art ausweitet auf die ökologische Perspektive. Man muß sich fragen, wie diese Bestandsaufnahme unserer materiellen Existenz wirklich aussieht. Das tun ja auch die Grünen, die größtenteils ein romantisches Naturverständnis haben, nicht. Ein wirklich ökologisches Naturverständnis ist äußerst grausam, darüber braucht man sich überhaupt keine Illusionen zu machen, 20–25 Jahre Lebenserwartung und so. Aber man muß zunächst einmal wissen, daß man von ökologischen Voraussetzungen auszugehen hat – was Marx nicht gewußt hat. Wenn Marx oder Bloch sagen, man müsse radikal von der Wurzel, d. h. vom Menschen her denken, ist das eben materialistisch gesehen schon Blödsinn – weil der Mensch nicht die Wurzel ist.

F.: Wollen Sie das Werk von Marx fortführen, vertiefen?

A.: Nein, der marxistische Ansatz war für mich heuristisch – also als Auffindemethode – jahrelang äußerst wichtig, und ich bin heute noch dankbar dafür. Aber ich glaube, daß wir mit dem Marxismus nicht weiterkommen. Ich glaube es nicht mehr. Und zwar einfach deshalb, weil der Marxismus eine verengte Anthropologie hat. Er hat eine Homo faber-Anthropologie, die des homo ökonomicus, des Werkzeugmachers von Anbeginn. Das ist, wie man heute weiß, anthropologisch unsinnig.

F.: Muß der Marxismus deshalb scheitern?

A.: Das würde er selbstverständlich, wenn er so weitermacht. Dann wird die Natur genau das tun, was sie mit Lemmingen oder sonstigen hypertrophen Arten getan hat. Das Schicksal des Homo faber wäre vergleichbar mit dem von Bierhefe-Enzymen, die in ihren eigenen Ausscheidungen »verrecken«, wenn sie einen bestimmten Sättigungsgrad erreicht haben.

F.: Unter dem anthropologischen Blickpunkt Homo faber unterscheiden sich Kapitalismus und Marxismus aber nur unwesentlich.

A.: Ich bin ja auch nicht für den Kapitalismus, um Gottes willen! Ich halte diesen Ost-West-Konflikt gerade deswegen für so gefährlich, weil er eine gigantische Regression darstellt. Man einigt sich auf ein gemeinsames Drehbuch mit gemeinsamen Voraussetzungen, und das ist dann der Konflikt.

F.: Was ist der Unterschied zwischen Ökologie und »politischer« Ökologie?

A.: Das ist wichtig! Ökologie ist zunächst ganz einfach ein Teil der Naturwissenschaften. Ich bin kein Ökologe, ich bin, wenn man so will, ein Ökologist. Ich sehe die Ökologie als eine neue mögliche Leitwissenschaft für Selbsterkenntnis und Selbsteinrichtung der Menschheit in dieser Welt. Das würde ich dann politische Ökologie nennen, basierend auf einer im Grunde leuchtend einfachen Perspektive, die von der Ökologie geliefert wird. Dazu gehören ein paar Einsichten über die thermodynamischen Gesetze, Kreisläufe, die Nicht-Anthropozentrik des Weltbildes, und von da aus dann die Einrichtung im Politischen, d. h. im Zusammenleben der Menschen mit der Natur und mit sich selbst.

F.: Kürzlich konnte man eine Meldung lesen, die besagte, daß in einem stark verschmutzten Fluß in den USA plötzlich eine bislang unbekannte Forellenart aufgetaucht ist und sich prächtig vermehrt. Ist das nicht ein Zeichen, daß die Natur sich auch an von Menschen geschaffene Rahmenbedingungen anpassen kann?

A.: Natürlich kann sie das, sie kann sich sogar so weit anpassen, daß sie den Menschen rausschmeißt, wenn er als Störfaktor zu groß wird. Die Natur geht deshalb noch lange nicht drauf. Selbstverständlich werden wir so nebenbei neue Arten erzeugen, wenn wir die Gewässer mit Kraftwerken aufheizen. Zweifellos werden bei uns subtropische und tropische Fische gedeihen. Der Witz ist bloß, daß wir nicht in der Lage sind, die Zweit-, Dritt- und Viertfolgen in ihrer ganzen Vernetzung zu sehen und zu bedenken. Es geht nicht um unsere guten oder schlechten Motive, sondern darum, ob wir überhaupt in der Lage sind, bei unserer Behandlung der Natur überhaupt noch die Folgen zu überblicken. Beispiel: sterbende Wälder. An so etwas haben wir vorher nie gedacht. Das ist wie beim Roulette: In manchen Fällen kann ich gewinnen, aber per Saldo verliere ich mehr. Wir schaffen zwar ständig neue Arten, verschlechtern gleichzeitig aber auch unsere eigenen Lebensgrundlagen.

F.: Ökologische Gesichtspunkte scheitern in der Politik des Alltags zumeist an sogenannten ›Sachzwängen‹, an denen sich die Mehrheit orientiert. Wie aber wollen Sie gegen die Mehrheit eine ökologisch orientierte Politik durchsetzen?

A.: Das Wichtigste ist natürlich, daß der Sachzwang als solcher ein Unsinn ist. Der Begriff ›Sachzwang‹ ist eine Erfindung des Neokonservativismus. – Es gibt ein schönes englisches Sprichwort, das heißt: »Patriotismus ist die letzte Zuflucht der Schurken.« Ich würde sagen, Sachzwang ist die letzte Zuflucht des ratlosen Konservativen. Das sieht man ja bei Leuten wie Schelsky: der Mensch kommt zuletzt. Dieses skeptische konservative Weltbild ist darauf angewiesen, anzunehmen, daß das letzte, was uns arme Hunde noch zusammenhält, die Stechuhr, also die Arbeitsmoral ist. Daraus entsteht der Begriff ›Sachzwang‹, der kulturell unsinnig ist. Mit Ausnahme der Praxis, Kinder zum Zweck des Verzehrs aufzuziehen, gibt es kein Verhalten, das die Menschheit nicht in irgendeiner Weise mal praktiziert hätte. Infolgedessen ist es auch blödsinnig, von Sachzwängen zu reden. Um sie zu umgehen, sind eine Vielzahl verschiedenster Kulturentwürfe vorstellbar. Hier spielt für mich übrigens die Science Fiction als Genre eine segensreiche Rolle. Wenn es gut geschrieben ist, kann man die jungen Leute daran gewöhnen, ihren eigenen kulturellen Kontext zu relativieren, indem sie sich ganz andere Konstellationen vorstellen.

F.: Aber es ist doch so, daß man heute keine ökologische Politik durchsetzen kann.

A.: Ich sehe die Schwierigkeiten natürlich genau, ich bin ja lange genug in der an Niederlagen gewöhnten Opposition tätig gewesen. Aber wir haben bisher, wenn man sich an die Bewußtseinslage noch vor zehn oder zwölf Jahren erinnert, eigentlich viel schneller Fortschritte gemacht, als man ahnen konnte. Ein wichtiger Schritt wäre zum Beispiel die Einsicht in eine neue Wirtschaftswissenschaft, die auf den ökologisch-ökonomischen Doppelnutzen achtet. Ich sehe auf Einzelgebieten – klassischen Ressortgebieten – Möglichkeiten des Durchbruchs, die nur politisch noch nicht wahrgenommen werden.

F.: Im letzten Wahlkampf waren Sie recht agil und rührten kräftig die Werbetrommel für die Grünen. Muß man heute als Schriftsteller in die »Niederungen« der Politik hinabsteigen, um gehört zu werden.

A.: Als Schriftsteller muß ich gar nichts! – Ich fühle mich verantwortlich für das, was passiert, und ich hatte den Eindruck, daß ich mich als Staatsbürger in diesem Wahlkampf für die Grünen engagieren mußte. Wie das Ergebnis gezeigt hat, war es auch notwendiger denn je. Denn die SPD, für die ich bis zu diesem technokratischen Kurzschluß 1974 (Wechsel Brandt-Schmidt) eine ökologische Plattform einnagelte, hätte es ja nicht geschafft.

F.: Haben die Grünen denn eine Chance, jetzt im Bundestag etwas zu verändern?

A.: Zunächst können sie die Themen am Kochen halten. Ich hoffe nur, daß sie das systematisch genug tun werden. Bei der extremen Jugendlichkeit der Partei halte ich das für schwierig, wobei ich die Jugendlichkeit jetzt gar nicht abwertend, sondern eher als Vorteil meine. Sie haben alle möglichen Sachen im Kopf. Was sie brauchen, ist ein mittel- und langfristiger Plan. Ich weiß nur noch nicht, wie man diese Themen der Öffentlichkeit vor die Nase halten kann, aber ich werde versuchen, meinen Teil dazu beizutragen.

F.: Wie sieht Ihr Konzept für die Erhaltung der Bewohnbarkeit der Erde aus?

A.: Das gibt es wohl nicht. Ich glaube mit einigen Freunden, die bessere Denker sind als ich, daß es letztlich nur ›trial and error‹ gibt. Und Versuch und Irrtum schlägt sich natürlich im menschlichen Bereich in der Kultur nieder. Kultur nicht im Sinn von Karajan oder so, sondern im wissenschaftlichen, kultur-anthropologischen Sinn.

Wenn es uns gelingt, eine Kultur zu erarbeiten, die mit der Erde wieder besser zusammenwohnen kann, als das bisher der Fall war, dann können wir vielleicht überleben. Es ist unsinnig anzunehmen, das könne von Meisterplanern entworfen werden. Ebenso unsinnig ist es jedoch anzunehmen, es könne uns nicht mehr gelingen. Ich sehe sogar durchaus hoffnungsvolle Anzeichen. Noch vor zwanzig Jahren waren die Indianer gerade gut genug dafür, in jedem durchschnittlichen Spielfilm rechts und links vom Zug abgeschossen zu werden. Heute kann nicht einmal das trivialste Genre, etwa eine »damische« Fernsehserie in den USA, einen Indianer bringen, der am Schluß nicht recht hat. Hier setzt eine Relativierung ein. Dann etwa das ganz sonderbare Ende der Mission im klassischen Sinn: dieses eigentlich naive europäische Verständnis – jetzt gehen wir in die Welt hinaus und erzählen den Negerkindern, daß der Herr Jesus für sie gestorben ist, ziehen den Damen Büstenhalter an und bringen ihnen bei, wie man sich die Nase putzt; dieses Gefälle – wir sitzen oben und die anderen sind unten, und wir werden nun gütigst hinuntersteigen und sie raufholen ... Das ist eigentlich völlig am Verschwinden. Und aus solchen Einzelheiten setzt sich eine neue Kultur zusammen. Sie entsteht nicht, weil ich eine neue Philosophie oder ein zusammenhängendes Konzept einführe, sondern sie besteht aus Wirbeln, Strömungen und auch Widersprüchen innerhalb der Gesellschaft. Zum Beispiel der Begriff der Gewaltlosigkeit als solcher setzt Emotionen frei, die die Gegenseite, instinktiv sogar richtig in ihrem Sinne, als Aggression auslegt. Es gibt nichts aggressiveres für einen »alten konservativen Polizeikopf« als eine gewaltlose Aktion. An solchen Widersprüchen erkennt man auch einen guten Science Fiction-Roman: Wieweit gelingt es dem Autor, eine alternative und widersprüchliche Welt aufzuziehen, in der Menschen vorkommen, die zwar sehr friedlich sind, denen es aber durchaus einmal passiert, daß sie sich prügeln. Ein solcher Autor kann behaupten, gute Science Fiction zu schreiben. Weil er eine Welt entwirft, die vitaler und glaubhafter ist als ein Scherenschnitt irgendeiner idealen Kultur, in der lauter kleine Einsteins rumlaufen …

F.: Glauben Sie denn, daß es noch rechtzeitig gelingt, eine solche Kultur auf die Beine zu stellen? Wenn die derzeitige Entwicklung in diesem Tempo und in dieser Richtung weiterläuft, ist es vielleicht bald zu spät für eine neue Kultur …

A.: Das ist durchaus möglich. Das Bedenkliche für junge Menschen ist, daß man die Gefahr und das Risiko etwa des persönlichen Todes mit allen möglichen Sicherungssystemen aus ihrer eigenen Erfahrung entfernt hat. Statt dessen stellt sich diese Erfahrung der Bedrohung in Form von Dingen wie Atomkrieg und ökologischer Vernichtung am Rande des Horizonts dar. Wenn man sich den jahrhunderttausendealten Zustand der Menschheit vor Augen führt – das Individuum und die Kleingruppe sind eigentlich immer am Rande des Abgrunds gewandert –, gewinnt man die Zuversicht, daß sich qualitativ eben nur diese Erfahrungsmöglichkeiten geändert haben. Denn die Gefahr ist immer präsent gewesen, wenn sie auch jetzt bis zu einem gewissen Grad eskaliert. Es geht darum, ob die Vorgeschichte der Menschheit ein Ende hat und wir in eine wirkliche Geschichte eintreten, und dieser Prozeß hat uns immer ungeheuerlichen persönlichen Risiken ausgesetzt – damals wie heute.

F.: Aber früher konnte höchstens einmal eine Hochkultur zusammenstürzen. Heute kann theoretisch die ganze Welt zerstört werden.

A.: Das kommt darauf an, auf welcher Kulturstufe Sie die Menschen nach einer solchen Katastrophe wieder »auffangen«

wollen. Mein Freund Edward Goldsmith hat zum Beispiel 1972 beantragt, alle Steinzeitkulturen unter Ensemble-Schutz zu stellen, weil diese unter solchen Vorzeichen die einzigen seien, die überleben könnten. In unserer Lage hielte ich es für wesentlich besser und in der Konfrontation mit der jetzigen Kultur für viel ergiebiger und segensreicher, vitale Konzeptionen der eigenen Geschichte als »Auffangstationen« zu benutzen. Etwa das alte benediktinische Mönchsmodell ohne Zölibat, also eine sich selbst versorgende Gemeinschaft mit einem immateriellen, geistigen »Plus-Faktor« – dem einzigen Überschuß, den der Mensch wirklich braucht. Wir lassen also die alten imperialistischen Werkzeuge fallen, setzen uns auf einen Hügel, betreuen unsere Bienen und ziehen unser Obst und unseren Wein. Wir müssen einfach lernen, uns in einem neuen Kontext zu definieren, der von den alten Identifikationen absieht. Ein Beispiel: Wenn sich eine Gemeinde zur atomwaffenfreien Zone erklärt, so ist jedem Beteiligten klar, daß dies für die Regierung völlig unverbindlich ist. Die Angst des Staates vor diesen Aktionen rührt daher, daß dahinter die instinktiv völlig richtige Annahme steckt, der Staat schütze uns nicht mehr. Er hat einen drei- bis viertausend Jahre alten Gesellschaftsvertrag aufgekündigt und deshalb sind atomwaffenfreie Zonen und ähnliches völlig legitim.

F.: Da würden aber einige Politiker ansetzen und sagen: Jetzt wird's gefährlich, das ist ja Anarchie! …

A.: Mit vollem Recht, selbstverständlich. Ich werde sehr oft mißverstanden, weil die Leute nicht trennen zwischen Wunsch und Erwartung. Ich habe schon in vielen Diskussionen gesagt, wenn morgen die Anarchie ausbricht, hat die Menschheit eine bessere Überlebenschance als gegenwärtig. Als Spezies, biologisch gesehen.

F.: Das wäre dann wieder der Mechanismus des reinen Ökologismus?

A.: Ja, die Natur fällt auf ein Selektionsprinzip zurück. Ich bin allerdings überzeugt, daß dies im Falle der Menschheit nicht klappt. Der einzige Weg führt nicht über Anarchie, sondern nur über die Entwicklung eines neuen Kulturentwurfs. Die Anarchie ist einfach ein Gedankenmodell, und die da oben sollen ruhig wissen, daß das verdammt gefährlich für sie werden kann. Sie machen es ja auch verdammt gefährlich für uns!

F.: Überwiegt bei Ihnen die Hoffnung oder überwiegt die Skepsis?

A.: Mein Gott, wenn man das abwägen könnte! Ich würde schon sagen, die Skepsis überwiegt, aber ich handle aus Hoffnung. Das bedeutet ja eigentlich nur, daß man sich selbst nicht erlaubt, ein Karnickel im Drahtkäfig zu sein, das seine Salatstrünke beknabbert und im übrigen die Vorstellung verdrängt, daß da vielleicht schon einer mit Handkantenschlag und Kochtopf wartet.

F.: Schlußfrage und neuer Anfang: Sie sind jetzt 61 Jahre jung und ein bißchen weise – hat man da noch Pläne, haben Sie noch Träume?

A.: Ich möchte weiter schreiben. Ich habe einen riesigen Steinbruch vor mir, wieder ein bayerisches Opus, auch ziemlich phantastisch. Wieder stelle ich mir selbst nicht die Frabe, ob das Science Fiction sein wird. Und im übrigen möchte ich politisch die vorhandene Kultur schon noch eine Zeitlang ärgern. Ich habe da noch einiges im Köcher …

F.: Wir wünschen Ihnen dazu viel Erfolg und bedanken uns ganz herzlich für dieses Gespräch.

Carl Amery – Preise und Ehrungen

1957 Preis für Dichtung der Stiftung zur Förderung des Schrifttums
1958 Förderpreis der Stadt München
1967 Ludwig-Thoma-Medaille
1975 Ernst-Hoferichter-Preis
1979 Turkanpreis

Bibliographie:

»Der Wettbewerb«, 1954, Roman, Nymphenburger Verlagsbuchhandlung, München
»Die große deutsche Tour«, 1958, Roman, Nymphenburger Verlagsbuchhandlung, München
»Eine kleine Utopie«, 1961, in: »Die Alternative oder brauchen wir eine neue Regierung?« Hrsg. Martin Walser, Rowohlt-Verlag, Reinbek
»Die Kapitulation – oder: Deutscher Katholizismus heute«, 1963, Rowohlt-Verlag (= rororo aktuell 589), Reinbek
»Die Provinz. Kritik einer Lebensform«, 1964, Hrsg. Carl Amery, Nymphenburger Verlagsbuchhandlung, München
»Zwischenbilanz für Intellektuelle«, 15. 10. 1965, in: »Die Zeit«
»Fragen an Welt und Kirche«, 1967, Essays, Rowohlt-Verlag, Reinbek
»Die Intellektuellen und die Tabus«, 1968, in: »Macht und Ohnmacht der Intellektuellen« Hrsg. Kurt Hoffmann, Christian Wegener Verlag, Hamburg
»Katholizismus und Faschismus. Analyse einer Nachbarschaft. Heinrich Lutz antwortet Carl Amery«, 1970, (= Das theologische Interview, ti 16), Patmos-Verlag, Düsseldorf
»Der Ast, auf dem die Dichter sitzen. Ein Arbeitspapier in Sachen Bibliothekstantieme«, 27. 11. 1970, in: Die Zeit
»Das Ende der Vorsehung. Die gnadenlosen Folgen des Christentums«, 1972, Rowohlt-Verlag, (= rororo sachbuch 6874), Reinbek
»Das Königsprojekt«, 1974, Roman, Piper-Verlag, München;
Taschenbuchausgabe: 1978, Deutscher Taschenbuch Verlag (= dtv 1370), München; 1984 Wilhelm Heyne Verlag (Bibliothek der Science Fiction Literatur 06/35) München
»Der Untergang der Stadt Passau«, 1975, Science Fiction-Roman, Wilhelm Heyne-Verlag (= Science Fiction & Fantasy 06/3461), München
»Dortmals. Ein Leben in Bayern vor hundert Jahren«, 1975, Hrsg. Carl Amery, Ehem. Verlag Kurt Desch
»Natur als Politik. Die ökologische Chance des Menschen«, 1976, Rowohlt-Verlag, (= rororo-sachbuch 7146), Reinbek
»Der konservative Selbstverrat«, 18. 12. 1976, in: »Das Parlament«, ebenfalls in: »Die Welt«, 19. 2. 1977
»Gnade und Ungnade: Angst machen sie beide ...« (An Wolfgang Harich), 1978, in: »Solidarität mit Rudolf Bahro. Briefe in die DDR«, Hrsg. Hannes Schwenger, Rowohlt-Verlag, (= rororo aktuell 4348), Reinbek
»Energiepolitik ohne Basis. Vom bürgerlichen Ungehorsam zu einer neuen Energiepolitik«, 1978, Zusammen mit P. C. Mayer-Tasch und Klaus M. Meyer-Abich, Fischer-Verlag, (= fischer alternativ 4007), Frankfurt/M.
»An den Feuern der Leyermark«, 1979, Science Fiction-Roman, Nymphenburger Verlagsbuchhandlung, München, Taschenbuchausgabe: 1981, Wilhelm Heyne-Verlag, (= Science Fiction & Fantasy 06/3835), München
»Marsch, zurück auf die Bäume ... oder: Wie wir es besser machen können«, 1979, Hermann Schaffstein Verlag, Dortmund
»G. K. Chesterton oder der Kampf gegen die Kälte«, 1981, Verlag F. H. Kerle, Freiburg

»Im Namen Allahs des Allbarmherzigen«, in »Tor zu den Sternen«, Peter Wilfert (Hrsg.), 1981, SF-Erzählung, Wilhelm Goldmann Verlag, München
»Der Ost-West-Konflikt und unsere Totalgefährdung«, in: »Frankfurter Hefte«, Extra 4, 1981, Frankfurt
»Nur einen Sommer gönnt Ihr Gewaltigen«, 1984, in: »Der verkabelte Mensch«, Gerd E. Hoffmann (Hrsg.), Westermann Verlag, Braunschweig

Dazu kommen »Kleinigkeiten« (O-Ton Amery) wie Einführungen, Übersetzungen ... Belassen wir es bei diesen wichtigeren Dingen.
»Leb wohl geliebtes Volk der Bayern. Ein Requiem für die Wittelsbacher, ihre Beamten, Untertanen und Erben«, 1980, Bertelsmann-Verlag, Taschenbuchausgabe: 1982, Wilhelm Goldmann-Verlag, (= GO 26536), München
»Politik des Gebens und Nehmens«, 14. 8. 1982, in: »Das Parlament«
seit Januar 1982 regelmäßige Kolumne »Politische Ökologie« in: »Natur«

Hörspiele:

»Goortstraße«, Bayerischer Rundfunk, 21. 11. 1961
»Der Tag eines Löwen«, Bayerischer Rundfunk, 15. 9. 1964
»Ich stehe zur Verfügung«, Bayerischer Rundfunk, 26. 4. 1966
»Finale Rettung Michigan«, Westdeutscher Rundfunk/Bayerischer Rundfunk 7. 11. 1982 / 29. 11. 1982
»Schirmspringer«, Bayerischer Rundfunk, in Produktion

Filme/Fernsehfilme:
»Axel wußte, was vornehm war«, (Fernsehspiel), ZDF, 5. 9. 1963
»Der Untergang der Stadt Passau«, (Fernsehspiel), in Vorbereitung

Theater:*
»Ich stehe zur Verfügung«, Uraufführung: Münchner Kammerspiele, 9. 11. 1967, Regie: Gerhard Klingenberg
»Der Untergang der Stadt Passau«, Uraufführung: Comoedi-Spiel Landshut, 14. 8. 1982. Regie und Bühnenbild: Joseph Kiermeier-Debre und Fritz Vogel

* Siehe dazu den Aufsatz »Theater und Science Fiction« von Joseph Kiermeier-Debre in diesem Magazin S. 137 ff.

Theater und Science Fiction

Kleiner Nachtrag zum Versuch, Carl Amerys »Königsprojekt« auf die Bühne zu bringen

von Joseph Kiermeier-Debre

Im »Heyne Science Fiction Magazin« gehört die Rubrik *Theater* nicht gerade zu den festesten und am regelmäßigsten wiederkehrenden Bereichen. Das hat seinen guten Grund. Im Medium des Theaters geben sich vielfache Gattungen und Genres ein Stelldichein, und obwohl ihnen allen das Fiktionale als der größte gemeinsame Nenner eigen ist und das Medium sich generell jedem Thema öffnet, jedenfalls offen zu sein scheint, wird das Theater als keine besonders bevorzugte Spielweise für die Phantasien eines Genres genutzt, das ja zunächst nicht so sehr formal als vielmehr inhaltlich bestimmt ist. Diese Inhalte zu transportieren, ein taugliches Vehikel für nur denkbare, nur in der Phantasie mögliche Welten, für scientifische und phantastische Technologie-, Monster- und Horror-Abenteuer zu sein, dafür scheint das Theater nicht sonderlich geeignet. Es ist in seiner Unmittelbarkeit zu schwerfällig, unbeweglich, zu techniklos, auch zu alt, zu alt-ehrwürdig, und deshalb auch mit Ballast und Kulturtradition befrachtet, der gegenüber die Science Fiction mit Recht auf Abstand hält.

Mit Folgerichtigkeit hat sich die Science Fiction denn auch den modernen, den ganz jungen, den von der Technik bestimmten Gattungen zugewandt und scheint im Film ihre absolute Domäne gefunden zu haben. Dieter Hasselblatt hat dagegen jedoch glaubhaft und entschieden ins Feld geführt, daß das Hörspiel die eigentliche Domäne der Science Fiction ist; im Hörspiel fühlt sie sich besonders wohl und in ihm liegen auch Zukunftschancen des Genres (vgl. HSFM 1, S. 200 ff.). Die dramaturgischen Möglichkeiten des Hörspiels entsprechen vielen beliebten SF-Themen – z. B. Zeitreise, Zeitsprünge, Teleportationen etc. –, während die optische Festlegung der Science Fiction-Stoffe im Film der Phantasie abträglich sei und nur allzuoft lächerlich wirke. Es entsprechen zwar viele der technisch bedingten dramaturgischen Möglichkeiten des Films (Schnitt, Überblendung, Vor- und Rückblende usw.) denen des Hörspiels, doch steht ihm, dem Film, nach Hasselblatts Meinung der Zwang zur Visualisierung utopisch-visionärer Weltentwürfe im Wege. Seine gigantischen optischen Möglichkeiten sind gemessen an einer frei spielenden Phantasie Reduktionen, denen das *Hör*-Spiel nicht unterworfen ist.

Wenn im folgenden also ein Nachtrag zu einem Versuch unternommen wird, bei dem ein Science Fiction-Stoff aufs Theater gebracht wurde, so scheint das nachgerade ein müßiges Unterfangen. Was soll erst das armselige *Schau*-Spiel, das gemessen am Film in seinen Visualisierungen – diesem Zwang ist es ja auch unentrinnbar ausgesetzt – lächerlich rückständig scheint, mit der Science Fiction im Sinne haben; es kann wie der Film nicht »ausknipsen«, kann wie das Hörspiel nicht frei spielende Phantasie ermöglichen, nicht vor- und rückblenden; seine Elemente sind (Dialog und Monolog etc.) rein sprachlich, ja es ist kaum zu epischen Ansätzen fähig wie z. B. der Roman, der die literarische Domäne der Science Fiction bildet. Im Verhältnis zu Film und Hörspiel nimmt jedenfalls zahlenmäßig der Roman als Gattung schlechthin, in der sich die Science Fiction wohl fühlt, die erste Stelle ein. Der Roman ist, wie der Film, das moderne technische Erzählmedium, Erzählwerk und innerhalb der literarischen Tradition eher eine moderne Gattung. Im Verhältnis jedoch zum Theater, zu dessen Dinosaurier-Existenz, absolut modern.

Carl Amery, den Lesern der Heyne Science Fiction und Fantasy Reihe längst kein Unbekannter mehr, hält, obwohl er sich seit seinen literarischen Anfängen stets gerne um das Hörspiel bemühte, zuletzt auch um ein deutsches SF-Original-Hörspiel (vgl. HSFM 6 – »Finale Rettung Michigan«), mit seinen Romanen »Das Königsprojekt« (1974), »Der Untergang der Stadt Passau« (1975) und »An den Feuern der Leyermark« (1979) eine gleichsam mittlere Stellung, was seine Science Fiction-Sujets und die Vehikel anlangt, in denen sie befördert werden, in denen sie sich wohl fühlen. Amery bedient sich hauptsächlich des Romans und seiner Mittel, und was Hasselblatt am Beispiel des Hörspiels »Finale Rettung Michigan« festzustellen glaubte, daß der Autor aus der Sicht der SF-Systematik eher retrospektiv und weniger prospektiv vorgehe (HSFM 6, S. 77), gilt in noch höherem Maße für seine Romane. »Der Untergang der Stadt Passau« bildet da allenfalls die Ausnahme, denn dort muß Amery tatsächlich mehr Zukunft als Vergangenheit statuieren (so auch in seiner Erzählung »Im Namen Allahs des Allbarmherzigen«). Die beiden anderen Romane aber finden ihren Background nicht im Morgen, sondern ausschließlich im Gestern und Vorgestern. Sie sind als Science Fiction unerwartete Trend-Verlängerungen bestimmter in der Geschichte angelegter aber nie befahrener Abzweigungen und Verästelungen, die über den Stand von Heute, die Gegenwart, nur insofern hinauskommen, als sie zeigen, daß sie als Denk-Abenteuer vertane Möglichkeiten einer gesellschaftspolitischen Zukunft hätten sein können.

Dieses Charakteristikum der Ameryschen Science Fiction erleichtert natürlich die Visualisierungen, da in ihnen nicht utopische, nie geschaute Zukunftsräume vorgestellt werden müssen, sondern vergangene, nur femdgewordene oder manchmal auch verlorene Vergangenheiten. Das gilt selbst für »Der Untergang der Stadt Passau«, wo die statuierte Zukunft eine quasi bekannte frühmittelalterliche Vergangenheit, eine Nicht-Seßhaften-Nomadenkultur oder auch nur eine allvertraute, in die Zukunft verlängerte Gegenwartszivilisation ist. Amerys retrospektive Tendenz seiner Science Fiction mag als ein erster Grund für die Wahl eines seiner Romane zur Vertheatralisierung gelten.

Neben den weiter nicht zu begründenden Vorlieben und Neigungen, ausgerechnet »Das Königsprojekt« zum Versuch für die Bühne zu wählen, gibt es aber weitere durchaus zwingende Gründe für eine solche Entscheidung, auch wenn sie der Kürze halber hier nicht alle ausführlich vorgestellt werden können. Ich muß es eher bei Behauptungen belassen. »Das Königsprojekt« hat, im Gegenteil zu »Leyermark«, die am stärksten nach Verfilmung, nach gigantischen optischen Möglichkeiten drängt, mehr einen Hang zum Theater mit seiner behäbigen Gangart und seinen insgesamt bescheideneren Visualisierungsmöglichkeiten, auch wenn uns die Veranstaltung von theatralischen Großspektakeln des letzten Jahrzehnts gezeigt hat, wozu Theater fähig sein kann. »Der Untergang der Stadt Passau« dagegen bleibt am stärksten seiner Gattung, dem Roman, dem

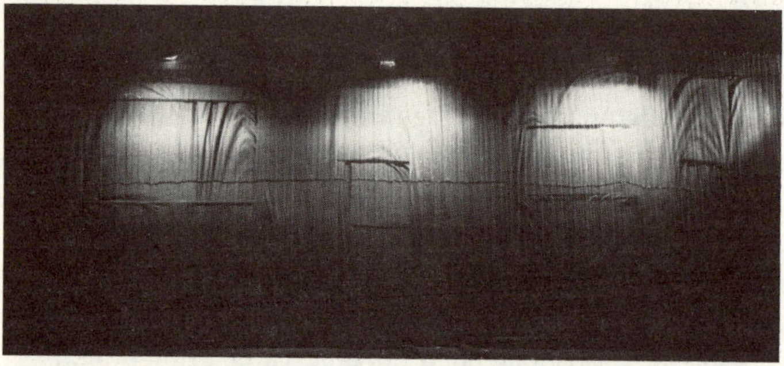

Medium Literatur verbunden, allein schon ob der immanenten Chronik-Konstruktion, einer Verpflichtung auf die Literatur also, auf den Buchstaben, auf den Buchstaben gar im allerwörtlichsten Sinne: Literatur von lateinisch *litteratura* = Buchstabenschrift. Amery hat seine drei Zeitebenen im Passauroman typographisch scharf gegeneinander abgegrenzt; er macht damit ein/sein literarisches Vexierspiel in guter alter Tradition, die das Spiel mit den Schrifttypen liebte.

Weiter bot neben einer starken dialogischen Grundstruktur des »Königsprojekts«, die dem Theater natürlich sehr entgegenkommt – mehr als etwa dem Film, der ohne zur Pantomime zu werden, leichthin aufs Wort verzichten könnte –, eine Eigentümlichkeit dieses Ameryschen Romans einen ganz besonderen Anreiz, sich seiner für die Bühne zu bemächtigen. Der Roman bildet ob des Zeitreisesujets ein Grundmuster, das sich dramaturgisch bestens verwerten ließ und das Amery selbst episch formal vorgibt. Nicht nur, daß die Zeitreise stets an ihren Ausgangspunkt zurückkehrt, daß die Geschichte ganz im doppelten Sinn ihres Wortes sich ständig selbst einholt, ja überholt, ist dabei wichtig, Amery hat dieses inhaltliche Moment auch formal festgemacht, indem er verschiedentlich Romankapitel abbricht, die unter Vorsetzung dreier Pünktchen wörtlich oft viele viele Seiten später wieder aufgenommen werden. So bilden sich Zeitklammern, innerhalb derer in einer Art Rückblende Vergangenes geschehen kann, das dann erzählerisch wieder bis an den schon einmal erreichten Gegenwartspunkt herangeführt wird. Zur Orientierung setzt der Erzähler Amery dem Leser darüber hinaus vor jedes Kapitel je eine Orts- und Zeitangabe wie beim Brief, so daß der geübte Leser bei durchaus erforderlicher Scharfsinnigkeit und unbedingt nötiger Konzentration die Hürden, die die schwierige Konstruktion aufbaut, bewältigen kann. Insgesamt ergibt das im Roman aber einen sehr sprunghaften Verlauf. Im zweiten Buch wechseln zum Beispiel fast regelmäßig die Kapitel die Zeitebenen. Von der Romangegenwart 1954 in Rom springt das jeweils nächste Kapitel stets zurück auf die Zeitebene 1927, die in England/ Schottland angesiedelt ist und die der Erledigung des Quellen-Korrekturauftrags gilt.

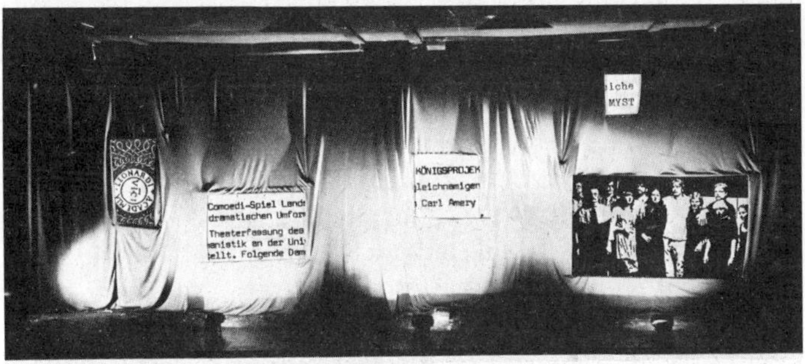
LEONARDI VICI ACADEMIA
Comoedi-Spiel Land
dramatischen Umfor
Theaterfassung des
manistik an der Uni
tellt. Folgende Dam
KÖNIGSPROJEK
leichnamigen
Carl Amery
iche
MYST

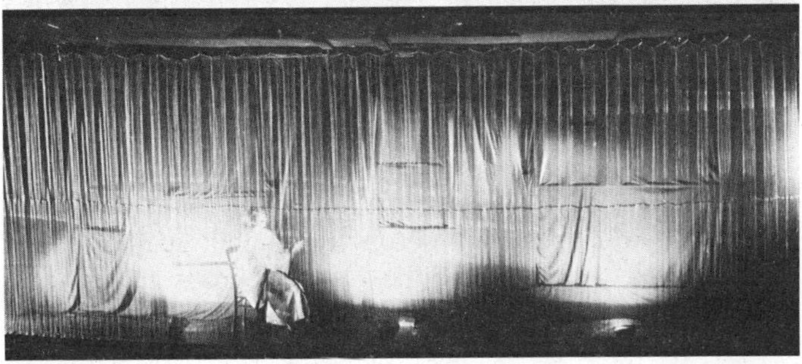

Wir haben uns nun bei unserer Bühnenfassung, die innerhalb eines Seminars an der Universität Bamberg erstellt wurde (vgl. Süddeutsche Zeitung vom 16. 9. 1982), den Ameryschen Unterbrechertrick zu eigen gemacht (der Autor braucht ihn erzähltechnisch: er muß in den zeitlichen Ablauf von 30–40 Sekunden – das sind die geringen Friktionen, mit denen zu rechnen ist, wenn das MYST-Gerät eine Raum-Zeit-Schleife absolviert – erzählerisch viele auf der Raum-Zeit-Schleife liegende Ereignisjahre einbringen) und ihn zum dramaturgischen Grundprinzip der Bühnenfassung erhoben. Das wurde besonders durch eine Kernszene des Romans ermöglicht (Buch I, Kapitel 5), die chronologisch den eigentlichen Beginn des Romangeschehens bildet, die aber auch gleichzeitig den chronologischen Endpunkt einer anderen Zeitebene des Romans ausmacht, die im Fortgang des Romans erzählerisch etwa erst nach zwei Dritteln der Romanmasse bewältigt ist. Das Königsprojekt, d. h. die Bestrebungen des Hl. Stuhls, die legitime Thronfolge in England-Schottland wiederherzustellen, beginnen hier, und gleichzeitig endigt sich die Zeitreise des Schlüsselsoldaten Füßli an diesem Punkt endgültig. Die Szene spielt auf der Audienzrampe des Vatikans in Rom im Sommer 1953, und in ihr begegnet sich der junge Schweizergardist Füßli selbst als ein alter 60jähriger Mann, ohne davon aber eigentlich zu wissen.

Diese Szene haben wir nun zum Ausgangspunkt unserer Bühnenbearbeitung genommen und sie auch zweimal im Verlauf der Bühnenhandlung gespielt. Sie ereignet sich sozusagen tatsächlich zweimal: einmal aus der Perspektive des jungen Füßli, die ja zunächst auch die Perspektive des Zuschauers wie auch des Lesers ist, und zum zweitenmal aus der Perspektive des sich selbst einholenden alten Füßli, des Fürsten Araktschejew. Der lustige Nebeneffekt, gleichsam die Crux des Ganzen, ist nun der Umstand, daß man aus dem hier konstruierten Kreis eigentlich gar nicht mehr entkommen dürfte; die Geschichte könnte wie ein perpetuum mobile ständig in sich selbst kreisen, und man muß den Knoten einfach zerschlagen, indem man nach diesem Punkt etwas gewaltsam einen neuen Handlungsfaden aufzunehmen hat.

Durch diese Form der Ringkomposition, die die dritte bei

Amery mitlaufende Zeit- und Handlungsebene zunächst ausklammerte und zum zweiten Teil des Abends bestimmte, konnten aber nun die verschiedenen Zeitkomplexe zusammengeholt und zu chronologischen Einheiten gebündelt werden. Dies war vor allem deshalb schon notwendig, um einen sprunghaften epischen Handlungsverlauf in einen einigermaßen verstehbaren Theater-Handlungsverlauf zu bringen, der nicht der Notwendigkeit unterliegt, vor jeder Szene z. B. durch Tonansage Ort und Zeitpunkt der Handlung dem Zuschauer zur Kenntnis geben zu müssen. Dies ist/wäre ein zu naheliegendes und auf dem Theater doch eher peinliches dramaturgisches Verfahren: immer wenn die Szene sich nicht selbst erklären kann, was ihre zeitlichen und örtlichen Bedingungen anlangt, springt der *deus ex machina* aus dem Kasten, sprich, tritt ein Kommentator, Erzähler oder auch ein unsichtbarer Erzähler in Form einer Tonbandstimme an die Rampe. Wir haben gut daran getan, darauf zu verzichten.

Unsere Lösung, in die Gegenwartshandlung (Rom 1953/54) die England-Schottlandhandlung von 1927–1953 als einen chronologisch geordneten Ablauf einzuschieben (der als Rückblende, die hier nicht dramaturgisch oder erzähltechnisch begründet ist, sondern als Zeitreise ganz aus dem Aktionsablauf her lebt, und die wieder in den Zeitstrom und Ort in Rom 1953 einmündet), schien uns zufriedenstellender als eine theatralische Lösung, die die Zickzackstruktur der epischen Vorlage einfach auf die Bühne übertragen hätte, indem etwa die Romszenen auf der einen Seite des Raumes, die Szenen von 1927 auf der anderen Seite des Theaterraumes angesiedelt worden wären, und die Zuschauer gezwungen hätte, sich um ihre eigene Achse drehen zu müssen. Die Bühnen- und Raumverhältnisse der freien Gruppe des COMOEDI-SPIELS LANDSHUT, wo die Bühnenrealisierung im Sommer 1982 vorgestellt wurde (vgl. Landshuter Zeitung vom 16. 8. 1982), hätte eine solche Lösung, da dort keine festen Bühnenverhältnisse vorgegeben sind, durchaus zugelassen. Da wir dieses Raum-Spiel-Verfahren aber schon einmal anläßlich einer »Candide«-Inszenierung (vgl. Süddt. Zeitg. vom 27. 8. und Landsh. Zeitg. vom 8. 9. 1979) angewandt haben, wo in der Tat jeder Zuschauer auch zwei sich gegenüberliegende Sitzgelegenheiten bekam, besaß es für unseren erneuten Versuch, einen Science Fiction-Roman – Voltaires »Candide« kann man getrost dem Science Fiction-Genre zurechnen – auf die Bühne zu bringen, keinen Reiz mehr. Wir beschränkten uns daher auch bei der räumlichen Situierung auf eine Zuschauerperspektive, die, obwohl sie der üblichen Guckkastenoptik sehr nahe zu kommen schien, doch entschieden eine RAUM-Lösung war, da sie gleichsam viele Guckkästen ineinanderschachtelte. Die *black box* einer Guckkastenbühne wurde sukzessive von der Rampe her, die gleichzeitig auch vatikanische Audienzrampe war, in weitere Kästen zerlegt, nicht nur zweidimensional in der Fläche (vgl. die Fotos), sondern auch in die Bühnentiefe. So wie sich die Geschichte in die Vergangenheit weitete, so die Bühne in die immer offenere Tiefe. Holte die Vergangenheit die Gegenwart wieder ein, dann schloß sich auch die Bühne bis zur Wiederholung der Audienzszene sukzessiv zur Rampe hin, um nach einer Pause mit der nun dritten Orts- und Zeitebene, salopp gesagt der Bayernhandlung, die einsträhnig bis zum Ende ange-

ordnet war, die tiefste Tiefe unserer Bühnenräumlichkeiten zu erreichen. Das Ende im See Aphallijn, das mythische Ende in der apotheotischen Verklärung und das doch gleichzeitige Zusammenbrechen aller Königsprojekt-Unternehmungen, die Verweisung der Realhandlung in den Bereich der Fiktion, der reinen Schemenhaftigkeit, sah der Zuschauer dann als eine nun total geöffnete leere Bühne, die, im Gegensatz zum ganzen immerhin fast vierstündigen Abend, statt in Schwarz nun gänzlich in Weiß getaucht war.

Neben diesem dramaturgisch-inszenatorischen Raumkonzept mußten nun Rauchmaschine, Licht, 200 qm große weiße Tücher und diverse Gazevorhänge technisch das ihre tun, um optisch den Krönungsstein aus der Wassertiefe aufsteigend vorzustellen. Wie auch die Kritik bestätigte, gelang es uns, den Totalraum (10 Meter Breite und 12 Meter Tiefe; das ist nicht gerade ein kleiner Bühnenraum für ansonsten eher Kellertheaterverhältnisse) als ein »grandioses« apotheotisches Schlußbild, bayerisches Welttheater suggerierend, erscheinen zu lassen, in dem sich nun nur noch über Ton, also hörspielartig, der Unter-

gang und die Verklärung vollzog; letztere kleidet auch der Romanautor Amery nur noch in lyrische Zitatworte von A. Tennyson.

Wenn das Schlußbild hier im Diskurs als ein opulenter Bühnenrealismus erscheinen mag, so ist das aber eine Täuschung. Verpflichtung zu Stilisierung und Zeichencharakter galt wie fürs Ganze des Stücks auch hier für den Schluß. Allein die ökonomisch und technisch insgesamt bescheidenen Mittel einer freien Gruppe zwingen ja stets dazu, aus der Not eine Tugend zu machen, und so mußte für die Bühnenrealisierung auf eine realistische Visualisierung schon aus diesen rein äußerlichen Gründen verzichtet werden. Aus prinzipiellen Erwägungen jedoch wollten wir sowieso auf Bühnenrealismus verzichten. Das Prinzip der Ausschnitte in den schwarzen Flächen und der vielen kleinen Schachteln innerhalb einer großen schwarzen, sich öffnenden und schließenden Schachtel war, auch wenn damit eine theatralische Simultaneität erreicht wurde, alles in allem doch eher an Filmbildern orientiert, die aber entscheidende Wirklichkeitsausschnitte und -einblicke zuließen – pars pro toto: etwa nur den Blick unter den Tisch einer CSAPF-Sitzung und die Beine der klerikalen Sitzungsteilnehmer –, die jedoch als Ausschnitte durchaus überraschten, weil sie verfremdeten, und die eine recht eigenständige ästhetische Qualität erhielten. Der Mittelteil, die England/Schottland-Gangsterpassage von 1927, war dann als ein eher monolithischer Block auf geöffneter Bühne zu sehen, allerdings durch eine vorgesetzte Gaze in etwas distanzierte weichere Vergangenheitsferne gerückt. Das Ganze dieses Teils sollte dann, in monochromatisches Licht getaucht, das alle Farbwerte der Szenen schluckt, die Wirkung eines Schwarz-Weiß-Films erreichen, die gegenüber der bescheidenen Farbigkeit der Handlungsgegenwart von 1954, die Vergangenheitsdimension der Krönungsstein-Unternehmung ohne *deus ex machina* klarmachen sollte. Ebenso wurde versucht, mit Video und Fernsehmonitoren den einen oder anderen Akzent zu setzen, wobei für alle diese Bemühungen gesagt werden muß, daß sie natürlich unter den bescheidenen Voraussetzungen einer freien Gruppe oft nur das Stadium der Konzeption, nicht aber der Realisation erreich-

ten, die technisch und ökonomisch besser ausgestatteten Bühnen, falls sie sich herausfordernder Unternehmungen stellen – der Versuch der Theatralisierung von Amerys »Königsprojekt« scheint mir eine solche zu sein –, vorbehalten bleibt.

Der durch den längst erfolgten Abbau und Wegfall kanonischer und starrer dramaturgischer Regeln und Vorschriften im Theater geschaffene Freiraum, ergänzt durch die im letzten Jahrzehnt hinzueroberten neuen materialmäßigen und technischen wie auch dramaturgischen und ästhetischen Mittel, könnte, so meine feste Überzeugung, auch eine interessante Spielwiese für das Genre Science Fiction abgeben, auch wenn vielen die eingangs erwähnten Traditionsvorbehalte noch sehr im Nacken sitzen mögen. Um es zu solcher Nutzung kommen zu lassen, sind natürlich die Autoren zunächst herausgefordert, denn eine Original-SF-Theaterproduktion gibt es praktisch nicht, wie auch Jörg Weigand anläßlich seines Berichts über Ulrich Horstmanns Spektakel »Würm« (HSFM 4, S. 213 ff.) feststellte.

In »das fürs Theater noch reichlich unerschlossene Gelände der SF«, wie Weigand formuliert, wurde durch unseren Versuch, Carl Amerys »Königsprojekt« im Landshuter Theater des COMOEDI-SPIELS zu realisieren, vielleicht eine kleine Wegmarke eingerammt. Nachfolger sollten sich einstellen, Autoren vor allem. Sie sollten einmal wieder in der alten Theaterkiste kramen. In dieser Traditionskiste ist manches abgelegt, was noch zu brauchen ist, ist manche Möglichkeit versteckt, die überhaupt erst entdeckt werden muß. Bestimmte Eigenheiten des Genres Science Fiction dürften, im Theater angesiedelt, zu ästhetisch überzeugenderen Lösungen, sprich Bildern, zu zwingen sein als im zweifellos zu recht hochgelobten technischen Medium Hörspiel, das alles in allem denn doch auch ein Mangelmedium ist (wer nicht spricht, ist nicht da!), oder als im stets auf realistische Mittel verpflichteten Film mit seinen gigantischen Visualisierungen.

Das Theater hat entschieden Anteil an allen drei Medien und Gattungen, wie sie im Vorangegangenen angesprochen waren und in denen sich die Science Fiction mehr oder minder wohl fühlt: am Hörspiel, das es auch sein kann, hat es ebenso Anteil wie am Film, weil es in sogar unmittelbaren und nicht technisch vermittelten Bildern spricht; zuletzt aber auch am Roman, weil es denn doch auch ein bißchen episch sein kann, vor allem aber, weil es als »Drama« ein gutes Stück Literatur ausmacht.

Nachbemerkung: Carl Amerys Roman »Das Königsprojekt« erschien eben im Wilhelm Heyne Verlag in der Reihe BIBLIOTHEK DER SCIENCE FICTION LITERATUR als Band 35.

WER IST'S?

Das Ende kommt lautlos.

Während sie auf Einladung eines gemütlichen Millionärs über den Wolken die grenzenlose Freiheit suchen, verwandelt sich die Welt unter ihren Füßen in eine Wüste aus Stein. Neun heitere, beschwingte Menschen finden – nach geglückter Landung – ihre ehemals vertrauten Freunde seltsam verändert vor, kühler. Sie sind, so scheint es, versteinert.

Doch der Schock, die Trauer über den Verlust der Eltern, Freunde und Bekannten, macht einer energischen »Jetzt-erst-recht«-Haltung Platz. Sind sie auch tot, die Lieben, so werden sie doch immer noch gebraucht. Zum Beispiel zur Herstellung eines Tores:

»Sie ... zementierten vier Angehörige ... aneinander, versahen sie mit Scharnieren und stellten so ein widerstandsfähiges Tor her. Lucys Arm gab den Türriegel ab, aber als sie das Tor zuwarfen, zerbrach er.«

Oder um seiner politischen Meinung gewichtigen Ausdruck zu verleihen. »... erfüllte sich einen langgehegten Wunsch und sagte den Mitgliedern des Hohen Hauses einmal gehörig seine Meinung: über sie und ihre Mißwirtschaft. Michael, der etwas von einem Revolutionär hatte, warf zehn Minuten lang mit Ministerköpfen um sich. ›Mensch, sind die leicht‹, jubelte er. Aber er brauchte beide Hände, um mit dem Kopf von Lloyd George nach Winston Churchill zu werfen.«

Die Verwendungsmöglichkeiten frisch verschiedener Freunde sind unbegrenzt. Doch Spiel und Spaß kann unsere Überlebenden nicht davon ablenken, daß sie die Letzten sind. Ein bunt zusammengewürfelter Haufen, der wenig gemeinsam hat. Mit der Zeit bilden sich Cliquen; Mißtrauen geht um. Selbst in den eigenen Reihen ist man nicht mehr sicher: »... In dem Fall wäre es besser, sie abzuschlachten. Lieber ein rascher Tod, als an Vitaminmangel dahinzusiechen. Wir geben ihnen bis zum Wochenende Zeit. Wenn sie dann nicht mitkommen wollen, lassen wir das Maschinengewehr sprechen.«

Doch bevor es zum Äußersten kommt, wird die zerstrittene Gemeinschaft durch einen Funkspruch aufgeschreckt, der wie eine Stimme aus einer anderen Welt klingt:

»Achtung, Achtung, Achtung! Hier ist der Deutschlandsender. Achtung!«

Im Nu sind die kleinlichen Streitereien vergessen; ein neuer, starker Feind hat sich gezeigt:

»Ich glaube, wir werden uns bald alle Sorgen um unsere Gesundheit machen müssen, wenn diese deutschen Typen noch leben. Da es Deutsche sind, wollen sie wahrscheinlich die ganze Welt erobern.«

Doch von diesen Deutschen ist nur ein einziger übriggeblieben. Fritz heißt er (natürlich), sitzt mutterseelenallein auf der Zugspitze (klar) und hat Angst vor Wölfen (!?). Man besucht ihn, freundet sich mit ihm an, rettet ihn aus vielerlei Gefahren und bringt ihm schließlich die englische Sprache bei.

Nun will man es wissen.

Sind wir doch nicht alleine?

Im geräumigen Luftschiff des Millionärs von Land zu Land, von Kontinent zu Kontinent segelnd, stellen unsere Überlebenden fest, daß außer ihnen noch einige interessante Zeitgenossen existieren; Typen, mit denen man ungern sein Brot teilen würde. Auf dem höchsten Gipfel der Anden stoßen sie auf ein paar finster blickende Amerikaner, die letzten Überreste der Pirrolo-Bande aus Chicago. Jungs, mit denen das Blumenpflücken keinen Spaß macht. Doch unsere wackeren Briten, Mitglieder einer bisher verwegenen und oft siegreichen Nation, zeigen es den überheblichen Amis. Schließlich haben sie nicht umsonst ihren »Jerry Cotton« gelesen.

Keine Frage, wer überlebt.

Doch weiter, weiter geht die Reise.

Nach Afrika. Menschenaffen bei ihren ersten Versuchen, Menschen zu werden, besuchen. Doch es bleibt beim Versuch, die äffische Natur abzustreifen. »Sie äffen nur Menschen nach. –

Haben nicht genug Verstand, Werkzeuge sinnvoll zu gebrauchen.«

Aber Betty ist da anderer Meinung. Sie ahnt bereits die Anfänge eines kapitalistischen Systems. Marx im Urwald.

Die Sache mit den Affen wird langsam brenzlig für unsere Europäer. Man ist ihnen nicht wohlgesonnen. Keine Angst, die Auseinandersetzung zwischen Mensch und Affe wird – wie unter zivilisierten Völkern üblich – auf die gewohnte Weise beendet:

»Es gab keinen anderen Ausweg, als die Affen zu töten. Die ... mordeten ungern, aber sie wußten, daß ihr Leben davon abhing, diese Affenbande auszuradieren. Sie taten es widerwillig, aber sie taten es. Sie mähten sie einfach mit dem Maschinengewehr nieder.«

Um danach schlicht britisch zu bemerken: »In dieser blutverschmierten Umgebung können wir nicht bleiben. – Wir sollten packen und abhauen.«

Gesagt, getan. Auf zu neuen Ufern.

Sie verlieren ihr Luftschiff, kapern ein U-Boot, treffen – welch ein Zufall – auf die letzten Faschisten. Man kämpft, wird gefangen, läßt Geiseln zurück. Kurz gesagt: es geht rund.

Die aufregende Episode endet mit einem Duell, welches heimtückisch entschieden wird.

Als sie dann, erschöpft, aber überglücklich, den geliebten britischen Boden unter den Füßen haben, diese nur noch von sich strecken und nichts als Ruhe haben wollen – da macht ihnen eine Bande Zuchthäusler auf heimischem Boden das Leben schwer und den Klassenkampf verständlich:

»Die wollen also die alte Ordnung? Eine privilegierte Klasse läßt sich von einem ausgebeuteten Proletariat bedienen, das noch nicht einmal lohnabhängig ist. Zurück zur Sklaverei? Niemals! Lieber tot als Sklave.«

Der edle Millionär muß als erster dran glauben. Dann geht es Schuß auf Schuß. Held für Held fällt beim Kampf ums Überleben. Doch wer ist dieser abgefeimte Feigling im Hintergrund? Dieser arrogante Schnösel, dem keine Träne kommt beim Anblick des blutigen Gemetzels? Ist er überhaupt noch ein Mensch?

Ja, »der allerletzte Mensch auf Erden«, stellte er mit wohligem Behagen fest, begab sich in die Speisekammer und schenkte sich einen Cognac mit drei Sternen ein. Dann ging er hinaus und lachte über Chads Beinstellung.«

Wer ist's?

(Auflösung siehe Seite 258)

Reinmar Cunis

Chopin

von Reinmar Cunis

Wieder, wie so oft gegen Ende dieser langen, scharfkantigen Nächte, wenn die Unruhe sie hinaustreibt, steht die Wärterin am Fuß des Ankerplatzes und starrt hinauf zur Andromedaspirale, dem Ziel. Der altmodische, ungetüme Anzug macht ihr Schmerzen in den Halswirbeln, doch erst, als auch die Augen wäßrig werden, senkt sie den Blick und wandert über Geröll und Staub zurück. Da sind jahrzehntealte Spuren ihrer eignen Schritte.

Länger als irgend jemand sonst hat sie auf diesem Außenposten Dienst gemacht, nie hat sie ihn verlassen. Früher kamen die Skipper zu Tee, Gebäck und Plausch, brachten, wenn sie zurückkehrten, ein Souvenir. Dann wurden die Besuche seltener: weniger Schiffe, andre Routen. Seit einigen Kalenderjahren niemand mehr, nicht mal ein Anruf, ein Videotext, und der Funkverkehr, den sie auffängt, bleibt fern und für sie bedeutungslos.

Ihr ist das gleichgültig. Sie pflegt das Leuchtfeuer, überprüft die Meßgeräte, wartet. In gravitätischen Bewegungen überquert sie den letzten Hang, dann sieht sie den Felsvorsprung mit dem Betonhaus und der Kuppel, neben dem Eingang den waffenbestückten Wagen, den sie nie benutzt hat, und dahinter, schon im Schatten des Meeres Mare marginis, das Versorgungsdepot. Sie lächelt: Werde, wenn's nötig ist, noch einige Jahre bleiben können – für dich, Mutter, das ist, was gilt.

Öffnet die Außenluke, steigt in den Vorraum, wartet, bis die Schleusenmechanik die Innentür aus der Sicherheitsverriegelung klinken läßt. Legt Helm und Anzug ab und gleitet in die Bunkerwohnung: Perserteppiche, Häkeldecken, Meißner Porzellan, die süßlich-warme Luft des Elternhauses. Sie hat nach Mutters Abreise die ganze Einrichtung herüberschaffen lassen, sogar die fischmusterbestickten Gardinen und die Luftbefeuchter, und auch den Plattenspieler.

Schlüpft in den Hausrock und Pantinen, reibt die Finger, die Knöchel sind gichtig aufgebogen, die Adern hart. Vor einiger Zeit hatte Fabrizia ihren achtzigsten Geburtstag – niemand, der sich erinnert, der einen Videogruß geschickt hätte. Ihre Freunde? – wohl tot. Die LEUCHTTURM-ASSOZIATION? – vermutlich in Konkurs gegangen. Der Berufsverband?

Sie schüttelte den Kopf: Gab's irgendwo in der Welt noch

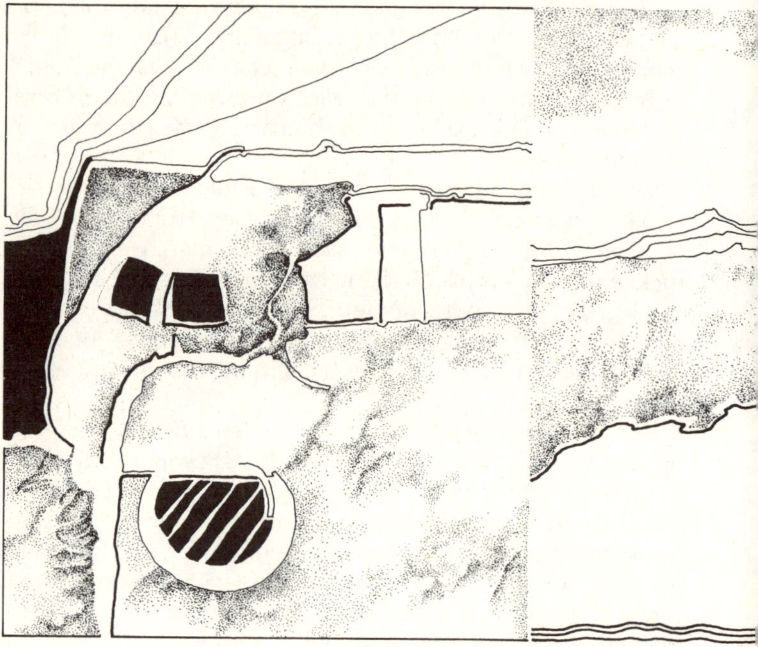

einen zweiten Leuchtturmwärter? Das war schon damals ein Job ohne Zukunft, sie hätte Kapitän werden sollen wie Mutter. Aber sie durfte nicht: Seit ihrem achten Lebensjahr führte sie den Haushalt, pflegte ihren Vater, der von einer drei Wochen (Sternzeit) währenden Kauffahrt mit schlimmen Zellkernschäden zurückgekehrt war, und bemühte sich, wenn die strammstolze Kapitänin Landgang hatte, sie zu verwöhnen. »Du machst das ausgezeichnet, Kind!« sagte Mutter dann, »du bist eine perfekte Hausfrau.«

Eines Tages kam von der Reederei ein Spezialauftrag für Andromeda, Mutter packte innerhalb einer Viertelstunde ihren Bordsack, startete – kurz darauf brach jede Verbindung. Nach dem Schock – Vater erhielt Seebestattung mit Salutschuß

und Fanfare – belagerte Fabrizia das Gebäude der ASSOZIATION, um irgend etwas, irgendeinen noch so dünnen Hinweis aufzuschnappen, doch die Leitzentrale schwieg sich aus.

Als die Wärterstelle auf LUNA 1 ausgeschrieben wurde, bewarb sie sich.

»Sie sind zu jung!« antwortete der Personalchef. Sagte: »Begreifen Sie überhaupt, wie einsam es da draußen ist?« Hielt ihr vor: »Mutterseelenallein!«

Sie lachte. »Ich kenne das Warten auf Mutter! Tage und Nächte voll Lust auf ihre Rückkehr.« Erzählte: »Wenn ich vor mich hinträume, lege ich eine von den Platten auf, und zwischen den schnellen Tönen höre ich ihre Stimme. Ich lausche, und dabei atme ich den exotischen Duft ihrer Zigarillos.« Schwenkte den Kopf zur Seite, zog die Augenbrauen spöttisch hoch, wie sie's von Mutter kannte, sagte: »– Allein?«

Sie bekam den Job.

Das ist gut sechs Jahrzehnte her oder länger, sie weiß es nicht mehr so genau, hier draußen ist Zeit träge. Drüben, in der großen Hafenstadt, versprühte sie rasch, aber hier, zwischen Stein und toter Lava, wälzt sie sich wie Öl in der vollautomatischen Klimaanlage.

Fabrizia kramt eine Schallplatte hervor, legt sie ein, nach zwei Umdrehungen springt der kaum sichtbare Strahl ein, noch eine Umdrehung, dann der volle Akkord des Impromptu Nr. 4, cis-moll, opus 66. Sie kennt jeden Anschlag, jede Vibration, das feinste Zirpen einer Saite knistert in ihrem Gedächtnis, bevor der Ton das Ohr erreicht. Chopins Klavierwerk hatte Vater seiner Frau zur Geburt der Tochter geschenkt – es blieb die einzige Musik im Haus. In den ersten Jahren hörte er noch gemeinsam mit Fabrizia das eine oder andre Stück, später war's ihr selbstverständlich, eine Nocturne abzuspielen, wenn sie auf Mutter wartete, eine Mazurka, die kurze »Sturm«-Etude oder die sehnsüchtige zweite Sonate, b-moll, opus 35, die mit dem Trauermarsch.

Sie sitzt im verschlissenen Lehnstuhl, nickt im Takt, ihr graues Haar schwingt gemächlich von der Stirn zum Nacken. Anfangs, als sie noch nicht so lange auf der Station war, schien es ihr, als wären hier Chopins Einfälle weniger kräftig, das zweigestrichne

J. H. Teltschi 10.83

Cis nicht ganz so hoch, so flink die Läufe nicht, sie meinte, der Antrieb des Geräts hätte nachgelassen. Doch Messungen (oben im Lotsenraum) bewiesen, technisch sei nichts verändert, Fabrizia schloß daraus, ihre Erinnerung müßte sie täuschen. Sie war nicht mit absolutem Gehör begabt, überhaupt fehlte ihr Musikalität, also nahm sie hin, daß Etuden zu Balladen, Impromptus zu langen Nachtgesängen wurden.

Irgendwann fiel ihr ein, der Ausbilder habe mal über Relativität der Zeit gesprochen: *Von Größe und Geschwindigkeit hänge ab, wie schnell die Zeit vergehe* ... Größe von was? Welche Geschwindigkeit?

Ganz und gar abstrakt, unfaßbar! Sie wußte mit solchen Theorien nichts anzufangen, uninteressant war ihr das Zeitverhältnis zu anderen Sternen. Sie lebte hier und würde, so Gott will, hier leben, bis ihre Mutter heimkehrte.

Die würde überrascht sein, Fabrizias Funkmeldung zu erhalten! Und dann, nachdem sie hier, wie's Vorschrift ist, vor Anker gegangen war, der Empfang im eignen Heim! Ihr Zuhause auf dieser Leuchtfeuerstation – das müßte ihr mächtig gefallen! Sie würde, nach dieser Expedition endlos müde, in den Ohrensessel sinken, »hier bleib ich, du meine kleine Hausfrau« flüstern und Fabrizias Wangen küssen.

Sie sitzt und lächelt in Vorfreude, dumpf stampft das Impromptu cis-moll in die alte Nacht, bald werden die Bergspitzen im Licht der Sonne gleißen, die Tagestage übers ferne Ringgebirge klettern. Für kurze Zeit ist sie eingenickt, da schrillt der Lotsenruf. Sie fährt auf – kein Zweifel, ein Schiff nähert sich. Sie schwingt sich ums Geländer der Wendeltreppe und zum Turm hinauf, der Echoschirm zeigt Bild und Daten einer Fregatte Klasse IV.

Atemlose Hoffnung. Kaum fähig, die Taste zu drücken, schaltet sie auf Sendung: HIER STATION LUNA 1, geht ihr Ruf hinaus, meldet Koordinaten, Entfernung, Geschwindigkeit, gibt den Ankerplatz an.

Plötzlich die Antwort:

»Das habt ihr nicht geglaubt, ihr Scheißer«, kommt Mutters schneidige Stimme über Richtfunk. »Nach euren Berechnungen sind wir überfällig, was? Achquatschblödsinnzumlachen!

Stellt die Kartoffelsuppe warm, rollt den Teppich aus, vergeßt den Köhm nicht, los, bewegt euch, faule Greise«, und so weiter.

Sie hat sich nicht verändert, überhaupt nicht! Müßte uralt sein, aufgezehrt im Sturm der Jahre, vielleicht wär's nur der Funke Heimweh, der sie noch am Leben gehalten hätte? Nichts davon. Sie ist genau wie früher.

Fabrizia steht starr, sie bringt's kaum fertig, den Bildschirm zu aktivieren, die Farben knistern herein, dann klar und scharf der Kopf und mattsilbern die tadellose Uniform der Kapitänin, das Haar zur Krone gesteckt, straff auch die solariumbraune Haut, der breitrote Mund mit dem schrecklichen, dem unvermeidlichen Zigarillo.

Fabrizia stöhnt, *je kleiner und schneller die Masse im Raum, desto langsamer die Zeit*... Die Jahre? Sie drückt sich hinter den Meßschrank, ihre Knie, weich wie Kreepstaub, geben nach. All die Jahre! Sie hat gewartet, Mondumlauf um Mondumlauf, zwischen steinkalter Nacht und Brut des Tags, sich geweigert, die Station zu verlassen: ein Leben für diese Heimkehr.

Jetzt ist es lächerlich, schal, stinkend unnütz. Mutter wird, wie immer, zum Hafen übersetzen, vier Tage Landgang feiern mit Pomp und Männern und hartgewichsten Scherzen, Marschmusik, der Star der Flotte läßt die Puppen tanzen, und tags darauf wieder Tusch und Anker frei?

Auf allen vieren kriecht Fabrizia zur Treppe, hinab, Tränen im runzligen Gesicht. Den Anzug, Helm, die Sicherheitsverriegelung, dann in den Wagen, der bockt zuerst. Endlich – schon ist das Schiff oberhalb des Ankerplatzes – hüpft er los. Gleich darauf dockt die Fregatte an, die Hauptluke wird geöffnet, die Gangway schwingt heraus und, im Triumph, die Kapitänin.

Der kleine Stationswagen holpert durchs Geröll, zielgenau auf das Schiff zu. Fabrizia, schmerzblind, umklammert den Abzug der Schnellfeuerkanone, der blondumkränzte Kopf scheppert durchs Fadenkreuz.

Stunden später, als es der Wachtrupp des Schiffes endlich wagt, die Mondstation zu stürmen, quellen ihm aus dem Wohnzimmer langgezogene Töne entgegen: Zweite Sonate, opus 35, dritter Satz.

Illustriert von Jobst Teltschik

Napoleon I. Bonaparte als General bei der Erstürmung der Brücke von Arcole, Gemälde von J. Gros

SPECULATION

Wenn Napoleon die Schlacht von Waterloo gewonnen hätte*

von George Macaulay Trevelyan:

Der 26. Juni 1815, an dem die Konvention von Brüssel unterzeichnet wurde, markiert einen Wendepunkt, der die größte Karriere moderner Zeiten in zwei seltsam miteinander kontrastierende Hälften teilt und die Regierung eines Napoleon einleitet, der als der Napoleon des Friedens bekanntgeworden ist. Als der Patrizier, der von seinen Landsleuten einst als der Rivale des Herrn der Armeen angesehen worden war, in seinem roten Uniformrock in dem kleinen Nebenraum des Hôtel de Ville saß, welcher sich jetzt allmorgendlich mit Haufen von Touristen füllt, und in stolzer und stoischer Demütigung seinem im Zimmer auf und ab stapfenden Gastgeber lauschte, dessen von heftigen Gebärden begleiteter Wortschwall den Krieg verdammte und die Göttin des Friedens anrief, dachte der wortkarge Engländer wahrscheinlich, daß er einer napoleonischen Komödie der üblichen Art beiwohnte. Er konnte nicht ahnen, daß sein Bezwinger in aller Aufrichtigkeit den Kelch der Friedensliebe geleert hatte – einen Trunk, der Napoleon so bitter angekommen sein mußte wie die Niederlage seinem besiegten Gegner. Wellington seinerseits hatte während der furchtbaren

* Im Juli 1907 schrieb die *Westminster Gazette* einen Wettbewerb für einen Essay über dieses Thema aus. G. M. Trevelyans Beitrag wurde preisgekrönt.

George Macaulay Trevelyan (1876–1962), englischer Historiker, seit 1940 Master of Trinity College

Woche zwischen der Schlacht und dem Abschluß der Konvention nicht eine Klage gegen Blücher wegen Bruches der Verabredung vorgebracht, noch seinen Stabsoffizieren über den Verzicht auf die gewohnten Flüche hinaus ein Zeichen seiner Seelenqual gegeben.

Ein neuer Napoleon hatte sich entwickelt, der Napoleon des Friedens, in seiner geistigen und intellektuellen Kraft ein bloßer Schatten seines früheren Selbst. Der Buonaparte von 1796 hätte Marschall Ney zum weiteren Angriff gedrängt, bis dessen Kolonnen auch das letzte von Wellingtons Regimentern vernichtet hätten, und wäre selbst mit der Masse seiner Armee gegen Blücher gezogen, statt seine Vereinigung mit den Österreichern und Russen zuzulassen und die Bildung einer Barriere gegen die französische Rückeroberung Deutschlands zu gestatten. Noch hätte der Napoleon von 1813, der sich in der Niederlage geweigert hatte, die vorteilhaftesten Angebote zu einer Beilegung anzunehmen, nach einem Sieg wie dem von Mont St. Jean gezögert, die Unterwerfung Mittel- und Osteuropas ins Auge zu fassen. Aber der Napoleon von 1915 bot Wellington eine Woche nach seinem triumphalen Einzug in Brüssel die gleichen Erleichterungen zum Verlassen des Kriegsschauplatzes an, wie der englische Feldherr sie bei Cintra sieben Jahre vorher dem geschlagenen Stadthalter des Kaisers angeboten hatte. Und diese unerwartete Milde wurde auf ganz England ausgedehnt, um ihm die Chance zu geben, sich so leicht und rasch wie möglich aus der Affäre zu ziehen, den europäischen Monarchen ihren Zahlmeister, Verbündeten und eingefleischten Anstifter zum Krieg zu nehmen und so die Bühne für Napoleon und den gewiegten Metternich freizumachen, daß sie im Einvernehmen einen dauerhaften Frieden für ganz Europa vorbereiteten, der auch England nicht ausschließen sollte.

Woher kam diese außerordentliche Wandlung in den Absichten, man möchte sogar sagen, im Charakter des französischen Kaisers? Man wird niemals genau wissen, was zwischen dem 16. und dem 26. Juni im Hauptquartier zu Brüssel geschah, obwohl ganze Bibliotheken über das Thema geschrieben worden sind. Geheime Abgesandte Metternichs waren schon am 14. Juni in Brüssel eingetroffen und hatten Anweisung, Napoleon für den Fall, daß Wellington besiegt würde, die Rheingrenze und die nicht zu Österreich und dem Kirchenstaat gehörenden Gebiete der italienischen Halbinsel anzubieten, und ihm gleichzeitig die Unmöglichkeit auseinanderzusetzen, Deutschland nach der nationalen Erhebung von 1813 ein zweites Mal zu besiegen und niederzuhalten. Das letztere Argument, obgleich es auf einer zutreffenden Einschätzung der Verhältnisse beruhte, hätte auf den Mann, an den es gerichtet war, wenig Eindruck gemacht, wäre er der Unterstützung ganz Frankreichs sicher gewesen. Aber auf die Nachricht von Napoleons Sieg bildete sich in Paris bis zum 20. Juni eine entschlossene Allianz, der Vertreter aller Klassen und Parteien angehörten – Liberale, Jakobiner, Royalisten und alte Anhänger des Kaiserreiches –, die, weit davon entfernt, von Napoleons Sieg geblendet zu sein, weitere kriegerische Abenteuer ablehnten und auf Frieden bestanden. Die Abgesandten, zu denen Vertreter der Kammern und anderer Körperschaften stießen, wurden in der belgischen Hauptstadt willkommen geheißen und ihre Petition von allen Marschällen und den meisten höheren Offizieren unterstützt. Aber Napoleons Wille zur Fortsetzung des Krieges war, wie es scheint, noch ungebrochen, wenigstens bis zu der großen Truppenparade vom 24. Juni, die vor der Stadt gehalten wurde, um die Haltung der Soldaten auf die Probe zu stellen. Obwohl die meisten von ihnen Veteranen der früheren Feldzüge waren, hatten sie während Napoleons erzwungenen Exils auf Elba lange genug in der Heimat gelebt, um die Kriegsmüdigkeit der durch hohe Abgaben notleidenden Bevölkerung kennenzulernen; die meisten von ihnen waren zu den Fahnen zurückgekehrt, weil sie Frankreich befreien, nicht aber Europa unterjochen wollten – ein Unterfangen, das nicht mehr so einfach schien wie in den Tagen vor Borodino und Leipzig.

Der anhaltende Ruf nach »Frieden«, der sich, von vereinzelten Gruppen ausgehend, wie ein Lauffeuer durch die Reihen ausbreitete, schien den Kaiser zu verwirren. Er verzichtete auf die vorbereitete Ansprache, mit der er den Soldaten für den letzten Sieg hatte danken und sie zu neuen Taten aufrufen wollen, ritt wie in einer Trance langsam zurück, saß vor dem Rathaus ab, schritt durch Hallen, Gänge und Audienzsäle und starrte seine Marschälle und Minister mit abwesendem Blick an, als wären sie ihm fremd. Als er die Tür seines Arbeitszimmers erreichte, fiel sein Blick auf den Mamelucken, der am Eingang Wache hielt und ihn als einziger in der Menge mit einem Ausdruck von Verehrung und Ergebenheit ansah. Der Korse blieb stehen und richtete, noch immer in Gedanken, das Wort an den Orientalen:

»Die Franken sind kriegsmüde, und wir zwei können allein nicht ausreiten. Außerdem werden wir alt. Man wird alt und stirbt. Auch die Pyramiden werden alt, aber sie sterben nicht.« Dann fügte er mit gepreßter Stimme hinzu: »Glaubst du, man wird nach vierzig Jahrhunderten noch erinnert?« Er stand noch einen Augenblick da, als warte er auf eine Antwort von dem stummen Wachtposten, dann marschierte er durch die Tür, warf sich in einen Sessel und begann Friedensbotschaften an Wellington und die verbündeten Herrscher zu diktieren.

Napoleons körperliche Verfassung trug wahrscheinlich nicht weniger als die Haltung der französischen Truppen und des Volkes zur Herausbildung seines großen Entschlusses bei; in der kritischen Woche scheint die Entscheidung zwischen Krieg und Frieden seine Arbeitsstunden, die durch seine eigentümliche Krankheit stark beschnitten waren, vollständig ausgefüllt zu haben. Daher kam es, daß er keine ernsten Anstrengungen unternahm, um Blüchers Rückzug über Namur abzuschneiden oder den anziehenden Gegner durch Nachdrängen zum Kampf zu stellen. Seine einzige Tat in diesem Zusammenhang war, daß er Marschall Grouchy freie Hand ließ. Obgleich er seine zunehmende Schwäche selbst noch nicht ausreichend erkannte, um militärische und politische Pflichten zu delegieren, muß er gefühlsmäßig begriffen haben, daß beide zusammen über seine Kräfte gingen. So gesehen, ist es nicht verwunderlich, daß er beschloß, die Rheingrenze und die Hegemonie über weite Teile der italienischen Halbinsel als Grundlage eines dauerhaften Friedens anzuerkennen, und daß seine immer mehr zunehmende körperliche Mattigkeit und rasche Ermüdbarkeit ihn während der letzten zwanzig Jahre seines Lebens getreulich an der Entscheidung festhalten ließen.

Jene Jahre brachten Europa nur geringe Veränderungen. Die Monarchen und ihre Völker waren zu sehr erschöpft, um sich für Grenzverschiebungen in neue kriegerische Auseinandersetzungen zu verstricken; innere Reformen oder Revolutionen wurden durch die großen stehenden Heere verhindert, welche die bloße Existenz Napoleons auf dem französischen Thron, so kränklich man ihn auch wußte, in England, Österreich-Ungarn und den deutschen Staaten notwendig oder zumindest verständlich machte. Haß auf den Emporkömmling, den gekrönten Jakobiner, verbunden mit der Furcht vor erneuerten französischen Feldzügen, verliehen den Regierungen des *ancien régime* eine Beliebtheit in allen Schichten der Bevölkerung, derer sie sich andernfalls nicht hätten erfreuen können; Historiker haben die Meinung vertreten, daß in den ersten zwanzig Jahren nach dem Friedensschluß namentlich in England große Fortschritte durch Reformen möglich gewesen wären, wenn es Wellington, diesem großen Champion der Konservativen, gelungen wäre, den aus der Revolution hervorgegangenen Kaiser auf dem Schlachtfeld zu schlagen.

Wie die Dinge standen, war die Lage Englands alles andere als beneidenswert. Trotz der Wiederherstellung des Handels mit dem Kontinent, der freilich dank Napoleons militärischer Vorstellungen von ökonomischen Zusammenhängen durch die außerordentlich hohen Zölle stark behindert wurde, und trotz der fortdauernden britischen Seeherrschaft, wurde die Not auf dem Lande wie unter der Bevölkerung der Industriegebiete von Jahr zu Jahr drückender. Die hohe Besteuerung, notwendig für den Erhalt von Flotte und Armee in voller Kriegsstärke, gestattete keine Hoffnung auf Besserung; so lange Napoleon lebte und seine eigene Armee und Marine als treue Spielzeuge seines Alters hätschelte und zur Schau stellte, sah die britische Regierung keine Möglichkeit zu einer Reduzierung ihrer eigenen Streitkräfte. Wahrscheinlich kamen diese Umstände den herrschenden Tories nicht ungelegen, lieferten sie ihnen doch einen guten Vorwand, die Forderungen der Reformer abzuweisen, die sich immer aufsässiger gebärdeten, als ein Jahr um das andere ohne Aussicht auf Veränderung verstrich. Wäre Waterloo ein Sieg für England gewesen, gefolgt von der allgemeinen Abrüstung, die Wellington selbst als die natürliche Konsequenz von Napoleons Sturz herbeigewünscht hatte, hätte man Irland die Gleichberechtigung seiner katholischen Religion gewähren müssen, und dieses Zugeständnis hätte zumindest die ständigen Revolten und Massaker in diesem unglücklichen Land abgewendet, die Napoleon in den letzten zehn Jahren seines Lebens so sehr erbitterten, daß er ernstlich die Wiederaufnahme der Feindseligkeiten erwog. In Großbritannien, wo Hunger und Unterdrückung an der Tagesordnung waren, ereignete sich 1825 der unbesonnene, aber romantische Aufstand Lord Byrons, dessen Armee beinahe ausschließlich aus Arbeitern bestand und deren Führer (mit Ausnahme Napiers) von Kriegführung nicht mehr verstanden als Raufbolde wie Thistlewood und der ehemalige Seeräuber Trelawny. Die harten Vergeltungsmaßnahmen und Repressalien der Regierung spalteten das Land in zwei Lager, die einander bis aufs Blut befehdeten. Die Hinrichtung Lord Byrons erregte in der Welt größeres Aufsehen als jedes andere Ereignis seit dem Sturm auf die Bastille, obwohl sie nicht unmittelbar von politischen Veränderungen gefolgt war. Nach zwei Jahren Regierungsterror stellte Premierminister Canning, der von seinen Kollegen schon immer wegen vermeintlicher Sympathien für das Volk beargwöhnt worden war, 1827 eine eingeschränkte Pressefreiheit her, und die Literatur des nächsten Jahrzehnts machte deutlich, daß alle jungen Männer von Geist und Talent keine Anti-Jakobiner mehr waren, nicht einmal mehr Liberale, sondern Radikale. Der Verehrung des hingerichteten Dichters gesellte sich die Verehrung der Lebenden zu. Die Schriften Shelleys erreichten nach seiner langen Einkerkerung eine Beliebtheit, die eines der merkwürdigsten Symptome der Zeit darstellt. Sein Gedicht *»Männer Englands, wofür pflügen?«* wurde in der Vertonung bei allen Zusammenkünften der Radikalen gesungen, und seine Ode auf Napoleons Tod *(Der tote Anarch,* 1836), erreichte in einem Jahr fünfundzwanzig Auflagen. Die jüngeren Dichter, wie Tennyson und Arthur Hallam, waren entflammt von revolutionärer Inbrunst. Von Oxford und Cambridge ausgeschlossen, gründeten die Dissidenten und Radikalen eine Universität in Manchester, welche die Talente des Landes mit beinahe magischer Kraft anzog und bald zum Mittelpunkt des jungen geistigen Lebens im Land wurde. Unterdessen gaben ernsthafte Politiker wie Lord John Russell und der unbezähmbare Mr. Brougham* die älteren Grundsätze der Liberalen auf und erklärten sich für das allgemeine Wahlrecht. Kein Weiser hätte im Jahr nach Napoleons Tod mit Zuversicht

* Henry Peter Brougham, 1778–1868, liberaler Politiker und Schriftsteller, wirkte für Reformen und war 1830–34 Lordkanzler – *Anm. d. Übers.*

voraussagen können, ob es England beschieden war, den Weg der Revolution zu gehen, oder in den ausgefahrenen Geleisen der Tyrannei und des Obskurantismus fortzufahren. Wenigstens war es klar, daß dem Land ein dritter Weg nicht mehr offenstand, und daß die nun anbrechende Ära von Blut und Gewalt gezeichnet sein würde. Der Liberalismus alter Schule starb mit Edward Grey – dieser bemitleidenswerten und wirkungslosen Gestalt, die vierzig Jahre lang vergebens gewartet hatte. Der englische Charakter war nicht mehr geprägt von Kompromißbereitschaft; die äußeren Umstände hatten ihn in die Prägeform der Gewalttätigkeit gezwungen.

In gleicher Weise war das *ancien régime* in den europäischen Staaten außerhalb der Grenzen des napoleonischen Reiches zunächst nicht nur erfolgreich, sondern in einem gewissen Maße auch beliebt und national, weil der vormalige Verfolger und Drangsalierer des deutschen und des spanischen Volkes noch immer ihr gefährlicher Nachbar blieb und nach wie vor der mächtigste Herrscher in Europa war. In Spanien wurden die Liberalen und Freidenker mit einer Effizienz ausgerottet, die sicherlich die Billigung des Generalinquisitors Torquemada gefunden haben würde; die Inquisition wurde auf Napoleons Kriegsdrohung hin im Jahre 1833 tatsächlich abgeschafft; einem Jahr, in welchem die Tories außerstande waren, Spanien diplomatische Unterstützung zu gewähren, weil dort kurz vorher ein exzentrischer Engländer hingerichtet worden war, der anglikanische Bibeln nach Andalusien geschmuggelt hatte, was unter seinen protestantischen Glaubensgenossen im Unterhaus und im ganzen Land einen vorübergehenden Entrüstungssturm ausgelöst hatte. Aber das Verschwinden der Inquisition änderte kaum etwas an den Methoden der Kirche und des Staates in Spanien, und das ganze diplomatische Manöver diente, wie von Anfang an beabsichtigt, nur dazu, die Beliebtheit des alten Kaisers bei den französischen Liberalen wiederherzustellen.

Inzwischen setzten die aufständischen spanischen Kolonien in Südamerika ihren Freiheitskampf mit wachsendem Erfolg fort, bis die britische Flotte und Armee, ausgesandt im Einvernehmen mit der spanischen Regierung und nach rein antijakobinischen Prinzipien gegen die Wünsche und Interessen der britischen Kaufleute, die mit Südamerika Handel trieben, in den Konflikt eingriffen. »Wir müssen«, sagte Castlereagh, »das Gleichgewicht zwischen Monarchie und Republikanismus in der neuen Welt ebenso wahren wie in der alten.« Aber in Anbetracht ihrer polizeilichen Aufgaben im heimatlichen England konnten nicht genug Truppen erübrigt werden, um mehr zu erreichen als eine Verlängerung des grausamen transatlantischen Ringens. Die weiten Ebenen der Pampas wurden zu einem ständigen Kriegsschauplatz, wo exilierte Liberale und Abenteurer aus allen Ländern, vornehmlich aber aus England und Italien, Seite an Seite mit den gut berittenen Gauchos einen unaufhörlichen Guerillakrieg gegen die regulären englischen und spanischen Truppen führten. Hier rächten Napiers Brüder seinen Tod an der Armee, deren Zierden sie einst gewesen; und Murat, die Reitgerte in der Hand, wurde an der Spitze so manchen tapferen Angriffs gesehen, zu dem er die Italiener führte, deren Idol er nun in beiden Hemisphären geworden war. »Das freie Leben der Pampas« wurde für die jungen Männer Europas zum Symbol jener geistigen und politischen Emanzipation, die nur im Exil verwirklicht und in Aufruhr und Krieg gesichert werden konnte. So kam es, daß die Pampas in der Literatur und der bildenden Kunst jener Epoche eine ebenso beherrschende Rolle spielten wie die tragische Gestalt Byrons.

In Deutschland wurden die nationalen Hoffnungen auf Einheit und Freiheit von den Monarchen betrogen, die sich im Schutz der großen stehenden Armeen, die zur Sicherung der Rheingrenze notwendig waren, weiterhin ihrer absolutistischen Herrschaft und des ihr gemäßen Prestiges erfreuten. Früher eingeführte Reformen in solchen deutschen Staaten, die entweder unter Napoleons Herrschaft gestanden hatten oder von seinem Beispiel angeregt worden waren, blieben bestehen, soweit sie der Kräftigung des monarchischen Prinzips dienten. Die preußischen Bauern wurden nicht in die Leibeigenschaft zurückgestoßen; der reformierte Staatsdienst wurde in den Staaten des einstigen Königreichs Westfalen beibehalten; die Auflösung und Säkularisation der fürstbischöflichen

Gebiete und des ganzen übrigen kirchlichen Grundbesitzes, an dem sich große Teile von Adel und Bürgertum bereichert hatten, wurden nicht rückgängig gemacht. Aber in Hessen-Kassel und Hannover wurden alle Spuren des französischen, auf Napoleon zurückgehenden Zivilrechts ausgelöscht, und im ganzen Land wurden die besondes an den Universitäten virulenten nationalen Bewegungen unter österreichischem Einfluß wirksam unterdrückt, vor allem nach dem Scheitern Blüchers in Flandern und dem Abkommen zwischen Metternich und Napoleon auf dem Wiener Kongreß von 1815. Wenn Preußen auch keine anderen Gewinne einstreichen konnte, so brachte es doch seinen Anteil von Polen wieder an sich, und das Aufbegehren des erwachenden polnischen Nationalismus wurde von den christlichen Mächten Mitteleuropas ebenso mühelos unterdrückt wie der griechische Nationalismus von den Türken.

Die einzigen Deutschen, die sowohl zufrieden waren als auch gut regiert wurden, waren die Bewohner der linksrheinischen Gebiete, die im Frieden wie im Krieg auch weiterhin die ruhigsten und verläßlichsten von allen Untertanen Napoleons waren. Die Franzosen waren weniger leicht zufriedenzustellen; sie hatten ihren Herrscher zum Frieden gezwungen, aber konnten sie ihn auch zwingen, jenes Maß an Freiheit zu gewähren, nach dem es sie jetzt verlangte? Die Lösung dieser Frage wäre anders als durch Gewalt kaum möglich gewesen, hätte der Kaiser auch nur die Hälfte seiner früheren Gesundheit und Tatkraft erhalten. Aber sie wurde provisorisch von Jahr zu Jahr gelöst, weil die Energien des Autokraten in beinahe genauer Porportion zur Zunahme des Freiheitsverlangens seiner Untertanen nachließen. Es war ihm gleich, wer Macht ausübte, die selbst auszuüben er nicht mehr imstande war, und war aus schierer Gleichgültigkeit bereit, sie geringschätzig Ministern zu überlassen, die mehr oder weniger offen mit den Kammern liebäugelten. Solange er sich selbst um die Zensur kümmern konnte, wurde sie strikt gehandhabt; doch als er zu krank wurde, um mehr zu lesen als die wichtigsten Depeschen, wurde die Zensur wieder so kraftlos und unentschlossen praktiziert, wie es in den Tagen der letzten zwei Bourbonen der Fall gewesen war. Unter diesen Bedingungen einer aufreizenden, aber im Grunde wirkungslosen Repression erfuhr die französische Literatur und Philosophie einen neuen Aufschwung, der beinahe an die Blütezeit in den Tagen der Enzyklopädisten gemahnte. Die Bewegung der Romantik unterminierte die imperiale Idee bei den Intellektuellen; der »Pampassturm« machte sich noch im *Quartier Latin* bemerkbar. Es war vergebens, daß die Polizei Büsten von Byron zerschlug und Stücke untersagte, in welchen die drei Einheiten der Handlung, des Ortes und der Zeit verletzt wurden.

Doch solange Napoleon lebte und die Liberalen leben ließ, war das Aufbegehren der Beherrschten gegen ihren Herrscher nur halb ernst. Die Bewegung zu einer neuen Revolution war eher eine Vorbereitung auf seinen Tod als eine vorsätzliche Untreue gegenüber dem Mann, der Frankreich vom *ancien régime* gerettet hatte. Und was immer die Arbeiter und Studenten denken mochten, die Bauern und Soldaten betrachteten die politischen und gesellschaftlichen Verhältnisse Frankreichs als beinahe vollkommen. Die Soldaten waren noch immer die Lieblinge der Regierung; die Bauern konnten endlich in Frieden und Sicherheit das Land bestellen, das ihre Väter dem Adel und der Kirche weggenommen hatten. Die Religion wurde respektiert, aber das Wirken der Priester blieb auf den geistlichen Bereich beschränkt; das Haus und die Frauen gehörten dem Patriarchen der Familie und die Schule zum Staat.

Tatsächlich war der Hauptanlaß zu Klagen gegen Napoleons Regierung in den Augen der Mehrheit seiner Untertanen nicht politischer noch gesellschaftlicher oder religiöser Natur, sondern betraf die Verwaltung. Die in Paris zentralisierte Verwaltungsmaschinerie, von der das Leben der entlegensten Weiler reglementiert wurde, arbeitete mit der Ineffizienz und Schwerfälligkeit jeder zentralisierten Verwaltung, doch wirkte sich auch hier der schlechte Gesundheitszustand des Autokraten verschlimmernd aus. Seine persönliche Überwachung der Regierungsgeschäfte wurde zunehmend unregelmäßiger, und weil die unausrottbare Tradition der kaiserlichen Verwaltung forderte, daß in allen Angelegenheiten auf Initiativen von oben zu warten sei, wurde Frankreich 1820 von den Tuilerien kaum besser regiert, als es 1807 von den polnischen Feldlagern aus regiert worden war.

In den Verträgen vom Herbst 1815 war es dem schlauen Metternich durch meisterhaftes diplomatisches Verhandlungsgeschick gelungen, im Austausch gegen die Habsburgischen Niederlande (Belgien) die ehemals venezianischen Territorien, die Lombardei sowie größere Gebiete Galiziens zu erhalten. Wie in Mitteleuropa der Rhein, so wurde in Italien der Ticino zur geographischen Grenze zwischen dem napoleonischen System und dem *ancien régime* – die bis dahin beide noch kaum vom erwachenden italienischen Nationalgefühl bedroht waren. Murat, der durch sein Verhalten den guten Willen beider Machtgruppierungen verspielt hatte, verlor sein Königreich und floh nach Südamerika. Niemand wagte Napoleon die Wiederherstellung des Kirchenstaates in seiner früheren Größe und Macht vorzuschlagen; der Papst konnte auf Anerkennung seiner Ansprüche so wenig rechnen wie die deutschen Fürstbischöfe, deren 1803 säkularisierte Territorien keiner der neuen Nutznießer wieder herauszugeben gedachte. Sizilien, von britischen Schiffen geschützt, blieb dem Haus Bourbon erhalten, aber von dem Augenblick an, da die Unterschrift unter dem Friedensvertrag die Furcht vor einer französischen Invasion bannte, ließ der britische Einfluß in Palermo rasch nach und die alten Methoden des sizilianischen Despotismus feierten ihre Auferstehung. Der Umstand aber, daß der König von Sizilien von den Großmächten gezwungen wurde, auf seine Ansprüche auf den Thron von Neapel zu verzichten, kam ihm bei seinen insularen Untertanen zustatten, deren Eifersucht durch diesen Akt der Trennung besänftigt wurde.

Der größte Teil der italienischen Halbinsel unterlag dem einigenden Einfluß des französischen zentralistischen System. Der Code Napoleons, die Ermutigung des Bürgertums, Verantwortung zu übernehmen, das Fehlen klerikalen Einflusses in Regierung und Bildungswesen, das verstärkte Hervortreten des Militärs und der Staatsidee blieben auf die Dauer nicht ohne Wirkung. Die klerikalen und liberalen Kräfte, noch immer durch die tödlichste Feindschaft getrennt, eine Feindschaft, die mit Sicherheit zu blutigen Ausbrüchen geführt hätte, wären die französischen Truppen nicht gewesen, standen der Besatzungsmacht gleichermaßen feindselig gegenüber. Aber während die Klerikalen auf die Wiederherstellung des *ancien régime* hofften, entweder durch die territoriale Ausdehnung des österreichischen und päpstlichen Territoriums, oder durch die Rückberufung der einheimischen Landesherren, träumten die Liberalen von einer italienischen Republik. Diese beiden Hauptströmungen hatten ihre Repräsentanten in Italien, die weit über die Landesgrenzen hinaus bekannt waren: die eine im Prinzen des Hauses Savoyen, der die Hoffnung der Reaktionäre war; und die andere in dem Sohn des genuesischen Arztes, der die berühmte »Società Savonarola« gegründet hatte, in der Mitglied zu werden für viele nationalbewußte junge Italiener Ehrensache war. Im Jahre 1832 fielen diese romantischen jungen Helden beide Napoleons Polizei zum Opfer; Karl Albert wurde trotz seiner Verkleidung in Turin erkannt und erlitt das Schicksal des Duc d'Enghien. Mazzini, der ein Jahr zuvor mit Mühe aus den venezianischen Voralpen entkommen war, wo er versucht hatte, die Bevölkerung gegen Österreich-Ungarn aufzuwiegeln, versuchte in Genua einen Volksaufstand gegen die Franzosen anzuzetteln, fand aber keinen Anklang bei den italienischen Soldaten, die in dem bestehenden Regime alles fanden, was sie wollten. So wurde er gefangengenommen und mit zwölf Anhängern erschossen.

Die Hinrichtungen des Prinzen von Savoyen und des genuesischen Propheten der nationalen Einheit erinnerten Europa daran, daß Napoleon im Alter blieb, was er schon in seiner Jugend gewesen war: ein Gegner des *ancien régime* und der demokratischen Freiheit gleichermaßen. Welche dieser beiden Hauptströmungen durch seinen Tod am meisten gewinnen würde, war unmöglich vorauszusehen.

Am Abend des 4. Juni 1836 präsidierte Napoleon mit noch mehr als seiner gewohnten invalidenhaften Lethargie einer Sitzung seines Staatsrates. Die letzten Meldungen aus Italien wurden verlesen, und man diskutierte über eine engere Zusammenarbeit mit der österreichischen Polizei, um den Umtrieben italienischer Nationalisten besser begegnen zu können. Der Kaiser hatte stumm und zerstreut an seinem Platz gesessen, das Kinn auf der Brust. Plötzlich durchdrang das Wort »Italien« sein Bewußtsein. Er blickte auf und in seinen Augen glomm der Widerschein des alten Feuers. »Italien!« sagte er. »Wir marschieren morgen. Die Armee der Alpen wird sich um die Republik verdient machen.« Dann schien er in seine Zerstreutheit zurückzusinken und murmelte: »Ich muß Josephine zurücklassen. Sie wird sich nichts daraus machen.« Er hatte in letzter Zeit oft so von seiner ersten Gemahlin gesprochen, die er offenbar irgendwo im Palast wähnte, aber nicht bereit, mit ihm zusammenzutreffen. Auf Empfehlung der Ärzte hatte der Staatsrat die Gewohnheit angenommen, sich zu vertagen, sobald er in einer Sitzung ihren Namen erwähnte. Darum zogen sich die Minister zurück.

Der Rest der Geschichte kann am besten von M. Villebois erzählt werden, dem Leibarzt des kaiserlichen Haushalts.

»Während der Staatsrat tagte, ging ich unten in den Gärten der Tuilerien spazieren. Es war eine schwüle und stille Juninacht. Die Stadt war zur Ruhe gegangen, und die Bäume schliefen mit ihr. Plötzlich ist aus dem offenen Fenster des Sitzungssaales ein Geräusch zu vernehmen, unbegreiflich unmelodiös. Ich blicke auf und sehe den Kaiser allein auf dem Balkon stehen, eingerahmt von der hellen Türöffnung mit den Lichtern hinter ihm. Sich selbst mit heftigen, fahrigen Gesten begleitend, intoniert er mit einer Stimme durchdringenden Mißklangs die Marseillaise, die französische Revolutionshymne, deren Gebrauch durch seine Untertanen er bei Strafe verboten hat. Aber ich weiß, daß es für ihn nicht eine Revolutionshymne ist, sondern ein *chant du départ*. Ich stürze hinauf und finde eine Gruppe von Ministern und Lakaien ratlos vor der Tür. Niemand wagt einzutreten. ›Doktor‹, sagte der alte Marschall N., ›genauso sang er dieses verwünschte Lied am Abend, bevor wir die russische Grenze überschritten. Damals standen wir unten in einem Raum beisammen und zitterten, und einer erzählte mir, daß er es am Abend vor dem Einmarsch nach Italien geradeso gesungen habe, allein in seinem Zimmer.‹

Ich drängte mich an dem wackeren alten Mann vorbei, öffnete die Tür und trat ein. Der Gesang hatte aufgehört, aber das Lied war durch die Sommernacht hinausgedrungen, und in der Rue de Rivoli hatte ein heimwärts schwankender Betrunkener die krächzenden Töne vernommen, war in den Gesang eingefallen und grölte ihn weiter. Ich hielt Umschau nach meinem Herrn und sah ihn zuerst nicht. Auf einmal merkte ich, daß Napoleon tot zu meinen Füßen lag. Ich hörte die Flüche des Betrunkenen, als die Polizei ihn unter den Arkaden festnahm.«

Originaltitel: »If Napoleon Had Won the Battle of Waterloo«,
aus dem Band »If It Had Happened Otherwise«,
hrsg. von J. C. Squire bei St. Martin's Press, Inc., New York

Aus dem Englischen übersetzt von Walter Brumm

Diogenes '84 Holz

FACT

Begegnungen der dritten Art ...

von Georg Zauner

Alles begann am 24. Juni 1947, als ein gewisser Kenneth Arnold von Bord seines Privatflugzeuges aus etwas beobachtete, das ihn anschließend zu folgender Äußerung veranlaßte: »I saw nine objects flying, they looked like saucers ...« Es waren »fliegende Untertassen« gewesen, die um den Gipfel des Mount Rainer im US-Staat Washington herumgekurvt waren, und Kenneth Arnold war der Schöpfer dieser Bezeichnung, die bald weltweit in aller Munde sein sollte, denn seitdem häuften sich die Beobachtungen – nicht nur in den USA, sondern praktisch überall dort, wo Menschen gelegentlich – vor allem aber von Berufs wegen – in den Himmel schauen.

Man beobachtete fliegende Untertassen einzeln und im Formationsflug, stellte fest, daß sie nicht nur scheibenförmig, sondern auch von anderer Gestalt waren: ringförmig, zigarrenförmig, kugelig oder kugelig mit »Saturnring« und nannte sie bald nicht mehr Untertassen, sondern »unidentified flying objects«, also UFOs. Witzbolde fotografierten in die Luft geworfene Radkappen oder sie retouchierten helle Flecken auf Fotos vom nächtlichen Himmel und boten so den allgegenwärtigen Skeptikern die Gelegenheit, den ganzen UFO-Rummel zu »entlarven«.

Vor allem das Gros der Wissenschaftler, die sich nicht gern zu einem Phänomen äußern, wenn die Erklärung für seine Existenz in keines der vorhandenen Bezugssysteme eingebaut werden kann, scheute und scheut nach wie vor Unidentified Objects wie der Priester den Hexensabbat (oder der Teufel das Weihwasser, wie man bei uns in Bayern sagt). Was soll man auch dazu sagen, wenn von Objekten berichtet wird, die stundenlang an einer Stelle des Himmels ausharren, andererseits »unvorstellbare« Beschleunigungen – sei es im Geradeausflug, sei es bei Wendemanövern – bewerkstelligen, die farbig aufleuchten und wieder verblassen, die bei Verfolgungen durch Jäger oder Begegnungen mit Verkehrsflugzeugen intelligente Reaktionen zeigen?

Die Militärs jedoch, pragmatisch wie sie nun einmal sind, wollten in den frühen Jahren des UFO-booms (und wollen vielleicht auch noch heute) der Sache auf den Grund gehen. In Umkehrung eines bekannten Satzes sagten sie: »Es kann vielleicht doch wahr sein, was nicht wahr sein darf« und verteilten an alle Piloten, die ja von Berufs wegen oft in den Himmel blikken und gewissermaßen zu den zuverlässigen Beobachtern gerechnet werden können – man verteile also an sie mehrseitige Fragebögen, die im Falle einer Begegnung mit UFOs auszufüllen waren. Ein solcher Fragebogen (mit Begleitbrief) ist im Anhang abgebildet, er wurde von einem Ingenieur der Douglaswerke in Santa Monica/Cal. ausgefüllt, seine Beobachtung erfolgte vom Boden aus.

In den Jahren seit 1947 wurde dann von vielen hundert Beobachtungen berichtet, die nicht nur durch Airforce-Piloten, sondern auch durch andere zuverlässige Personen in aller Welt gemacht wurden.

Wie aber soll man Phänomene, die ganz offensichtlich existieren, andererseits aber eigentlich nicht existieren können, erklären? Um dieser Frage einen Schritt näher zu kommen, sollten wir erst einmal den Ausdruck »existieren« untersuchen und uns vielleicht auf die Definition einigen: es existiert dann etwas, wenn es wahrnehmbar ist.

Das kann mit den eigenen »fünf Sinnen« geschehen oder mit den fortgeschrittenen technischen Wahrnehmungsmethoden, wie Radar, Infrarotortung, Radiowellenempfang und so weiter. Man denkt dabei zuerst an materielle Gebilde, denen man mit physikalischen und chemischen Methoden zu Leibe rücken kann. Im ersteren Fall könnte man ihre Ausdehnung, das Gewicht, die Temperatur, das Spektrum oder den Aggregatszustand messen oder bestimmen, im anderen Fall die Natur des Materials – ob es z. B. organisch oder anorganisch ist. Es gibt aber auch wahrnehmbare Phänomene, die sich solcher Meßmethoden entziehen, nicht weil man ihrer nicht habhaft werden könnte, sondern weil sie immateriell sind, etwa wie ein Spiegelbild, oder eine Projektion, oder gar eine Vision, die nicht einmal mit den »fünf Sinnen« oder ihren technischen Hilfsmitteln wahrgenommen werden kann.

Wir sollten uns also bei allen Erklärungsversuchen, die die Natur der UFOs betreffen, größter Unvoreingenommenheit befleißigen und uns für alle Möglichkeiten offen halten.

So wollen wir uns zuerst mit der gängigen Meinung beschäftigen, die da sagt: die UFOs sind Boten von fernen Welten, besetzt oder ferngesteuert von fremden Intelligenzen, materielle Gegenstände also, die sich innerhalb oder außerhalb unserer Atmosphäre tummeln. Es handelt sich, so wird vermutet, um Raumfahrzeuge, die eine – im Vergleich zu unserer – weit fortgeschrittene Technik auf den Weg geschickt hat.

Bei solchen Vermutungen werden Begriffe wie »Boten von fernen Welten« oder gar »Raumfahrt« im Sinne von interstellarer Raumfahrt mit einer Selbstverständlichkeit verwendet, die wohl zu Recht den Widerspruch der zuvor geschmähten Wissenschaftler herausfordert, und es erhebt sich die Frage: Ist (interstellare) Raumfahrt überhaupt möglich? – Und wenn ja, ist sie überhaupt vernünftig?

Wie die Astronomen zu wissen glauben, besteht unsere Milchstraße aus 100 Milliarden Sonnen. Das ist eine jener Zahlen, die man nur deshalb so gelassen ausspricht oder hinschreibt, weil man sich darunter nichts vorstellen kann. Auch die Schreibweise 10^{11} bringt uns nicht weiter. Und was sagt uns das Gleichnis aus dem täglichen Leben, daß man für 100 Milliarden Erbsen einen würfelförmigen Raum von 5 m Kantenlänge benötigen würde? Auch nicht viel mehr.

Von diesen 100 Milliarden Sonnen, so halten es die Wissenschaftler für möglich, sollen 1 bis 10% ein Planetensystem besitzen. Wenn wir uns einmal auf 5% einigen, dann gibt es in dieser unserer Galaxis 5 Milliarden Fixsterne, in deren unmittelbarer Nähe Leben entstanden sein könnte. Diese Chance ist sicherlich nur dann gegeben, wenn die fraglichen Planeten in einer günstigen Entfernung vom Muttergestirn stehen, das heißt, wenn sie weder zu wenig noch zu viel von der lebenspendenden Sonnenstrahlung abbekommen. Doch das reicht noch nicht aus. Sie sollten auch eine Atmosphäre besitzen, die zugleich als Filter, als Wärmemantel und nicht zuletzt als Transportmedium dient – z. B. für Wasserdampf. Ferner wäre eine Eigenrotation wichtig und eine nicht allzu große Schwerkraft – kurzum es sollten dort Zustände herrschen, die den Namen »Ökosphäre« verdienen: Eine Sphäre, in der die Entstehung von Leben überhaupt erst einmal möglich ist.

Wir wollen bei unseren Schätzungen weiterhin vorsichtig sein und wiederum nur jedem zehnten der vermutlich vorhandenen Planetensysteme einen Öko-Planeten zubilligen: das wären mithin 500 Millionen. Unter diesen werden etliche sein, auf denen sich das Leben nicht oder noch nicht entwickelt hat, und wir vermindern unsere Zahl weiterhin um den Faktor 10, so daß wir nun die stattliche Zahl von 50 Millionen Planeten vor unserem geistigen Auge sehen, Planeten, auf denen es lebende, sich selbst reproduzierende und zum Höheren strebende Organismen gibt. Was das Höherstreben anbelangt, so wollen wir hier noch vorsichtiger sein und nur bei einem Prozent dieser Welten eine stattgehabte evolutionäre Entwicklung vermuten, die zur Entstehung intelligenter Wesen geführt hat. 500 000 Planeten also, auf denen so etwas Ähnliches wie eine Menschheit existiert.

Wahrscheinlich ist die Menschenähnlichkeit gar nicht so weit hergeholt, denn es gehören sicherlich einige zwingend notwendige physische Eigenschaften und Merkmale dazu, um es auf einem Ökoplaneten zu dem zu bringen, was man bei uns *homo sapiens* nennt. Es soll damit gesagt werden, daß es wahrscheinlich kein Zufall ist, daß der Mensch so und nicht anders gebaut ist, denn es ist zweifellos von Vorteil, wenn Körper und Gliedmaßen eine kompakte Bauweise haben, das heißt: auf das unbedingt Notwendige reduziert sind und z. B. nicht acht sondern nur zwei »Beine« zur Fortbewegung besitzen. Unabdingbar ist es auch, daß spezielle Gliedmaßen vorhanden sind, die nur zum Greifen, Festhalten und zum Bedienen von Werkzeugen da sind und nicht gleichzeitig zur Fortbewegung gebraucht werden. Auch hier ist die Zahl zwei optimal. Ohne Zweifel ist die aufrechte Haltung von besonderem Vorteil, denn erst so kommt der Einsatz der Sinnesorgane, die möglichst weit oben plaziert sein sollten, zur vollen Wirkung. Daß schließlich ein gehirnähnliches Zentralorgan da sein muß, versteht sich von selbst. Dieses Organ muß in der Lage sein, Eindrücke wiederabrufbar zu speichern, größere Zusammenhänge zu verstehen, das heißt: aus dem Gespeicherten Assoziations- und Plausibilitätsketten zu bilden – zu denken, das heißt: das Gelernte und Erfahrene in neue Zusammenhänge zu bringen, miteinander zu vergleichen und in einer für das Ziel des Denkvorgangs »richtigen« Reihenfolge zu ordnen – und schließlich kreative Leistungen zu vollbringen, das heißt: mit der Summe all der gespeicherten Daten und Assoziationsketten ganz neue und originäre Vorstellungen mit Hilfe bisher noch nicht beanspruchter Querverbindungen zu kreieren. Diese kreativen Sprünge haben vielleicht eine Parallele in den Mutationssprüngen der Gene, und es ist keineswegs gesagt, daß dabei immer etwas Nützliches oder Verwertbares herauskommt, es kann auch etwas Verrücktes sein.

Das Zentralorgan sollte auch in der Lage sein, ein Zeitgefühl zu entwickeln, so daß eine Vorstellung von Vergangenheit und Zukunft besteht, und mit seiner Hilfe müßte das eigene Ich erkannt werden. Genauso wichtig ist die Fähigkeit zur Kommunikation durch irgendeine Art von »Sprache«, die nicht unbedingt durch Schallwellen übermittelt werden muß. Je differenzierter sich diese Sprache ausdrücken kann, desto höher der Intelligenzquotient der betreffenden Gehirnträger.

Die Wahrscheinlichkeit spricht dafür, daß auf etlichen bewohnten Planeten Intelligenzen mit weit höheren Gehirnleistungen existieren, als es hier auf der Erde der Fall ist. Der Spekulation sind da keine Grenzen gesetzt, wenn man etwa in Betracht zieht, daß dort womöglich Einzelgehirne in größerer Zahl zu einem Supergehirn gekoppelt werden können – auf welche Weise auch immer.

Um noch einmal auf die Menschenähnlichkeit zurückzukommen: wenn wir mit Recht erwarten, daß die fernen Planetenbewohner nicht nur intelligente Gehirnträger sind – auch Delphine sind es –, sondern aufgrund der Möglichkeit, Werkzeuge zu bedienen und sich hochdifferenziert zu verständigen, eine Zivilisation aufgebaut haben mit dem Nutzen, individuelles Wissen und Vermögen vielfach zu potenzieren, dann können wir nicht umhin, sie uns als Landbewohner von aufrechter Gestalt vorzustellen, mit zwei Greifarmen, zwei Fortbewegungsgliedmaßen und mit einem Körperteil bekrönt, das der Sitz, der wie immer gearteten Sinnesorgane ist. Sie werden Nahrung aufnehmen und die verwerteten Reste wieder abgeben. Ihre Vermehrung kann auf vielfältigste Weise geschehen, aber sicherlich bietet das lange Verweilen des Fötus im Mutterleib und das Gebären lebender Junge so viele Vorteile, daß diese Methode wahrscheinlich auch anderswo von der Evolution »erfunden« worden ist. Was die Zweigeschlechtlichkeit betrifft, so kann man geteilter Meinung sein. Sie ist vielleicht eine spezielle Erfindung *unserer* Evolution, die sich dadurch den Vorteil sichern wollte, daß zu den Erbänderungen durch Mutationen, die ja eine Voraussetzung für neue Artvarianten ist, daß zu diesen Erbänderungen gleichsam ein Verteilermechanismus hinzukommt, der dafür sorgt, daß aus zwei verschiedenen Erbträgern zahlreiche neue Kombinationen hervorgehen können.

Die Evolution würde jedoch auch bei Eingeschlechtlichkeit funktionieren, sicherlich aber etwas langsamer und undifferenzierter.

Eine ferne, intelligente Rasse, die sich eingeschlechtlich vermehrt, ginge wohl auch des Vorteils verlustig, der in der Arbeitsteilung der Geschlechter liegt: während zum Beispiel bei uns der sogenannte männliche Teil von dem Handikap des Austragens, Gebärens und Säugens befreit ist und sich mit größerer Intensität der kulturellen Evolution widmen konnte, wären jene Lebewesen sowohl Gebärer als auch Kultur-Schaffende in einer Person, was aber nicht ausschließt, daß ein Teil der Bevölkerung, die ja insgesamt weiblichen Geschlechtes wäre, sich freiwillig oder gezwungenermaßen empfängnisverhütender Maßnahmen unterwirft, um für andere Aufgaben zur Verfügung zu stehen.

Aber auch dort müßte es einen Lustantrieb zur Einleitung einer »Schwangerschaft« geben, sonst wäre die Reproduktion höheren Lebens gar nicht erst zustande gekommen. Daß solcher Lustgewinn nicht unbedingt mit Zweigeschlechtlichkeit zu tun haben muß, ist auch auf unserem Planeten bekannt.

Wir kehren wieder zu unserer Schätzung zurück, aufgrund derer 500 000 Welten zu erwarten sind, auf denen intelligente Wesen leben. Nun wissen wir aus der Geschichte unserer eigenen Menschwerdung, daß nach einer relativ langen Anlaufzeit, sehr schnell, das heißt im Laufe einiger Jahrtausende, eine kulturelle Evolution einsetzt, und daß schließlich eine steil nach oben schießende Entwicklungskurve einen Zuwachs an Fertigkeiten und Wissen bekundet, die in immer größeren Steigerungsraten verläuft. Wir selber haben noch nicht die Erfahrung hinter uns, ob solch steile Entwicklung, wenn sie längere Zeit weitergeht, schließlich nicht doch die physische und psychische Substanz des Menschen überfordert und ihn wieder dorthin zurückversetzt, wo er am Beginn der selbstgeschaffenen Kultur-Evolution einst gestanden hat.

Wenn dem so wäre, dann könnte das auch für andere Intelligenzen gelten, das heißt: es stünde immer nur ein ziemlich kurzer Zeitabschnitt zur Verfügung, innerhalb dessen intelligente Wesen zum Beispiel eine Vorstellung von ihrer eigenen Welt, ihres Sonnensystems und unserer gemeinsamen Galaxis erworben und innerhalb dessen sie – falls das ihrer Mentalität entspricht – sogar eine technische Zivilisation zustande gebracht haben, die sich fortgeschrittener Energiegewinnung bedient und sie in die Lage versetzt, so etwas wie Weltraumfahrt zu betreiben.

Unter den 500 000 Welten mit intelligenten Bewohnern werden also mit Sicherheit nur wenige sein, bei denen gerade ein uns vergleichbarer Entwicklungsstand erreicht und noch nicht wieder abgeklungen ist.

Der Ausdruck »gerade« ist allerdings – das sei schon einmal vorweggenommen – bei unseren Überlegungen eigentlich nur bedingt anwendbar, weil er nämlich »zu diesem Zeitpunkt« bedeutet und solch eine Aussage bei galaktischen Dimensionen sehr fragwürdig ist.

Dazu zwei Beispiele:

Wenn jemand den nächtlichen Himmel betrachtet und von einem entfernten Fixstern behauptet, er stünde »zu diesem Zeitpunkt« genau an der Stelle, wo man ihn sehen kann, dann ist das sicherlich falsch, denn dort stand dieser Stern – wenn er z. B. 100 Lichtjahre entfernt ist – vor rund 100 Jahren, und niemand kann wissen, ob er nicht bereits vor 50 Jahren explodiert ist.

Das andere Beispiel: Wenn auf zwei verschiedenen Planeten »zu diesem Zeitpunkt« ein hoher technischer Entwicklungsstand erreicht wurde und es wird von einem der beiden Orte aus eine Weltraumexpedition gestartet, die zufällig auf den anderen Planeten stößt, dann kann es geschehen, daß sie dort eine Welt vorfindet, die inzwischen ihren technischen Hochstand verloren hat. Und warum? – Weil die Reise etliche Jahrzehnte, wenn nicht gar Jahrhunderte gedauert hat!

Wer also auf hochentwickelte Planetenbewohner stoßen will, etwa zur Kontaktaufnahme und zum Austausch von Erfahrungen, der muß womöglich zu einem Zeitpunkt starten, wo auf dem Zielplaneten gerade das Fernrohr erfunden wurde – oder sogar erst das Rad! (Was die zurückkehrende Expedition auf ihrem Heimatplaneten vorfindet, das wollen wir hier noch gar nicht erörtern.)

Unsere 500 000 potentiellen Intelligenz-Welten müssen wir nun noch einmal – und zwar mindestens um den Faktor 100 reduzieren, und wir sagen nun, daß auf rund 5000 Planeten unserer Milchstraße zu jedem beliebigen Zeitpunkt technisch und auch sonstwie hochentwickelte Rassen vorzufinden sind. Die anderen Planetenvölker werden erst später soweit sein und wiederum andere haben den Höhepunkt bereits überschritten.*

Freilich ist es auch denkbar, daß die Evolution die Tendenz hat, als Endpunkt ihrer Bemühungen ein Wesen zu präsentie-

* Siehe dazu auch die beiden Aufsätze »Modelle der Evolution kosmischer Zivilisationen« von L. V. Leskov, S. 219 ff., und »Das Schweigen des Weltalls« von Winfried Petri, S. 93 ff., in diesem Magazin.

ren, das nicht weiter verbessert werden kann, das die Grenzen seiner Möglichkeiten erkannt und akzeptiert hat und so vollkommen und voller Einsicht und Maß ist, daß es gleichsam gottähnlichen Charakter besitzt. Solche Wesen könnten vielleicht längere Zeit ihren Planeten bevölkern als andere, die den Zeitpunkt der Selbsteinsicht verpaßt haben.

Die Tendenzen der Evolution, so wie wir sie zu kennen glauben und rekonstruiert haben, scheinen jedoch mehr in die Richtung »immer was Neues« zu gehen, und wir vermuten wohl richtig, wenn wir allen, oder doch den meisten Rassen – unsere eigene eingeschlossen – eine Entwicklungskurve voraussagen, die irgendwann ihren Höhepunkt erreicht und dann wieder absinkt, wobei unter »Höhepunkt« hier ein Zustand gemeint ist, in dem die unmittelbare Abhängigkeit von der Umwelt überwunden, in dem mit Hilfe von Erfindungen die physischen Bedürfnisse besser befriedigt werden können und in dem dann die materiellen Voraussetzungen geschaffen sind, sich um Dinge zu kümmern, die nichts mehr mit der elementaren Bedürfnisbefriedigung zu tun haben – mit Grundlagenforschung zum Beispiel. Wir denken bei dieser Betrachtung absichtlich nicht an Kunst oder Philosophie, denn wir haben ja vor allem solche Planetenbewohner im Auge, die in der Lage sind, mit UFOs durch den Raum zu fliegen.

Es gibt also 5000 Planeten, auf denen sich intelligente Lebewesen aufhalten, die unsere eigene Entwicklungsstufe erreicht haben oder sogar eine noch höhere, wohlgemerkt *technische* Stufe.

Wenn sie es geschafft haben, UFO-ähnliche Raumfahrzeuge zu bauen, die weder einen erkennbaren thermodynamischen Antrieb besitzen und sich auch sonst so verhalten, als wenn – aus unserer Sicht – ein paar physikalische Gesetze außer Kraft gesetzt wären, dann müssen diese fernen Zeitgenossen außer ihrer beträchtlichen Intelligenz auch eine ganze Menge Glück gehabt haben. Glück zum Beispiel, daß auf ihrer Heimatwelt Brennstoff zur Energiegewinnung während der steilen Entwicklungsphase in Hülle und Fülle vorhanden war. Glück, daß bei dieser anfänglichen und gleichsam primitiven Art der Energiegewinnung, die ja die Voraussetzung einer technischen Höherentwicklung ist, ihre eigene Umwelt nicht »umgekippt« ist, und die Bewohner sich damit selbst zugrunde gerichtet haben. Glück also, daß vor dem Versiegen der »primitiven« Energieressourcen eine technische Entwicklung schon so weit fortgeschritten war, daß sie nun neue und vor allem effektivere Energien zur Verfügung haben, die ihnen fast unbegrenzt zur Verfügung stehen.

Wir selber stehen vor dem Dilemma, daß unsere eigenen Energiequellen zu Neige gehen und unser ökonomischer Überlebenskampf die lebensnotwendigen Umweltfaktoren zugrunde richten könnte.

Wahrscheinlich gibt es bei dem entscheidenden Wettlauf zwischen allmählich knapper werdenden Ressourcen und dem Erreichen eines abgesicherten Energiezeitalters einen kritischen Punkt, der nur dann überwunden werden kann, wenn der Sprung rechtzeitig erfolgt. Kommt er dagegen zu spät und sind die Vorräte an primitiver Energie zu schnell verbraucht, dann ist der Zutritt zum »Club der Energie-Reichen« ein für allemal verfehlt, denn nur der Besitz an fast unbegrenzter, billiger und zudem unschädlicher Energie ist die Voraussetzung für eine Super-Zivilisation. Mit dem Zutritt zum »Club« ist aber sicherlich nicht die Garantie, sondern nur die Möglichkeit für ein längeres Überleben auf hohem technischen Niveau gegeben. Es gäbe genügend Gründe, auch diese Chance bald wieder zu verspielen – und irgendwann geht es höchstwahrscheinlich sowieso wieder bergab.

Von diesen gleich- oder höherentwickelten Mitbewohnern unserer Galaxis setzen wir voraus, daß sie über die mathematisch-naturwissenschaftlichen Gesetze Bescheid wissen, die Zahl π kennen, die Gesetze der umlaufenden (Himmels-)Körper studiert haben, die bei uns die Keplerschen heißen, und daß sie auf die universale Konstante mit Namen »Lichtgeschwindigkeit« gestoßen sind.

Irgendwann wird es auch bei ihnen einen Einstein gegeben haben, der die Lichtgeschwindigkeit als die absolute obere Grenze jeder Geschwindigkeit, also auch jeder Fortbewegung, vorausgesagt und bewiesen hat.

Vielleicht sind sie, falls sie schon zum »Club« gehören und

Energie in fast unbegrenzten Mengen zur Verfügung haben, dieser Grenze auf den Grund gegangen, um festzustellen, daß ein Körper und auch eine elektromagnetische Welle sich tatsächlich nicht schneller bewegen können, ja, daß es – wenn es sich um Körper handelt – noch nicht einmal möglich ist, die Grenze überhaupt zu erreichen.

Da es ihnen mit Sicherheit auch gelungen ist, die Ausdehnung unserer Milchstraße zu errechnen, dann wissen sie, daß ein Flugkörper, wollte er von einem Ende der Galaxis zum anderen gelangen, eine Strecke von 900 Billiarden Kilometern überwinden müßte. Eine Billiarde ist eine Zahl mit 15 Nullen, und um sie zu begreifen, muß man versuchen, sie in menschliche Dimensionen zu transformieren.

Man könnte z. B. den Ausspruch: »Dies ist nur ein erster Schritt ...«, den der Astronaut Neil Armstrong beim Betreten des Mondes von sich gab, einmal wörtlich nehmen und die Entfernung Erde–Mond auf die Länge eines Meters zusammenschrumpfen lassen. Dann entspräche die Reise quer durch die Milchstraße immer noch einer Entfernung von – *2,5 Milliarden Kilometern!*

2,5 Milliarden Kilometer – diese Mini-Galaxis scheint vorstellbar, auf ein überblickbares Maß geschrumpft. Meinen Sie? – Wie lange würde ein 3-Mach-Jäger, eines der schnellsten Flugzeuge, die heute zur Verfügung stehen, brauchen, um auch nur diese Schrumpfgalaxis unseres Modells zu durchqueren, in der die Entfernung Erde-Mond nur *einen Meter* beträgt? – Ein paar Tage, Wochen, Monate? – Er würde *ein Jahrhundert* brauchen, um vom einen Rand zum anderen zu gelangen. Er käme dieser Tage an, wenn er noch vor der Jahrhundertwende gestartet und 100 Jahre lang ohne Zwischenlandung, ohne Unterbrechung mit dreifacher Schallgeschwindigkeit seinem Ziel entgegengerast wäre (– wobei er für die Strecke vom Mond zur Erde nur knapp $^{7}/_{1000}$stel Sekunde benötigt hätte)! Das zum »ersten Schritt« der Menschheit ins All.

Aber selbst wenn man die Entfernung Erde–Mond auf die Strecke von *einem Millimeter* reduzierte, wären es immer noch 1,2 Millionen Kilometer vom einen Rand der Galaxis zum anderen, und unser Flugzeug – wie gesagt, eines der schnellsten – wäre noch gute 33 Stunden unterwegs, um dieses miniaturisierte Modell zu durchqueren!

Die menschliche Vorstellungskraft hat keine Chance, galaktische Dimensionen zu begreifen, und dies führte zu allen Zeiten, in denen sich Menschen mit Reisegedanken zu den fernen Welten befaßten, zu einer Unterschätzung solcher Entfernungen, zumal Ausdrücke wie »unsere Milchstraße« das trügerische Gefühl von Nachbarschaft vermitteln können. Der Blick durchs Teleskop auf eine ferne Galaxis bietet ja auch das Bild eines recht handlichen Sternenhaufens. Sozusagen eines dicht aufeinandergepackten. Nun muß man, wenn eine Weltraumreise ins Auge gefaßt werden soll, nicht gleich von einem Ende unserer Milchstraße bis ans andere fliegen. Auf der Suche nach fremden Intelligenzen könnte man ja schon nach wenigen Billionen Kilometern fündig werden, und wenn man Glück hat, schon beim allernächsten Fixstern, dem Alpha Centauri, der rund 40,7 Billionen Kilometer oder 4,3 Lichtjahre entfernt ist.

Soviel Glück widerspricht allerdings aufs Gröbste der Wahrscheinlichkeit, die eine mittlere Entfernung von mindestens 100 Lichtjahren bis zum nächsten Intelligenz-Planeten verlangt. Wir wollen jedoch optimistisch sein und annehmen, daß unser heimatlicher Milchstraßen-Spiralarm überdurchschnittlich reich mit Intelligenz gesegnet ist und diese Art von Planeten etwas dichter angesiedelt sind, und rechnen, wenn auch mit großem Bedenken, mit nur 10 Lichtjahren.

Dieser Wert liegt demnach an der unteren Grenze, denn andere Autoren halten eine mittlere Entfernung von 800 Lichtjahren bis zum nächsten Planeten mit hochentwickelten intelligenten Wesen für wahrscheinlicher. Wir wollen aber ganz bewußt mit der geringeren Entfernung arbeiten, weil wir darlegen möchten, daß selbst bei so geringen Entfernungen ganz erhebliche Probleme für gegenseitige Besuche auftreten. (Es lohnt sich übrigens nicht – das sei dem Leser empfohlen –, etwa die bisherigen oder auch die noch folgenden Zahlen mit dem Taschenrechner nachzuprüfen. Es handelt sich hier um Dimensionen, bei denen Fehlerquoten von einer Größenordnung keine große Rolle spielen.)

Was ist das nun für eine Entfernung: 10 Lichtjahre oder in Ziffern ausgedrückt 94600000000000 Kilometer? Für diese Strecke brauchte unser Düsenjäger mit einer konstanten Geschwindigkeit von Mach-3 – rund *3 Millionen Jahre!* (Diesmal haben wir den Maßstab nicht verkürzt wie in unserem Gedankenexperiment.) – Hier zum erstenmal »dämmert« es bei uns, und wir bekommen eine Ahnung, wieviel leerer Raum zwischen uns und unserem nächsten Nachbarn liegt.

Nun soll freilich nicht mit Düsenjägern zum fernen Planeten geflogen werden, sondern mit Raketen.

Gehen wir also von technologischen Verhältnissen aus, wie sie heute auf der Erde herrschen:

So wollen wir einmal annehmen, es würde eine Super-Saturnrakete gebaut werden, die soviel Treibstoff mit sich führen könnte, daß man damit eine 10minütige Beschleunigungsphase von 5 g zustande brächte. Viel mehr als ein Andruck von 5 g wollen wir der Besatzung nicht zumuten, denn sie soll diese Beschleunigung ja lebend überstehen. Das bedeutet natürlich, daß die gleiche Treibstoffmenge auch zum Abbremsen am Zielort, ferner zum erneuten Start für die Heimreise und schließlich wieder zum Abbremsen vor der Landung auf der Erde benötigt wird. Das ist allerdings ein Vielfaches von dem, was unsere immerhin schon recht stattliche Saturnrakete mit sich führte.

Und jetzt das Wichtigste: Hin- und Rückreise würden jeweils rund 100000 Jahre dauern. –

Wir wollen nun das Gedankenspiel mit der herkömmlichen Rakete – sei es eine Flüssig- oder eine Feststoffrakete – bis zum bitteren Ende durchdenken und suchen uns als Besatzungsmitglieder ein paar robuste Burschen, denen man dreißig Tage lang einen Andruck von 3 g zumuten könnte. (Man wird dann täglich einmal für kurze Zeit die Triebwerke abschalten, damit die wichtigsten physischen Verrichtungen erledigt werden können.) Wir wollen auch so tun – obgleich es unsinnig ist –, als ob eine Rakete derartigen Ausmaßes jemals gebaut werden könnte. Dies müßte dann auf einer Erdumlaufbahn geschehen, weil sich eine solche Masse nur von dort und nicht von der Erdoberfläche aus in Bewegung setzen könnte. Dort auf der Umlaufbahn müßte man die Einzelteile montieren und den Treibstoff in die riesigen Tanks pumpen. Auf aerodynamische Formen könnte man bei diesem Raumschiff verzichten, da es ja keine Atmosphäre zu durchstoßen hat.

Dieses Monstrum würde dann, wie schon gesagt, von der Erdumlaufbahn starten und 30 Tage lang mit 3 g, also der dreifachen Erdbeschleunigung, immer schneller vorangetrieben werden, so daß schließlich eine Geschwindigkeit von 78 000 km pro Sekunde, das ist etwas mehr als ein Viertel der Lichtgeschwindigkeit, erreicht wäre. Nach rund 39 Jahren käme man in die Nähe des Zielplaneten und müßte dort mit der gleichen Energie – also Treibstoffmenge – die Geschwindigkeit soweit wieder abbremsen, daß man auf eine stabile Umlaufbahn gelangt. Von dieser aus würde man auf die Planetenoberfläche hinabtauchen, und zwar mit Hilfe einer kleineren, aerodynamisch geformten Rakete, die auch dazu dient, wieder zum Raumschiff emporzufliegen, nachdem die Inspektion beendet ist. Dann käme der Rückflug in Richtung Heimat, der mit 30tägiger Beschleunigung beginnt. Nach weiteren 39 Jahren und durch ein letztes, gleichfalls 30tägiges Bremsmanöver befände sich die Expedition auf einer Erdumlaufbahn, um von dort aus die Landung zu vollziehen. Solch eine Expedition müßte an Bord des Raumschiffes freilich eine Einrichtung besitzen, mit deren Hilfe die Besatzung in eine Art von Dauerschlaf versetzt wird, bei dem die physischen Abläufe so reduziert sind, daß kaum eine Alterung eintritt. Diese Einrichtung muß gleichzeitig dafür sorgen, daß die Eingeschläferten zum richtigen Zeitpunkt wieder ins normale Leben zurückkehren, möglichst bevor die Bremsphase eingeleitet wird, bei der noch die Chance besteht, Zielkorrekturen von Hand aus zu betätigen.

Alles in allem ist die »Schlafmethode« jedoch so risikoreich, daß man lieber die »Generationenmethode« wählen wird. Das bedeutet: nicht nur robuste Burschen, sondern ebensolche Frauen müßten die Expedition begleiten, unterwegs Kinder gebären, die bei der Ankunft am Zielplaneten etwa 30 Jahre alt sind, während die Startgeneration inzwischen in den Siebzigern ist. Während der Rückreise sollte dann die 3. Generation geboren werden, um bei der Landung auf der Erde den Greisen der 2. Generation hilfreich an die Hand gehen zu können.

Technische Einsparungen wird man dadurch erreichen, daß man für jede der vier Beschleunigungsphasen gesonderte Treibstofftanks verwendet, die nach Gebrauch abgestoßen werden.

Wenn man beide Methoden vergleicht, die »Schlaf-« und die »Generationenmethode«, dann erscheint die erstere letzten Endes doch die humanere zu sein, denn bei ihr kommen Menschen zur Erde zurück, die diese schon von früher her kennen. Und wenn sie auch nach rund 80 Jahren auf schmerzliche Erfahrungen gefaßt sein müssen – Verwandtschaft, politische Verhältnisse, Umwelt usw. –, so wissen sie doch, wie eine Planetenoberfläche beschaffen ist. Die auf der Reise Geborenen hingegen wird man nach ihrer Ankunft lange Zeit in geschlossenen Räumen halten müssen, und sie erst ganz allmählich – da sie ja stark an Hospitalismus leiden – an die fremde Außenwelt gewöhnen. Es wären in der Tat moderne Caspar Hausers.

Abgesehen von diesen Schwierigkeiten im menschlichen Blickfeld, gäbe es schier unlösbare Probleme, wenn man an die Kosten einer solchen Unternehmung denkt! – Keine Nation dieser Erde wäre imstande, ja nicht einmal die Gemeinschaftsaktion aller Industrienationen, ein solches Vorhaben zu finanzieren. Und wollte man gar die Antriebsphase verlängern, um so auf höhere Endgeschwindigkeiten zu kommen, würden die Kosten schier ins Unermeßliche steigen. Was also tun? Neue Antriebsmethoden erfinden und zum Beispiel Kernreaktoren in das Raumschiff einbauen?

Solche Vorschläge werden gelegentlich geäußert, wobei in diesem und auch in anderen Zusammenhängen ganz fabelhafte Ideen über das Wesen der »Energie« zum Vorschein kommen, so als ob Energie eine eigenständige Substanz sei, eine Sache, die man nur in möglichst konzentrierter Form zur Verfügung haben müsse, um alles damit zu bewerkstelligen: zum Beispiel einen »Energieschirm« entstehen zu lassen, unter dem man vor Geschossen und Atomexplosionen geschützt ist, oder »Energiestrahlen« auszusenden, unter deren Wucht sich alles in Atome auflöst. In Wahrheit ist Energie nichts anderes als die »einem Körper oder Vorgang innewohnende Fähigkeit, Arbeit zu verrichten«.

Kochendes Wasser ist beispielsweise energiereicher als gefrorenes, wobei dort die Energie als Wärme in Erscheinung tritt. Wenn man mit dieser Wärme Dampf erzeugt und mit dessen Expansionskraft Turbinen in Gang setzt, dann hat sich die Wärmeenergie in Bewegungsenergie verwandelt und kann Arbeit leisten.

Auch ein Kernreaktor ist weiter nichts als ein Wärmespender, ein Erhitzer, mit dem man aus Wasser Dampf erzeugen oder irgendeine andere Flüssigkeit in Gas verwandeln kann. Gewonnen ist mit diesem Reaktor nicht viel, denn man hat nach wie vor die Masse mitzuführen, die man in Form von Dampf oder Gas aus den Düsen herausblasen muß, wenn man einen Rückstoßeffekt erzielen will.

Wie jedermann weiß, ist ein Antrieb im Raum nur durch Rückstoß zu bewerkstelligen, wobei in der Gegenrichtung Masse herausgeschleudert werden muß, damit sich der Körper (das Raumfahrzeug) voranbewegt. Je mehr Masse pro Zeiteinheit das Raumschiff nach hinten verläßt, desto größer ist auch die Beschleunigung, und je schneller dies geschieht, desto besser ist der Wirkungsgrad. Und hier liegt das Problem, denn ein noch so leistungsfähiger Reaktor nützt erst dann etwas, wenn genügend Rückstoßmaterial mitgeführt wird, das sich durch die erzeugte Wärme ausdehnen kann und seinen laufenden Volumenüberschuß nach hinten herausbläst.

Bei der herkömmlichen Rakete ist der Treibstoff gleichzeitig Wärmeerzeuger und Masse; und nicht »Energie« schießt dort aus den Triebwerken, sondern gasförmige Masse.

Nun erzeugt ein Kernreaktor außer Wärme noch Neutronen, die einerseits zur Erhaltung der Kettenreaktion benötigt werden, andererseits aber, wenn sie im Überschuß vorhanden sind, durch ein »Fenster« nach hinten herausfliegen könnten, so daß statt heißer Gase ein Neutronenstrahl den Rückstoßeffekt erzielen würde. Aber die Wirkung ist minimal, denn die Masse dieser Kernteilchen ist so gering, daß selbst bei der sehr hohen Geschwindigkeit, mit der sie sich bewegen, kaum ein nennenswerter Nutzen oder besser gesagt: eine nennenswerte Arbeitsleistung dabei herauskäme.

Mit unseren technischen Mitteln ist ein »Sternenflug« also

vorerst nicht in Sicht. So wollen wir das Problem erst einmal unseren Nachbarn im All zuschieben, die vielleicht inzwischen einen technischen Stand erreicht haben, den wir vorerst nur ahnen können. Möglicherweise würden sie unsere Raketen als antiquierte und monströse Vehikel bezeichnen, die zu allem Überfluß noch die Umwelt – nämlich die Atmosphäre des Planeten – verschmutzen.

Was könnten die wohl alles erfunden haben? Vielleicht den »Gravitationsantrieb«?

Der bisher enttäuschte Leser wird bei diesem Begriff neue Hoffnung schöpfen, und wir wollen einmal so tun, als gäbe es nichts, was unmöglich ist! Dazu soll kurz in Erinnerung gerufen werden, um was für eine Kraft es sich bei der Gravitation handelt:

Jede Masse (z. B. unsere Erde) übt auf eine andere Masse (z. B. einen Stein, der sich von einer Felswand löst) eine Anziehungskraft aus, die zur Folge hat, daß beide Massen sich aufeinander zubewegen, und zwar mit einer gewissen Beschleunigung. In unserem Beispiel ist die Anziehung so ungleich groß, daß praktisch nur der Stein in Bewegung gerät und mit steigender Geschwindigkeit in Richtung auf den Massemittelpunkt der Erde zufällt. Die Beschleunigung, die in jeder folgenden Fallsekunde einen Streckenzuwachs von rund 10 Metern verzeichnet, wird mit 1 g bezeichnet, ein Ausdruck, der im Vorangegangenen schon zuweilen erwähnt wurde. Bei anderen Massen – etwa dem Mond oder dem Planeten Jupiter – ist die Beschleunigung nicht 1 g, sondern geringer oder größer, der Stein fällt dort also langsamer oder schneller zu Boden.* Warum er das in all diesen Fällen tut, ist eines der großen Geheimnisse der Natur. – Er bewegt sich nämlich ohne erkennbaren Antrieb, und es ist überhaupt nicht einzusehen, warum er sich so verhält. Wohl kann man die steigende Fallgeschwindigkeit genau voraussagen und die zurückgelegte Wegstrecke nach jeder beliebigen Zeitdauer berechnen, und man kennt auch den Zusammenhang zwischen der Größe der Massen und der Anziehungskraft

* Deshalb bevorzugen manche Autoren neuerdings, die Fallbeschleunigung der Erde als ge (= gravity earth) abzukürzen.

– das ist aber auch so ziemlich alles. Beim Stand unserer Kenntnisse muß man also sagen: will man die Kräfte der Gravitation zur Fortbewegung ausnutzen, so bedarf es auf jeden Fall zweier Massen.

Jeder Sportler, der von einem Turm ins Wasser springt, ist Nutznießer dieser Gravitationskraft (und jeder Apfelpflücker, der von der Leiter rutscht, ist deren Opfer).

Beim »Gravitationsantrieb« ist es nun gelungen, ein Schwerefeld zu erzeugen, das an keine Masse gebunden ist. Dieses Schwerefeld wird von Bord des Raumfahrzeuges aus erzeugt, und zwar von dem Augenblick an, wo es sich in einer – von konventionellen Antrieben hervorgerufenen – Fluchtgeschwindigkeit von seinem Heimatplaneten entfernt. In diesem Augenblick werden die Triebwerke abgeschaltet, die bis dahin keine allzu große Treibstoffmenge verbraucht haben, und jetzt wird das künstlich erzeugte Schwerefeld in einiger Entfernung – und zwar in der gewünschten Fahrtrichtung – in den Raum gesetzt. Es bewirkt, daß das Raumfahrzeug in diese Richtung »fällt«. Kurz vor Erreichen des Schwerefeld-Mittelpunktes muß dann ein neues entfernteres Feld gesetzt werden und so weiter und so weiter ... Unser Raumschiff fällt unentwegt und mit steigender Geschwindigkeit, und die Insassen werden nicht – wie das sonst in den Beschleunigungsphasen unvermeidbar war – in ihre Liegesitze gedrückt, sondern schweben frei in der Kabine herum, weil sie sich beim Fallen in einem schwerelosen Zustand befinden. Jeder Körper, der fällt, ist schwerelos.

Die folgende Zeichnung stellt das Prinzip des Gravitationsantriebes dar.

Was die Zeichnung allerdings nicht verrät, ist die Apparatur, die es ermöglicht, ein solches künstliches, nicht an Masse gebundenes Feld zu erzeugen. Das ist vorläufig noch das Geheimnis der Anderen. Und wenn man bedenkt, welche tonnenschweren Apparaturen benötigt werden, um ein starkes Magnetfeld zu erzeugen, dann kann man sich vorstellen, daß auch dieses Gerät nicht eben sehr klein und leicht sein wird. Aber wir gehen ja davon aus, daß die Anderen das Problem bereits gelöst haben, indem sie irgendwelche »Batterien« mit sich führen, deren

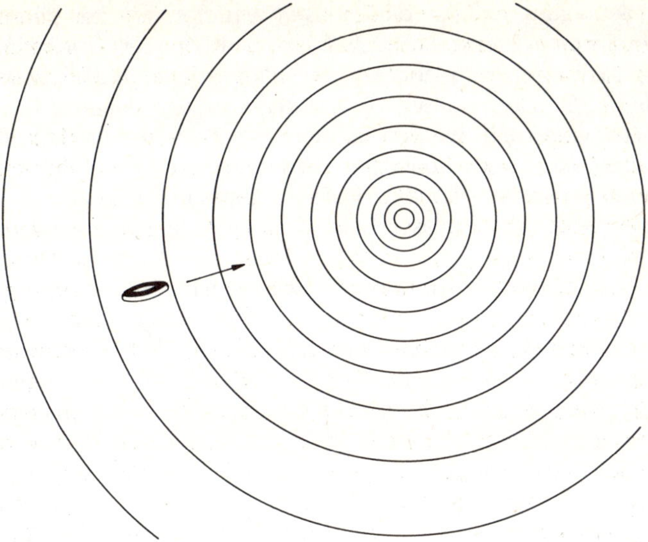

Ein UFO »fällt« in Richtung seines selbsterzeugten Schwerefeldes

Potential in einem sehr günstigen Verhältnis zum Umfang und Gewicht dieser Energiespeicher steht.

Wenn aufgrund des mitgeführten Energiepotentials die Möglichkeit besteht, ein derartiges Schwerefeld über längere Zeit zu erzeugen, dann kommt man mit einer relativ geringen Beschleunigung aus. Es genügt dann schon, wenn sie beispielsweise nur halb so groß ist wie diejenige, die wir mit 1 g bezeichnen.

Die Reise sähe dann folgendermaßen aus: nach einjähriger Beschleunigung ist eine Geschwindigkeit von 150 000 km/sek erreicht – also die halbe Lichtgeschwindigkeit. Nach allen glaubhaften Voraussagen der Physiker ist eine höhere Geschwindigkeit für einen Körper nicht zu erreichen, weil nämlich unter anderem dann die bremsenden Faktoren – Staubpartikel, Wasserstoff usw. – so groß werden, daß an eine weitere Beschleunigung nicht zu denken ist. Nach diesem ersten Jahr ist bereits eine Strecke von 2,25 Billionen Kilometern zurückgelegt. Für das »Bremsjahr« vor dem Zielplaneten muß man die gleiche Strecke veranschlagen, so daß damit 4,5 Billionen Kilometer abgebucht werden können. Für die restlichen 90,1 Billionen Kilometer wird man 19 Jahre benötigen, wenn nicht zu befürchten wäre, daß durch die erwähnten bremsenden Faktoren – der Weltraum ist ja keinesfalls »leer« – die Zeit verlängert wird.

Oder können unsere Freunde während des gesamten Fluges ihren Gravitationsantrieb laufen lassen? Dann wären sie bereits nach 21 Jahren bei uns und nach insgesamt 42 Jahren wieder »zu Hause«.

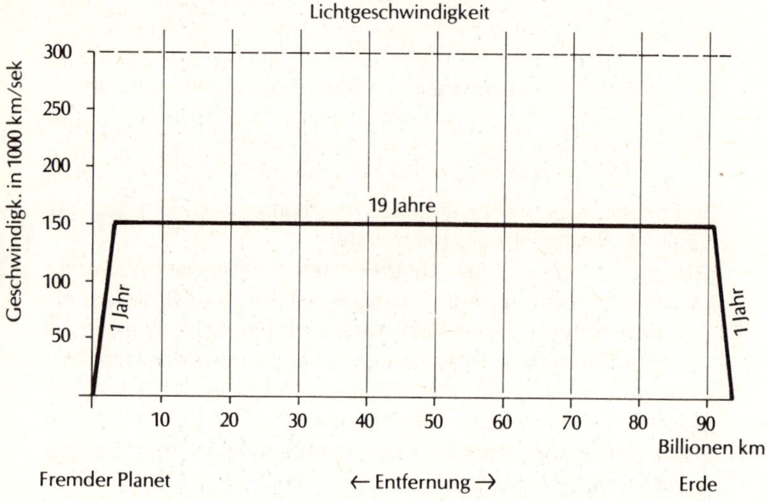

Geschwindigkeitsverteilung beim Flug vom fremden Planeten zur Erde. (Die steilen Abschnitte sind die jeweiligen Beschleunigungs- bzw. Bremsphasen.)

Die theoretisch denkbar kürzeste Zeit sind rund 20 Jahre (10 Lichtjahre Entfernung bei halber Lichtgeschwindigkeit), diese würde erreicht werden können, wenn das Raumfahrzeug sehr schnell auf die Endgeschwindigkeit von 150000 km/sek käme und nicht erst nach einem Jahr.

Um noch einmal auf das oben erwähnte »mitgeführte Energiepotential« zurückzukommen: es ist ja auch denkbar, daß es jenen Intelligenzlern gelungen ist, die überall im Weltraum vorhandenen »Gravitationswellen« anzuzapfen, so wie wir die von der Sonne ausgesandten Lichtwellen zur Wärmegewinnung ausnutzen. Wenn es solche Gravitationswellen tatsächlich gibt – ihre Wellenpakete haben schon jetzt analog zu den Photonen des Lichtes den Namen »Gravitonen« – dann wäre es denkbar, daß man – vor allem im Bereich großer Massen, also in der Nähe eines Sonnensystems mit seinem Zentralgestirn und den Planeten – die eingefangenen Gravitonen so reflektieren kann, daß ein bestimmter und gewünschter Richtungsimpuls dabei herauskommt, oder aber daß man sie – die Gravitonen – zum Aufbau des oben beschriebenen Feldes benutzt, was möglicherweise ein und dasselbe ist.

Das würde bedeuten, daß beim Start, der ja immer in einer massereichen Umgebung stattfindet, günstige Bedingungen zur Beschleunigung herrschen und am Zielort, wo wiederum beachtliche Gravitationsfelder vorgefunden werden, ebensolche Bedingungen zum Abbremsen.

Die Beschleunigung selber kann beliebig hoch sein, denn es besteht für die Insassen keinerlei Andruck, der sie belästigt. Sie befinden sich im freien Fall, wie wir weiter oben bereits erwähnt haben. Die Strecke zwischen den beiden Masseansammlungen wird entweder durch die erworbene Endgeschwindigkeit überbrückt, wobei ein gewisser Bremseffekt in Kauf genommen werden muß, oder es werden auch dort, was eigentlich einleuchtend ist, die von überall her kommenden Gravitationswellen, wenn auch mit geringerem Nutzeffekt zur Bremsausgleichsbeschleunigung ausgenutzt.

Dies alles würde bedeuten, daß in der Start- und vor allem in der Zielgegend genügend Gravitationsenergie zur Verfügung steht, um auch Kurskorrekturen vorzunehmen, die ja naturgemäß sehr energieschluckend sind, und es würde erklären, warum UFOs, wenn sie unser Sonnensystem erreicht haben, so quicklebendige Manöver vollführen können. – Man hat ja des öfteren beobachtet, daß UFOs gleichsam aus dem Stand mit »unvorstellbarer« Beschleunigung verschwinden – kein Kunststück beim Gravitationsantrieb!

Jetzt aber bleibt nach wie vor das Problem der immer noch relativ langen Abwesenheit von »zu Hause« – 42 Jahre sind schließlich fast ein Menschenalter!

Der naturwissenschaftlich gebildete Leser wird an dieser Stelle mit Recht eine Erklärung über die Einsteinsche Zeitdilatation erwarten. – Dieses Phänomen bewirkt bekanntlich, daß in einem gedachten Fahrzeug, dessen Geschwindigkeit sich der des Lichtes nähert, alle Vorgänge langsamer ablaufen als auf dem Heimatplaneten. Die Uhren gehen langsamer und selbstverständlich auch die gesamten Stoffwechselvorgänge der mitfahrenden Insassen, die indessen nichts von alledem bemerken. Für sie läuft alles ganz normal. Erst wenn sie zum Heimatplaneten zurückgekehrt sind, werden sie feststellen können, daß für sie die Zeit langsamer abgelaufen war und sie selbst nicht so schnell gealtert sind wie die zurückgebliebenen Zeitgenossen.

Dieses Phänomen – die Zeitdilatation oder Zeitdehnung – wurde schon oft zum Anlaß für fabelhafte Spekulationen genommen: Raumfahrer kehrten zur Erde zurück und hatten dabei einen Zeitgewinn von hundert Jahren oder mehr gemacht. Wenn dem so wäre, dann würden die Raumfahrer mit dem Problem der jahrelangen Reisen sicherlich besser fertig. Es ist aber leider so, daß eine nennenswerte und zu Buche schlagende Zeitdehnung erst bei 90% der Lichtgeschwindigkeit beginnt, und das ist eine Geschwindigkeit, die ein Körper – im Gegensatz zur Welle – laut Einstein niemals erreichen kann. Das Beispiel der langsam gehenden Uhren wird nur deswegen immer wieder erwähnt, weil es anschaulich ist. Weiter oben wurde ja bereits darauf hingewiesen, daß für einen Körper die Grenze der Fortbewegung im Raum bei etwa 50% der Lichtgeschwindigkeit liegen wird, und in diesem Bereich ist die Zeitdilatation so gering, daß man sie für die praktische Nutzanwendung vergessen kann.

Wir spinnen also am Gedankenfaden weiter und stellen uns vor, daß die Anderen, die wir einmal die »Xenons« nennen wollen, langlebiger sind als wir. Sie werden im Durchschnitt – sagen wir einmal – 400 Jahre alt und sind demnach nur ein Zehntel ihres Lebens auf Reisen. Verglichen mit unserer eigenen Lebenserwartung wäre das eine Zeit von rund 7 Jahren. So lange waren auch manche Reisenden im Zeitalter der Entdekkungen unterwegs – Marco Polo beispielsweise 24 Jahre!

Ehe wir uns jedoch mit dem Gedanken der Langlebigkeit der Xenons anfreunden, sollten wir zuvor die mit Sicherheit laut werdenden Proteste der Biologen berücksichtigen: eine natürliche Langlebigkeit wäre nämlich ein schweres Handicap für die Evolution, die nur dann effektiv und erfolgreich ist, wenn eine rasche Generationenfolge stattfindet. Im anderen Fall dauert es sonst »ewig«, bis sich eine durch Mutation hervorgerufene Artverbesserung durchsetzt. – Die Evolution funktioniert nur dann – um es einmal etwas salopp auszudrücken –, wenn das Einzelwesen stirbt und einer neuen Generation Platz macht. Je kurzlebiger, bzw. je eher die Geschlechtsreife eintritt, desto größer ist die Chance eines Ausleseerfolgs, und je langlebiger, bzw. je später das Fortpflanzungsalter erreicht ist, desto geringer ist sie.

Dazu ein Beispiel in runden Zahlen: die Vorfahren unserer irdischen Raumfahrer brauchten eine Million Jahre, um von der Schwelle eines menschenähnlichen Geschöpfes zu dem zu werden, was wir heute darstellen. Rund 50000 Generationen also bei einer Generationenfolge von 20 Jahren.

Unterstellen wir einmal, daß es dieser 50000 Generationen bedarf, dann würde eine vergleichsweise Entwicklung bei den Xenons 6 Millionen Jahre gedauert haben. Warum? – Weil sie wahrscheinlich erst mit 120 Jahren geschlechtsreif werden und weil wir davon ausgehen können, daß eine Relation zwischen Lebenserwartung und Geschlechtsreife vorhanden ist.

Alle Evolutionsvorgänge auf dem Planeten Xenon wären also mit einem Faktor 6 belastet, und wenn bei uns die Entwicklung des Lebens von den allerersten organischen Gebilden, die sich selbst reproduzieren konnten, bis zum heutigen Menschen rund 1 Milliarde Jahre gedauert hat, dann wären es dort 6 Milliarden Jahre gewesen, ein Zeitraum, der kaum denkbar ist. –

Bevor es nämlich bei uns soweit war, mußte die Erde erst einmal 3 Milliarden Jahre alt werden, und wenn man diese »Inkubationszeit« auch für den Planeten Xenon ansetzt, dann hätte dieser inzwischen schon 9 bis 10 Milliarden Jahre hinter sich gebracht und käme mit diesem Alter schon in Größenordnungen, die in die Entwicklungsgeschichte des gesamten Universums hineinragen.

Wenn wir dennoch bei der vermuteten Langlebigkeit bleiben wollen, dann wird es sich wahrscheinlich um eine manipulierte handeln, und zwar eine, die nicht auf Grund medizinischer Tüchtigkeit erfolgte – denn diese verlängert ja vor allem das unproduktive Greisenalter –, sondern eine, die auf Grund von Gen-Änderungen zustande gekommen ist.

Diese Xenons haben es also nicht nötig, sich während des Fluges in einen Dauerschlaf versetzen zu lassen – es sei denn aus psychischen Gründen –, sondern starten als jugendliche 150-jährige und kehren, immer noch im besten Alter befindlich, als 190jährige zurück.

Wie steht es aber nun um die Erkenntnisse, die sie dabei gewinnen? – Jeder zurückkehrende UFO-Insasse, der einen Erkundungsflug zum Planeten Erde unternommen hat, berichtet von Zuständen, die bereits 21 Jahre zurückliegen: das sind dann die »neuesten Nachrichten« von der Erde. Und selbst wenn er eine Funkmeldung vorausschicken könnte – elektromagnetische Wellen bewegen sich mit Lichtgeschwindigkeit –, käme die Meldung erst nach 10 Jahren zu Hause an. Die Xenons auf Xenon wären also im günstigsten Fall mit einer Verzögerung von 10 Jahren auf dem laufenden, was die Zustände auf dem Planeten Erde anbelangt.

Einmal angenommen, die Xenons mit ihren UFOs hätten die Absicht, fremde Planeten zu besiedeln und würden zu diesem Zweck in regelmäßigen Abständen Daten über die allgemeinen und besonderen Zustände auf den Nachbarplaneten – also auch auf der Erde – sammeln, dann wären sie zweifellos durch die oben besprochene Zeitverzögerung in einem gewissen Dilemma. Sie müßten ja damit rechnen, daß ihnen bei ihrem Besiedlungsvorhaben – falls die Erde überhaupt für sie in Frage kommt – Widerstand von seiten der Menschen entgegengesetzt wird. Und falls sie aufmerksame Beobachter sind, werden sie auch bemerkt haben, daß von diesen Menschen immer neue und wirksamere Waffen erfunden werden, die zwar nicht zur Abwehr einer Invasion aus dem Weltraum dienen, aber dennoch einem unerwünschten Eindringling beträchtlichen Schaden zufügen könnten. Sie kennen aber – was die Abwehrmöglichkeiten anbelangt – immer nur und bestenfalls den Stand vor zehn Jahren – und das bedeutet sicherlich ein ganz beachtliches Risiko.

Nehmen wir einmal an, eine Invasionsflotte stünde im Jahre 1984 bereit, wohlversehen mit den letzten Informationen von 1974. Dann müßten die Xenons, wenn sie sich schließlich zum großen Abflug entschließen, dies in der Ungewißheit tun, ob nicht die irdische Abwehrbereitschaft im Jahre 1994 das ganze Unternehmen in Frage stellt. Zwar könnte die Raumarmada von ihren Vorposten im Bereich der Erde Funknachrichten erhalten, falls das überhaupt möglich ist, aber diese Nachrichten nützen, wenn man einmal unterwegs ist, so gut wie nichts, denn an eine Umkehr – falls es sich um schlechte Nachrichten handelt – ist unterwegs nicht zu denken. Die ist erst dann möglich, wenn man sich wieder im Massebereich des Sonnensystems befindet. Und wenn man schließlich dort angelangt ist – wie soll sich der xenonische Großadmiral entscheiden? Der Entschluß, unverrichteter Dinge wieder heimzukehren, weil die Dinge inzwischen schlecht stehen, ist sehr schwer und kostet ihn vielleicht den Kopf. Also wird er es im Zweifelsfall darauf ankommen lassen und entweder siegen oder scheitern.

All diese Überlegungen hat der Großadmiral aber selbstverständlich schon vorher angestellt, und er wird sich deshalb nicht ohne Not zu einem ungewissen Abenteuer entschließen. Aber wer weiß es denn? – Vielleicht ist dort die Not sehr groß, vielleicht ist die eigene Sonne im Begriff, sich in eine Nova oder Supernova zu verwandeln, und die Xenons wissen das.

Manche Optimisten unter den UFO-Forschern glauben aber allen Ernstes, daß die Fremden aus humanitären Gründen ihre nähere Umgebung observieren, um zu verhindern, daß zum Beispiel so ein schöner Planet wie die Erde eines Tages von seinen eigenen Bewohnern unbewohnbar gemacht wird, daß es also so etwas gäbe, wie eine galaktische Greenpeace-Bewegung, die im letzten Augenblick eingreifen wird, um das Schlimmste zu verhüten. Dies wäre allerdings zu schön, um wahr zu sein, und wenn es so wäre, dann könnte solch ein Eingreifen doch nur den Zweck haben, diesen schönen Planeten Erde deswegen zu erhalten, weil man ihn selber einmal übernehmen möchte. Auch die Greenpeace-Leute denken ja letzten Endes – und das mit gutem Recht – an das eigene Leben und das ihrer Kinder. Dann scheint die pessimistische Auslegung schon realistischer – daß nämlich die Xenons in aller Ruhe abwarten, bis die potentiellen Widersacher – die Erdbewohner nämlich – sich selbst weitgehend ausgerottet oder doch zumindest so geschwächt haben, daß eine Invasion – selbst wenn große Teile des Planeten unbewohnbar geworden wären – ohne Risiko unternommen werden kann.

Selbstlosigkeit zugunsten Fremder – besonders wenn es potentielle Konkurrenten sind – wird es wohl kaum in dieser Galaxis geben, denn alle Lebewesen sind letzten Endes Kinder der Evolution, und die kennt nur das Überleben auf Kosten der Mitbewerber, vor allem wenn es hart auf hart geht. Mitleid oder Philanthropie wären aller Wahrscheinlichkeit nach die Ausnahme, nicht die Regel – erst recht, wenn es sich um Aliens der üblen Sorte handelt, wie wir es sind.

Wir haben aber noch nicht davon gesprochen, was denn wäre, wenn die Xenons k e i n e n Gravitationsantrieb für ihre Raumschiffe erfunden hätten, weil er nämlich gar nicht möglich ist, und wenn alle raumfahrtüchtigen Intelligenzen auf den 5000 Planeten nach wie vor auf das Rückstoßprinzip zur Fortbewegung angewiesen blieben? Dann hätten sie mit dem gleichen Dilemma wie wir zu kämpfen und kämen aus ihrem eigenen Sonnensystem – aus ökonomischen und biologischen Gründen – nie heraus. Sie könnten dann zwar unbemannte Raumsonden auf den Weg schicken, die nach vielen hundert Jahren eine erste Botschaft zurückfunken, aber was hätte das für einen Sinn? – Es hätte den gleichen Sinn oder Un-Sinn, den wir betreiben, wenn wir per Radioteleskop mathematische Formeln in den Weltraum senden, von denen wir annehmen, daß es allgemeinverständliche und für intelligente Wesen entschlüsselbare Mitteilungen sind. Solche Botschaften sind aber doch nur dann interessant, wenn sie beantwortet werden, und das kann im besten Fall erst nach Jahrhunderten geschehen, weil die Wahrscheinlichkeit, daß die richtgebündelten Radiowellen, die ja auf Verdacht hin in irgendeine Richtung versendet werden, schon nach 10 Lichtjahren auf offene Ohren stoßen, sehr gering ist. Ob aber dann – sagen wir nach 200 Jahren – das öffentlich geförderte Forschungsprogramm »interstellare Kommunikation« überhaupt noch existiert, ist sehr zweifelhaft. Würde eine Antwort auf die Botschaft, die wir im Jahre 1984 ausgesandt haben, vielleicht im Jahre 2084 beantwortet werden und uns endlich im Jahre 2184 erreichen, dann kann man mit Sicherheit davon ausgehen, daß unsere großen Radioteleskope längst nicht mehr existieren. Und ob dann andere Einrichtungen immer noch »auf Empfang« sind, und zwar in der gewissen Himmelsrichtung, ist geradezu unwahrscheinlich. Dieses Programm wäre inzwischen längst gestrichen. Bei den Xenons wäre es wohl nicht anders.

Ähnlich erginge es den heimkehrenden Raumsonden mit ihrem auf Bänder gespeicherten Bildmaterial. Sie kämen noch viel später zurück und wären wahrscheinlich längst vergessen, wenn sie in Erdnähe auftauchten. Entweder würden sie als unidentifizierbare Objekte bestaunt oder aber vorsichtshalber abgeschossen werden.

Alles spricht also eigentlich dagegen, daß es demnächst oder in der Zukunft eine »Begegnung der dritten Art« geben wird. – Damit haben wir uns aber selber in eine Sackgasse manövriert, denn es sind ja doch ohne Zweifel Phänomene in der irdischen Atmosphäre beobachtet worden, die den Eindruck machen, daß es sich dabei um technische Gebilde handelt, die nicht von unserem eigenen Planeten stammen können. – Weder die Amerikaner noch die Russen noch irgend jemand anderes könnte über mehrere Jahrzehnte hinweg seine neuesten Erfindungen spazierenfliegen lassen, ohne daß deren Identität alsbald herausgefunden wäre!

Was also nun? – Sollten es doch vielleicht »Einbildungen« sein? – Ist es vielleicht so, daß jedes Zeitalter sich seine besonderen Bilder von dem Unbegreiflichen macht, das den Menschen umgibt – Bilder von den mit Recht vermuteten unbekannten Kräften, die das Dasein steuern?

Ohne Zweifel bilden sich die »Primitiven« ihre Dämonen nicht nur ein, sondern sehen und erleben sie gleichsam leibhaftig, zumindest diejenigen unter ihnen, welche eine besondere Gabe dazu haben. – Ohne Zweifel sind Teufel und Engel, Nymphen und Kobolde keine listenreichen Erfindungen von Priestern oder Schamanen, sondern ebenfalls materialisierte Bilder einer Über-Welt. Jedes Zeitalter hat seine Überweltbilder, die sich als Manifestationen kollektiver Ängste und Wünsche darstellen und sich dabei der Gestalten oder Symbole bedienen, die diesem Zeitalter gemäß sind. Vom späten Mittelalter an bis hin in die Neuzeit lag es zum Beispiel bei den christlichen Völkern »in der Luft«, daß Muttergottes-Visionen gleichsam an der Tagesordnung waren. Das waren gewiß nur in den seltensten Fällen bewußt inszenierte Schwindeleien. Diese Visionen waren zweifellos »echt«. Und dieses In-der-Luft-liegen ist das eigentlich Geheimnisvolle, denn es bedeutet, daß über das einzelne Individuum hinaus eine gemeinsame unbewußte Symbolwelt existiert, die sich mit der kulturellen Entwicklung verändert.

So könnte es also sein, daß in unseren Tagen die UFOs eine in die technische Dimension gedrängte kollektive Überwelt-Symbolik darstellen, die sowohl eingebildet als auch *tatsächlich existent* ist, denn sie ist für viele Menschen wahrnehmbar. Und ebensowenig wie ein Teufel oder ein Engel »dingfest« gemacht werden kann, um öffentlich zur Schau gestellt zu werden, ebensowenig wird auch ein UFO auf der Erde landen, um sich der allgemeinen Besichtigung auszusetzen. Im letzten Augenblick wird es immer wieder verschwinden! –

Und wenn eines Tages doch einmal ein UFO landen sollte, dann muß dieser Artikel neu geschrieben werden!

ANHANG

Fragebogen der US AIR FORCE bei UFO-Sichtungen

AIR TECHNICAL INTELLIGENCE CENTER
WRIGHT-PATTERSON AIR FORCE BASE
OHIO

1 [illegible] AUG 1952

Mr. Raymond Angier
3368 Montemo Avenue
Los Angeles 34, California

Dear Mr. Angier:

Your recent report of unidentified aerial phenomena has been received by the Air Technical Intelligence Center. Inclosed is a questionnaire, which, when completed by you and returned in the inclosed, self-addressed envelope, will aid in standardizing the data and will provide a complete record of the occurrence.

Your interest in reporting the matter and your public spirited desire to be of service are greatly appreciated.

Sincerely yours,

ROBERT E. KENNEDY
Major, USAF
Air Adjutant General

2 Incls
a/s

TENTATIVE
OBSERVERS QUESTIONNAIRE

SECTION A

1. When did you see the object:

1.1 Date: 30th (Day) July (Month) 1952 (Year)

1.2 Time of day: 8 (Hrs.) 20 (Min.) A.M. or (P.M.) (Circle One)

1.3 Time Zone: (Circle One):

a. Eastern
b. Central
c. Mountain
(d.) Pacific
e. Other ________

(Circle One): a. Daylight Saving
b. Standard

1.4 Circle one of the following to indicate how certain you are of your answer to the above question 1.2:

(a.) Certain
b. Fairly certain
c. Not very sure
d. Just a guess

2. Where did you see the object?

From 7961 Apperson St. (Postal Address) Sunland (City or Town) Calif. (State) U.S.A. (Country)

3. Where were you located when you saw the object:

(Circle One): a. Inside a building
b. In a car
(c.) Outdoors
d. In an airplane
e. At sea
f. Other ________

3.1 Were you:

(Circle One): a. In the business section of a city?
(b.) In the residential section of a city? (open to west)
c. In open countryside?
d. Flying near an airfield?
e. Flying over a city?
f. Flying over open country?
g. Other ________

KTil

Page 2

4. How did you happen to notice the object? We were watching planes coming into the general landing paths for Lockeed Air Terminal (Burbank) when an extremely blue-white light went on at about 10,000 ft. alt. & about 10 mi. to NW.

5. When did you report to some official that you had seen the object?

30th (Day) July (Month) 1952 (Year) to Burbank Terminal Airport Control Tower in Person

SECTION B

6. What were you doing at the time you saw the object? Watching planes in the general area of Lockeed Air Terminal.

6.1 What had you been doing for the 30 minutes before you saw the object? Try to list the activity or activities, and the approximate amount of time spent on each.

Sitting on porch steps (outside) and observing the western sky and 3 or 4 planes which took their SE path preparatory to landing.

7. Were you moving at any time while you saw the object? (Circle One):

Yes or No

IF you answered YES, then complete the following questions.

7.1 What direction were you moving?

(Circle One): a. North b. Northeast c. East d. Southeast e. South f. Southwest g. West h. Northwest

7.2 How fast were you moving? _______ miles per hour.

7.3 Did you stop at any time while you were looking at the object?

(Circle One): Yes or No

[illegible]

Page 3

8. What direction were you facing when you first saw the object?

(Circle One):

a. North
b. Northeast
c. East
d. Southeast
e. South
f. Southwest
g. West
h. Northwest (more west)

8.1 What direction were you facing when the object disappeared?

(Circle One):

a. North
b. Northeast
c. East
d. Southeast
e. South
f. Southwest (more west)
g. West
h. Northwest

8.2 Circle one of the following to indicate how certain you are of your answer to the above two questions. (8 and 8.1).

a. Certain
b. Fairly certain
c. Not very sure
d. Just a guess

9. Were you wearing eye glasses when you saw the object? (Circle One):

Yes or No 20-20 Vision

10. How was the object seen?

(Circle One):

a. Through window glass
b. Through windshield
c. Through binoculars
d. Through telescope
e. Through theodolite
f. Through sun glasses
g. Through open space
h. Other ______

11. What do you remember about the weather conditions at the time you saw the object?

11.1 CLOUDS (Circle One)

a. ~~Clear sky~~ ←
b. ~~Hazy~~
c. Scattered clouds (Only a n-s [illegible])
d. ~~Thick or heavy clouds~~
e. Don't remember

11.2 WIND (Circle One)

a. No wind at my location
b. Slight breeze
c. Strong wind
d. Don't remember

11.3 WEATHER (Circle One)

a. Dry
b. Fog, Mist, or light rain
c. Moderate or heavy rain
d. Snow
e. Don't remember

11.4 TEMPERATURE (Circle One)

a. Cold
b. Cool
c. Warm
d. Hot
e. Don't remember

RBT.

Page 4

SECTION C

12. Estimate how long you saw the object? ___ Hours 1 Minutes 30 Seconds

12.1 Circle one of the following to indicate how certain you are of your answer to Question 12:

a. Certain c. Not very sure
(b.) Fairly sure d. Just a guess

13. Did the object look: (Circle One) (Solid) or Transparent?

14. Did the object at any time:

(Circle One for each question)

14.1 Change direction?	(Yes)	No	Don't know
14.2 Change speed?	Yes	(No)	Don't know (not noticeably)
14.3 Change size?	Yes	(No)	Don't know
14.4 Change color?	Yes	(No)	Don't know
14.5 Break up into parts or explode?	Yes	(No)	Don't know
14.6 Give off smoke?	Yes	(No)	Don't know
14.7 Change brightness?	Yes	(No)	Don't know
14.8 Flicker, throb, or pulsate?	Yes	(No)	Don't know
14.9 Remain motionless?	Yes	(No)	Don't know
14.10 Wobble	(Yes)	No	

possibly as it [illegible] the [illegible]

15. Did the object give off a light? (Circle One): (Yes) No Don't know
at first

15.1 IF you answered YES, what was the color of the light? Intense [illegible]

16. Tell in a few words the following things about the object?

16.1 Sound [illegible] from our location (about 5 miles away)

16.2 Color Just a dark form in a light western sky. [illegible] it almost on a horizontal

17. IF there was MORE THAN ONE object, then how many were there? ___
Draw a picture of how they were arranged, and put an arrow to show the direction they were traveling.

[illegible]

Page 5

18. Did the object at any time:

18.1 Move behind something? (Circle One) (Yes) No Don't know

IF you answered YES, then tell what it moved behind.
The light we saw at first came from a small spot. — It might be assumed that the object hovered in the spot before it moved towards us.

18.2 Move in front of something? (Circle One) (Yes) No Don't know

IF you answered YES, then tell what it moved in front of.
When the light went out the form moved towards us and so was it a few (?) seconds moving in front of the spot.

18.3 Blend with the background? (Circle One) Yes (No) Don't know

19. Which of the following objects is about the same actual size as the object you saw? (Circle One):

a. Pea
b. Baseball
c. Basketball
d. Bicycle wheel
e. Office desk
f. Automobile
g. Small airplane
(h.) Large airplane
i. Dirigible
j. Other ____________

19.1 Circle one of the following to indicate how certain you are of your answer to Question 19.

a. Certain
(b.) Fairly certain
c. Not very sure
d. Uncertain

20. Try to tell the following things about the object:

20.1 How high above the earth was it? 10,000 feet. (It came down to that later)
20.2 How far was it from you? —— feet or 10 miles
20.3 How fast was it going? approx. 300+ miles per hour.
20.4 Circle one of the following to indicate how certain you are of your answer to the above questions:

a. Certain
(b.) Fairly certain
c. Not very sure
d. Just a guess

21. How did the object disappear from view?

(Circle One): a. Suddenly
(b.) Gradually behind hill
c. Other ____________
d. Don't remember

REI

Page 6

SECTION D

22. In the following sketch, imagine your eye at the point shown. Place an "A" on the curved line to show how high the object was above the horizon when you **first** saw it. Place a "B" to show where it was when when you **last** saw it.

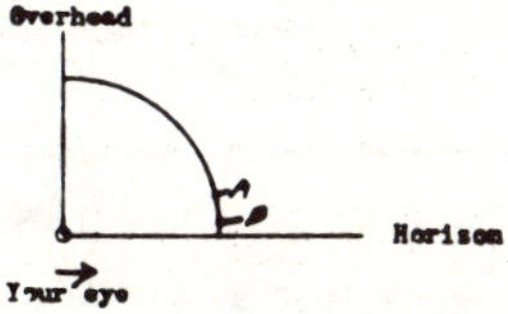

23. In the following sketch place an "A" at the position the object was when you first saw it, and a "B" at its position when you last saw it.

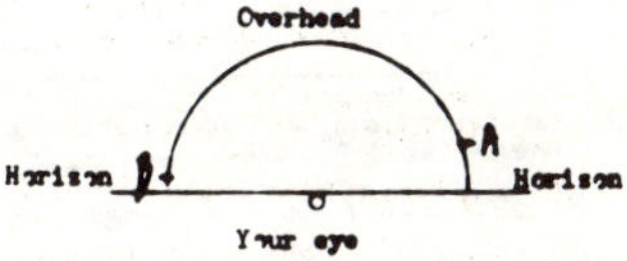

24. Draw a picture that will show the motion that the object made. Place an "A" at the beginning of its path and a "B" at the end of its path.

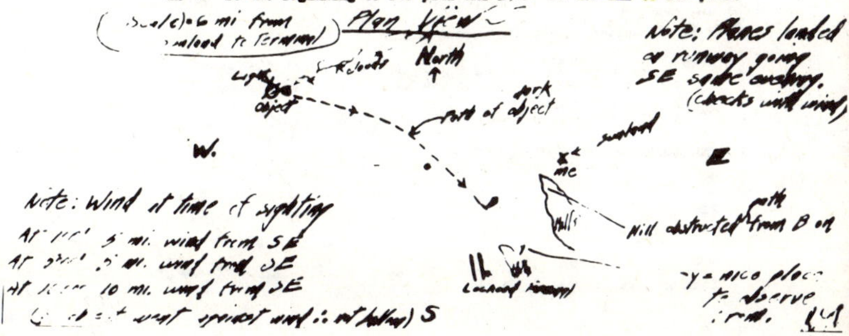

Page 7

25. Draw a picture that will show the shape of the object. Label and include in your sketch any details of the object that you saw, and place an arrow beside the drawing to show the direction the object was moving.

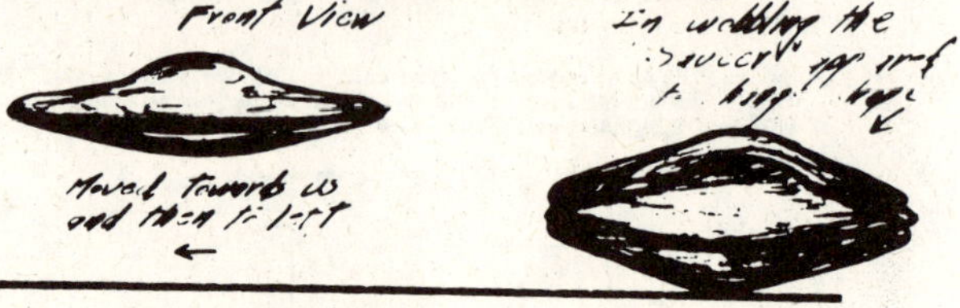

SECTION E

26. Was this the first time that you have seen an object like this? (Circle One): (Yes) No

26.1 If you answered NO, then when, where, and under what conditions did you see other ones? ______________________________

27. In your opinion what do you think the object was and what might have caused it? I am convinced that this object is a type of air craft. I am convinced that it either contains life of some form or that it was remotely controlled by life of some form.
→ see Item 30.

28. Give the following information about yourself:

NAME Angier Raymond Dean
Last Name First Name Middle Name

ADDRESS 3368 Mentone Ave. Los Angeles 34 Calif.
Street City Zone State

TELEPHONE NUMBER Vermont 8-5883

What is your present job? Weight Analyst A in Engineering at Douglas Aircraft Santa Monica, Calif.

Age 34

Sex Male

Last School Attended University of Southern California

Year of last attendance at this school 1942

RDA

Page 8

29. Was anyone else with you at the time you saw the object?

(Circle One): (Yes) or No

29.1 If you answered YES, did they see the object too?

(Circle One): (Yes) or No

29.2 Please list their names and addresses:

1 Mary Angier (my sister-in-law)
7961 Apperson St. Sunland, Calif.

30. Please add here any further comments which you believe are important.
Use additional sheets of the same size paper if necessary.

① Discription of what I saw:

It was still daylight and off to the west (slightly north) in a light western sky an extremely bright, blue white light went on. The light stayed on for about 10 seconds - with no variation in intensity or color whatsoever. When the light went out a dark object appeared coming towards us. As it came nearer, its top like saucer shape and wobbly flight pattern became evident. The saucer lost altitude (from approx. about 2000) as it came and gradually took a south-westerly route (making a gradual right turn in [illegible] 30) disappearing behind a hill at about the same altitude as planes let the [illegible] coming. It appeared closer than the planes and probably took a path to the left or east of the Burbank Air terminal).

cont.

Robt.

① cont.

From the size of the object at its closest appearance pt. of observation I judge that it was about 100' in diameter and about 30' thick at the center. I base this on the way large planes appeared at a similar distance on the same evening.

2. What I believe:

This sighting, because of the bright light seen and then the dark object in a light sky moving against the wind, pretty well cancels the balloon, mirage, reflections, illusion, temperature versions, auto lights, fireball, or similar type of conclusions.

It is obvious to me that what I saw is the same type of craft which Shell R. Alpert of Salem, Mass. - the coastguardsman photographed on July 16, 1952 and the same type of craft which was photographed in Argentina (I believe) and was featured in one of their magazines.

I believe these craft are from another planet.

If they are not from another planet then they are certainly from some nation on Earth. If so then I hope they belong to the U.S.A.

Sept. 6. 1952 Raymond [illegible]

P.S. Could the green fireballs seen over Sweden and the U.S.A. possibly be missiles controlled by the flying saucer craft.

Modelle der Evolution kosmischer Zivilisationen

von L. V. Leskov

Das Problem der Suche nach extraterrestrischem Intellekt ist für die Gelehrten aus mehreren Gründen attraktiv. Erstens würde die Entdeckung unserer kosmischen Brüder im Intellekt eine außerordentliche erkenntnismäßige und weltanschauliche Rolle spielen. Zweitens ermöglicht die Behandlung des Problems – unabhängig davon, ob die Suche erfolgreich sein wird oder nicht – eine klare Vorstellung der Entwicklungsperspektive unserer eigenen Zivilisation.

Aber bisher hat intensives Suchen nach Radiosignalen und anderen Bekundungen kosmischer Zivilisationen noch keine positiven Resultate erbracht. Vielleicht liegt die Ursache dieser Mißerfolge darin, daß sich die Forschungen noch ganz im Anfang befinden. Überdies könnte sogar die der Suche zugrunde liegende Konzeption sich als unrichtig erweisen. Um sie zu präzisieren, versuchen wir, uns den Charakter der Entwicklung von Zivilisationen vorzustellen, deren wahrscheinliche Richtungen und zeitliche Abläufe.

Modellierung der Evolution

Derzeit sind Methoden zur mathematischen Modellierung dynamischer Systeme ausgearbeitet worden, zu denen auch kosmische Zivilisationen gehören sowie unsere eigene. Der Autor hat diese Methoden auf die Erforschung der Probleme kosmischer Zivilisationen angewendet. Allen vorgeschlagenen Evolutionsmodellen wurde eine funktionale Definition kosmischer Zivilisationen zugrunde gelegt.

Die hauptsächliche Funktion des Lebens im allgemeinen und des vernünftigen Lebens im besonderen besteht in der Schaffung neuer Niveaus der Vielfalt – lebend und nicht lebend, mit Vernunft begabt oder nicht. Sofern das Lebendige diese Funktion unter Bedingungen erfüllt, bei denen das System einem Gleichgewichtszustande zustrebt, ist die Haupteigenschaft des Lebens eine dynamische Stabilität, welche auf dem *Austausch von Information, Energie und Substanz mit dem Medium* beruht. Unter diesen Bedingungen ist die Entwicklung biologischer Systeme wesentlich darauf gerichtet, die Vielfalt ihrer Strukturen und Funktionen ständig zu vergrößern, die Stabilität zu steigern und neue ökologische Nischen für das Leben zu erobern.

Das intelligente Leben zeichnet sich, zusätzlich zu den angeführten Funktionen eines lebenden Systems, doch durch *schöpferische und umgestaltende Tätigkeit* aus. Eben diese Funktion spielt bei kosmischen Zivilisationen die Hauptrolle. Man darf annehmen, daß aktive und kreative Modifikation des Mediums und ihrer selbst die fundamentale spezifische Eigenschaft kosmischer Zivilisationen ist – mit dem Ziel, die Stabilität des Systems im ganzen zu erhöhen. Dabei wächst im Zuge der Evolution kosmischer Zivilisationen die Kompliziertheit ihrer Struktur ständig an.

Eine solche Definition kosmischer Zivilisationen ist aus mehreren Gründen am Platze. Erstens ist sie für beliebige Formen der Organisation des Lebendigen geeignet. Zweitens bleibt sie auch in dem Grenzfall gültig, daß unsere Zivilisation die einzige in der Galaxis sein sollte.

Modell der technischen Evolution

Die umgestaltende Funktion kosmischer Zivilisationen wird im wesentlichen durch Technologie realisiert. In der Abfolge technologischer Prozesse kommt auch die Evolution kosmischer Zivilisationen zustande. Genauso hat auch Marx die Entwicklung der gesellschaftlichen Produktivkräfte verstanden, als er schrieb, daß sich die ökonomischen Epochen »nicht in dem unterscheiden, was produziert wird, sondern in dem, wie produziert wird, mit welchen Arbeitsmitteln« (ME *23*, 191*).

Ein Index für die Vollständigkeit und Vollkommenheit der Wissenschaft ist die Möglichkeit, auf ihrer Grundlage technologische Prozesse für die Verarbeitung von Information, Energie und materiellen Ressourcen im Interesse der Zivilisation zu verwirklichen. Das Vorhandensein eines hinreichenden Volumens an fundamentalen Kenntnissen schließt einen Zufallscharakter bei Entwicklungsmodellen aus. Wir werden solche Modelle als *Modelle technologischer Evolution* bezeichnen.

Wir wollen als Beispiel ein solches Modell betrachten, wobei wir uns der Einfachheit halber auf drei Indizes (Kriterien) beschränken, welche die Entwicklung kosmischer Zivilisationen bestimmen. Es sind: *Energiequellen*; das *System der Informationsverarbeitung und Lenkung*; die *Selbstorganisation des geistigen Lebens.* Dabei begrenzen wir die Anzahl der Niveaus, deren jedes einer höheren Entwicklungsstufe entspricht, auf vier; der Prozeß der technologischen Evolution (Technoevolution) besteht im Übergang zwischen diesen Niveaus.**

Wir betrachten das Modell der technologischen Evolution, indem wir mit dem Kriterium der Energiegewinnung beginnen (vgl. die Kurzdarstellung in der Tabelle). Es sei daran erinnert, daß schon F. Engels die Definition einer Hierarchie von Energiearten als Aufgabe ins Auge gefaßt hat (ME *20*, 59, 391). Das *erste,* anfängliche Niveau entspricht dem Zivilisationsstande

* Die Marx/Engels-Zitate sind nach der russischen Gesamtausgabe bibliographiert, die sich jedoch mit der MEGA der DDR weitgehend deckt.

** Dazu siehe auch Winfried Petri, »Das Schweigen des Weltalls«, Seite 92 ff. dieses Magazins

Modell der technologischen Evolution

Kriterien	Niveau	Charakteristik
Energiequellen	1	– chemische Energiequellen;
	2	– nukleare und thermonukleare Energetik, Industrialisierung des Kosmos, Wasserstoffenergetik;
	3	– Chemobioenergetik, energieliefernde und agrarindustrielle Komplexe, kohärente Technologie;
	4	– »Para-Energetik«, »Replikation«, »Geotechnologie«, »Öko-Energetik«.
Systeme der Informationsverarbeitung und Lenkung	1	– breite Anwendung von EDV; verzweigte Automationssysteme.
	2	– globales System der Informationsverarbeitung und Lenkung, heuristische Programmierung, künstlicher Intellekt;
	3	– maschinelle Konstruktion eines ökologischen Optimismus der Biosphäre und Noosphäre;
	4	– kohärente Methoden wissenschaftlicher Untersuchungen, maschinelle Methoden der Gewinnung qualitativ neuer Information.
Selbstorganisation intelligenten Lebens	1	– Forschungen über Genetik, Molekularbiologie, Biochemie, Biophysik, Medizin, Ökologie;
	2	– Liquidierung der Krankheiten, Lösung des Problems der Nahrungsressourcen, Methoden zur Mobilisierung der Reserven des Gehirns;
	3	– gesteuerte Kontrolle des genetischen Codes, Symbiose Mensch/Maschine, Erhaltung der Persönlichkeit;
	4	– höchstes Stadium der Entwicklung kosmischer Zivilisationen, Noobiont.

»beim Start« der kosmischen Ära, wenn als primäre Energiequellen hauptsächlich natürliche Formen von Brennstoffen (Öl, Gas, Kohle) benutzt werden. Auf der *folgenden Entwicklungsstufe* beginnt nukleare und thermonukleare Energetik die Hauptrolle zu spielen; und zur Verwendung in Motoren für verschiedene Zwecke erarbeitet man sich die Technologie der Umwandlung von Kohle, organischen Abfällen u. dergl. in synthetischen Kraftstoff. Auf diesem Niveau wird man auch perspektivische Prozesse, wie Gewinnung freien Wasserstoffs auf Kosten der Wärme von Atomkraftwerken, zu beherrschen lernen. Auf der gleichen Etappe kommt es auch zur industriellen Nutzung des erdnahen Weltraums.

Die *dritte Stufe* der Technoevolution ist durch energetische Zyklen vom Typ hocheffektiver biochemischer Reaktionen gekennzeichnet, die mit der Nutzung der Energie der Sonnenstrahlung zusammenhängen. Es werden Methoden einer kohärenten Technologie entwickelt, das heißt solche, wo alle Produktionsprozesse völlig aufeinander abgestimmt sind. Als konkretes Beispiel verweisen wir auf die Möglichkeit der Nutzung chemischer Reaktionen mit selektiven Verfahren der Anregung der erforderlichen Energieniveaus von Atomen und Molekülen.

Das *vierte*, höchste Niveau schließlich entspräche unseren noch recht undeutlichen Vorstellungen über verschiedene exotische, aber wahrscheinlich überaus wirksame Energiequellen (zum Beispiel: Annihilation von Materie und Antimaterie, überdichte Phasen von Kernsubstanz u. dergl.). Hier kann man auch an die Möglichkeit denken, so hypothetische Phänomene wie Schwarze Löcher auszunutzen. Wir wollen derart Exotisches mit der allgemeinen Bezeichnung *Para-Energetik* versehen. Auf dieser Stufe wird man auch die Technik der *Replikation* beherrschen lernen – die voll automatisierte und wenig energieaufwendige Herstellung praktisch beliebiger materieller Objekte.

Es stellt sich auch die Aufgabe der *Geotechnologie*, das heißt der künstlichen Wiederherstellung von Bodenschätzen, wie sie schon von V. I. Vernadskij gestellt wurde. Auf diesem Niveau vollzieht sich die Entwicklung kosmischer Zivilisationen unter den Bedingungen eines gut ausbalancierten ökologischen Gleichgewichts (Öko-Energetik).

Das höchste Entwicklungsstadium kosmischer Zivilisationen unter dem Kriterium der Selbstorganisation des geistigen Lebens bedarf näherer Betrachtung. Die Entwicklung von Mitteln des Nachrichtenwesens und der Informationsübermittlung, die Überwindung von Schwächen der ursprünglichen biologischen Organisation des Intellekts (Krankheiten, Unausweichlichkeit des Todes u. dergl.), die Schaffung von Systemen des Typs Lebender Intellekt/EDV, die Überwindung individueller Beschränkungen des Intellekts – all dies führt unausweichlich zur Idee des allmählichen Aufgehens des Individuums in einem kollektiven Intellekt auf Kosten jäher Komplizierung und Bereicherung seiner Informationsstruktur. In der Tabelle ist zur Beschreibung dieses im Rahmen des betrachteten Systemmodells extrem hohen hypothetischen Intellekt-Zustandes der Ausdruck *Noobiont* (griech. nûs, noós = Verstand; bios = Leben) benutzt worden.

Eine prinzipiell wichtige spezifische Besonderheit eines solchen Zustandes einer kosmischen Zivilisation besteht darin, daß er, soweit überhaupt ersichtlich, nur wenig von den Bedingungen beim Startpunkt abhängt, das heißt von den physikalischen, chemisch-technologischen, biologischen und anderen individuellen Zügen der kosmischen Zivilisationen auf dem anfänglichen Niveau. Nach Maßgabe der Entwicklung verringert sich allmählich die Vielfalt der kosmischen Zivilisationen, und die verschiedenen Wege ihrer Evolution konvergieren schließlich zu diesem höchsten Stadium der Entwicklung der Noosphäre.

Die Dynamik der Technoevolution

Ungeachtet des nur orientierenden Charakters des betrachteten Modells der technologischen Evolution kann man sich eine allgemeine Vorstellung von Inhalt und Richtung der Technoevolution machen. Der Übergang von der bloßen Möglickkeit einer solchen Entwicklung zu ihrer Unvermeidlichkeit liegt in den Gesetzen der Technoevolution begründet.

Wenn wir an das oben über die funktionale Definition des

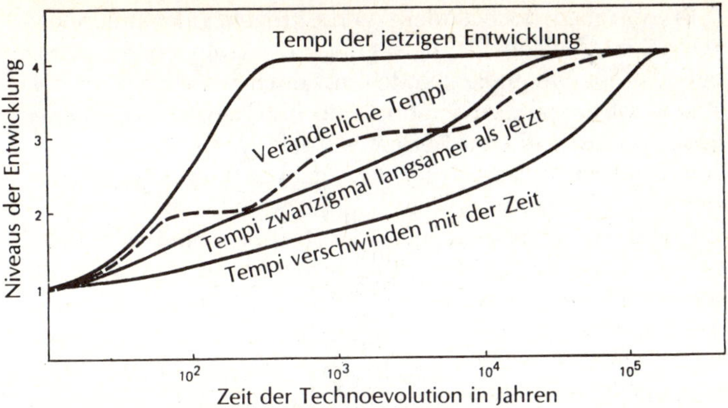

Dynamik der technologischen Evolution. Selbst bei erniedrigten Tempis der Evolution erfordert den Aufstieg kosmischer Zivilisationen auf die oberen Niveaus der Entwicklung rund 10^5 *Jahre*

Lebens Gesagte denken, können wir das Grundgesetz der Evolution folgendermaßen definieren: Das Ziel der intellektuellen (geistigen) Tätigkeit kosmischer Zivilisationen besteht in der Erforschung, Aneignung und Schaffung neuer ökologischer Nischen und der Erhöhung der Stabilität der eigenen Existenz.

Zur quantitativen Beschreibung von Prozessen der Technoevolution empfehlen sich die Methoden der *Systemdynamik*. Mit sehr einfachen Modellen derselben kann man die Zeit abschätzen, die der Übergang auf das nächsthöhere Entwicklungsniveau erfordert. Die Analyse zeigt auch, daß es für einige Evolutionsrichtungen kosmischer Zivilisationen Verbotsregeln gibt.

Eines dieser Verbote muß mit der Grenzgröße des Energiebedarfs zusammenhängen. Es hat insofern prinzipiellen Charakter, als man, wenn man von der Entwicklung kosmischer Zivilisationen spricht, recht oft hauptsächlich ein extensives, also quantitatives Wachstum nach allen Parametern im Auge hat, wobei die Größe des Energiebedarfs an erster Stelle steht.

Es gibt auch noch andere Verbotsregeln oder potentielle Schranken, welche die Bewegung von Zivilisationen in die einen oder anderen Bahnen leiten. Zum Beispiel kann ein zielstrebiger Übergang zu den höchsten Stufen sozial-biologischer Evolution nur dann zur Realität werden, wenn über die möglichen Folgen eines solchen Überganges eine maximal vollständige Information vorliegt.

Die Dynamik der Prozesse der Technoevolution im vieldimensionalen Raum ist gewaltig komplizierter als das von uns skizzierte Bild. Aber auch dies vereinfachte Modell, das wir betrachtet haben, gestattet wichtige Schlüsse.

Vor allem ist zu betonen, daß die wichtigste, bestimmende Richtung der technologischen Evolution kosmischer Zivilisationen deren Bewegung auf dem Wege *intensiver Entwicklung* sein muß, der nicht nur in quantitativem Wachstum der Parameter besteht, sondern ebenso in periodischen tiefen Umstrukturierungen.

Was *Tempo und Dauer* der prognostizierten Periode der Technoevolution kosmischer Zivilisationen angeht, so wird nach Berechnungen des Autors unter Beibehaltung des für die irdische Zivilisation und die gegenwärtige Epoche charakteristischen Entwicklungstempos der Übergang zur zweiten Entwicklungsstufe nicht weniger als 60 Jahre (also etwa bis 2020) und zu höheren Niveaus rund 300 Jahre erfordern. Berücksichtigt man, was über die Auswahlregeln der Entwicklung und potentiellen Barrieren der Evolution kosmischer Zivilisationen gesagt wurde, ist es nur logisch anzunehmen, daß die Tempi im Mittel beträchtlich geringer sein könnten. Aber auch bei reduzierter Entwicklungsgeschwindigkeit (z. B. hundertfach langsamer als jetzt) erfordert der Aufstieg kosmischer Zivilisationen auf Gipfelstufen der Entwicklung größenordnungsmäßig (nur) 10^5 Jahre. Also führt das in der Tabelle vorgestellte Modell zu der Konsequenz, daß der Prozeß der Technoevolution *explosiven Charakter* hat und nach kosmischen Maßstäben praktisch momentan beendet ist. Darin zeigt sich der »eiserne Schritt« exponentieller Gesetze der Entwicklung.

Wahrscheinlichkeitsmodelle der Evolution

Solche Entwicklungsmodelle für kosmische Zivilisationen, die auf diesen oder jenen Hypothesen beruhen, die noch keine direkte Bestätigung erfahren haben, nennen wir *Wahrscheinlichkeits-* oder *stochastische Modelle.* Sie beschreiben reale Evolutionsprozesse, auf die Zufallsfaktoren, beispielsweise neue fundamentale Entdeckungen, Einfluß nehmen können. Die Gesamtheit dieser Modelle kann als wahrscheinliche Prognose der »nachtechnologischen« Entwicklung kosmischer Zivilisationen angesehen werden.

Man kann sich mehrere solche Modelle vorstellen.

1. Allmählicher Rückschritt und Untergang der Zivilisation.

2. Aufkommen eines »Paradieses der Ansprüche«. Im Lichte der oben formulierten Gesetze der Technoevolution ist ein solches Modell wenig wahrscheinlich. Wir erinnern an den tiefen Gedanken von F. Engels, der schrieb, das Leben ist »ein immerfort sich selbst erzeugender und auflösender Widerspruch«; und sobald dieser Widerspruch aufhört, hört auch das Leben auf, und der Tod tritt ein (ME *20,* 124).

3. Auto-Evolution intelligenten Lebens. Dieser Ausdruck wurde von St. Lem in seiner »Summa Technologiae« eingeführt. Er meint die weitere zielstrebige Entwicklung und Vertiefung der Selbstorganisationsprozesse intelligenten Lebens.

4. Metawissenschaftliche Evolution. Wir nehmen an, daß im Zuge des Aufstiegs auf der Leiter der Entwicklungsniveaus die Anzahl solcher qualitativ verschiedener Zustände wachsen wird (es kommt zu erheblich mehr als vier). Dabei nimmt die prognostizierbare Dauer der Technoevolution beträchtlich zu.

5. Kosmokreatik (-kreativität). Dieser Ausdruck dient zur Bezeichnung einer hypothetischen Aktivität kosmischer Zivilisationen, die auf radikale Umstrukturierung der materiellen Welt abzielt.

6. Entstehung einer Metazivilisation als Mittel zur Herstellung von Kontakten zwischen kosmischen Zivilisationen. Hypothesen über das Aufkommen solcher Gebilde wurden schon früher aufgestellt (»Der Große Ring« von I. A. Jefremov*, »Der

* Vgl. Iwan A. Jefremow, »Andromedanebel« BIBLIOTHEK DER SICIENCE FICTION LITERATUR, Band 19, (HEYNE-BUCH Nr. 06/19)

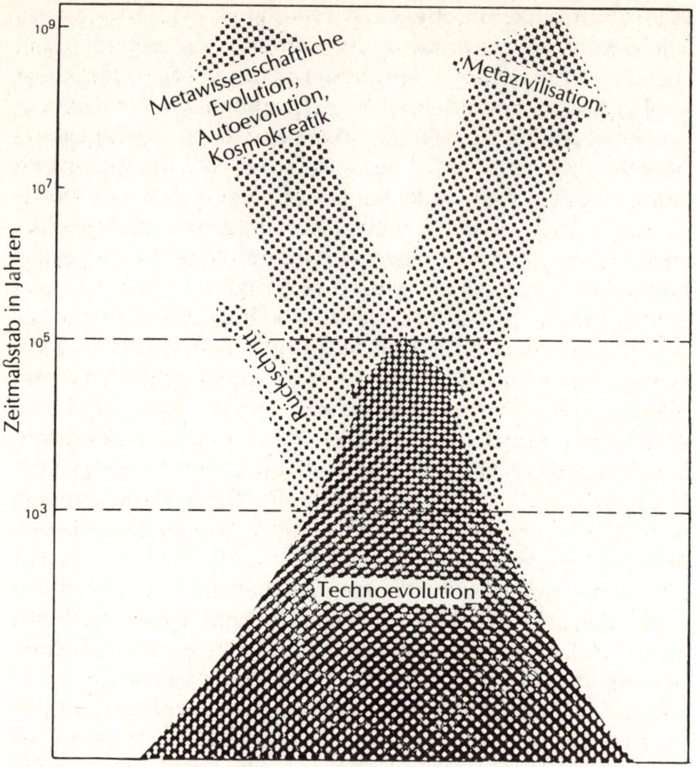

Universelles Modell der Evolution kosmischer Zivilisationen

Galaktische Klub« von R. Bracewell). Besonderes Gewicht wurde auf das Problem des Kontakts gelegt. Aber für unsere Zwecke ist es am interessantesten, in erster Linie die sozialstrukturellen Konsequenzen einer hypothetischen Vereinigung kosmischer Zivilisationen zu untersuchen. Wesentlich ist, daß das Aufkommen solcher Metazivilisationen die Zahl möglicher Niveaus bedeutend erweitert und die Stabilität des Systems im ganzen erhöht. Für die Entfaltung von Metazivilisationen ist es unerläßlich, das Problem des Nachrichtenwesens und eines hinreichend operativen Austausches von Information, sowie – nicht auszuschließen – von Stoffen und Energie zu lösen. Leider kann man zum gegenwärtigen Zeitpunkt nur vorläufige Meinungen zu diesem Problem äußern. Man könnte über die Ausnutzung irgendwelcher qualitativ neuer Phänomene sprechen, die zum Beispiel durch starke Veränderungen der raumzeitlichen Struktur hervorgerufen werden (Schwarze Löcher), parallele Existenz von Universen unterschiedlicher Struktur oder eine Makro-Mikrosymmetrie des Weltalls (die hypothetischen »Friedmonen« von M. A. Markov).

Man kann eine Funktion der Wahrscheinlichkeitsdichte für die Verteilung kosmischer Zivilisationen nach verschiedenen Modellen ihrer Evolution aufstellen. Nehmen wir an, eine solche Funktion sei proportional zur Anzahl möglicher Zustände kosmischer Zivilisationen gemäß dem einen oder anderen Modell. Die Analyse zeigt, daß diese Funktion bei Modell 1 ein Minimum und bei Modell 6 ein Maximum hat.

In Anbetracht dieses Resultates muß die Möglichkeit des Aufkommens von Metazivilisationen künstlichen Ursprungs betont werden.

Beweise für die Existenz solcher Superzivilisationen können paradoxen Charakter haben. So wurde etwa die Tatsache, daß sich die moderne Biologie außerstande erwies, ein Evolutionsschema für die Entwicklung eines universellen genetischen Codes auf der Erde auszuarbeiten, von F. Crick und seinen Mitarbeitern der Annahme zugrunde gelegt, daß die Entstehung des Lebens auf unserem Planeten die Folge gezielter Einwirkung extraterrestrischer Zivilisationen wäre. Auf diese Weise kann unsere eigene Existenz als ein Argument für die Realität des Auftretens von Metazivilisationen dienen.

Die Gesamtheit der oben betrachteten Evolutionsmodelle für kosmische Zivilisationen (technologischer und solcher mit Wahrscheinlichkeitscharakter) kann man sich als einheitliches universelles Modell vorstellen, das zur Analyse aller wahrscheinlichen Wege von deren Evolution taugt. Die vorgeschlagene Methode des Herangehens gestattet es, die Kombination von Zufälligem und Notwendigem im Evolutionsprozeß in Rechnung zu stellen und den Prozeß selbst mit Berücksichtigung unterschiedlicher komplementärer Seiten des Problems zu betrachten.

Die wichtigste Folgerung, die sich aus den diskutierten Modellvorstellungen ergibt, besteht darin, daß die reale Struktur intelligenten Lebens im Weltall sich als höchst kompliziert herausstellen kann. Inwieweit diese Vorstellungen der Realität entsprechen, wird nur das Experiment erweisen.

Es ist nicht auszuschließen, daß die Forschungen die Hypothese von unserem praktischen Alleinsein im Weltall bestätigen werden. In diesem Falle sind die im vorliegenden Aufsatz vorgestellten Modelle für Evolution intelligenten Lebens als eine extrem langfristige Prognose der Entwicklung unserer eigenen Zivilisation anzusehen.

Originaltitel: »Модели эволюции космических цивилизаций«
aus »Zemlja i Vselennaja« (Erde und Weltall)
1983, Heft 5, Seite 59–61, Zeitschrift der Akademie der Wissenschaften der UdSSR. Verlag »Nauka«, Moskau; mit freundlicher Genehmigung der Allunionsagentur für Urheberrechte der UdSSR (WAAP)
Aus dem Russischen übersetzt von Winfried Petri

Kino im Kopf

»Projekt Brainstorm«

von Peter C. Wiesmeier

Trotz des Vormarschs von Video, Kabel und Bildplatte gibt es immer wieder Kinofilme, die man sich nicht auf einem 67-cm-Bildschirm vorstellen kann, die man dort auch gar nicht sehen möchte. 2001: ODYSSEE IM WELTRAUM war ein solches Erlebnis, UNHEIMLICHE BEGEGNUNG DER DRITTEN ART ebenso wie DER BLADE RUNNER. Filme, die Douglas Trumbull mitgestaltet hat, boten immer ein Festessen fürs Auge, eine opulente Tafel optischer Genüsse, einen Blick ins Wunderland der unbegrenzten Bilder.

Der gefragteste Special-Effects-Mann von Hollywood hat es nun geschafft, seinen zweiten eigenen Film zu inszenieren und in die Kinos zu bringen. Der Tod seiner Hauptdarstellerin, eine hohe Versicherung und das Geschäftskalkül seiner Produzenten hätten das PROJEKT BRAINSTORM beinahe vereitelt. Die Liebe zu Bildern stand wieder einmal gegen die Liebe zum Geld. Aus fehlendem Mut zum Risiko wäre einer der optisch eindrucksvollsten Filme der letzten Zeit beinahe ungesehen in der Schublade gelandet.

Elf Jahre hatte Trumbull nach dem Science Fiction-Film LAUTLOS IM WELTRAUM (Silent Running) gebraucht, um sich wieder einen Platz im Regiestuhl zu erkämpfen. Der sympathische Film um einen »grünen« Astronauten, der sich gegen die geplante Zerstörung seiner im Orbit kreisenden »Reserve«-Pflanzenkulturen wehrt, konnte sich an der Kasse leider nicht durchsetzen. So mußte sich Trumbull in den folgenden Jahren

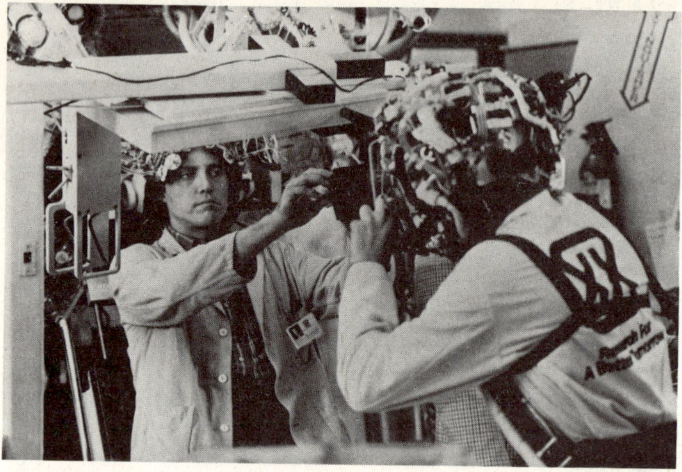

darauf beschränken, seine Fähigkeiten im Bauen von Bildern anderen Regisseuren zur Verfügung zu stellen. Das brachte Geld, Oscarnominierungen und die Entwicklung der eigenen Firma Entertainment Effects Group (EEG) – zusammen mit Richard Yuricich, dem Kameramann von BRAINSTORM. Der künstlerische Ehrgeiz, etwas eigenes auf die Beine zu stellen, blieb. Mehrere Projekte scheiterten, doch schließlich konnte Trumbull MGM dafür gewinnen, BRAINSTORM zu produzieren und ihm noch einmal die Regie anzuvertrauen. Der Film war beinahe abgedreht, als der Alptraum eines jeden Regisseurs und Produzenten Wirklichkeit wurde: eine Hauptdarstellerin starb. Am 29. November 1981 ertrank Natalie Wood unter mysteriösen Umständen am Strand von Santa Catalina. Obwohl nur noch drei unwesentliche Szenen mit ihr zu drehen waren, wollte die Studioleitung bei MGM auf Nummer Sicher gehen und die Produktionssumme von 12 Millionen Dollar bei Lloyds in London einfordern. Ein möglicher Flop weniger und ein Beitrag zum damals hohen Schuldenberg der Firma.

Trumbull bestand darauf, daß die fehlenden Szenen nur verbindende Funktionen hatten und man den Film auch ohne sie fertigstellen konnte. Lloyds gab ihm Recht und stellte drei

Millionen Dollar zur Nachproduktion der Spezialeffekte zur Verfügung. Während sie von Trumbulls Firma EEG hergestellt wurden, lenkten die Produzenten schließlich ein. Man hatte eine Rohfassung von BRAINSTORM gesehen und sich dazu durchgerungen, den Film doch noch bis zum Ende zu unterstützen. Der Regisseur dürfte in diesen Monaten ein paar Jahre älter geworden sein.

Es ist schön, daß man das Ergebnis nun doch sehen kann.

Es kann sich sehen lassen.

Im »Think-Tank« eines großen Industriekonzerns stehen die Wissenschaftler Lilian Reynolds (Louise Fletcher) und das Ehepaar Michael und Karen Brace (Christopher Walken/Natalie Wood) am Ende eines langen Forschungsprojekts. »Brainstorm«, so der Name ihres geistigen Kindes, ist fertig entwickelt und wartet nun darauf, der Öffentlichkeit präsentiert zu werden. Welch eine Erfindung: mittels eines »Sensor-Helms«, eines neuen, extrem speicherfähigen Magnetbands und modernster Computertechnik ist man in der Lage, die gesamte Skala der Sinneswahrnehmungen eines Menschen aufzuzeichnen und einem anderen wieder zuzuspielen.

Mit kopfhörerähnlichen Adaptern, die die eigenen Gehirnströme durch magnetgespeicherte ersetzen, wird man vollständig in die Erlebniswelt eines fremden Menschen hineinversetzt, sieht man mit dessen Augen, hört, riecht, schmeckt, fühlt man genau dasselbe wie die Person zum Zeitpunkt der Aufzeichnung. Alex Terson, der Chef des Konzerns (Cliff Robertson) ist begeistert. Mit »Brainstorm« wird eine neue Epoche der Kommunikation eingeleitet. Auch die erste Delegation von Geldgebern und möglichen Kunden, darunter der unvermeidliche Regierungsbeamte, ist buchstäblich »aus dem Häuschen«: das Kino im Kopf, das für sie abläuft, besteht aus spektakulären Demo-Aufnahmen, die dem Cinema 180, bekannt von den großen Volksfesten, sehr ähnlich sind. Flüge über New York und Niagara, Achterbahnfahrten, Bob- und Wasserrutschbahnen, kurvige Gebirgsstraßen und ein atemberaubender Absturz, der vor den Brüsten dreier gutgebauter Playboy-Bunnies endet. Doch während man im Kino sicher im Sessel sitzt, jagt einen »Brainstorm« in die Kurven, macht das Gehirn jede Gleichgewichtsverschiebung mit, fühlt man Hitze und Kälte, ziehen die verschiedensten Gerüche an der Nase vorbei. Spürt man auch Angst und Freude?

Neben den offiziellen Sightseeing-Touren mit der neuen Erfindung machen nun verschiedene Gruppen ihre eigenen Erfahrungen. Michael erinnert sich für seine Frau Karen an die ersten Tage ihrer Beziehung und hilft damit, eine Ehekrise zu überwinden. Das Militär beginnt, ohne Wissen und Zustimmung von Dr. Reynolds, »Brainstorm« zur Flugsimulation für neue, gedankengesteuerte Kampfflugzeuge zu benutzen. Ein Assistent klebt sich nachts heimlich eine Endlosschleife zusammen und wird bis zu seiner Entdeckung am Morgen von einem Orgasmus nach dem anderen geschüttelt.

Die Möglichkeiten dieser Reisen durchs Gehirn bewegen sich zwischen höchstem Glücksgefühl und tiefster Depression, zwischen Traum und Alptraum. Sie überwinden jede äußerliche Kommunikation, bieten eine Art maschinelle Telepathie, den vollständigen Austausch zweier Erlebnis- und Gefühlswelten.

Den wirklichen Durchbruch auf ein Neuland menschlichen Erlebens schafft die Erfindung jedoch erst durch ein tragisches

Ereignis: als Lilian Reynolds in ihrem Labor von einem Herzanfall überrascht wird, nimmt sie mit letzter Anstrengung durch einen Sensor ihren eigenen Tod auf. Mit diesem Band wäre ein Mensch zum ersten Mal in der Lage, das Erlebnis des Sterbens nachzuvollziehen, hinter den letzten Vorhang zu schauen.

Michael ist ganz besessen von dieser Idee, doch Konzernchef Terson will das Band unter Verschluß halten – ein Mann ist beim Abspielen schon umgekommen. Der Wissenschaftler weiß, wie man Gefahren für den Körper bei einem erneuten Abspielen ausschalten könnte, doch er wird am Zugang zu seiner Arbeitsstätte gehindert. Höhere Stellen wollen das Band verschwinden lassen und die Erfindung rein militärisch nutzen.

Ihr Kampf der Wissenschaft und der Kreativität gegen kalte Planer, Militärstrategen und Finanziers hat seine direkten Parallelen in der Entstehungsgeschichte des Films selbst. Douglas Trumbull hat es geschafft, seinen Traum durchzusetzen, und wie er träumt, das reißt einem die Augen auf.

Sein Film macht diese unglaublichen Erfindungen fast greifbar, auch wenn er in seinen zwei Stunden deren Möglichkeiten und Gefahren nur anschneiden kann. Durch einen einfachen, aber wirkungsvollen Trick wirft uns Trumbull immer wieder hinein in die Erlebniswelt seiner Protagonisten: alle subjektiven Szenen sind in Super-Panavision und 70 mm gedreht, einem Format, das die brillantesten und schärfsten Bilder ermöglicht, die das Kino heute bieten kann. Unterstützt durch Dolby-Stereoton heben sie sich vom restlichen Film deutlich ab, das Bild wird breiter, der Ton plastisch.

Trumbull dazu: »Ich verstehe nicht, warum man nicht mehr Filme in 70 mm dreht. Wenn man 70 mm mit 35 mm vergleicht, sieht man einen Riesenunterschied: in 70 mm kommt alles viel klarer, man sieht die Dekorationen besser, die Schauplätze detaillierter, die Gesichter der Schauspieler schärfer, auch die Tonqualität ist besser, das Licht brillanter.

Die Kamera und das Filmmaterial sind nur ein mikroskopischer Teil des Gesamtbudgets – warum gibt man 20 oder 30 Millionen Dollar für einen Spielfilm aus, wenn ein Teil davon vom Material wieder weggefiltert wird?«

Mit dieser Technik zeigt sich Trumbull als großer Bilderzauberer, als Film-Showman, der nach neuen, faszinierenden optischen Reizen sucht, seine Zuschauer auf visuelle Trips schickt und den Mut zu einer Größe hat, die gerade heute durch den starken Einfluß von Video und immer kleinere Kinos in Gefahr ist. Er mag die große Leinwand – und er kann sie füllen. BRAINSTORM auf einem Fernsehschirm wäre etwa dasselbe wie die Berliner Philharmoniker aus einem billigen Transistorradio.

Douglas Trumbull weiß aber auch, daß er seine großen Bilder mit Emotionen aufladen muß, daß sie nur voll zur Geltung kommen, wenn er mit ihrer Hilfe eine spannende Geschichte erzählt. Und das ist PROJEKT BRAINSTORM neben aller technischer Brillanz: eine Story, die mitreißt, die etwas von der Aufregung beim Ausprobieren einer neuen Erfindung vermittelt, die auch ein bißchen Mut macht. Denn das Ehepaar Brace verkauft seine Haut sehr teuer, die Wissenschaftler lassen sich nicht einfach in die Ecke stellen, sie setzen die Computertechnik auch als Waffe ein. Die Schadenfreude, die sich bei ihrem kurzen Triumph einstellt, erinnert sehr an WARGAMES. Wer den Computer beherrscht, gewinnt, der Intellekt siegt (zumindest vorübergehend) über die Machtgier von skrupellosen Interessengruppen.

Douglas Trumbull ist mit einem blauen Auge davongekommen, doch von herkömmlichen Filmprojekten hat er erst mal die Nase voll: »Ich habe im Moment kein Interesse, einen weiteren Spielfilm im Hollywood-System zu machen. Absolut keins. Das Filmgeschäft ist so völlig kaputt und verdreht, daß ich einfach nicht mehr die Energie habe, drei oder vier Jahre in einen Spielfilm zu investieren. Filmemachen ist wie Krieg führen. Es kann dein persönliches Leben zerstören.«

Das Verfahren, an dem der Special Effects-Mann jetzt bastelt, heißt »Showscan«. Das ist eine neuartige Filmtechnik, die mit Highspeed-Kameras im 70 mm-Format einen bisher nicht erreichten Eindruck von Dreidimensionalität hervorruft. Die Filme, die so produziert werden, brauchen besonders eingerichtete, »maßgeschneiderte« Kinos, die Filme sollen jedoch wie gewohnt abgeschlossene Geschichten erzählen.

Man darf gespannt sein. Bis »Showscan« auch in Deutschland zu sehen sein wird, dürfte allerdings noch einige Zeit vergehen. Solange Filme wie BRAINSTORM in die Kinos kommen, bleibt das Warten immerhin erträglich.

PROJEKT BRAINSTORM
USA 1983
Produktion und Regie: Douglas Trumbull
Drehbuch: Robert Stitzel und Philip Frank Messina
Story von: Bruce Joel Rubin
Kamera: Richard Yuricich
Musik: James Horner
Schnitt: Edward Warschilka/Freeman Davies
Production Designer: John Vallone

KAREL THOLE

– der weltbekannte Coverkünstler und Altmeister der Science Fiction Art – feierte am Karfreitag, dem 20. April 1984, seinen

70. Geburtstag

Herzlichen Glückwunsch und alles Gute!

Aus deutschen und anderen Landen

von Ronald M. Hahn

NACHRICHTEN VON BÜCHERN UND MENSCHEN

– Frank Herbert hat wieder zugeschlagen: Nach Beendigung des fünften Bandes seiner erfolgreichen »Wüstenplanet«-Saga (die deutsche Ausgabe, DIE KETZER DES WÜSTENPLANETEN, erscheint im November 1984, wenn auch die Verfilmung des ersten Teils der Serie in der BRD anläuft) hat er einen Vertrag für Band 6 unterschrieben, dessen Titel zwar noch nicht feststeht, seinem Verfasser jedoch das famose Sümmchen von US $ 2.000.000,— einbringen wird. Darüber hinaus plant die Gesellschaft, die den WÜSTENPLANETEN verfilmt hat, bei einem entsprechenden Erfolg auch die restlichen Sandwurm-Geschichten Herberts auf die Leinwand zu bringen.

– Isaac Asimov, auch einer der ganz Großen in der internationalen SF-Szene, hat überraschend herausgefunden, daß er kränker ist, als ihn sein sonniges Gemüt glauben machen wollte: Bei einem Arztbesuch erfuhr er, daß er während der letzten sechs Jahre praktisch in jeder Sekunde hätte tot umfallen können. Er unterzog sich sofort einer komplizierten Herzoperation. Und wie immer, wenn der Workaholic Asimov ein Krankenbett belegt, ließ er sich auch diesmal nicht von aktivem Tun abhalten: Er ließ es sich nicht nehmen, die Druckfahnen seines neuesten Bestsellers im Bett zu korrigieren.

– Der amerikanische SF-Autor Jerry Pournelle, der, betrachtet man die Titel seiner neuesten Anthologien (THERE WILL BE WAR – MEN OF WAR – LIBERTY AND JUSTICE FOR ALL – AFTER THE FALL), fest davon überzeugt zu sein scheint, daß die apokalyptischen Visionen des von ihm hochgeschätzten Ex-Schauspielers Ronald Reagan Wirklichkeit werden *müssen*, hat das Erscheinen eines neuen SF-Magazins unter seiner Ägide angekündigt: *Far Frontiers*, wie das Ding heißen soll, will »die Heinleins, Clarkes und Andersons von Morgen« fördern und wünscht sich einen Inhalt, der aus »drei Schöpflöffeln *Astounding*, zwei Eßlöffeln *Destinies*, einer Messerspitze *Unknown* und einer Prise des alten *Galaxy*« besteht. Was niemanden verwundert, denn in einem sinnbildlichen Vergleich mit John W. Campbells *Astounding* stand das alte *Galaxy-Magazin* beinahe links außen.

– Schlechte Zeiten für Hardcover-SF? Den Besitzer gewechselt hat der erst seit 1981 existierende Kölner »Hohenheim«-Verlag, eine hundertprozentige Tochter des Deutschen Ärzte-Verlags. Aufgrund der »unterschiedlichen Anforderungen von Belletristik und Sachbuch einerseits und Fachbuch andererseits verlangten ... die bisherigen Eigentumsverhältnisse immer unabweisbarer den Aufbau eines eigenständigen Verlagsapparates für ›Hohenheim‹«, heißt es in einer Pressemitteilung, – »mit entsprechenden Investitionen für ein erweitertes Programm.« Da dies den bisherigen Verlegern wohl etwas zu weit ging, hat man das Unternehmen abgestoßen: Neuer Verleger ist der bisherige Herausgeber der »Edition SF« im »Hohenheim«-Verlag, der Hamburger Verlagslektor Klaus-Dietrich Petersen. Die »Edition SF«, so verlautet weiterhin, »wird in Zukunft nach dem bisherigen Editionsprinzip erscheinen.« *Aber:* »Die bisher erschienenen Bände werden in einer einmaligen Sonderaktion zu Sonderpreisen angeboten (sprich: verramscht! Anm. d. Verf.), um dem SF-Leser einen Anreiz zu bieten, auch künftig der ›Edition SF‹ besondere Beachtung zu schenken.« Dies wird gewiß jene SF-Leser erfreuen, die sich ein Hardcover bisher nur zu Weihnachten leisten konnten. Weniger Jubel dürfte es jedoch dort geben, wo man Taschenbuch-Lizenzen von »Hohenheim«-Titeln erworben hat.

– Jungtalente an die Front! Eine Autorenkooperative (»Ako«), die sich besonders jener SF-Schreiber annehmen will, die sich von ignoranten SF-Herausgebern gebeutelt fühlen, hat in München ihre Tätigkeit aufgenommen: Man will ein bundesweites Vertriebsnetz für SF- und Fantasy-Autoren aufbauen, die nicht wissen, wie sie mit ihren im Selbstverlag erschienenen Titeln in den Buchhandel gelangen. Initiator der »Ako« ist der Schriftsteller und Auch-SF-Autor Bernhard Grimminger, der Kontakte zu Gleichgesinnten sucht: »Wenn wir einen Autor als Mitglied aufnehmen wollen, weil uns sein Manuskript zusagt, so muß er es zunächst im Selbstverlag oder einem kleinen Verlag veröffentlichen. Selbstverständlich stehen wir ihm dabei zur Seite – wenn auch noch nicht finanziell.« Die »Ako« hat vor, ihre Siegel zu einem Qualitätssiegel für deutschsprachige Phantastik zu machen: Kontakt: Bernhard Grimminger, Heerstraße 1, 8000 München 60.

– Seine Freunde, Kollegen *und* Leser lädt der britische SF-Autor John Brunner zu einer gewaltigen Feier anläßlich seines 50. Geburtstages ein: Steigen wird die Sache (mit einem gigantischen Buffet und jeder Menge besten Weines) jedoch in einer Ecke der Welt, für die sich wohl nicht jeder mal eben einen Abend freimachen kann: Im Hotel Calgary, Via Lungomare Sud 22, Casalbordino Lido, Abruzzo, Italien. Wem es dennoch nicht zu weit ist – oder sich gerade in der Gegend aufhält: Termin ist Samstag, der 22. 9. 1984.

TAGUNGEN ... CONVENTIONS ... TAGUNGEN ... CONVENTIONS ... TAGUNGEN

Mächtig viel getagt wird in der nächsten Zukunft: SF-Fans, die gerne mit Gleichgesinnten zusammenkommen und diverse Tage voller Fun & Beer erleben möchten, seien nachstehend auf einige SF-Conventions hingewiesen, die (je nach Wohnort) in der unmittelbaren Nachbarschaft stattfinden:

– **SFCD-Con '84**: Tagungsort: Erlangen. Termin: 3.–5. 8. 1984. Unkostenbeitrag: DM 30,— (Tageskarte DM 12,—). Veranstalter: Science Fiction Club Deutschland e.V., c/o Dietmar Wagner, Anderlohstraße 51, 8520 Erlangen (der auch eine Informationsbroschüre verschickt).

- **Saarcon XII**: Tagungsort: Nettlach-Saarhölzbach. Termin: 1. 7. 1984. Unkostenbeitrag: DM 3,— (Damen haben freien Eintritt, was wir ja ganz schön diskriminierend finden, Boys!) Veranstalter: SF-Fans aus dem Saargebiet, c/o Arno Weber, Moselstraße 26, 6642 Mettlach-Orschholz.
- **SFANCON 14**: Tagungsort: Gent/Belgien. Termin: 7.–9. 9. 1984. Unkostenbeitrag: DM 25,—. Veranstalter: Der belgische Club SFAN, c/o André de Rycke, 70 Eendenplasstraat, 9050 Evergem/Belgien (in deutscher Sprache). Als Ehrengäste sind hier unter anderem angekündigt: Robert Sheckley, James White, Michael Kubiak.
- **1. Kongreß der Phantasie**: Tagungsort: Passau. Termin: 26.–28. 10. 1984. Unkostenbeitrag: unbekannt, wahrscheinlich keiner. Veranstalter: Erster Deutscher Fantasy-Club e.V., Postfach 1371, 8390 Passau. Auf dem Programm stehen Podiumsdiskussionen über Fantasy mit Autoren, Verlegern, Übersetzern, Kritikern und Lesern. Dazu Vorträge, Workshops, Filme, Video, Art Show und Fantasy-Börse (wohl eine Art Tauschmarkt).

Willi Voltz 1938-1984

Ein Nachruf von Hans-Ulrich Böttcher

Am 24. März 1984 verstarb der Science Fiction-Autor Willi Voltz nach einer längeren Krankheit. Mit William Voltz (so zeichnete er seine SF-Romane) verlor die deutsche SF-Szene einen ihrer besten Schriftsteller und eine ihrer einflußreichsten Persönlichkeiten.

Willi Voltz wurde am 28. Januar 1938 in Offenbach geboren. Bevor er sich als freier Schriftsteller etablieren konnte, übte er nach eigenen Angaben eine Reihe von Berufen aus (Sanitäter, Kranführer, Werkstattzeichner), vor allem jedoch war er vor dieser Zeit als Geometer tätig. Schon während seiner Schulzeit wurde sein Interesse für die gerade in die BRD eingeführte SF-Literatur geweckt; so gehörte er zu den ersten Mitgliedern des 1955 gegründeten SFCD und zu den Teilnehmern am 1. Deutschen SF-Con, der im September 1956 in Bad Homburg abgehalten wurde. Nachdem er am 1. Juni 1958 zusammen mit K. H. Scheer und anderen die Stellaris Science Fiction Interessengemeinschaft (SSFI) gegründet hatte, verlegte Voltz seine Aktivitäten vor allem auf diese Organisation. Er bekleidete hier nicht nur vier Jahre lang einen Vorstandsposten, er fungierte auch von der Nr. 6 bis zur Nr. 21 als Chefredakteur des Clubfanzines *Stellaris.* Vor allem machte er sich im Fandom jedoch einen Namen als Autor von häufig pointierten Kurzgeschichten. So war es kaum überraschend, daß die 1957 erschienene erste SF-Anthologie mit ausschließlich deutschen Beiträgen – das von Heinz Bingenheimer (»Henry Bings«) herausgegebene Leihbuch LOCKENDE ZUKUNFT – neben Beiträgen von Clark Darlton, Wolfgang Jeschke, Ernst H. Richter und K. H. Scheer auch neun Stories von Willi Voltz enthielt. Nachdem er einen Kurzgeschichtenwettbewerb der SSFI gewonnen hatte, fand man seine Stories ab 1958 vor allem in *Stellaris* und in *Transgalaxis*, der Zeitschrift des gleichnamigen Buchclubs. Im Jahr 1960 wurde Voltz von den Mitgliedern des SFCD zum besten Fan-Autor gewählt.

Der Leihbuchverlag Wiesemann präsentierte 1958 seinen ersten SF-Roman, der im folgenden Jahr als *Utopie*-Heft nachgedruckt wurde. Wie sein Titel STERNENKÄMPFER vermuten läßt, handelt es sich bei diesem Buch um eine für jene Zeit typische Space Opera mit eroberungswütigen Extragalaktikern und schurkischen Raumpiraten, die nur wenig Beachtung bei der SF-Leserschaft fand, obwohl der junge Voltz – bei aller Trivialität des Inhalts – schon damals besser schreiben konnte als etablierte Leihbuchautoren wie Brand, Bröll oder J. E. Wells. So richtig bekannt wurde William Voltz außerhalb des Fandoms aber erst 1963: mit zwei damals als sensationell empfundenen Heftveröffentlichungen (in jenen Jahren fand die SF hierzulande bekanntlich vor allem im Heftbereich statt, Taschenbücher waren erst allmählich im Kommen) machte sich der Autor innerhalb weniger Monate einen Namen als einer der besten deutschen SF-Schriftsteller. Das erste dieser Hefte war DAS GRAUEN, sein Einstand in die *Perry Rhodan*-Serie (PR 74). Daß dieser spannende Heftroman in stilistischer Hinsicht weitaus besser war als alles, was in dieser Heftserie bisher gebracht worden war, erkannten neben den Fan-Kritikern auch die PR-Leser: bei einer Umfrage nach den besten unter den ersten hundert erschienenen PR-Heften belegte DAS GRAUEN den sechsten Rang, womit Voltz als einziger neben Darlton zumindest ein Heft in der sonst ausschließlich von K. H. Scheer bestrittenen Top Ten plazieren konnte! Ein paar Monate später legte Moewig mit QUARANTÄNE (Terra 316) die erste Kurzgeschichtensammlung des Autors vor, die fünf zum Teil schon in Fanzines veröffentlichte Stories enthielt. Besonders »Der Preis«

Willi Voltz *Copyright © Foto by Wolfgang Jeschke*

konnte einen nachhaltigen Eindruck bei den Lesern hinterlassen. Seinen Ruf als einer der besten deutschen Kurzgeschichtenautoren festigte Voltz mit den Storybänden DER DOPPELGÄNGER (T 393, 1965) und DER MANN MIT DEM SECHSTEN SINN (T 539, 1967), deren Titelgeschichte er 1973 zu dem Heftroman INVASION DER FRIEDENSBRINGER (*Terra Astra* 97) ausweitete. Weitere serienunabhängige Romane des Autors sind: DIE TOTE STADT (T 387, 1965), ROBOT-LEGENDE (T 413, 1965), GALAKTISCHE STATION 17 (T 435, 1965), DIE LETZTEN MENSCHEN DER ERDE (T 442, 1966), DAS SCHIFF DES MUTANTEN (T 488, 1967) und HOTEL GALACTIC (*Terra TB* 165, 1969) sowie das 1978 von Goldmann unter dem Pseudonym »Ralph Steven« verlegte Jugendbuch EIN ROBOTER IN DER GARAGE. Die interessantesten dieser Titel dürften DIE TOTE STADT und DAS SCHIFF DES MUTANTEN sein.

Seine besten und bedeutendsten Leistungen erbrachte Voltz auf dem Gebiet der *Perry Rhodan*-Serie. Von allen PR-Autoren hat er die meisten Hefte dieser Serie verfaßt, von allen Autoren hat er aber die wenigsten Negativausreißer zu verbuchen. Zunächst unterschieden sich seine terranischen Helden (wie Nome Tschato oder Don Redhorse) kaum von denen anderer PR-Autoren; außerirdische Wesen zeichnete er aber von Anfang an differenzierter als seine Kollegen. Auch verstand er es wie kaum ein anderer deutscher SF-Autor, Gefühle seiner Protagonisten glaubwürdig darzustellen. Einen ersten Höhepunkt stellt sein PR-Taschenbuch DIE MACHT DER TRÄUMER (PRT 37, 1967) dar, dem aufgrund der für die damalige Zeit ungewöhnlich starken Personenzeichnung sowie der »progressiven, weil pazifistisch-idealistischen Aussage« (SFT 76, Okt. 1967) selbst der gefürchtete SFT-Kritiker Edgar Berghaus Respekt zollte. In seinen späteren PR-Heften schildert er häufig Menschen oder Außerirdische, die mit ihren Problemen in einer gleichgültigen Welt alleinstehen; häufig handelt es sich bei ihnen um ihrer Umwelt entfremdete melancholische Einzelgänger. Seine wohl bekannteste Serienfigur ist Alaska Saedelaere, der nach einem Unfall ständig eine Maske tragen muß, die ihn trotz seiner bedeutenden gesellschaftlichen Stellung ziemlich isoliert. Die Qualität der Voltzschen PR-Hefte wurde auch von den Lesern der Serie gewürdigt: bei Umfragen nach den besten Romanen eines jeden Zyklus, die für die Zyklen zwischen den Bänden 500 und 867 durchgeführt wurden, belegten Voltz-Romane nicht nur stets die Spitzenreiterposition, gelegentlich belegte er sogar sieben oder acht der zehn Spitzenplätze!

Vielleicht noch wichtiger für die Entwicklung der PR-Serie als seine Serienromane waren die Leistungen, die er als Exposéredakteur erbrachte. Diese Aufgabe übernahm Voltz mit dem Heft 674; die gleiche Funktion übte er daneben auch mehrere Jahre lang bei der Schwesterserie *Atlan* aus. Innerhalb kurzer Zeit konnte er die PR-Serie von dem vorher überreichlich vorhandenen militaristischen Beiwerk und ähnlich fragwürdigen Elementen befreien; dabei ist es auch seiner Persönlichkeit zu verdanken, daß diese Änderungen von praktisch allen PR-Autoren mitgetragen worden sind. Standen in den ersten Zyklen der Serie kriegerische Auseinandersetzungen zwischen den Terranern und ihrem Solaren Imperium (das inzwischen auch abgeschafft wurde) einerseits und machtbesessenen Extraterrestriern andererseits im Vordergrund, so bewies Voltz mit seinem Konzept, daß eine SF-Abenteuerserie auch im Heftbereich auf derartige in die Zukunft verlegte Landser-Garne verzichten kann, ohne dabei einzubüßen. Das inhumane Weltbild von einem kriegerischen, sozialdarwinistisch bestimmten Universum, das den ersten PR-Heften implizit zu Grunde lag, wurde durch eine fortschrittlichere Weltsicht abgelöst.

Trotz seiner intensiven Arbeit an der *Perry-Rhodan*-Serie fand Willi Voltz die Zeit, Aktivitäten auf dem Gebiet der serienunabhängigen SF zu entwickeln. Für die Heftreihe *Terra Astra* etwa stellte er zwei Anthologien mit Stories von Nachwuchsautoren zusammen: DER DREIKÖPFIGE (TA 267, 1967) und DAS ZWEITE ICH (TA 374, 1978). Er schrieb auch weiterhin SF-Kurzgeschichten, die in verschiedenen Taschenbuch-Anthologien veröffentlicht wurden. Zu Bildern des jungen SF-Zeichners Alfred Kelsner verfaßte Willi Voltz einfühlsame und stimmungsvolle Short Stories; das Ergebnis war der Band ZWEISPLITTER (Moewig 1981), das erste derartige Buch in der BRD. Das *SF Perry Rhodan Magazin* und die PR-Reihe »Perry Rhodan Report« enthielten häufig seine oft kontroversen, aber stets sachlich fundierten Kommentare zu Erscheinungen in der SF-Szene.

Neben der Science Fiction (wo er die Autoren James Blish und Ray Bradbury vorzog), allgemeiner Literatur (wo Jack London und John Steinbeck seine Lieblingsautoren waren) galt sein besonderes Interesse der Country & Western-Musik und dem Oldtime Jazz. Außerdem war Willi Voltz aktiver Fußballer: er kickte nicht nur selbst das runde Leder, er trainierte darüber hinaus die Schülermannschaft des SG Rosenhöhe/Offenbach, was ihm sehr viel Spaß bereitete.

Willi Voltz gehörte zur kleinen Spitzengruppe deutscher SF-Autoren. Da er jedoch vor allem im Heftbereich publizierte und seine besten Leistungen bei der von vielen nicht gut angesehenen Perry Rhodan-Serie erschienen, ist er von der SF-Kritik nie seiner Qualität entsprechend gewürdigt worden. Vermutlich erkennen viele SF-Leser erst jetzt, nach dem Tod dieses Schriftstellers, die Bedeutung, die Willi Voltz für die bundesdeutsche Science Fiction hatte.

LESERBRIEFE

Lieber Herr Jeschke,
... Die neue Ausgabe Ihres Magazins hätte sicher noch lektürenmäßig warten müssen, wären nicht einige aufgeregte Anrufe gewesen. So genehmigte ich mir daraufhin soeben das Vorwort – Stein des Anstoßes.

Ich sehe darin weder eine »Brunnenvergiftung« noch die Berechtigung zum Ruf nach dem Galgen. Vielmehr um eine nüchterne, den Fakten entsprechende Darlegung der Situation, wie sie heute noch gegeben ist. Vom Verkauf her sehe ich zwar ein Ansteigen der Absatzzahlen zugunsten deutscher Autoren, das kann nur jeden freuen, man darf trotzdem nicht vergessen, daß der Griff nach USA/GB-Autoren dem deutschen Leser leichter fällt. Es läßt die Vermutung zu, er weiß, was ihn da erwartet. Und er ist damit einverstanden, es gefällt ihm.

So liegt es nahe, dem Leser die »Schuld« – wenn man überhaupt davon reden kann – anzulasten. Er bestimmt den Markt durch seine Nachfrage und Kaufinteresse.

Die neue SF-Reihe des Corian Verlages läuft bei uns gut. Warum auch nicht. Es sind gute Erzählungen. Dem Leser muß man jedoch die Sorge zugestehen, 20 DM für einen möglichen Flopp ausgegeben zu haben, für eine Sache, von deren Qualität er nicht überzeugt wurde.

Fazit: Dash ist Dash, Persil ist Persil. Das Eingefahrene erhält meist den Zuschlag, selbst wenn das »Neue« besser (?), gleichwertig oder gar billiger wäre.

So bedarf es der Anstrengung deutscher Autoren, spannende Unterhaltung zu liefern; für den Leser soll gelten, versuche einmal ›Neuland‹ bzw. Inland. Wenn's schmeckt, Nachschlag gibt es.

Es grüßt Sie
gez. *Rolf Bingenheimer*

Sehr geehrter Herr Jeschke,
nach Lektüre Ihres Editorials im neuen HSFM sehe ich mich nun doch veranlaßt, meine übliche Inaktivität aufzugeben und Ihnen meine generelle Zustimmung zu den von Ihnen angesprochenen Punkten mitzuteilen.

Zweifellos: es gibt im deutschen Sprachraum kaum SF-Autoren, die in der Lage sind, Ihre »message« handwerklich sauber zu verpacken, Inhalte ironisch oder zumindest humorvoll zu gestalten, den Leser intelligent, spannend zu unterhalten, Interesse zu erzeugen. Eine gewaltige Verbissenheit herrscht vor, man versucht sich in Anti-Utopien; im ach so deutschen Oberlehrerton wird der erhobene Zeigefinger feilgeboten, ganz nach dem Motto »Irgendwann müssen die doch begreifen, daß ...!« klärt man auf. Und rennt auf der einen

Seite offene Türen ein (und langweilt) – und knallt auf der anderen gegen geschlossene (und erzeugt auch hier Langeweile – »ach der wieder ...«). Langeweile oder besser: Überdruß – mit diesem Begriff dürfte die Einstellung des größeren Teils des Publikums zur deutschen SF recht treffend gekennzeichnet seit. Wenn also die meisten deutschen SF-Autoren weder in Form noch Inhalt überzeugen können, gelingt insbesondere den Amerikanern – da stimme ich Ihnen vollkommen zu – wenigstens das Erstere. Rasanz, Atmosphäre, Spannung durch ein flüssiges, intelligentes Erzählen zu erreichen. Woran liegt das? Die Bemerkung, SF sei halt »anglo«, der Markt seit dem Zweiten Weltkrieg von den englischsprachigen Importen dominiert, kann man natürlich entgegenhalten, für jedes andere (Literatur)Genre müsse Ähnliches gelten. Und das ist ja auch zweifellos der Fall. Die Überschwemmung der bundesdeutschen Märkte mit Produkten aus mehr als zwölf Jahren, die Deutschland von den internationalen Trends nahezu vollkommen isoliert verbracht hatte, die Bewältigung bzw. Abdeckung dieses Nachholbedarfs führte zur Amerikanisierung des nicht nur deutschen, sondern westeuropäischen Lebens überhaupt (»einheimische« SF hat es ja nicht nur hier so schwer), natürlich auch des Denkens. Und der Lesegewohnheiten. Um es auf den Punkt zu bringen: die ins Deutsche übersetzte SF wird als deutsche, das heißt normale, gewohnte, konsumierbare SF begriffen, die von deutschen Autoren hingegen publizierte als ganz einfach nicht dazu gehörend, schwieriger. »Was der Bauer nicht kennt, das ißt er nicht«, sagt eine Redensart.

Unter diesem Gesichtspunkt ist es natürlich wenig sinnvoll, deutsche SF-Autoren in sein Verlagsprogramm aufzunehmen, in der Hoffnung, diese werden sich schon verkaufen. Es besteht kein Bedarf für sie. (Den Hinweis auf die hohe Auflage der Perry-Rhodan-Serie halte ich in diesem Zusammenhang für falsch, da es sich hier doch um ein – weitgehend – ganz anderes Zielpublikum handelt, dessen Bedürfnisse abgedeckt werden, und die These, PR sei als »Einstiegsdroge« hinsichtlich der SF zu betrachten [mit dementsprechend verhaltensprägendem Charakter] mittlerweile wohl relativiert ist.) Ich will hier keinem platten Anti-Amerikanismus das Wort reden, sondern darauf hinweisen, daß

1. SF deutscher Provenienz kein »Wert an sich« ist.

2. Sie, Herr Jeschke, Ihre Aufgabe darin sehen sollten, im weitesten Sinne gutes Material zu veröffentlichen, das sich auch verkaufen läßt (Das bedeutet auch, eine Abgrenzung gegenüber gewissen Spielarten der Fantasy à la Conan zu ziehen, menschenverachtendes Material also auszusparen, sei es noch so verkaufsintensiv.),

3. aus dieser Basis heraus für Experimente zwar offen zu sein, diese jedoch auch abzubrechen oder zumindest einzuschränken, wenn deren Mißerfolg offenbar wird. Ebensowenig wie deutsche SF als solche ist auch deren Veröffentlichung a priori ein Gutes, zu lobendes.

Sie weisen darauf hin, daß es nicht Ihre Aufgabe sei, Mentor für hoffnungsvolle junge Nachwuchsautoren zu spielen. In Anbetracht des Umstandes, daß Sie zur Zeit monatlich ca. zehn SF-Titel produzieren, eine Haltung, der nicht widersprochen werden kann. Andererseits aber braucht jeder Autor einen Verleger, der »erfahrener Ratgeber, Helfer, Anreger«, vielleicht noch mehr »erfahrener Pädagoge« für ihn ist (Heinrich Böll wäre ohne seine Verleger nicht *der*

Böll). Das Problem »deutscher SF« wird sich jedenfalls nicht auf dem Taschenbuchmarkt auflösen lassen, dessen spezielle ökonomische Bedingung ein intensiveres Sich-kümmern-um geradezu verbieten.

Auf keinen Fall aber wird sich die mangelhafte Präsenz deutscher Autoren im Markt durch Gewaltmaßnahmen beheben lassen. Wir brauchen wohl alle mehr Geduld, wir Leser, Herausgeber, Autoren.

Und wie schon gesagt: es *muß* ja nicht *deutsche* SF sein.

Mit freundlichen Grüßen
Walter Udo Everlien

Es gibt eine deutsche Science Fiction

Da hat also einer seinem Herzen Luft gemacht und seine ganzen Kümmernisse, seinen Ärger und seinen Unmut auf den Tisch der deutschen Science Fiction-Szene gelegt: Wolfgang Jeschke über eben jene deutsche Science Fiction, von der und über die in den vergangenen Monaten viel Hochgemutes zu hören war. Und da sich wohl so einiges im Laufe der Jahre in Wolfgang Jeschke angestaut hatte, ist es ein ziemlich langer Artikel geworden; ein Artikel, der nach einer Antwort, einer Stellungnahme verlangt. Eine Antwort, die ich im folgenden zu geben versuche.

Zuvorderst: Ich kenne Wolfgang Jeschke seit Jahren, er ist mir ein lieber SF-Kollege, der sich seine Sache (bzw. unsere Sache, nämlich die SF) nicht leicht macht, er ist ein alles in allem sehr geduldiger Herausgeber und dazu noch ein guter Autor. Und er ist als Verantwortlicher für die SF bei Heyne ein Insider, der auch die merkantilen Seiten des SF-Gewerbes sehen muß und sie folgerichtig auch beim Abfassen seines Artikels vor Augen gehabt hat. Dies hat meiner Meinung nach nicht unwesentlich seine Aussagen geprägt.

Und noch etwas zuvor: Bei vielen Anmerkungen, gerade auch den pointiert-kritischen, die sich mit dem Nachwuchs und seiner streitbaren Unbelehrbarkeit befassen, gehe ich mit Jeschke konform. Jeder von uns, der – sei er nun bei einem Verlag fest im Brot oder versuche er sich hie und da als Herausgeber von Anthologien oder suche er Stories für ein Magazin –, jeder, der Woche für Woche vor wahren Gebirgen schlecht aufbereiteten Materials sitzt und versucht, die Menge Spreu von den wenigen Körnchen zu trennen, ist in vergleichbarer Lage. Wir alle haben so unsere Crux mit den jungen Autoren, ihrer Ungeduld, ihren mangelnden Fähigkeiten, die doch in manchem so leicht auszubügeln wären – und doch geht kaum einer an diese Arbeit an sich selbst. Jeder von uns wird Wolfgang Jeschke in diesem Punkt verstehen und ihm zustimmen.

Aber es gibt da auch Äußerungen Jeschkes, bei denen sich Widerspruch regt, ja Widerspruch regen muß.

An mehreren Punkten ist einzuhaken, ich greife erst einmal einen heraus: Wolfgang Jeschke stellt die Frage, ob deutsche SF nicht gefragt sei. Und hat auch gleich, listiger Fuchs, der er ist, drei Namen parat, die als deutsche Autoren der Science Fiction und Fantasy eben doch gefragt sind: Hans Dominik, Carl Amery,

Michael Ende. Doch Jeschke nennt diese Autoren nicht etwa, um die von ihm selbst aufgeworfene Frage positiv zu beantworten, nein, er dreht das Ganze um und – schwupps!! – scheint für ihn gerade das Gegenteil bewiesen: deutsche SF ist nicht gefragt, sagt Wolfgang Jeschke und meint damit wahrscheinlich die Verkaufszahlen.

Doch Wolfgang Jeschke macht es sich, meiner Meinung nach, etwas zu leicht. Wir dürfen sicherlich unterstellen, daß er auch noch andere deutsche Autoren außer den drei genannten kennt (schließlich zitiert er ja im folgenden die Aussagen von einigen ...). Ist etwa Herbert W. Franke kein erfolgreicher Autor? Oder wie ist es mit Rainer Erler? Oder ist nicht »Mark Brandis« eine überaus erfolgreiche SF-Serie für Jugendliche und Erwachsene des Autors Nicolai von Michalewsky, mit über zwanzig Hardcover-Bänden ein guter kommerzieller Erfolg? Und sicher kennt doch Jeschke die Jugendbuch-Serien von Lothar Streblow? Oder was ist mit dem Nachwuchs, dem qualifizierten Nachwuchs, meine ich, der nach vorne drängt: Wolfgang E. Hohlbein, Andreas Brandhorst, Thomas Ziegler? Oder zieht Jeschke die gestandenen Autoren wie Reinmar Cunis oder Thomas R. P. Mielke nicht mit in seinen Überblick mit ein?

Dies alles muß, meine ich, angemerkt werden, um festzustellen, daß es neben den drei von Jeschke genannten Autoren noch viele weitere gibt, die die deutsche SF inzwischen nachhaltig prägen.

Ich meine, Wolfgang Jeschke tut allen jenen Autoren unrecht, den hier genannten und noch vielen anderen mehr, die etwa bisher »nur« Kurzgeschichten veröffentlicht haben, wenn er feststellt, es gebe noch keinen Anlaß von einer eigenständigen deutschen Science Fiction zu sprechen.

Ich scheue mich auch gar nicht, hier eine andere Definition des Begriffes »eigenständig« aufzuführen, wobei ich mir die Erklärung eines großen Wörterbuches (Wahrig) zu eigen mache: danach nämlich bedeutet »eigenständig« = »nach eigenen Grundsätzen oder Gesetzen lebend, unabhängig, selbständig«. Folgen wir dieser Erklärung, dann hat zwar Wolfgang Jeschke nicht unrecht, aber doch nur partiell recht. Und nach dieser anderen Sicht des Wortes »eigenständig« fällt es uns sehr wohl leichter, eine neue deutsche SF, eben eine »eigenständige deutsche SF« zu entdecken, die in den letzten Jahren im Entstehen begriffen ist.

Nun also sind wir gleich mittendrin in dem, was man die Entwicklung der deutschen SF nennen mag. Im Gegensatz zu Jeschke vertrete ich die Meinung – und kann das auch anhand des bereits vorliegenden Materials belegen, daß es jene so oft apostrophierte »deutsche SF« bereits gibt. Ich meine, wer sich nicht weiterentwickelt zu haben scheint, ist eher der deutsche Leser. Hat denn nicht die deutsche SF-Autorenschaft mit den in den letzten Jahren vorgelegten Texten (wenn auch nicht mit allen, beileibe nicht!) das deutsche Lesepublikum bereits um Längen geschlagen, sind die deutschen SF-Autoren ihren Lesern nicht bereits meilenweit voraus – eben hin in jene Richtung auf eine eigenständige deutsche SF, die sich in zwanzig oder dreißig Jahren vielleicht endgültig ausgeformt haben wird? Man kann, glaube ich, die augenblickliche Situation auch so sehen: Der Leser ist mit seinem Geschmack in den fünfziger/Anfang der sechziger Jahre stehen geblieben. Die wirklich entscheidenden Wandlungen auch der modernen SF hat er bisher *nicht* nachvollzogen. Solche amerikanischen und englischen Autoren tun sich bei uns auch schwer mit ihren

Texten! Es ist doch so: Der deutsche Leser greift lieber zum 25. Band »GOR« oder zur 18. Folge Conan als zum Nachwuchs aus Übersee, mag er noch so gut sein. Gängiges ist Trumpf, bekannte Namen machen das Geschäft; das letzte Roman-Elaborat eines ausgebrannten Heinlein ist offensichtlich dem Durchschnittsleser tausendmal lieber als der zweite oder dritte, besser geschriebene Roman eines Mielke.

Hier also – meine ich – versagen nicht die deutschen Autoren, hier versagen die deutschen Leser. Es sei denn, man plädiert dafür, der deutsche Autor solle gefälligst sich nicht darum sorgen, gute SF zu schreiben, sondern sich vielmehr bemühen, dem Massenpublikum zu Gefallen zu sein und ihm nach dem Maul zu schreiben bzw. nach dem offensichtlichen Spatzenhirn vieler Leser. Können wir das dem deutschen Autor zumuten, sollen wir ihm solches sagen? Ist nicht dann K. H. Scheer der King aller Kings und müßte nicht er dann folgerichtig Topautor der Heyne-SF werden (Ansätze dazu gab es ja einmal, allerdings vor Jeschkes Zeiten)?

Hier findet sich der eigentliche Widerspruch in Jeschkes Ausführungen. Ich kann nicht Klage führen über mangelnde Qualität deutscher Autoren und auf der anderen Seite die »Erwartungshaltung des breiten Publikums« ins Felde führen. Diese Erwartung wird doch erfüllt: gibt es da nicht den Perry-Rhodan-Dauerbrenner mit Atlan als Appendix? Will also Jeschke das? Oder will er besseres, will er Literatur?

Wenn Science Fiction literarischer sein soll, dann muß den Autoren gestattet werden, daß sie Zeit bekommen, daran und dafür zu arbeiten. Zeit genug, um auszureifen. Und haben die deutschen Autoren dies bisher gehabt???

Wie lange, bitte schön, gibt es sie eigentlich schon – jene deutsche SF mit höherem Anspruch, mit dem Streben weg vom Heftniveau? Das sind doch kaum zehn Jahre – wenn wir einmal von Herbert W. Franke und Wolfgang Jeschke selbst absehen. Und wie lange, bitteschön, braucht eine ganze Literaturrichtung, wie lange braucht ein junger Autor, um sich zu entwickeln, sich auszuformen, sich so einzuschreiben, bis das große Meisterwerk herauskommt? Und wie oft, bitteschön, hat das Publikum dann auch sofort diese neue Literatur mit ihren Qualitäten oder jenen Autor mit seinem wegweisenden Titel erkannt und durch entsprechende Käufe honoriert?

Es ist ein trauriges Kapitel, gewiß, doch das gilt für die gesamte Literatur.

Wie lange haben die heute ach so berühmten und international gehandelten Autoren der SF in USA gebraucht, bis jene großen Romane auf dem Markt waren? Bedenken wir jenen überaus gravierenden Einschnitt der nationalsozialistischen Zeit gerade im Bereich der Unterhaltungsliteratur (wozu wir die SF in jedem Falle zu zählen haben) und bedenken wir weiter, daß die kritiklose Übernahme ausländischer sprich angelsächsischer und amerikanischer SF in den deutschsprachigen Bereich nach dem Kriege, gepaart mit Verleger- und Lesergebahren, einer wirklich eigenständigen Entwicklung deutscher SF bis vor kurzer Zeit keinerlei Chancen gelassen hatte, dann haben wir eben nur jene knapp zehn Jahre der Entwicklung, in der sich eine eigene SF aufbauen konnte.

Was kann man also billigerweise unter diesem Blickwinkel von der augenblicklichen deutschen Science Fiction erwarten? Wolfgang Jeschke spricht von den mangelnden handwerklichen Fähigkeiten der deutschen Autoren. Recht hat er, wenn er damit nicht alle in denselben Topf wirft. Aber es war halt schon immer so, zu einer guten Entwicklung braucht es Zeit – ein richtiger »Sprung nach vorn« ist nur den wenigsten vergönnt, und endet dann oft genug als Strohfeuer. Gemeinhin spricht man allerdings davon, daß ein Autor erst mit seinem dritten Buch so richtig beurteilt werden könne. Diese Regel der allgemeinen Literatur gilt auch und gerade für die deutsche Science Fiction. Aber, drei Bücher? Welcher Autor hat denn die Möglichkeit, sich voll und ganz dem Schreiben zu widmen? Doch schon gar nicht zu Beginn der Karriere. Die meisten schreiben nebenberuflich, und dann ist die größte Kostbarkeit die Zeit, Zeit, um einen längeren Prosatext zu Papier zu bringen. Nur wenige nebenberufliche Autoren können sich soviel zeitlichen Freiraum schaffen. Wir alle kennen diesen Teufelskreis – das nicht als Entschuldigung, sondern als Erklärung.

Aber selbst unter Einbeziehung dieser Aspekte in unsere Betrachtung der augenblicklichen deutschen SF sieht mir die Bilanz bei weitem nicht so trübe aus, wie sie sich offensichtlich Jeschke darstellt. Autoren wie Ulrich Harbecke, den Jeschke nicht erwähnt, oder Werner Zillig, den Jeschke ebenfalls nicht nennt, sind doch Autoren, die zwar nicht gerade sehr viel veröffentlicht haben, die aber doch mehr versprechen als bloßen Durchschnitt. Und immerhin hat Harbecke neben seinen nicht wenigen Erzählungen einen Roman auf seiner Habenseite und Zillig neben ebenfalls nicht wenigen Geschichten eine Sammlung mit Erzählungen und mit Beginn 1984 auch einen Roman. Und da es ja weniger darauf ankommt, wieviel ein Autor geschrieben hat, sondern wie das Geschriebene gewissen Maßstäben standhält, geben doch schon einmal diese beiden Autoren der Bilanz deutscher SF ein Plus.

Weiter in unserer Durchforstung der deutschen SF: Ganz vergessen zu haben scheint Jeschke (außer Carl Amery natürlich) die »fachfremden« Autoren, die sich doch so auffällig unauffällig in die SF eingeschlichen haben, etwa: Gerhard Zwerenz, Marockh, Lautenschlag, Matthias Horx, Marianne Gruber, Hans Bemmann, Udo Rabsch, Richard Hey oder Jürgen Lodemann. Das ist doch eine ganze Anzahl von Autoren (weitere könnte man nennen), die z. T. mehrere SF-Bücher vorgelegt haben. Sollen sie in der Bilanz nicht mitzählen? Und, um den Aspekt der Verkäuflichkeit ins Spiel zu bringen, der für Jeschke mitentscheidend sein muß: offensichtlich ist doch solche SF verkäuflich.

Stellt sich also nicht eher die Frage: warum finden solche Autoren in den Programmen der deutschen SF-Verlage nicht statt? Spielt nicht vielleicht doch ein Faktor eine Rolle, eine mitentscheidende Rolle, den Wolfgang Jeschke ziemlich spielerisch vom Tisch wischt, weil er sich zum »Pädagogen« nicht berufen fühlt? Eben die Betreuung durch den Lektor. Schreibschulen nämlich, die Jeschke ins Spiel bringt, können die Hilfe durch den Lektor nicht ersetzen. Jeschkes anderes Argument freilich, kein Lektor finde die Zeit dazu, sich um seine Autoren intensiver zu kümmern, hat sicherlich für einen großen Taschenbuchverlag seine Berechtigung, bei einem so großen Titelausstoß pro Monat … Also hat Horst-Günther Rubahn doch recht, wenn er beklagt, die Anzahl der bearbeitenden Lektoren und Herausgeber sei zu gering …, auch wenn Wolfgang Jeschke das nur halbherzig zugibt.

Wolfgang Jeschkes Artikel zur deutschen SF empfinde ich als gewollte Provokation, die eine Diskussion, wie sie seit Monaten im Gange ist, in richtige Bahnen lenken soll, eine Provokation, die auf Widerspruch hofft. Eine Provokation, von der ich mich sehr gerne habe »anmachen« lassen. Eine Provokation, auf die ich ebenso impulsiv antworte, wie mir die verschiedenen Punkte dazu eingefallen sind. Abgesehen von den einzelnen Punkten, zu denen, glaube ich, unterschiedliche Standpunkte wohl klargeworden sind, gibt es allerdings noch eine generelle Anmerkung zu Jeschkes Ausführungen zu machen: Es gibt da dieses schöne Bild von der zur Hälfte gefüllten Flasche, von der der Optimist sagt, sie sei bereits halb voll, der Pessimist aber behauptet, sie sei noch halb leer. Ich finde, Jeschke vertritt den Part des Pessimisten, mir scheint allerdings die optimistische Betrachtungsweise angemessener. Ich halte es nämlich für ausgesprochen gefährlich, in einer solchen Bestandsaufnahme alles in allem doch den Eindruck zu erwecken, als schreibe man die deutsche SF zur Zeit so ziemlich ab. Diese ablehnende Grundhaltung, die ich im Artikel zu finden glaube, färbt allzuleicht auf andere ab (Verleger, Buchhändler, Rezensenten, auch Leser) und hilft vor allem gar nicht weiter. Jeschkes negative, allzu negative Bestandsaufnahme erfolgt zu früh. Objektiv gesehen ist es einfach noch nicht möglich, zu beurteilen, ob nicht doch gerade die jetzt produzierenden Autoren die wichtige Basis legen, auf der einmal die deutsche SF eigenständig ruhen kann.

Zusammenfassend möchte ich sagen:

- Wolfgang Jeschkes Artikel kann nur als Provokation verstanden und muß auch entsprechend gewürdigt werden.
- Eine Bestandsaufnahme der deutschen SF zum jetzigen Zeitpunkt erfolgt mit Sicherheit zu früh.
- Auch wenn Jeschke das bestreitet, es gibt sie bereits: die eigenständige deutsche SF (immerhin ist er ein Teil davon).
- Auch weiterhin sollte der deutsche SF-Autor nicht nach dem Massenpublikum schielen.
- Die Schwierigkeiten mit dem Nachwuchs gehören wohl zum Berufsrisiko von Herausgebern und Lektoren.
- Es bleibt unsere Aufgabe, die Autoren zu ermutigen; keinesfalls dürfen wir sie entmutigen.
- Ich möchte in zehn bis fünfzehn Jahren noch einmal mit Wolfgang Jeschke über dieses Thema diskutieren. Ich persönlich bin sicher, daß die Bilanz dann besser aussehen wird.

Jörg Weigand
Mit freundlicher Genehmigung der »Science Fiction Times« (2/84)

Lieber Herr Jeschke,
Ihren Ausführungen zur Situation der deutschsprachigen SF im Leitartikel zum Heyne SF-Magazin Nr. 9 stimme ich weitgehend zu; so ist die Situation leider wirklich, vor allem auch, was die Qualität des Veröffentlichten angeht. Das Gerede von der deutschen SF-Welle ist zum Großteil wirklich nur Wunschdenken oder Werbemasche, die bezweckt, das herbeizuführen, was es noch nicht gibt. Ich muß gestehen, daß ich vor einiger Zeit auch noch glaubte, es werde verstärkt die Notwendigkeit bestehen, einheimische Talente zu fördern, da die anglo-amerikanische SF nicht mehr genügend brauchbare Texte liefern kann; nun neige ich dazu, Ihrer Ansicht zuzustimmen, daß das eine Illusion ist. Das Bedauerliche ist aber wohl, daß es zwar wenige deutschsprachige Autoren gibt, die in handwerklicher Hinsicht mit der Kompetenz amerikanischer Durchschnittsautoren mithalten können, daß sich aber sehr wohl eine Szene gebildet hat, die all die Dummheiten der Amerikaner noch verstärkt nachmacht. Wie viele SF-Schaffende ziehen mit stolzgeschwellter Brust umher und erzählen von ihren Leistungen? Wenn man sich die SF Times vor einiger Zeit ansah, mußte man z. B. glauben, das Hauptproblem der deutschen SF seien lästige Fans und Anfänger unter den Autoren, die den (etablierten oder solchen, die sich dafür halten) Herausgebern und sonstigen Profis die Tür einrennen und sie am Arbeiten hindern. Das sind doch Kindereien!

Ich bin durchaus der Ansicht, daß talentierte Autoren Förderung verdienen, daß es wesentlich ist, daß auch SF von deutschen Autoren erscheint, aber daß man sich doch wird sehr genau überlegen müssen, wer diese Förderung verdient; eine bestimmte Muttersprache oder ein bestimmter Reisepaß ist noch kein ausreichender Förderungsgrund. Bislang gibt es allenfalls eine Handvoll deutscher Autoren, die wirklich was für die Zukunft erhoffen lassen.

Herzliche Grüße,
Ihr
Franz Rottensteiner

Lieber Herr Jeschke,
obwohl ich sonst nicht zu den Schreibern von Leserbriefen gehöre, muß ich Ihnen doch mitteilen, daß Sie mich als harmlosen Fan des Magazins kurz vor dem 1. Februar-Wochenende im Orwell-Jahr '84 kalt erwischt haben.

Wie konnten Sie mich so erschrecken!

Ganz ohne Vorbereitung las ich die Rezension über das SAKRIVERSUM. Als ganz normaler Leser, sozusagen. Doch dann begann ich, mich über die intimsten Kenntnisse des Rezensenten zu wundern. Hat er doch Absichten, Andeutungen und Bemühungen des Autors so exakt wiedergegeben, wie es sich niemand, der schreibt, idealer wünschen kann. Genau das alles war meine Absicht: eine klare Wegstory, Historie zu 96 % hieb- und stichfest, sofern die Figuren in irgendeinem Lexikon stehen (die anderen sind natürlich erfunden und das mit dem Tudorwappen stimmt doch, obwohl schon mehrere Leser protestiert haben. Ich hab's schriftlich aus einer offiziellen Genealogie). Dazu die Kombination von »todays life« – von der »beobachtenden Fahndung« bis zur Kontoführung über Armbanduhr (Btx)-Terminal und zum Privatfernsehen (der Kirche).

Nur – mußte das Lob derartig massiv ausfallen? Man wird ja richtig rot dabei. Dabei kann ich beschwören, daß ich Uwe Anton nicht einmal ein Bier ausgegeben habe. Und wie, zum Teufel, soll ich jetzt noch etwas schreiben, das auch nur annähernd an diese Rezension herankommt? Trotzdem: vielen Dank!

Mit freundlichen Grüßen
Thomas Mielke

Auflösung:

Erraten. Dieser egoistische Widerling ist niemand anderes als Alexander Sutherland Neill (1883–1973), genannt Neill, ganz einfach Neill (ohne Mister) und war Gründer und Leiter der Freien Schule Summerhill, die Quelle der antiautoritären Erziehung.

Die grausliche Geschichte, die er im Jahre 1938 veröffentlichte, heißt »Die grüne Wolke«. Er erzählte sie einer aufgeweckten Gruppe von Neunjährigen, die sowohl Zuhörer als auch Mitwirkende waren. Die Geschichte wurde nicht in einem Rutsch erzählt, sondern entwickelte sich; sie wurde nicht kommentarlos hingenommen, sondern jeder hatte Einspruchs- und Änderungsrecht. So stand von Anfang an nicht fest, wie das Ende aussehen würde, alles war offen. Stierkampf, Duell, Revolverhelden, mutige Mädchen, eine verwegene Schiffahrt (nach dem Motto: Hier ist jeder Kapitän); alles was Spaß macht, wurde verarbeitet, denn:

»Sie will nicht erheben. Sie will spannend und komisch sein, und es ist sehr gut möglich, daß nur solche Leute sie verstehen, die denselben Sinn für Humor haben wie ich.«

Unter der »Grünen Wolke« darf die Phantasie schweifen, Unmögliches gedacht werden. Hier gibt es kein: Das darfst du nicht! Das kannst du noch nicht! Dafür bist du viel zu klein!

Neill läßt in seiner Geschichte keine Autorität unangetastet, auch die eigene nicht. Ihn interessiert der Mensch, nicht die Rolle, die er spielt. Er kämpft gegen Vor-Urteile und für Toleranz. Toleranz auch dem politisch anders Denkenden gegenüber. Neill, der sich selber einen Sozialisten nennt, pflegt unter der »Grünen Wolke« Umgang mit einem millionenschweren Kapitalisten namens Pyecraft, ohne in Gewissensnöte ob seiner

Überzeugung zu geraten. Hier stehen nicht »Ismen« gegeneinander auf, sondern ein Mensch einem anderen gegenüber, um gemeinsam einen Dritten mit sanftem Spott zu bedenken: »Beim Clubhaus fanden sie einen Caddy, der sich mit einem Haufen Golfschläger abschleppte, und stellten ihn hinter Chad auf. ›Schon viel besser‹, Neill betrachtete befriedigt sein Werk. ›Das verleiht ihm eine Würde, die er nicht einmal zu Lebzeiten besessen hat. Vielleicht sollten wir ihm noch ein paar hohe Tiere aus einem vornehmen Club zugesellen, ein paar pensionierte Generäle, irgendwas in der Richtung. Dann sieht es aus, als hätte Chad immer mit ihnen Golf gespielt.‹ Michael, der Kommunist, erhob energisch Einspruch, denn Chad war ebenfalls Kommunist gewesen. ›Merkwürdig‹, sprach Pyecraft versonnen, ›daß er als Kommunist einem so bourgoisen Sport wie Golf frönte.‹ ›Da tun Sie ihm unrecht‹, verteidigte ihn Neill. ›Er hat nie Golf gespielt. Sehen Sie sich doch seine Fußstellung an.‹«

Nur nicht alles so verbissen sehen. Im Tode gibt es keine Klassenunterschiede mehr, da fallen die Scheuklappen endgültig.

Etwaige Befürchtungen, diese zynische, blutrünstige Geschichte könnte aus unschuldig spielenden Kindern mordende Erwachsene machen, widerspricht Neill entschieden:

»Ich möchte noch einmal darauf hinweisen, daß sie nicht im geringsten aggressiv sind und niemals Antisemiten, Rassisten oder Faschisten werden könnten. Ich glaube, daß keiner von ihnen jemals einem Führer folgen würde, sei er ein Hitler oder ein Billy Graham. Ich bin ziemlich sicher, daß sich diese Gruppe oder irgendeine andere Gruppe freier Kinder auf einer einsamen Insel nie gegenseitig umbringen würde, wie es Jungen von einer disziplinierten Schule in einer anderen Geschichte getan haben.* Man könnte argumentieren, daß Kinder, die mit neun ihre Aggression ausleben können, mit vierzig kaum aggressiv sein werden ...«

Die Entwicklung gab ihm recht. Aus den sieben wurden keine revolutionären Außenseiter der Gesellschaft, sie gehen

* Er meint die Protagonisten in DER HERR DER FLIEGEN von William Golding, der 1983 den Nobelpreis für Literatur erhielt.

eher bourgoisen Berufen nach: da gibt es sowohl einen Mathematik- wie einen Geschichtsprofessor, einen Physikdozenten und einen Motelbesitzer (einer der Jungen, Gordon, ertrank mit dreizehn Jahren). Die Mädchen wurden allesamt zufriedene Hausfrauen; eine malt nebenbei »sehr modern«.

Man sieht, es hat ihnen nicht geschadet, das wilde Leben unter der »Grünen Wolke«.

Übrigens erfüllte sich Neill mit dieser Geschichte einen langgehegten Traum:

»Im wirklichen Leben ist es mir nicht möglich, all die Quälgeister umzupusten, die mir den ganzen Tag folgen und mich fragen, wieviel Uhr es ist, ob ich Corks irgendwo gesehen habe oder ob ich ihnen zwei Pence leihen kann. Aber in meiner Geschichte kann ich Rache planen und ausführen. Der Wunschtraum jedes Idioten, der eine freie Schule leitet, muß es sein, der allerletzte Mensch auf Erden zu sein.«

Hätten Sie diesem Manne Ihre Kinder anvertraut?

Neill, A. S.: *Die grüne Wolke. Den Kindern von Summerhill erzählt.* Deutsch von Harry Rowohlt. Illustriert von F. K. Waechter. Englischer Originaltitel: *The last man alive.* 206 Seiten. Rowohlt Verlag, Hamburg 1971.

BRIEF AUS DER DDR

Lieber Wolfgang!
Die »Terraforming«-Idee ist in der SF-Literatur keineswegs neu: Man nehme einen Planeten und mache ihn bewohnbar. Erdenmenschen des 21. Jahrhunderts schicken ein riesiges Raumschiff mit humangenetischem Material auf eine Reise, deren Dauer nicht definiert wird. Nach dem Kalkül ihrer Schöpfer werden zu einem bestimmten Zeitpunkt Menschenkinder künstlich gezeugt, geboren, von Robotern umsorgt und erzogen, bis sie schließlich, mit ausreichendem Wissen versehen, schöpferisch und verantwortungsbewußt das eigene Geschick selbst steuernd, den nächstverfügbaren Planeten anvisieren, um ihn, entsprechend dem Auftrag ihrer genetisch-geistigen Väter zu urbarisieren. Diesen Planeten nennen sie Andymon.

»Andymon« heißt auch jene »Weltraum-Utopie« von Angela und Karlheinz Steinmüller, die bereits als zweite Auflage vorliegt und natürlich sofort restlos vergriffen war. Hauptsächlich für jugendliche Leser geschrieben, wirft der Roman eine Reihe von Fragen auf, die aus der Sicht der Autoren – nicht immer frei von belehrenden Tönen – beantwortet wird, abenteuerlich fesselnd, unkompliziert, keineswegs aber primitiv. Unübersehbar wird das immerwährende, nicht zu hemmende Streben nach menschlicher Erkenntnis dokumentiert, damit der Mentalität der Adressaten entgegenkommend.

Im »Andymon« erzählt in der Ich-Form einer der ersten, als »Verschmelzungsprodukt des Spermiums eines menschlichen Vaters und der Eizelle einer menschlichen Mutter ... an Bord eines Raumschiffes ohne Namen vom Inkubationssystem 2« erzeugten Menschen namens Beth, von einem bestimmten Stand der Besiedlung Andymons zurückblickend, über sein und seiner »Geschwister« Entstehen, Werden, Wachsen. Allem voran stellt Beth die Frage der Herkunft. »Woher komme ich? Wohin gehe ich?«

Für den Leser ist das die Frage nach dem Geschick der Erde, von der aus das Raumschiff ausgesandt wurde, um der menschlichen Rasse den Kosmos zu erschließen. Zugegeben, für die Fabel des Werkes ist das unerheblich; wichtig allein, daß den aus der Retorte Erweckten als Erbe all das übergeben wurde, was der Menschheit bester Teil ist, nämlich das erhabene, vorwärtsdrängende Humane, Schöpferische. Allerdings habe ich während der Lektüre ständig auf einen Hinweis gewartet, was aus der Erde wurde. Der Leser lebt nämlich hier und heute, nicht in einer utopischen Ferne, getrennt durch Raum und Zeit von den Sorgen und Problemen, die zukunftsentscheidend sind. Wäre »Andymon« nicht in den achtziger Jahren dieses Jahrhunderts geschrieben worden, d. h. während einer Epoche der Menschheitsgeschichte, deren Kontinuität durch todbringende Atomschlagsdrohungen gefährdet wird, so würde diese Auslassung den Autoren nicht zu verdenken sein. Doch aus dem Hoffen und Bangen um das Präsente erwächst die Frage: War vielleicht die Mission in Richtung Andymon die letzte Hoffnung der Erdenmenschen, ihrer Rasse eine Überlebensmöglichkeit zu verschaffen, möglichst fern von der kosmischen Position ihres Heimatplaneten, damit ihr Schicksal niemals in der galaktischen Gemeinschaft ruchbar wird? Weist jenes Indiz, daß die Reise nach endlos langer Dauer nicht etwa in der Nähe eines erdähnlichen, sondern eines bewohnbaren Planeten endet, ebenso wie das nicht genügend abgeklärte Wissen und die Zeitnot der Raketenschöpfer darauf hin? Andernfalls hätte man ja warten können, bis die sich explosionsartig entwickelnde Wissenschaft geeignete Bedingungen für menschliche Weltraumpioniere gefunden haben würde.

Die Autoren lassen jedoch Leser und Andymon-Bewohner im unklaren: »Was geschah mit der Erde nach 2000? – Letzte Daten vom 31. Dezember 1999. – Wieso keine späteren Daten? – Keine Information verfügbar!«

Da bleibt der Computer stur, und die Autoren drücken sich um eine Antwort, die zwar keine Gewißheit gäbe, jedoch Hoffnungen wecken könnte. Und das wäre viel gewesen. Dagegen bleiben die beiden Steinmüllers hübsch wissenschaftlich: Eine Weltraum-Utopie – bitte sehr, aber keine Prognose, die sich als

Utopie erweisen könnte. Natürlich sind sie als sozialistische Autoren optimistisch und völlig vom Sieg der Vernunft überzeugt – oder?

Nach den unbeantworteten Fragen zurück zum Geschehen. Beth, der Zweitgeborene – der Erstgeborene heißt Alfa – erzählt von seiner Kindheit, dem vergnüglichen Erschließen der Welt, das die Konstrukteure des Raumschiffs ihren Geschöpfen vorprogrammierten, und von dem lehrhaft spielenden Aneignen menschlichen Wissens und technisch-universeller Bildung bis zur Perfektion. Betreut von »Rammas«, einem »ausgeklügelten Betrug, falsch bis auf die metallenen Knochen, bloßer Trick und Imitation« – der Begriff ist eine Wortschöpfung aus Roboter, Mama und Amme – gediehen die Retortenbabies in postmenschlicher Fürsorge. Später wurde die Erziehung und Wissensvermittlung von »Guros« übernommen, von denen man vermutet, daß ihr Name die Abkürzung für »Genialer Universalroboter« sei.

Die Verfasser verstehen es, das Sichbewußtwerden der Maschinenerzeugten interessant zu erzählen. Obwohl alle Retortenkinder die gleichen Umweltsbedingungen für das Werden ihres Bewußtseins vorfinden, besitzen sie extrem divergierende Interessen, Fähigkeiten und Neigungen. Genetisch determiniert, entwickeln sie jene unterschiedlichen Standpunkte, die für den dramaturgischen Aufbau der Erzählung unentbehrlich sind. Tief griffen die Konstrukteure des Homo sapiens futuri in das Schatzkästlein unterschiedlichster Erbanlagen, dabei ein herrlich buntes Gen-Cocktail mixend, auf daß nicht einer der menschlichen Tugenden in den Abgrund der Vergangenheit versinke. So entsteht nicht eine konforme, moralisch-ideologisch einspurige fixierte Interessengemeinschaft monolithischen Gepräges, sondern die Keimzelle einer pluralistischen Gesellschaftsordnung. Es entwickelt sich sogar ein Intrigant, dessen »Führernatur« diktatorische Züge trägt und dem die von ihm mit Phrasen geköderten Gefolgsleute blind vertrauen – fast bis zum bitteren Ende.

Logisch daraus folgernd, formulieren die Autoren einen weiteren wichtigen Fragenkomplex: Welche Struktur wird die künftige »andymonische« Gesellschaft aufweisen? Welcher Art werden die gesellschaftlichen Beziehungen sein, die die »Geschwister«, die einzelnen Gruppen miteinander eingehen? Da für eine Klassengesellschaft die materiellen Grundlagen fehlen, könnte sich eine Art Urkommunismus, eine klassenlose Gesellschaft installieren. Dieser Situation gewinnen die Verfasser, dank der schon geschilderten Differenziertheit der Helden, einige reizvolle Konstellationen ab, die auch dem Leser nicht fremd sind: Gruppen, Minderheiten steigen aus dem Programm linearer Planmäßigkeit aus. Hohes Interesse erweckt, wie solche Außenseiter von den Autoren behandelt werden, denen ja derartige Erscheinungen sowohl vom bürgerlichen als auch vom sozialistischen Alltag her nicht unbekannt sein dürften.

Die Steinmüllers beschreiben zwei verschiedene Formen des gesellschaftlichen Abseits. Zunächst setzt sich eine »Gruppe Geschwister« voll sektiererischer Einmütigkeit in Richtung eines Mondes ab, um sich dort zerebral zu einer Art Überbewußtsein zusammenzuschließen, ähnlich dem technischen Vorgang, mit dem man Batterien in Reihe schaltet. Die völlig anders gearteten Vorstellungen vom Aussehen einer künftigen menschlichen Gesellschaft führt jene Gruppe zur absoluten Isolation. Ihr Sprecher begründet diesen Schritt: »Ach, Andymon ... Das ist ja nur ein Planet, einer unter Hunderten von Millionen. Wenn ihr ihn seht, vergeßt ihr alles andere, habt nur noch im Kopf, ihn zu einer imitierten Erde zu machen. Damit ihr euch dann auf das weiche Moos unter die schattenspendenden Bäume legen und pennen könnt. Euer Horizont ist doch nur dieser dreckige Planet.«

Wie nicht anders zu erwarten, stößt dieser Versuch, die intellektuelle Leistungsfähigkeit durch Zusammenschluß zu potenzieren, auf ablehnendes Bedauern. Doch anders als gewohnt – oder sollte man besser »utopisch-antipräsentiell« formulieren – läßt man die »Andersdenkenden« gewähren, ignoriert sie so lange, bis sie selbst unter ihrem Experiment zusammenbrechen und von sich aus Kontakte mit den anderen der Andymon-Gesellschaft suchen. Man gibt ihnen die Gelegenheit, die Effektivität ihrer Lebensform zu beweisen (»Vielleicht ist das die Zukunft der Menschen. Wer weiß, in ein paar

Jahren sind sie uns allen über, und dann werden wir sie nachahmen.«), oder zu scheitern.

Die andere Form des Sichverweigerns scheint ebenfalls ein Heute zu porträtieren: Als die ersten Kinder normal geboren werden, beschließen die Eltern, ihre Nachkommen gemeinsam zu erziehen. Jeder, jede Kleine ist das Kind aller Erwachsenen, die sich völlig dem Naturhaften widmen. Sie grenzen sich ab, bauen ihr eigenes Gemüse an und verlieren den Blick für das Gesamtprojekt. Gesellschaftlich beginnen sie dort, wo der Mensch noch naturverbunden lebte und die Umwelt als Teil seines Ichs empfand, also mit einer Art technifiziertem Urkommunismus, einer Variante der Kommune, aber nur einer Variante, denn es schläft nicht jeder mit jeder: Kommune in Monogamie. Das bewußte Absondern erklärt sich als ein verständliches Suchen des eigenen Weges abseits von den Pfaden des Gemeinschaftsclans, zwar planlos, aber entgegen jedem Zentralismus.

Das Bemerkenswerte, das eigentlich Wesentliche finden wir in der Toleranzauffassung der Gruppen. Andere nie voller Vorurteile und die eigenen Wertvorstellungen als absolut nehmend zum eigenen Glück zu zwingen, darauf lenken die Autoren das Verständnis, die Aufmerksamkeit des Lesers. Indem sie den Weg der Aussteiger nachvollziehen, machen sie deren Möglichkeiten und Grenzen sichtbar wie auch die Straße, die in den Schoß der Gesellschaft zurückführt. Denn schließlich kann, so entäußert sich das Machbare, niemand auf die Dauer außerhalb der ihn umgebenden Gesellschaft leben, sondern nur in und mit ihr. Daß dabei die Gesellschaft selbst an Substanz gewinnt, wird zu einer wertvollen Erkenntnis. Auch das machen die Autoren deutlich: Die Gesellschaft vergibt sich nichts, wenn sie Suchenden den Weg bis zur Erkenntnis der relativen Wahrheit gehen läßt, vorausgesetzt, die Außenseiter werden nicht zur unmittelbaren Gefahr.

Diesen Fall explizieren die Autoren am Beispiel des bereits erwähnten Extremisten, der seine Ziele hinter demagogischen Phrasen verbirgt und dessen diktatorisches Handeln schließlich die Zukunft Andymons und seiner Bewohner aufs äußerste gefährdet. Dem Radikalisten setzt man jedoch keinen Radikalismus entgegen. Er wird vielmehr durch Argumente gezwungen, sich selbst zu entlarven, die Beweise führen ihn ad absurdum. Sich isolierend, wird er aber ob seiner Verbrechen weder mit Gefängnis noch mit dem Bann oder dem Tode bestraft. Einmütig verurteilen ihn alle »Geschwister« zum Verbleiben in der selbstgewählten Isolation, indem sie ihm die gesellschaftliche Kommunikation verweigern. Wer sich gegen die Gesellschaft stellt, dem verweigert die Gesellschaft das Recht auf Gemeinsamkeit.

Das andymonische Modell kann also auch nicht ohne Rechte und Pflichten, ohne formulierte Grundsätze geregelten und geordneten Zusammenlebens auskommen. Die Autoren lassen offen, wie diese Rechte, diese Gesetze, inhaltlich ausgestaltet werden. Klar bleibt aber, daß jede wie auch immer geartete menschliche Gemeinschaft nicht ohne geschriebene oder ungeschriebene Regeln, Gesetze, Normen auskommen kann, mit denen sich ihre Mitglieder identifizieren. Daß sich die Normen immer den objektiven Bedingungen anpassen und entsprechend ihren Veränderungen modifizieren müssen, wird eindrucksvoll verdeutlicht.

Unter dem Blickwinkel dieser ausgewählten Einzelprobleme scheint der »Andymon« weniger die im Untertitel formulierte »Weltraum-Utopie« zu sein, sondern eher ein Spiegelbild und Diskussionsforum aktueller Bezüge. Die Autoren stellen ihre durchaus akzeptablen und nicht problemlosen Ansichten vor. Eher bezieht sich der Untertitel darauf, daß sich der »Andymon« mit den naturwissenschaftlichen Problemen des Umwandelns eines lebensfeindlichen Planeten in eine homonide Heimstatt beschäftigt. Damit legen die Autoren auch ihre Überzeugung von der Fähigkeit des Menschen dar, jede noch so unüberwindlich scheinende Hürde schöpferisch zu überwinden. Der Mensch wird immer überleben und siegen.

Das ist eine schimmernde Hoffnung, eine Hoffnung für das im utopischen Dunkel gelegene Schicksal der »andymonischen« Mutter Erde. Sie lebt!

Viele liebe Grüße
Dein *Herbert Kießling*

BÜCHER

Catherine Hermary-Vieille

Der Großwesir der Nacht

(*Le grand vizir de la nuit,* 1981)
Aus dem Französischen übersetzt von Bettina Runge
Stuttgart. Klett-Cotta. 1983.
220 Seiten, DM 29,80

von Karl Michael Armer

Wenn man im Urlaub in einem fernen Land müde und ein bißchen überreizt um die Kurve fährt und plötzlich liegt eine paradiesische Landschaft vor einem, oder wenn man zum erstenmal in eine Guave beißt oder den ersten Schluck *Southern Comfort* auf der Zunge zergehen läßt – das sind die kleinen und doch so großen Augenblicke, die das Leben lebenswert machen, weil man etwas Neues entdeckt hat und von einem intensiven Glücksgefühl durchströmt wird.

Bücher vermitteln dieses Gefühl leider sehr selten. Man entwickelt als Leser seine Routinen, der Autor entwickelt auch seine Routinen; das Buch wird konsumiert wie so viele vor ihm, und das war's auch schon. Das große Leseerlebnis, bei dem man alle zwei Seiten anerkennende Knurrgeräusche von sich gibt und – wenn man selbst Autor ist – Neidgefühle auf diesen Schurken bekommt, der so gut schreiben kann, das widerfährt einem doch nicht allzu häufig.

Von einer solchen Ausnahme gilt es hier zu berichten. Catherine Hermary-Vieilles Roman »Der Großwesir der Nacht« ist eines dieser Zauberwerke, die man an einem trüben Spätnachmittag in die Hand nimmt, und Minuten später ist man in einer anderen Welt. In diesem Fall wird der geneigte Leser an die Ufer des Tigris entführt, in das Bagdad des Kalifen Harun al Raschid. Man durchwandert unglaublich prunkvolle Paläste, erlebt Intrigen, Amouren, mit knatternden schwarzen Fahnen auf Rennkamelen durch den Wüstenwind preschende Garden und alles, was man sich von einem orientalischen Abenteuer nur erwarten kann.

Aha, 1001 Nacht überarbeitet und neu herausgegeben, wird der kritische Zeitgenosse nun sagen. Nichts, was wir nicht aus den üblichen Fantasy-Epen schon kennen.

Stimmt. Aber *wie* die Autorin ihr Bagdad der Phantasie lebendig zu machen versteht, das ist die Kunst dieses Romans, der so beginnt:

Es war in alter Zeit, vor Jahren und Jahrhunderten, als in der Runden Stadt mit den drei Festungsmauern, in der Stadt des Heils, jener Gottesgabe auf Erden, ein Bettler, ein Mann ohne Besitz und Stand, im ockerroten Staub eines späten Sommernachmittags sich anschickte zu sterben. Er war so alt, so von Falten zerfurcht, so gleich schon dem braungelben Mauerwerk, welches die Stadt mit drei hochmütigen Mauerwällen umgab, daß er damit verschmolz wie eine Goldmünze im Sonnenuntergang.

So beginnt der Bericht des Bettlers Achmed, den er im Lauf von zehn Abenden einer immer größer werdenden Zuhörerschar erzählt. Er berichtet von seinem Herrn und Geliebten, Dschafar aus dem Geschlecht der Barmakiden, und dessen kometenhafter Karriere als Günstling Harun al Raschids und seinem unrühmlichen Ende.

Was neben der abenteuerlichen Handlung so beeindruckt, ist die poetisch dichte Sprache und der unglaubliche Detailreichtum des Romans. Die Sätze, die durch viele Einschübe und nachgestellte Aufzählungen anfangs etwas sperrig wirken, gewinnen im Verlauf der Erzählung eine kinohafte Plastizität, sie greifen ineinander und rollen dahin wie Sandwellen in der Wüste unter dem Abendwind. Es ist kein orientalischer Stil, den die Autorin schreibt, sondern eine sehr eigene Erzählform, in barocker Weise weitausholend, von impressionistischen Tupfern und lyrikhaft komprimierten, auffunkelnden Beobachtungen immer wieder überraschend unterbrochen. Ein Indiz für die sprachliche Meisterschaft mag auch sein, daß dieser Erstlingsroman der bis dahin unbekannten Autorin auf Anhieb den *Prix Femina* gewann, einen der renommiertesten Literaturpreise Frankreichs.

Catherine Hermary-Vieille hat Orientalistik studiert, und die genaue Kenntnis der Orte, der Sitten und Gebräuche ihres arabischen Schauplatzes macht ein Gutteil der Faszination dieses Romans aus. Menschen und Orte werden mit so unglaublicher Anschaulichkeit geschildert, daß sie in der Phantasie aufflammen wie ein Blitzlicht in der Nacht und mit unwirklicher Klarheit ins Gedächtnis gebrannt werden. Und noch ein weiterer Punkt spricht für die Autorin: Sie weiß, wann sie aufhören muß. Ihr Roman hat genau die richtige Länge.

Verglichen mit dem »Großwesir der Nacht« sind die ausufernden Epen der, meist ebenfalls weiblichen, Fantasy-Großmeister nur zeilenschinderische, stilistisch unbeholfene Bläßlinge (von Ursula LeGuin einmal abgesehen).

Klett-Cotta, der sich mit einer enormen thematischen Bandbreite und einer verblüffenden Qualitätsdichte wieder zu einem der profiliertesten deutschen Verlage entwickelt hat, ist mit diesem Roman ein weiter großer Wurf gelungen. Eines der besten Werke spekulativer Imagination der letzten Jahre – und wie üblich allein wegen der wunderschönen Ausstattung durch Heinz Edelmann schon den Kauf wert.

Carl Amery

Das Königsprojekt

München. Wilhelm Heyne Verlag. 1984.
304 Seiten, DM 8,80 BIBLIOTHEK DER SCIENCE FICTION LITERATUR Band 35

von Walter Bühler

Die Taschenbuchausgabe von Carl Amery (d. i. Christian Mayer) ist ursprünglich, da außerhalb der gängigen Science Fiction-Reihen erschienen, kaum beachtet worden. Der Roman verunsicherte 1974 (im Piper Verlag, München, als Hardcover erschienen) vor allem die etablierte Literaturkritik, war es doch Amerys erster Ausflug in die Science Fiction vor dem bekannten und erfolgreichen post holocaust-Roman »Der Untergang der Stadt Passau« (Heyne Verlag 1975)* und dem Parallelweltroman »An den Feuern der Leyermark« (Nymphenburger 1979, inzwischen ebenfalls Heyne Verlag**). Anfang der siebziger Jahre setzte er sich in seinen anderen Büchern besonders mit der katholischen Kirche auseinander, später mit der Umweltschutzbewegung. Carl Amery (Jahrgang 1922) lebt in München, ist PEN-Mitglied und gehört zu den wichtigsten zeitgenössischen Autoren der Bundesrepublik Deutschland.

Amerys Science Fiction spielt nicht irgendwo im Weltraum, sondern sozusagen mitten unter uns – hier in Europa. Im »Königsprojekt« besitzt der Vatikan eine Zeitreisemaschine, mit der er die Geschichte korrigieren und die evangelisch-katholische Kirchenspaltung in der Zukunft (zugunsten des Vatikans natürlich) aufheben möchte. Der Roman zerfällt in verschiedene Handlungsstränge und Sequenzen. Da gibt es den Schweizergardist, Gentleman und Edelagent Fueßli. Ihn versucht das interne Vatikanteam, zerrissen in Intrigen und Machtkämpfe, als kirchlicher Geheimdienst zu leiten. Auf der weltlichen Seite spielen die Jakobiten in Schottland und ein bayeri-

* HEYNE-BUCH Nr. 06/3461
** HEYNE-BUCH Nr. 06/3835

scher Jungunternehmer sendungsbewußte Rollen. Da der Superagent aus sehr menschlichen Gründen desertiert, ergibt sich eine alles noch komplizierende Zeitschleife. Schließlich explodiert die Zeitreisemaschine, und aufständische bayerische Schützenkapellen versinken gar auf mysteriöse Art in einem gewöhnlichen Stausee.

Amerys Roman ist eine bissige Satire auf die katholische Kirche, voller Ironie und Späße, »Science Fiction in der Soutane«, wie die NEUE ZÜRICHER ZEITUNG treffend schrieb. Neben dem Vatikan rechnet er mit elitären monarchistischen Zirkeln, schottischem Regionalismus und bayerischem Hinterwäldlertum ab. Die Erzählung ist sehr gut recherchiert und daher voller interessanter Fakten. Viele Humoresken erscheinen ungemein facettenreich und die Charakterzeichnungen fast überdeutlich. Amery setzt allerdings auch einige Lateinkenntnisse voraus ...

Die Grundzüge dieser Satire sind für das Science Fiction-Genre keineswegs ungewöhnlich oder neu, aber die überragende Detailfülle und häufigen Gags machen den Roman zur vergnüglichen Unterhaltungslektüre. Verglichen etwa mit Kurt Vonnegut wirkt Amery äußerst »europäisch« und von gehöriger historischer Tiefe. Gegenüber der angloamerikanischen Szene kann sich das »Königsprojekt« wohl behaupten, in der deutschen Science Fiction ist das vorerst unerreicht.

John Crowley

Maschinensommer

(*Engine Summer*, 1979.)
Aus dem Amerikanischen übersetzt von Irene Holicki
München. Wilhelm Heyne Verlag. 1982.
HEYNE-BUCH Nr. 06/3932
302 Seiten. DM 6,80

von Joachim Körber

John Crowley gehört zu den meistbeachtetsten und gelobtesten neuen Autoren der siebziger Jahre in der SF. Schon sein Romanerstling, *The Deep* (1974, *In der Tiefe**) wurde von der Kritik einhellig positiv aufgenommen, und für sein neues Werk, das monumentale Fantasy-Epos *Little, Big***, wurde er sogar mit dem World Fantasy Award ausgezeichnet. Aus dem Kanon seiner ersten vier Romane – der zweite war *Beasts* (1976, *Geschöpfe****) –, die zugegebenermaßen alle überdurchschnittlich sind, ragt *Engine Summer* besonders heraus, und man kann wohl jetzt schon prophezeien, daß dem Buch ein Platz unter den besten SF-Romanen der siebziger Jahre sicher sein wird.

Crowley greift in *Engine Summer* ein Thema auf, das in der Science Fiction nicht neu ist, das des Lebens nach dem atomaren Holocaust, doch die Art und Weise, wie er es bringt, macht den Roman zu einem Lesevergnügen erster Güte.

Die Menschen, die den Weltkrieg, »Sturm«, wie er in der Überlieferung genannt wird, überlebt haben, führen ein beschauliches, besinnliches Leben. »Maschinensommer« nennen sie selbst ihre Epoche, die den Spätherbst der menschlichen Zivilisation bildet. Geschildert wird die Geschichte des Jungen Sprechendes Schilfrohr, der in einem kleinen Flecken namens Belaire zur Welt kommt. Zu Beginn der Geschichte findet er

---

* HEYNE-BUCH Nr. 06/3821

** Eine Hardcover-Ausgabe des Romans ist im Verlag S. Fischer, Frankfurt a. M., in Vorbereitung

*** HEYNE-BUCH Nr. 06/3684; er wurde in Deutschland als erster, also vor »In der Tiefe« veröffentlicht.

sich unter geheimnisvollen Umständen in der Welt der Engel (so werden die einstigen Menschen aus der Blütezeit der Zivilisation genannt), von der die Legende berichtet. Einer dieser Engel bittet ihn, seine Lebensgeschichte zu erzählen, die dann auf Kristalle aufgezeichnet wird.

Sprechendes Schilfrohr wächst in die geheimnisvolle, oft nur schwer zugängliche und verständliche Welt von Klein Belaire hinein, wo die Menschen in seltsame Gruppen unterteilt sind, die sie »Schnüre« nennen. Jede dieser »Schnüre« hütet verschiedene Geheimnisse und Relikte aus der alten Welt vor dem Zusammenbruch und erfüllt verschiedene Aufgaben. Eines jedoch ist ihnen allen gemein: alle Menschen sprechen die Wahrheit, immer und rückhaltlos, weswegen man sie die »Aufrichtig Sprechenden« nennt. Sprechendes Schilfrohr ist es gewöhnt, immer die Wahrheit zu sprechen, und als er später, außerhalb des Dorfes, auf wildlebende Menschen trifft, die nicht immer die Wahrheit sagen, sind die Barrieren zwischen ihnen fast unüberwindbar. Als er zum Jüngling heranreift, lernt er das Mädchen Einmal-am-Tag kennen, offenbart ihr einige seiner Geheimnisse, erfährt von ihren und verliebt sich in sie. Doch sie verläßt den Ort Klein Belaire, und Sprechendes Schilfrohr folgt ihr nach einer langen und rastlosen Wartezeit.

Doch zunächst verdrängt er das Mädchen aus seinem Sinn. Er möchte ein Heiliger werden, ein Mann mit Wissen und Weisheit, und daher sucht er einen Mann, der ihm als Heiliger geschildert wird, in den Wäldern auf, um bei ihm in die Lehre zu gehen. Doch Heiliger zu werden ist nicht so, wie er es sich vorgestellt hat, und auch der alte Mann selbst kann ihm keinen Rat geben, wie er einer werden könnte, ganz bestimmt jedoch nicht, indem er in seiner (des alten Mannes) Hütte bleibt und sich nicht die Welt ansieht.

Daher zieht Sprechendes Schilfrohr weiter, und schließlich findet er seine Einmal-am-Tag wieder. Sie lebt bei einer kleinen Gruppe von Menschen, die sich in den Überresten einer Stadt der »Engel« niedergelassen haben. Sie gehören nicht zu den »Aufrichtig Sprechenden«, daher findet Sprechendes Schilfrohr kaum Zugang zu ihnen, und auch seine ehemalige Freundin ist auf seltsame Weise von ihm entfremdet.

Wie sich bald herausstellt, ist es eine mysteriöse Nachricht von einem Dr. Boots, die alle Menschen verändert, und als Sprechendes Schilfrohr die Nachricht selbst hört, verändert sie auch ihn auf drastische Weise. Dr. Boots ist eine durchsichtige Kugel, die auf seltsame Weise direkt mit dem Verstand der Betroffenen spricht. Was Schilfrohr verblüfft, ist, daß Boots überhaupt nichts zu sagen hat.

Von Unrast getrieben, bricht der junge Mann wieder auf, dieses Mal in Begleitung einer riesigen halbintelligenten Katze. Zu dieser Gruppe gesellt sich später noch eine Kuh. Gemeinsam bereisen sie die STRASSE, ebenfalls ein Relikt aus vergangenen Zeiten, und richten sich schließlich zum Überwintern ein.

Nach dem Winter kehrt Schilf nach Klein Belaire zurück, und der Kreis schließt sich wieder. Er begegnet einem Mann, der aus den Lüften herabschwebt, sich Mongolfier nennt und ihn mit zur Welt der Engel hinaufnimmt. Und dort schließlich finden alle Rätsel und geheimnisvollen Anspielungen des Buches ihre Lösung, doch die an dieser Stelle zu verraten, hieße, den unterhaltenden Lesespaß zunichte zu machen. Verraten werden soll, daß sich alles ins rechte Lot fügt, wie man es bei einem derartigen Roman erwarten kann, und doch sind die Lösungen verblüffend und originell.

Vergleiche zwischen *Engine Summer* und *Davy* von Edgar Pangborn* drängen sich auf und wurden schon an anderer Stelle gezogen. Sie sind insofern zutreffend, als das Buch von einem ebenso tief empfundenen Humanismus geprägt ist wie Pangborns Werk, und doch ist *Engine Summer* etwas anderes, Neues, dafür sorgt allein schon Crowleys meisterliches stilistisches Einfühlungsvermögen, und sein schriftstellerisches Talent, das die meisten seiner Kollegen weit hinter sich läßt. *Engine Summer* ist der vielzitierte »Lesegenuß ohne Reue«, ein ausgefallenes, einzigartiges Buch, das man gelesen haben sollte – und das gilt auch für die anderen Bücher dieses Autors.

* BIBLIOTHEK DER SCIENCE FICTION LITERATUR Band 42

Lee Killough

Die Pest der Götter

(*A Voice Out Of Ramah, 1979*)
Aus dem Amerikanischen übersetzt von Irene Holicki
München. Wilhelm Heyne Verlag. 1983
HEYNE-BUCH Nr. 06/4016
283 Seiten. DM 6,80

Auf dem Planeten Marah sind die Nachkommen gestrandeter Terraner, die der übertechnisierten Welt ihres Heimatplaneten entfliehen wollten, einem geheimnisvollen Virus ausgesetzt: Zu Beginn der Pubertät rafft er zirka neunzig Prozent der männlichen Bevölkerung hin. Die überlebenden zehn Prozent der Männer beherrschen den Planeten, sie üben die religiöse und damit auch die Staatsgewalt aus, denn Marah hat sich zu einer Theokratie entwickelt, der Tod des Großteils der heranwachsenden Männer wird als gottgegeben und -gewollt angesehen.

Mitglied dieser Theokratie ist Jared, der auch die Aufgabe bekommt, eine Fremdweltlerin zu empfangen, die nach Jahrhunderten den ersten Kontakt mit der verlorengegangenen Kolonie etablieren will. Jener Fremdweltlerin – Alesdra Pontokouros – obliegt es, den Herrschenden auf Marah einen Transmitter zu verkaufen, mit dem Handelsbeziehungen zu den anderen von Menschen besiedelten Welten möglich würden. Ihr männlicher Begleiter stirbt nach kurzer Zeit an dem Virus, an Bord des Raumschiffes werden Vorbereitungen getroffen, den Phagen zu isolieren und ein Gegenmittel zu entwickeln; vorerst bleibt Alesdra die Rückkehr an Bord des Schiffes jedoch verwehrt.

Der Tod des Terraners reißt Jared aus seinem geistigen Gleichgewicht; während er sich vor den Intrigen von Rivalen schützen muß, die ihn abgesetzt sehen wollen, entdeckt er, daß die männliche Bevölkerung von Marah nach drei Generationen immun gegen den Virus geworden ist und die Priesterschaft durch ein Zufallsprinzip weiterhin neunzig Prozent der pubertierenden Jungen tötet, um Wort und Willen Gottes ungebrochen durchzusetzen.

Jared flieht: als Frau verkleidet lebt er unter Frauen und durchschaut zum erstenmal die gesellschaftlichen Realitäten einer Staatsform, in der die Macht mit einem fast mittelalterlich anmutenden Absolutheitsanspruch, beruhend auf einem vermeintlich göttlichen Gebot, das einzuhalten sei, so grausam es auch sein mag, von einem Bruchteil der Gesamtbevölkerung ausgeübt wird. Dahinter stecken natürlich handfeste Machtgelüste: würde die gesamte männliche Bevölkerung von Marah überleben, so verlöre die Herrschaft der Theokratie ihren natürlichen, »gottgegebenen« Anspruch – die wenigen überlebenden Männer sind »etwas Besonderes« – und würde schnell zugrunde gehen. Doch nun läßt der Konfliktanstoß durch die Außenwelt das vorher in sich geschlossene System reagieren: die aufgebrachte, zahlenmäßig überlegene Frauenbevölkerung wischt die Herrschaft der männlichen Theokratie hinweg.

Lee Killough ist eine junge amerikanische Autorin, die 1970 ihre erste Story veröffentlichte, aber erst gegen Ende der siebziger Jahre mit bemerkenswerten Romanen auf sich aufmerksam gemacht hat. Ihr Erstling, DAS DOPPELGÄNGER-GAMBIT (München 1982, HEYNE-BUCH Nr. 06/3933) erinnert ein wenig an Alfred Besters Roman DEMOLITION und schildert das Amerika einer nahen Zukunft, in der durch Datenkontrolle die perfekte Überwachung eines jeden Bürgers gegeben ist. Im Mittelpunkt dieses Romans steht ein Mörder, der versucht, trotz dieser nahezu allumfassenden Observation seine Tat ungestraft begehen zu können.

Mehr noch als in ihren Romanen erweist sich Lee Killough in ihren Kurzgeschichten als ausgefeilte Stilistin; mit fast einzigartiger Federführung gelingt es ihr, einfühlsame Stimmungsbilder zu zeichnen. Ihre Charaktere sind allesamt glaubhaft und realistisch geschildert; ihre Reflektionen treiben die Handlung genauso voran wie äußere Einflüsse.

Im vorliegenden Roman entwirft die Autorin das Bild einer fremdartigen Gesellschaft mit all seinen Aspekten; sie untersucht die Machtlegitimation einer Theokratie, aber auch das Verhalten der Menschen, die darin leben. Darüber hinaus wendet sie sich geschlechterspezifischen Fragen zu; auf Marah übt eine minimale männliche Bevölkerung die fast unumschränkte Macht aus und steht einer großen rechtlosen weiblichen Population gegenüber. Diese Polarisierung der Geschlechter wirkt sich bis in die kleinsten Aspekte des alltäglichen Lebens aus; mit sicherer Feder läßt Lee Killough die Weltsicht ihres männlichen Protagonisten langsam zerbröckeln und ihn zu einem neuen Bewußtsein finden. Ihr weiblicher Protagonist dagegen ist ein Fremdkörper in diesem System, durch dessen Auge der Leser eine zweite Perspektive gewinnt.

Über aller Theorie vergißt Lee Killough die Reize einer gut konstruierten, spannenden und einfühlsamen Handlung nicht; sie hat mit DIE PEST DER GÖTTER keine Gesellschaftstheorie in Romanform erstellt, sondern in einer spannenden Handlung glaubhafte Charaktere in eine stimmige Welt gesetzt, ohne das Unterhaltungsbedürfnis der Leser außer acht zu lassen.

Auf weitere Werke dieser Autorin kann man gespannt sein.

Isaac Asimov

Die Apokalypsen der Menschheit

Köln. Kiepenheuer & Witsch. 1982
482 Seiten. DM 38,—

von Uwe Anton

Isaac Asimov ist nicht nur ein bekannter Science Fiction-Autor (man denke an seine Roboter-Geschichten oder die »Foundation«-Serie), sondern in dieser Hinsicht mit in den USA über zweihundert veröffentlichten Büchern auch überaus populär als Wissenschaftsautor. Sein Spektrum reicht von kommentierten Führern zu Shakespeare oder der Bibel über historische Sachbücher bis hin zu spekulativwissenschaftlichen Werken über die Zukunftsforschung.

Im vorliegenden Buch beschäftigt er sich mit – und hier trifft der Klappentext vollauf zu – wahrhaft enzyklopädischem Wissen und faszinierender Gedankenklarheit mit den »Katastrophen, die unsere Welt bedrohen« – so der Untertitel.

All diese denkbaren Katastrophen teilt der Autor der Bedeutung nach in fünf Gruppen ein. Die »Katastrophen der ersten Art« sind die kosmisch unabdingbaren, die nicht nur das menschliche Leben, sondern das ganze Universum vernichten werden. Der geläufigsten, plausibelsten Theorie nach dehnt sich unser Universum aus; irgendwann wird es wieder zusammenstürzen und dabei den Hitzetod erleiden. Doch dieser Zeitpunkt liegt so weit in der Zukunft, daß es höchst unwahrscheinlich ist, daß dann noch Menschen existieren werden.

Um diese Entropiezunahme erklären zu können, baut Asimov klein auf und liefert – praktisch nebenbei – noch eine geraffte Entstehungstheorie des Universums mit, einen faszinierenden Kurs in Kosmologie, der dem Leser die Zusammenhänge seiner und der übergeordneten Existenz des Universums plausibel macht.

Die »Katastrophen der zweiten Art« beschäftigen sich mit der Sonne, jenem Gestirn, von dem das Leben auf der Erde unmittelbar abhängt. Irgendwann wird auch die Sonne sterben, zur Supernova aufflackern, deren Gluthölle auch die Erde erfassen wird, und dann zusammenstürzen. Aber auch dieser Zeitpunkt liegt noch schier unendlich weit in der Zukunft; bis dahin müßte die Menschheit Technologien entwickelt haben, in ein anderes Sonnensystem mit einer »jüngeren« Sonne umzusiedeln. Die Gefahr, daß irgendein Himmelskörper in die Sonne stürzt, sie vernichtet oder aufflackern läßt, ist genauso gering wie diejenige, daß einer dieser Himmelskörper – sei es ein Komet oder Asteroid – auf die Erde stürzt, sie unbewohnbar macht oder vernichtet.

Und damit wären wir schon bei »Katastrophen der dritten Art«: bei Vorgängen, die sich auf der Erde selbst abspielen. Abgesehen von der Verlangsamung der Mondrotation, deren

Folgen aber auch erst in Jahrmillionen deutlich werden, sind diese Katastrophen mehr oder minder lokal begrenzt. Erdbeben und Vulkanausbrüche können die Zivilisation als Ganzes nicht auslöschen, weitergehende Veränderungen wie neue Eiszeiten oder Erdmagnetfeldumkehrungen müßten sich so lange vorher ankündigen, daß man Gegenmaßnahmen ergreifen kann.

Je kleiner die Katastrophen im kosmologischen Zusammenhang sind, desto akuter und bedrohlicher werden sie für die Menschheit. Die »Katastrophen der vierten Art« bestehen hauptsächlich aus neuen Krankheiten – vielleicht willkürlich manipulierte Mikroorganismen, die sich dann unkontrolliert ausbreiten, oder eben aus einem alles vernichtenden Atomkrieg, mit dem die Menschheit ihrer Existenz selbst ein Ende setzen würde.

Auch die »Katastrophen der fünften Art« verschuldet die Menschheit sozusagen selbst: Das leichtsinnige Verschwenden der Vorräte, der Rohstoffe, die uns ein Überleben ermöglichen, geht immer rapider vonstatten und äußert sich auch am akutesten. Vielleicht geht die Menschheit an ihren eigenen, aus dem Wohlstand geborenen Abfallstoffen zugrunde. Die Auswirkungen der Umweltverschmutzung können jedenfalls von keinem Menschen mehr übersehen werden.

Und so stellt Asimov fest: »Es erscheint daher wenig sinnvoll, sich vor Katastrophen des Universums, der Sonne oder der Erde zu fürchten; wir brauchen uns auch nicht um Schwarze Löcher zu sorgen oder um Invasionen von außerhalb der Erde. Statt dessen müssen wir uns fragen, ob innerhalb dieser Generation die Versorgung mit Energie, die seit Beginn der Menschheitsgeschichte ständig angestiegen ist, ihren endgültigen Höhepunkt erreicht und wieder abnimmt, und ob dies die menschliche Zivilisation so stark gefährdet, daß schließlich ein verzweifelter Atomkrieg das Ende der Menschheit bringt, die Hoffnung auf eine ›Wiedergeburt‹ ein für allemal zerstört.

Dies ist die Katastrophe, der wir viel unmittelbarer gegenüberstehen als all den anderen Katastrophen, die wir bislang diskutiert haben.«

Die einzig mögliche Lösung scheint die Suche nach neuen

Energieformen zu sein. Der Atomkraft räumt Asimov wegen der mit ihr verbundenen Gefahren keine dauerhaften Erfolgsaussichten ein, eher zieht er es vor, auf das Meer als Energielieferant zurückzugreifen, in direkter Form durch die Gezeitenkraft und in indirekter durch das Reservoir an schier unerschöpflichen Rohstoffmengen, die das Meer in sich trägt. Alle Elemente werden über kurz oder lang durch Erosion und Regen ins Meer gespült und finden sich dort in gelöster Form wieder. Könnte man diese Rohstoffquelle nutzen, wäre ein geschlossener Kreislauf erreicht, denn alles, was man dem Meer entnimmt, fließt früher oder später wieder in die Ozeane hinein; als winzige Spurenelemente allerdings, für deren Konzentrierung und Gewinnung man erst noch die nötigen Technologien entwickeln muß.

Aber auch das Überleben, das Überwinden jener kleinsten, aber letztendlich auch bedrohlichsten Katastrophe, hat seinen Preis: Asimov errechnet, daß sich, das jetztige Bevölkerungswachstum vorausgesetzt, die Bevölkerung der Erde alle 35 Jahre verdoppelt. Das Durchschnittsgewicht eines Menschen (Frauen und Kinder eingeschlossen) mit 45 Kilogramm vorausgesetzt, würde nach nur 1800 Jahren die Gesamtmasse der dann auf der Erde lebenden Menschen genauso groß sein wie die Masse der Erde selbst! Würde die gegenwärtige Zuwachsrate der Menschheit anhalten, dann wäre nach wenig mehr als 5000 Jahren die Gesamtmasse des *Universums* selbst erreicht (und das ist etwa die Zeit, die seit der Erfindung der Schrift vergangen ist).

Die einzige Überlebenschance der Menschheit besteht also in selbstauferlegter Beschränkung; durch Geburtenkontrolle muß dieser Zuwachsrate Einhalt geboten werden. Alle anderen Katastrophen, die man sich auch nur ersinnen kann, werden bedeutungslos, wenn es der Menschheit nicht gelingt, sich selbst in den Griff zu bekommen. Und das vorliegende Buch kann zumindest dazu dienen, sich dieser Problematik überhaupt erst einmal bewußt zu werden.

Norman Spinrad

Eine Welt dazwischen

(A World Between, 1979)
Aus dem Amerikanischen übersetzt von Walter Brumm
München. Wilhelm Heyne Verlag. 1983
HEYNE-BUCH Nr. 06/3963
400 Seiten. DM 7,80

von Uwe Anton

Norman Spinrad ist ein zu ausgekochter Profi und viel zu guter Stilist, um sich den faux pas zu leisten, auf den ersten Seiten dieses Romans gleich mehrmals (wenn auch mit Abwandlungen) den Allgemeinplatz »was ein rechter Kerl ist ...« zu strapazieren, wollte er den Leser nicht nachdrücklich auf die sich später etablierende Problematik seines Plots hinweisen. Der Planet Pacifica ist eine Idealwelt der Demokratie: Die Geschlechter stehen gleichberechtigt da, nicht nur in der Theorie, sondern auch in der Praxis, das Volk übt im Rahmen der »Elektronischen Demokratie« de facto die Regierungsgewalt per Knopfdruck aus, die totale Zugänglichkeit aller Informationen ist für alle Bürger gegeben.

In dieses behutsam konstruierte Paradies, einem ausgesprochenen Gegenstück zu Orwells 1984, bricht der »blaurosa Krieg« ein. Die ordensähnliche Schule der Transzendentalen Wissenschaftler landet mit der Verheißung auf einen technologischen Höhenflug und das buchstäblich letzte Wissen ein Raumschiff auf dem Planeten, und ein paar Wochen später kommen auch die Femokraten, um Pacifica die Möglichkeit zu geben, sich ihrem Imperium »anzuschließen«. Nur: Die transzendentalen Wissenschaftler lassen lediglich Studenten männlichen Geschlechts zu, und die Femokraten bilden ein militantes Matriarchat, das auf der Erde alle Männer (bis ein paar zu Zuchtzwecken am Leben gelassene) ausgelöscht hat.

Die offene Demokratie Pacificas ermöglicht beiden Gruppen, ihre Propaganda über die Informationskanäle auszuschleusen. Der geruhsame Planet wird zum Schlachtfeld zwischen den polarisierten Geschlechtern; zuerst besitzt die Propaganda noch subtile Züge, dann wird sie immer grobschlächtiger, brutaler, haßerfüllter, bis schließlich die männliche und die weibliche Bevölkerung Pacificas am Rande eines Bürgerkriegs stehen.

Der »blaurosa Krieg« ist ein Krieg ohne Leichen, ein Messen der unterschiedlichen Strategien. Zur dritten, ausgleichenden Macht wird die Bewegung der pacificaischen Regierungsspitze, an der eine Frau – Carlotta Madigan – als Vorsitzende und ein Mann – Royce Lindblad – als Informationsminister stehen. Madigan und Lindblad sind privat liiert – anhand des Mikrokosmos ihres Zusammenlebens illustriert und vertieft Spinrad die Prozesse, die in der plötzlich gespaltenen Gesellschaft des Idealplaneten ablaufen. Madigan und Lindblad beschwören durch geschicktes Taktieren die *Gemeinsamkeit* der Bürger und Geschlechter herauf, das Miteinander, das die einzige Alternative zum alles vernichtenden Gegeneinander darstellt.

Der vorliegende Roman hat Spinrad in den USA den Vorwurf der Frauenfeindlichkeit eingebracht – ein Vorwurf, der auf einigen kleinen Ausrutschern basieren mag, auf einigen nicht ganz geratenen Sarkasmen. Die nominelle Expeditionsleiterin der Femokraten etwa durchlebt die Erkenntnis, daß ein Mann ihr sexuelles Glück bescheren kann. Unterdessen reift in der Frau des Expeditionsleiters der Transzendentalen Wissenschaftler das Bewußtsein, daß auch Frauen die nötige Intelligenz und den Intellekt besitzen, Studentinnen des Ordens zu werden – Kontrapunkte zu der jeweiligen Propaganda und Ideologie der mitunter sarkastisch überzeichneten lesbischen Femokraten und »faschochauvinistischen« Machos. Spinrad setzt – mitunter hart am Rande der Geschmacklosigkeit, aber gerade treffend durch diese primitive Überzeichnung – mit wenigen Strichen seine Kritik an der ideologischen Programmatik der ultraharten Feministen und der gesellschaftsdurchsetzenden Male-Chauvinisten der Jetztzeit an, verlagert diese Auszeichnung um die Gleichberechtigung der Geschlechter, die durchaus auf gesellschaftliche Mechanismen einwirkt, in eine durchaus utopische, idealisierte Welt, in der diese Gleichberechtigung gegeben ist.

So naiv Spinrads Programmatik einer absoluten Gleichberechtigung mitunter wirkt – Feministinnen werden bemängeln, daß der Autor kaum auf die Strukturen eingegangen ist, die eine Gesellschaft auszeichnet, die hauptsächlich von Männern beherrscht wird, und mit Vorliebe auf jene Stelle hinweisen, in der es der Femokratin »mal so richtig besorgt« wird –, so glaubwürdig ist sein Engagement um die Konstruktion einer Idealvorstellung, einer Welt, in der die Gleichberechtigung zwischen den Geschlechtern tatsächlich gegeben ist. Nur – Spinrad beschreibt satirisch die heutigen Verhältnisse und utopisch eine Idealwelt, in der alles anders, alles besser ist. Aber seine satirischen Seitenhiebe reichen wohl kaum aus, um in seinen Lesern eine Bewußtseinsveränderung herbeizuführen, die bewirkt, daß man diese Idealwelt auch verwirklichen könnte. Und somit zeigt Spinrad nur auf, wie dieses Utopia der Gleichberechtigung aussehen könnte – aber gibt kaum Fingerzeige, wie sie zu verwirklichen ist.

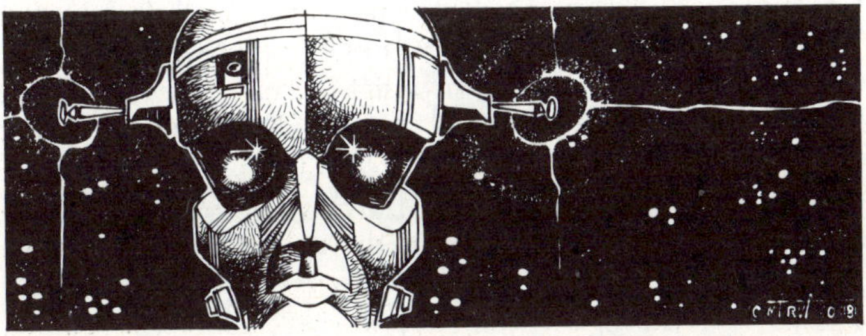

Auflösung des Kreuzworträtsels aus HSFM 9

1 M	2 E	3 T	4 R	O	5 P	6 O	L	7 I	8 S		9 E	10 T
11 A	**D** (7)	A	M		O	E		12 D	O	Y	L	E
13 R	E	M		14 I	L	L	15 G	E	N			L
16 I	L	T	17 I	S			18 E	N	N	**E** (2)	19 P	E
20 A	M	A	Z	O	21 N	22 E	N		23 E	N	I	F
	24 A	M		25 T	A	R	T	26 A	N		27 S	**O** (5)
28 U	N		29 S	O	**G** (1)		R	L		30 F	A	N
31 T	N	32 T		33 P	U	P	I	L	L	E		I
O		E			L		P	T		34 N	I	E
35 P	36 I	R	A	37 Y	A	38 S		39 A	U	S		R
40 I	R	R		O		41 E	N	G		42 T	E	E
43 S	E	A	**R** (3)	L	44 E	S			45 K	E	**R** (4)	N
C			46 J	E	S	S	47 E	L		48 R	N	
49 H	50 A	51 Y		N		52 E	I	N	52a S		53 S	54 F
	55 P	A	N		56 A	**L** (6)	S		57 T	58 A	T	E
	59 O	M		60 R	H			61 C	U	N	I	S
62 C	L	E	M	E	N	63 T		64 K	H	A	N	
	L	N		I		65 H	66 I		67 L	P	G	
68 S	O		69 I	M	70 M	E	N	S		H		71 O
72 I	N	V	A	S	I	O	N		73 M	E	C	K

Lösungswort: Gerrold

RÄTSEL

WAAGERECHT

1. im Wesentlichen geht's diesmal darum
5. Handeln
7. darum geht es im »Letzten Tag der Schöpfung« (Jeschke)
8. engl. Sohn
9. Faultier
11. der große Zauberer von drei senkrecht
13. ein solcher der Sterne
14. islamischer Name Jesu
15. Überbleibsel
17. Baum
20. KFZ-Kennzeichen v. Bad Segeberg
21. engl.: mir
22. kalte künstliche Helle
23. bös
25. Artikel
26. Bescheidenheit
28. den Mond betreffend
31. Vorbild
33. Hochfläche bei Bozen (Südtirol)
35. engl. Anrede
36. Platz
39. Gesangsstück
41. eines dieser gräßlich schönen Viecher aus dem »Dunklen Kristall«
42. Akkusativ von fünfundzwanzig waagerecht
43. Abk.: Obergeschoß
44. chem. Zeichen für eine Reihe mit klassischer SF-Literatur
45. englische Henne
46. Hi, Poul!
48. Getreidemaß im Alten Testament
50. chem. Zeichen für Lithium
51. der »Herr des Todes« ist sein Werk
52. er steht für die »Stadt ohne Namen«
54. das ist dreiundsechzig waagerecht schon seit 1849
55. italienische Karosserieschmiede
56. oft hat man bei ihr drei Wünsche frei
58. so klingt es, wenn die in 55 waagerecht ja sagen
59. chem. Zeichen für Chrom
60. sowas hat sogar der Papst, und das aus der Schweiz
62. wie hieß doch gleich dieser Film? »Dingsbums Bandit«
63. gesucht ist sein kurzgeschichtlich-gruseliger erster Vorname
64. ob Freud eins waagerecht wohl hier angesiedelt hätte?

SENKRECHT

1. auch dies ein Stück filmischen Barbarentums
2. Lynn: Der Tänzer von …
3. nicht Dallas, nicht J. R., sondern Oxford, J. R. R.
4. für das Getreide eine Ehre, sowas zu haben
5. Laut
6. Bindewort
8. aber ein Kern Wahrheit steckt ja doch in ihr
9. Fluß durch Hamburg
10. hätte die UFA nicht Universum, sondern Intergalaxis geheißen, wäre ihre Abkürzung so gewesen

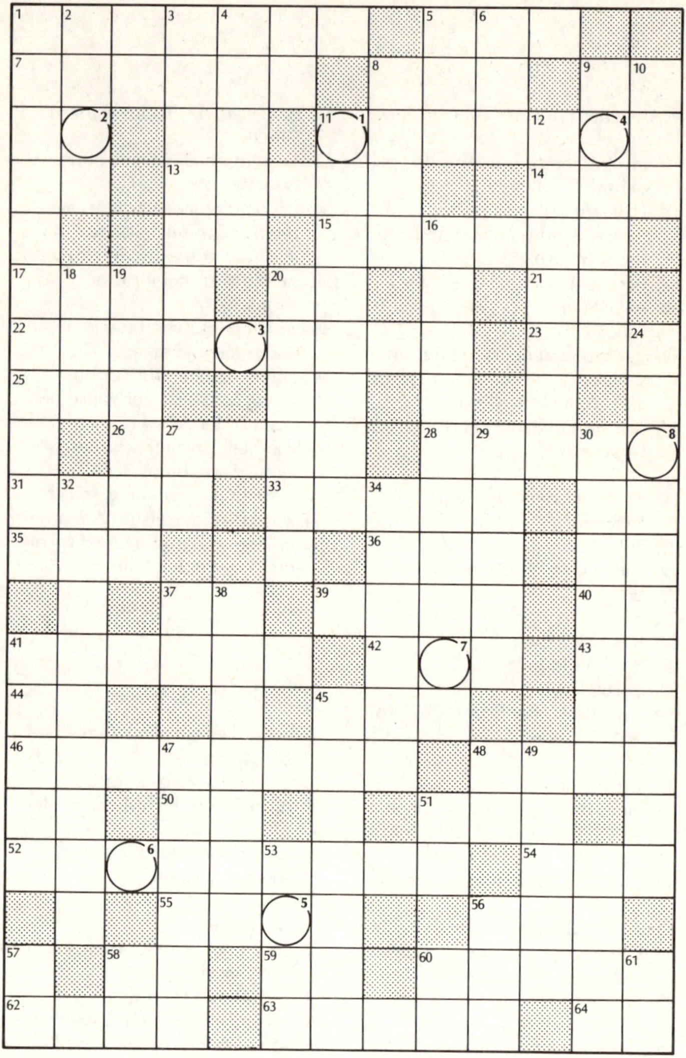
1 2 3 4 5 6
7 8 9 10
2 11 1 12 4
13 14
15 16
17 18 19 20 21
22 3 23 24
25
26 27 28 29 30 8
31 32 33 34
35 36
37 38 39 40
41 42 7 43
44 45
46 47 48 49
50 51
52 6 53 54
55 5 56
57 58 59 60 61
62 63 64

11. und am Ende bekommt das Böse doch die Strafe, die ...
12. er erhielt 1975 den World Fantasy Award
16. auch hier kamen die Hobbits durch
18. die dem Wind abgekehrte Seite, auch 51 waagerecht
19. Saurons Reich (s. a. drei und sechzehn senkrecht)
20. schön war er, und kräftig, und gekämpft hat er wie ein Barbar, war aber Comic Ritter
24. Mervyn Peakes Schloß-Trilogie
27. span. Artikel
29. nicht oben
30. Cherryh: Die Feuer von ...
32. schreibt SF und l. w., ist Engländer und heißt mit Vornamen Peter (in deutsch nur ein SF-Roman)
34. Lynn: Die Frau aus dem ...
37. amerikanisches in Ordnung
38. gut gebaut ist er schwimmend
41. Conans Volk kannte sein Geheimnis, ...
45. ... und in diesem Zusammenhang darf er ja auch nicht fehlen
47. wehmütige Dichtung
49. Vorname des Autors von »Schattenland«
53. Tarzan ist wieder da! Und wie hieß sein Schöpfer mit zweitem Vornamen?
56. engl: weit
57. er würde am liebsten nach Hause telefonieren
61. s. 64 w.

Das Lösungswort ergibt diesmal den Namen einer der bekanntesten Fantasy-Figuren

Im **HEYNE SCIENCE FICTION MAGAZIN 11** lesen Sie unter anderem:

FICTION

Michael Bishop: Pinon Fall / Herbert W. Franke: Die Pyramide / S. Bardin: Lemma – Nehmen wir doch einmal an, wir wären allein im Universum / Josef Nesvadba: Der Schnuller

ÜBER SCIENCE FICTION

Brian W. Aldiss: Nesvadba – in den Fußstapfen des bewundernswerten Čapek

Linus Hauser: Wurmgott Heilbringer – Der techno-theologische Messias-Gedanke in Frank Herberts »Wüstenplanet«-Romanen

Kurt Bracharz: Computer versus Kabbala

SPEKULATION

Milton Waldman: Wenn Booth Präsident Lincoln verfehlt hätte

Wolfgang Marx: Das Bab(b)el-Syndrom. Zur Psycholinguistik der Gedankensprache

Malte Heim: Der Mensch im Zeitalter seiner Reproduzierbarkeit

Georg Ruppelt: Zukunft von gestern. Ein Überblick über die Geschichte der Jahre 1901–3000 – zusammengestellt aus alten und neuen Science Fiction-Romanen (1. Teil)

FACT

Jeff Hecht: Laserwaffen – Ausweg oder Bedrohung?

Michail Puchov: Philosophie des Kontaktes

Neil McAleer: Die Sonne – ein kolossaler gelber Zwerg

INTERVIEW

mit Norman Spinrad

– dazu BÜCHER, BÖRSE, CARTOON und selbstverständlich SZENE

Änderungen vorbehalten!